卷一

梅娘文集

1936-1942

【小说卷】 卷一

1994 年摄于加拿大

1935 年
中学毕业

1932 年
中学时代

1935 年
梅娘就读的吉林省立女子师范学校

吉林女师操场

1936 年
高中时期的梅娘

1936 年 12 月 11 日
长春益智书店出版的《小姐集》
封面

1940 年
在日本与邻居大阪外国语学院院长金子二郎的妻子合影

1944 年 11 月

摄于南京。"第三届大东亚文学者大会"华北作家代表合影（照片由原北京出版社总编室主任李景慈提供）

后排左起：

杨炳辰（北京大学德国文学教授），赵荫棠（北京大学语言学教授），陈辛嘉（宋海，先后入职华北教育总署编审会、武德报社、新民印书馆、影艺学院），梅娘，雷研（慕贞女中学教师），钱稻孙（北京大学校长），梁山丁（先后入职新民印书馆、北京国立艺术专门学校），李景慈（林榕，北京大学教师），萧艾（黄旭，华北教育总署编审会编辑员，1944 年 3 月失业）。

前排左起：

王介人（王度、李民，先后入职武德报社、华北电影公司），侯少军（作家、画家）

小说《鱼》在不同年代出版的封面

1943 年 新民印书馆

2009 年 华夏出版社

1998 年 华夏出版社

捕蟹的故事

捕蟹的人在船上挂着灯，蟹自己便奔着灯光来了，于是，蟹落在已经摆好了的网里。——《蟹》

《华文大阪每日》7 卷 5 期
（1941 年 9 月 1 日），第 45 页

小说《蟹》题图

小陈提议干话剧。当然，这是一个最好的消遣方法，其余的两位公子都立刻赞成了。张强还特别说了一句："小陈，真有你的。"——《春到人间》

北京《国民杂志》2 卷 4 期
（1942 年 2 月），第 63 页

小说《春到人间》题图

有一点冬的余寒，天阴着，阴得沉沉的几乎压到脸上，岛国特有的潮湿的空气饱和着过多的水气，哪儿都是粘的，裸在外面的手臂也仿佛湿漉漉的。——《侨民》

新京《新满洲》3 卷 6 期
（1941 年 6 月），第 180 页

小说《侨民》题图

2001 年

摄于中国现代文学馆。在梅娘、苏青、张爱玲展板前。

《梅娘文集》小引

张　泉

　　狭义上的中国现代文学，只有三十年。但由于历史上的各种各样的原因，文学文献损毁流散严重，作品的辑佚与校勘，作家的展现与定位，成了当今史料学的内容之一。

　　2023 年，恰值梅娘（1916-2013）逝世十周年。

　　在这个时间点上，上海三联书店推出了装印精美的九卷十册《梅娘文集》。其中，梅娘的文学文本九册，由年表、叙论和资料三辑构成的附录卷《梅娘的生平与创作》一册。在深究"二十世纪"方法论，并据此重新审视中国现代文学史以及海外华文、华人文学史书写问题的当下，无论是对钩沉出版被遗落的作品来说，还是对发掘追怀被怠忽的作家来说，这套清晰地勾画出梅娘近八十载文（韵文）笔（散文）生涯轮廓的大部头作品集，都是进一步梳理整合"二十世纪中国文学"系统工程中的一个有意味的也是有意义的个案。

　　在二十世纪中国文学中，几度沉浮的"长时段"作家梅娘的情况，更为特殊。她的一些流行作品的版本繁多。但她还有数量更大的作品长期被湮没，无人问津，无从知晓。在文献的辑佚方面，这部《梅娘文集》取得令人叹为观止的新收获。

首先，发掘出大量未曾结集的创作、译作，使得梅娘的存世作品目录在数量上翻了许多倍。民国时期的文本进一步补足。新旧中国转换初期（1952-1957）长达六年的文学创作整体浮出水面，署名作品的发表量超过 430 次，填补了梅娘的一个十分重要的创作阶段的空缺。一次发掘出数量如此之大的"新作"，这在近年来的现代作家辑佚工作中，应该算得上实属空前。

特别值得格外提及的还有梅娘的单行本处女作《小姐集》（1936）。

东北女性新文学创作的发生滞后于关内，始于殖民与反抗殖民生死对抗的伪满时期。在十四年抗战阶段，各个日据区文坛上的一个引人瞩目的文学现象是女性书写的繁荣。具体到东北，曾经活跃的"满系"女作家有悄吟（萧红，1911-1942）、刘莉（白朗，1912-1994）、吴瑛（1915-1961）、但娣（田琳，1916-1992）、梅娘等二十多位。她们中的大多数在"满洲国"后期移居海外、关内各地，史称"满系离散作家"。《小姐集》很可能是东北地区的第一部女性个人的新文艺创作集，在东北的区域新文学史特别是女性文学史上，具有开拓的意义。它不但是探讨梅娘早期创作不可或缺的文学文本，也是深究东北新文学发轫史的重要材料。

其次，新文献史料的引入，有可能会带来新的识见，搅动文学史的固有格局。

在迟至改革开放之后才得以陆续"出土"的民国时期的沦陷区作家中，梅娘同张爱玲一样，是关注度较高的一位。到二十世纪转折期，梅娘得以以填补空白的方式进入新编中国现代文学史、中华文学通史。主要依据的是她的短篇小说集《第二代》（长春：益智书店，1940）、《鱼》（北京：新民印书馆，1943）、中短篇小说集《蟹》（北京：武德报社，1944）以及《梅娘小说散文集》（北京出版社，1997）等。

2014年，在梅娘逝世周年之际，由人民文学出版社、中央广播电视大学出版社主办的"《再见梅娘》《梅娘怀人与纪事》新书出版座谈会"，暨捐赠两书典藏仪式，在中国现代文学馆举行。前副馆长吴福辉（1939-2021）研究员在主旨演讲中分析了梅娘创作的三个特点，并总结说：

> 沦陷区作家的风骨就体现在梅娘身上。她打破了通俗文学和非通俗文学的界限。她的小说有故事、有悬念。特别重要的是，其中始终体现了市民最积极的人生态度。相信中国近现代文学史上一定会有梅娘的地位。①

中国现代文学史家吴福辉的报告切中肯綮。

---

① 桂杰　孙梅雪：《梅娘：在灰暗的人生里找到光》，《中国青年报》2014年6月17日。10 版。

在九卷十册本《梅娘文集》发掘出来的大量文本文献纳入评价系统之后，无疑会进一步扩展作家梅娘的阐释空间。

融合首次进入研究视野的文学作品和生平材料，对梅娘的作家生涯进行初步的宏观检视后发现，在二十世纪北方女性作家中，梅娘具有两个异乎寻常、无法复制的特点。

首先，梅娘是"20世纪中国文学"中创作生命超长的作家。这样，在大时代潮起潮涌的百折千回中，梅娘得以或被动或主动地不断跨域流动，曾置身于多重共时与历时政权（体制）之下，历经过常人很难经历的沧海桑田。这促成了其文学作品的集合，在总体上具有与二十世纪不断搬演断裂与承继的多种语境相关联的独特性。

其次，梅娘以其个人化的文学禀赋将其跨域的人生轨迹幻化在虚构作品里，使得她的文学文本，特别是十四年抗战时期的创作，隐含着复数地域与时代符码，具有超越性内涵。

从题材、体裁多样的作品扩展到作家错综复杂的身世和风云变幻的环境，梅娘及其家族史的独特之处在于，历时与共时的跨度均异常宽阔。

毫无疑义，是中国与东西方殖民进行生死博弈的北方门户东北，成就了作家梅娘。在伪满文坛成名后，梅娘离开东北，走进大世界。但无论走多远，家乡一直是她创作素材和灵感的源头，正如她晚年所言："铭记的事物一概来自长春"。这样，与近代多重东北藕断丝连的梅娘及其家族成员的移动的历史，梅娘在不同时期、地域所留下来的大量的文字记录，与中华大地百年来的变局、战乱、转型、开放同步。凡此种种，聚合在一起，融涵了和折射出世纪转折期长春、东北、北方、中国、东亚乃至世界的百年演化史，多彩斑斓又复杂错综、迷离扑朔，充满张力，是不可多得的"从一个人看一个时代"的典型抽样个案。放在正在兴起的文学地图学领域，梅娘的与作品如影随形的行旅，是考察地域、区域、国家、东亚文学地理与文学地图之间的关联的绝佳的个人轨迹。

这是在完成九卷十册《梅娘文集》的漫漫十年的过程中，带给我的一点初步的启示。借此机会，不揣浅陋，以期抛砖引玉。

编辑梅娘全集的设想由来已久，可以上溯到《沦陷时期北京文学八年》（1994）成书之时。到 2012 年底，梅娘全集编辑委员会终于正式成立，主要参与者有张泉、陈言、柳青和侯健飞。辑录工作遂迅即全面展开。

编委会预设了这样的原则：能够找到的署名作品，悉数收入；一律选收首发文本；除了明显的印刷错误外，不做内容上的更改。到 2016 年 4 月 26 日，11 册《梅娘全集》初稿完成。初稿附上了相对应的 11 册原件复印本，于次日一并交给了北京一家出版社。

出版社投入精兵强将，做了事无巨细的审定、校编工作。

　　后来，原出版方的出版计划发生了变更。于是，在 2021 年，《梅娘文集》稿本转到了上海三联书店。在做了进一步的删减、补充之后，缩编成目前的 9 册，书名也就改作《梅娘文集》。

　　在编辑、校对过程中，由于各种各样的情况，原文照录往往很难完全做到。仅就现代语言而言，不同时期有不同的语言习惯和规范。长寿作家梅娘不同时期的作品，留下了字词用法的变化。例如，曾计划对梅娘民国时期作品中的"底""的"不做区分、改动，均原样照录，以便为这些字的用法的演变提供一个长时段的语料个案。但由于参与编辑、校对的人员多，拖的时间又太漫长，时紧时停，就连这样一个技术性的问题也没能做到尺度一致，遑论其它。希望以后有机会全方位弥补。谨做小引记之。

于京东北平里

2023 年 4 月 10 日星期一

主编例言

《梅娘文集》第 1 卷

梅娘（1916-2013），原名孙嘉瑞。吉林长春人。从 1936 年 5 月 20 日在长春发表散文《花弄影》，到 2013 年的随笔《企盼、渴望》在北京面世，她执笔为文近 80 载，是中国现代文学史上屈指可数的"长时段作家"。

梅娘的创作生涯大体上分为隔断清晰的五个时段。

第一个时段，1936 年至 1945 年，20 至 29 岁，大约十年。曾短期在长春、北京的报社、杂志任职，基本上专职写作，以小说家名世。出版有新文学作品集四种，还有大量的儿童读物单行本。署名玲玲、孙敏子、敏子、芳子、莲江（存疑）、梅娘等。与内地（山海关以南）相比，新文学在东北的发生滞后。1936 年梅娘在长春益智书店出版的《小姐集》，很可能是苦寒北地的第一部个人的新文学作品集，标志着五四开启的现代女性新文学写作，在正处于水深火热之中的东北落地、开花。

第二个时段，1950 年至 1957 年 8 月，34 至 41 岁，八年。先后入职北京的中学、农业部农业电影社。使用梅琳、孙翔、高翎、刘遐、瑞芝、柳霞儿、云凤、落霞、王崇、白芷等笔名，在上海、香港发表了数量可观的作品。为北京、上海、辽宁等地的美术出版社编写了大量中外文学名著连环画的文字脚本。出版有通俗故事单行本。

第三个时段，1958 年秋至 1960 年冬，42 至 45 岁，接近三年。在北京北苑农场期间，被选入由劳改人员组成的翻译小组，承担日文翻译，也参与其他语种译文的文字润色工作。匿名。

第四个时段，1979 年 6 月至 1986 年，63 至 70 岁，大约八年。恢复公职后，在香港以及上海、北京等地发表随笔和译文，出版有译著。署用柳青娘以及本名。

第五个时段，1987 年至 2013 年，71 至 96 岁，大约二十七年。开始启用笔名梅娘。以散文写作和翻译为主。出书十五种。

其中，第一、第二和第五这三个时段最为重要，也均与张爱玲有着不解之缘。

在第一个时段，梅娘以其丰厚的创作实绩，成为北方沦陷区代表女作家，当年新文学圈内曾有"北张南梅"（欧阳文彬语）之说。[①]诗人、杂文家邵燕祥 (1933-2020) 回忆他在北京沦陷期

---

① 欧阳文彬：《孙嘉瑞的现实材料（1955 年 9 月 5 日）》。

阅读《夜合花开》的感受时说，"我从而知道有一种花朝开夜合，夜合花开，寓意是天亮了。她的小说好读的，不难读。说是'南张北梅'，南张（爱玲）我当时没读过，但是梅娘我从小就知道。"① 而上海沦陷区作家徐淦（1916-2006）在 1950 年代初的表述是："在敌伪时期北京有个叫梅娘的女作家，同上海的张爱玲齐称"。② 1945 年 5 月 30 日，有一则《文化消息》披露，南北正在竞相盗版对方的畅销书："南方女作家张爱玲的《流言》、苏青的《涛》，均在京翻印中。同时华中亦去人翻北方女作家梅娘之《蟹》。此可谓之南北文化'交''流'"。③ 这或可充作沦陷期的一个间接证据。还有另一个。南京在一个月前出版了《战时文学选集》，收小说十篇，作者除王予（徐淦）和北京的曹原影响略小外，均是南北文坛的一时之选。女性仅两篇：张爱玲的《倾城之恋》，梅娘，《侏儒》。④

在第二个时段，即共和国建政初期，梅娘在上海、香港发

---

① 邵燕祥：《一万句顶一句：邵燕祥序跋集》，北京十月文艺出版社，2016。第 316-317 页。

② 见《抄于新民报·唐云旌交代的社会关系（1956 年 1 月 7 日）》。

③ 引文中的"华中"，即今华东。"去人"，疑"有人"之笔误。

④ 《战时文学选集》，中央电讯社编印，1945 年 4 月。该书收入了张爱铃、张金寿、爵青、梅娘、萧艾、曹原、王予、袁犀、山丁、毕基初十位作家的作品。书前有穆穆（穆中南）的《记在前面》。

表了一大批小说、散文。这些作品长期以来鲜为人知，而时任上海新民报社负责人的欧阳文彬，见证了梅娘与张爱玲在"亦报场域"同台为文。前者发文超过 430 次，后者 400 次。两人旗鼓相当。

在第五个时段，梅娘怀人纪事文的数量颇为可观。对于沦陷期是否有过"南玲北梅"说的问题，有文章加以探讨或质疑，[①] 最后争论溢出了通常意义上的史实考证，返回到我们应当如何评价沦陷区文学的原点。同时，也引出如何解读作家自述作品的接受美学问题。[②] 对于梅娘重新发表旧作时所做的修改，有的研究做了认真的实证分析，也有的"上纲上线"一笔了之。[③] 所有这些讨论或商榷，均有助于梅娘乃至沦陷区文学研究的深化。

梅娘在以上各个阶段都笔耕不辍，然而由于各种各样的原因，有相当数量的作品从未结集出版。有鉴于此，编纂梅娘的

---

① 最早质疑"南玲北梅"说的，可能是我的《华北沦陷区文学研究中的史实辩证问题》（《中国现代文学研究丛刊》1998 年 1 期）。

② 参见张泉：《关于"自述"以及自述的阅读》，《芳草地》2013 年 1 期。

③ 参见张泉：《构建沦陷区文学记忆的方法——以女作家梅娘的当代境遇为中心》，《山东社会科学》2013 年 10 期。

全集，便提上了议程。①

　　这版《梅娘文集》分为 9 卷。第 1、2、3 卷为小说卷，书名分别为《梅娘文集·第 1 卷 / 小说卷·卷一（1936-1942）》《梅娘文集·第 2 卷 / 小说卷·卷二（1942-1945）》《梅娘文集·第 3 卷 / 小说卷·卷三（1952-1954）》。第 4、5 卷，散文卷，书名，《梅娘文集·第 4 卷 / 散文卷·卷一（1936-1957）》《梅娘文集·第 5 卷 / 散文卷·卷二（1978-2013）》。第 6、7 卷，译文卷，书名，《梅娘文集·第 6 卷 / 译文卷·卷一（1942；2000）》《梅娘文集·第 7 卷 / 译文卷·卷二（1936-2005）》。第 8 卷，书名，《梅娘文集·第 8 卷 / 诗歌·剧本·儿童文学·连环画及未刊稿卷（1936-2000）》。第 9 卷，书名《梅娘文集·第 9 卷 / 书信卷（1942-2012）》。另有附录卷，书名为《梅娘的生平与创作——年表·叙论·资料》。

　　本卷为《梅娘文集》的第 1 卷《小说卷·卷一》。可以以1940 年为时间点，将梅娘沦陷期的小说创作分为前后两期。1940 年以后，梅娘的写作技巧趋于成熟，小说创作进入巅峰期。

① 详情见张泉：《东北首部个人新文学作品集〈小姐集〉的发现——从寻访梅娘佚文的通信看文化场人情世态》，《燕山论丛 2022》，燕山大学出版社，2022。以及《梅娘文集》附录卷《梅娘的生平与创作——年表·叙论·资料》中的梅娘叙论《二十世纪"长时段作家"梅娘及其全集的编纂》。

作品按照首发时间排序。收 1936 年小说 12 篇。1937 年，3 篇。1938 年，9 篇。在 1939 年的 3 篇中，《傍晚的喜剧》附录了 1997 年的修改本。1940 年，2 篇。1941 年，5 篇，其中的《侨民》附录了 1998 年的修改本。1942 年，5 篇。

张　泉

于京东北平里

2022 年 9 月 25 日

2023 年 4 月 11 日改定

目录
Contents

母 亲

署名：敏子

初刊《爱的新小说》

"新京"（长春）益智书店 1936 年 5 月 25 日版

支着颊，望着桌上凌乱的书籍，伊只是呆呆地坐着。"唉真是！没有一星星看书的心绪呢！"

翻开日记本。"哟！怎么空了这些日子？！"于是拿起笔来，在半烦躁的心情下，任笔蛇一样地爬在那画着格子的纸上。

突然，楼下一个细碎的骂声起了，伊停了笔，在细细地听着。"那么大了，还什么也不懂。跟老妈子叫什么大娘，装小姐还不会，不装给我拿出去。"声音渐渐地小了。

伊知道，伊对老妈子底同情，又惹起了母亲底猜忌。伊掷了笔，站起来，预备下去和她理论。又一转念，"她没有大声说，还得惹父亲生气。"这样想了，刚站起来的身子不由得又坐下去。

手紧按着跳起来的心，头斜躺在桌子上，下意识地眼睛又跳向那画着格子底纸上去。

格子上溅满了蓝色的点。看着像跳跃在漆黑的天上的小星儿，眼睛一眨一眨地。在下角上，一个圆圆的大墨点在骄傲地站着，笔哀怨地躺在它身旁，绕着金线的帽子已经摔到地下去。

依旧拿起笔来，注意地写着，然而这注意中却含了无限的辛酸。

渐渐地笔头掉了方向，在引着大墨点里的蓝水湾湾地围成了两个不同底脸。一个怒气冲冲的太太，一个含着苦笑的吴妈。

心上猛地被刺了一下，伊迅速地推开日记本，笔掼到桌子上。顺手摸起一本小说来，伊到沙发下，颓然地躺下。

书儿展开了，一行妩媚的小字射到伊底眼里来。

"谨送给我们底小妹妹，愿你永远包围在温柔，慈和的母爱中。你底小姐姐霖。"伊惘然了。

头昏沉得要命，里面还嘤嘤地叫着，心冷得发颤。手和脚放在什么地方都不舒服，伊转过身去，面向着墙，手和脚都蜷在一块儿躺着。

雪白的墙壁，正舞着淡蓝，浅黄，桃红，翠绿等美丽的夕阳。茫然地伊底目光落在那活跃的光儿上。

渐渐地颜色光辉的地方，露出来一些微笑的脸，那脸一点点地长大，更慢慢地向伊走来。

慈爱的爸爸，死去的妈妈，玲姐，老师，同学，都安慰似地望着伊。伊欣悦地伸出手儿去。

突然，一个挂着冷笑的后母底脸，闪电样地跳出来。怒冲破了胸，泻到腕上，又滚到手中去。几天来地委曲也突地横上心来。伊握紧了拳头，咬着牙，狠狠地向那脸儿打下去。

　　眼前仍是雪白的墙壁，舞着淡淡蓝，浅黄，淡桃红，翠绿等美丽底色，手儿还隐隐地痛着。掠掠头发，无力地坐起来。脚下像有东西绊着，低头看，深绿的地毯上，一本黄白相间的书皮中间，写着两个血红的大字"母亲"。

不期之遇

署名：玲玲

初刊"新京"（长春）《大同报》
1936 年 10 月 2 日

　　夜落下了一具青色的纱面网，于是世界在你的眼前变成一个放荡的女人了，这是一个失去了灵魂的卖笑的魔鬼，你的影子随着它，用你的战栗的手指牵着它那黑色的衣裾到一个像蜂房一般嘈杂的市场上去。

　　一辆大汽车从对面驰了过来，车厢里面的搭客填塞满了，有许多人头从车窗内伸出来，在捉取街景。

　　那庞大的车身蹒跚地前进，如同一匹袋鼠似的，但是不久就在另一个街尾停下，将它那腹中的累赘倒了出来，又将另一批小数的搭客装了进去，仿佛立刻感到了一阵轻松似的，呜呜地继续驰入灯火深处。

　　这被倾倒出来的——像一群刚刚踏入草原的家畜飞动着他们的步子，在步道上进行，花条纹的裤管罩着漆亮的靴子上，浅灰麂皮的鞋面如同野鸭子的背脊那样服贴，更有朱红的像鹦鹉嘴一样的鞋子，银色的像狐狸毛一样的鞋子，这些鞋都在步道的四周飞动着，你的影子被那黑色的衣裾牵到那纵横交错的鞋子丛中去，它把你的手从衣裾上摔脱另外交给一支生疏的火热的手上，于是它的腰肢一扭，翩若惊鸿似的，先逝入人海中了。

你这时会像一个迷了路的孩子，你自己不知道去如何选择一条喜欢走的道路，但那支生疏的火热的手却来牵引你，你惊惧，你怀疑，但又暗暗的有点欢喜，因为那支手白得太可爱了，竟不大像血和肉做的，你随着那手臂地动摇，一直向前走去，舞场张开了巨口，像一尾鲸鱼的嘴巴！爵士音乐自它的呼吸中吐出来一阵海浪，经过它的齿缝，流泻了出来，在捉取每一个青年人的耳朵，此时白色手臂将你的手臂紧紧地挟着，跨入那一座玻璃转门，走进那音乐的台底下，不知道在什么时候，那支白手已经在你腰上搂着了，你那不住在划着弧线的脚好像已经渐渐地飘浮起来，软软得像一只蝴蝶，在蔷薇园中游走。

一点钟以后，你被那白色的手抱到一幅美丽的床巾上，在绣着百合花的枕头上，你开始发现一对十分熟识的眼睛，那眼睛在笑，在黑色的纱面网中笑，并且笑得有点发喘，那仿佛在笑"孩子你受骗了吧！"接着白色的手臂又像两条橡皮糖似的，交搭在你的肩上了。

当一个告别的语言，在你耳边响起的时候，你底身子已经在一部街车上，只见那白色手臂在你眼前一扬，便立刻消失了，你从车座立起向那向后移动的街景看去，只有一排充血的霓虹灯，在幽暗的空中，写出"ホテル"①三个体面的大字。

---

① ホテル是"饭店"

我与孩子

署名：玲玲

初刊"新京"（长春）《大同报》
1936 年 10 月 14 日

当我在大学念书的时候，我竟不知不觉地爱上了虞和，那四年迷梦似的生活一天到晚就像喝醉酒一般的不能自主，我清晨六点钟就起来，他约我打网球，或者在附近的田野间散步，精神总是像早晨的麻雀，白天除了上课之外，就约好在图书馆念书，也不知道是什么缘故，只要他在我旁边，我就定心，暑天不觉得热，寒天不觉得冷，窗外的风霜雨雪，对我没有一点关系，但要是有一天他出去了，我不知道我为什么那般地不安静，眼睛看着书，脑子却想着别的，坐不上十分钟，自然而然的会跑出去，那一天就不容易过去，在这几年里面，我几乎忘记了我的朋友，我的姊妹甚而至于我的父母，男女的恋情夺去了一切。

后来我们结婚了，过了一个月医生就告诉我已经有喜，我那时候过着的生活这时候想起来还害怕，吃下去就吐，懒洋洋的只是在床上躺着，他一回来就坐在我的床边，毫不惮烦地告诉我一天的经过，他的意思要我忘却痛苦，然而在当时我并不感激他，不，我恨他，我恨他假作慈悲，我真悔为什么这样傻，我为什么要结婚，而结婚了又为什么不预先知道防备，免除要生孩子的痛苦。

　　虽然快到十个月了，我的痛苦越大我越爱生气，我诅咒自己，诅咒父母为什么不把我生做男子，诅咒上帝何以对女人这样的残忍，但是到了后来，当我呻吟着异常痛苦的时候，我更诅咒我未来的婴儿，我曾流着泪地对自己发誓，他或她生下来之后，我一定要杀死他，他一定是我前世的仇人。

　　他出世了，小小的像一只老鼠，想不到他是从自己肚子里出来的肉，我有些腼腆，也有些爱他。

　　他现在一岁零三个月了，他虽然不会说话，虽然不会走路，但是他多么的活泼，多么的有趣，我一天就再少不了他，这时候如果有人问我，你要丈夫还是要孩子？

　　我一定毫不犹疑地说，我要孩子，我半夜里起来，不觉得辛苦，白天守着他也不觉得寂寞，孩子的爱，此时又居然夺去了我的一切。

梅子

署名：玲玲

初刊"新京"（长春）《大同报》
1936 年 10 月 18 日

"爸！咱们多会回去哪？"

太阳平了西，张得又圆又大，在梅子小小的心上也布了一层阴影，在外面的爸是一脸笑，笑得那末和气，抚摩着她的头发，嘻嘻地说，"唉！别闹，待会儿买糖吃，要江米玻璃纸大美人儿的糖。"

想着她乐了，格格地清脆的笑着，垂在丰满的肩头上的小辫儿，打秋千似地摇摆起来，但是她一眼望到姐姐，真怪，姐姐，老板了铁青的脸，而且是哭丧着的，那深深的大大的眸子，埋在美丽的睫毛下望着地，好像在想什么，也许看到希奇的玩意，却从没有见她笑过，拧着眉头，怪可怜的战动着嘴唇，妈妈打她，用笤帚把子，那多末可怕呀，但是姐姐不会像我大声地叫，哭，她只悄悄地流泪看妈妈多狠，她从来便不和别的妈妈一样，抱着宝宝亲着，一双细缝的眼，它常常使我起一身鸡皮疙瘩，并且有通条①在空中摇晃，于是我只有用所有的气力叫喊起来。

人都不见了，许是惦记着家里的宝宝，爸独个拿起胡琴，迈开大步，

---

① 通条，中国北方捅煤火的铁棍。

走那么快也不向别处看看，尽自不停地走。

"爸！慢慢，姐走不动呢！"

"好吧！小妮子，回去看妈妈敲你的屁股。"

梅子的脸色变了，她最不高兴有人提到她的妈妈。

我恨她！每日黑夜，天暗得没有了星星，跪在挺硬的地上，背够多啰苏的戏词，渐渐眼皮儿垂落了，头向前栽，妈妈便尖声叫着，捉住了我的手，拔下头上的针来扎着，红的血流满手背，有多末疼，疼呵！

又回到这又小又暗的房间，爸放下钱袋看妈妈一五一十的数子儿，从不曾给我们一个，之后，爸拿了酒壶哈哈的出去了，我们躲在角落里望着妈怕人的脸，不知今日又该怎样过去，肚子里咕咕的直闹，怪难受的，看看妈，我愿意立刻长大起来，可以和她打架了，看那时再骂"小卖Ｘ的我用针扎死你"不？

"萍儿！"叫姐姐了，那破砂锅的声音喊得我肉儿都抖战起来，姐姐也真乖，挨打挨骂，都不哼一声，爸可是真好，不过总是向着妈妈，但是一出门便对我们嘻嘻的笑。

姐姐唱起来了呵！早晨喊嗓子的时候妈妈恶狠狠地敲着我的头，那末多人围着笑，我不仅恨极妈妈，而且恨笑的那些人，人家正想流泪，他们却看新奇似地笑。

"过来！小鬼头！"梅子小心的走近大椅子，一个小脚妇人，露出满口黄黑的牙，两只小眼睛一挖一挖地瞧人。

"会了没有？""啥？"

"啥！自己想！"

梅子不敢再想，轻轻的啾咕着唱起不熟习的苏三起解。

"笨货！就会玩！"

她不敢言语，天黑得如漆墨，屋中闪着一点昏黄的亮光，功课完了，姐妹俩扒拉着冷饭，一口挨着一口，并且不时拿眼睛偷偷的望。

"快呀！死丫头子！"

哥哥回来了，帽子在头上歪顶着，心里一慌，咬得舌尖好疼，姐姐放下饭碗，我还没有饱呢，但是哥哥挟着胡琴要走了，只有饿着，怕妈妈的笤帚把子又跑来吓我。

他们向笑与泪汇合的地方走去，挨着门牌一家家串，到处可以听到女人淫荡的笑声洋溢。

"姐，看！"梅子向里屋门缝中晃指头儿，一个男人搂着那姑娘怪亲爱的！

她们轻轻笑了，小心里想，这地方是不同的，许多姑娘都那末快乐，据说不要脸，被人常常唾口不屑的轻蔑的女人，男子无耻地搂着她们，清脆的笑便荡漾过来。

"先生！唱一段吧？"哥哥望着在椅子上调笑女人的一个短胡子的家伙说。

"出去！出去！"他厌恶地摇着手，哥哥便悄悄地拉着那水红袄儿姑娘的衣角。

"我要听呢，小胡子乖乖。"

满屋子的人都哄笑起来，梅子也笑。

"好吧，唱一段动人的！"

哥哥便拉着胡琴，然后姐姐细声细气地唱。"你乌云懒梳玉钗横，面儿真消瘦……"

"好香！"短胡子拉住水红姑娘的手，紧紧地嗅着。

这样一家串了又一家，一直到小脚的半老女人用猪叫似地声音向他恐吓的时候，有些姑娘和男子大声地笑，同时也有紧拧着眉头，完全和先前快乐面容不相关联，他们才慢慢地走向回家的路上。

酒醉的更夫，也一路歪斜的乱撞，铜铃单调哄然地响着，星儿正在天空着眼笑，梅子垂落了头丢着瞌睡。

"汪汪！……"从一家雄伟的门旁跳出一只凶恶的狗，梅子顿然睁大了眼躲在年青人的背后叫着：

"哥哥，看，大狗。"

"我 X 你舅子！"年青人愤愤地踢了一脚，那黑狗夹着尾巴去了，在远处立住叫。

回来了，年青人叹口气，梅子拉住他的衣角。"哥！妈妈睡了没有？"

"小心揭你的皮吧！别跟我淘气！"

没有敲门环，年青人忽然俯下身，在萍儿的脸上印下一排齿痕。

梅子摇摆着小辫大笑起来！

往　事

署名：玲玲

初刊"新京"（长春）《大同报》
1936 年 11 月 10、11、12 日

小弟弟不像每天那样笑着，默默地进来，书包扔在柜上，人便颓然地躺在沙发里。

"怎么了？珊！"纹放下了手中的照片册子，走近了珊关切地问。

沉默……

"告诉我呀！珊！"坐在珊身边，手托着那小小的头，长姐的慈爱在纹的声音里荡动着。

两颗大大的泪从那稚气的眼里落下来，珊突然哽咽地伏在姐姐底怀里。

"和谁吵架了？"纹在探询。

"小兰今儿不理我。"在抽答着说。

"为什么？"纹有些惊异了。珊和小兰是最要好的。每天一起去上学，一起回来，从两家做了邻居起，这一对小小的友谊便缔结了——一直到现在，已经整整两年了呢。

"放学我招呼她，她只哼了一声，便跟大光走了，连头都没回。

我知道，是因为我早上挨先生说了，她看不起我了。"小小的心上受了双重的打击。纹知道珊的难过是比往日浓重了。

"姐！是她看不起我了吧！"珊抬起头来，看着纹底脸，眼睛依旧带着泪，那泪交混着自怨和焦灼。

"别哭！小兰不会看不起你的。去！拿你的书包来，我看你都在学校里作些什么了，待会吃完饭，我和你找兰去。"——抚着珊底头，纹在慈和地说——

"去拿呀！"

姐姐底抚爱慰安了弟弟的心。珊站起来，跑到镜前，抹了抹脸，拿着书包过来，倚着纹坐下。

一股微弱的花香——

"有花？"

"是的。"珊从书堆里拿出个纸包来，打开——一朵大的黄花躺在纸上：瓣儿掉了许多，花心也凌乱了。

"怎么弄成这个样？"

"想给小兰，她不理我，一急，便把花揉了。"珊在低声说，脸突然红了，一个赧然的笑跳在那天真的脸上，随即抬起头来，眼睛希求地看着纹。

"姐姐！一会再让我折一朵吧！晚上给小兰带去。"

"好的！"纹笑着拿过纸包来，眼睛望着零落的花瓣，渐渐的沉默了。

"吃饭去吧！姐姐！"珊在问。

"唔——"纹含糊地答，显然地，人是捆在一件过去的事情上了。

时间溯回十年去——

初夏的傍晚，太阳刚刚落，天罩上了一层淡淡的青色，看去，像飞起来的纱衣一样的轻盈。花也都抬起了头，晚香玉在看着夜来香笑，小巧的院子里装满了甜香。

"呀"的一声，房门开处，一个十岁左右的小姑娘像燕儿样轻快地飞出来，娇健的掠过院子，飘然地跳进左墙中的一扇白色的小门中去。

又是一个充满了花香的院子，两个男孩子正蹲在花缸旁，用水筒浇着花。

"霖！"

"琦！"

银铃似的声音在空中飞进，小姑娘在欢愉地喊，小手在空中摇摆着。

"呀！纹！"水筒扔在地下，霖和琦立刻跑过来，一边一个靠住纹，六只白白的腿儿，齐齐地移向花丛去。

"我爸爸回来了！"纹在笑着说："给我买了好些东西，有一个顶好看的小瓶。妈妈说，让我放上花，搁在床头上，看！这不是！"真的一个蓝色的长条的瓶子握在纹底手里。

霖和琦羡慕地笑了，随即征询地"让我给你装上花？"

"好的！霖哥先替我装点水！"纹笑着。蓝色的瓶儿换了手，霖飞快地跑向水缸旁边去。

"纹！看这花好吧！"琦折了两朵红红的，拿过来。

霖抱着瓶儿跑回来，看见琦的手里已经拿着花，有些儿急，瓶儿放在地下，又忙忙地跳进花丛去，手里也拿了两朵红花下来——

"纹！看这花也好吧！"

"都好！"纹笑着把花儿放在瓶里，鼻子凑向花儿去。

"哟！一点都不香，你闻闻看，琦哥！"纹皱了皱眉头，眼睛看着琦。

"等我给你拿香的去！"琦又敏捷地跳向花丛中去。

望了望纹，霖也奔了去。

兄弟的视线，齐集在那一朵盛开着的秋葵上。秋葵像知道有人注视，更灿烂地开了——香一阵阵地送过来。

然而两人都怔住了……

妈妈早上明明白白地告诉不许动这朵花儿呢！

静——

琦突然瞥了哥哥一下，毅然地折下花儿来跳向纹底身边去。黄色的花儿插在瓶里，两只小鼻子凑在花瓣上，四只眼睛里装着欣愉的笑——

纹底手搭上了琦底肩，头倚头，纹在爱娇地说："谢谢你呢！"

霖正在旁边也默默地站着，脸上迅速地闪过了一丝忌妒。"哼！

折妈不准动的花，那算什么好呢！"霖有点挑衅了。"什么好不好！我愿意！"羞——琦有些儿怒了。

"愿意？好！我给妈妈看看去！"霖突然上来抢那朵媚笑的花，琦护着，花在四只小手里转动着，瓣儿悄悄地落了。

"琦哥！"

"霖哥！"纹急了，忙着来分开那四只扯在一块的手，忘了手中的东西——

"砰！"瓶子碎在地上，蓝色的玻璃片四溅着。三个都怔了。

秋葵从那扭着的手内落下来。凄然地压在碎瓶子上。慢慢地蹲下来，纹拾了一块玻璃，大眼睛湿湿的。

"纹！"两声懊悔的呼声。琦和霖也都蹲下来。四只眼睛在羞愧地又惶急地看着纹。

晶莹的泪挂在两个稚气的脸上，两对手爬在纹底脸上——

"纹！不要紧吧？明儿妈妈买一个！"

"——不要紧的——"

"琦哥！"

"霖哥！"

六只手儿碰在一起，三对湿湿的眼睛互相地望着——

空中飘荡着纯真的友情。

陶 娘

署名：敏子

初刊《小姐集》[①]，益智书店出版

1936 年 12 月 11 日

　　清晨，风里飘着的花香，转着鸟语。心——是绾着了甜蜜。于是，迎着六月的朝阳。和妹妹闲闲地走向公园去。

　　"姑娘！"后面在招呼，我们一齐回过身子去。是位老太太，站在我们临近的拐角里。衣裳成了片，临风摇曳，像轻盈的舞衣，只是褴褛的，白头发挂了土，像冬天的草。脸色介在黄黑之间，嘴是赭色的，眼睛是深深的嵌在框子里。腰是弓形。若没有拐杖，头也许会垂到地上去。

　　妹妹已经拿一个铜子在手里。

　　"姑娘！你可曾看见我女儿？她有你这么高呢！"

　　蹒跚地走近来。眼光是凝然，是死寂。接着是一阵和脸不相称的嘻嘻。

　　我们相对愕然。

　　"姑娘！"桂子是大眼睛的，亮晶晶的大眼睛。

　　"嘻嘻！"面上的筋肉扭动着。在笑？

---

①《小姐集》是作者的第一部作品集，何蔼人作《序》

声音是这样的熟，我细细地端相着她。

这脸——这大大的眼睛。

"哟！陶娘。"我们齐叫着。

对了，正是陶娘。只是圆脸出了尖，眼睛是可以放在死鱼头上的。

"陶娘！"声音是惊奇，怜悯，欣喜。

"嘻嘻！"像孩子，干瘪的手指含在嘴里。"桂子扎个海棠花，花是桂子底脸。好看着呢，嘻嘻！"脸依旧放在扭动里。

"陶娘！我是蓉，不认得了吗？"妹妹声音锁着焦急。

我们走近了她。

妹妹捧起她底脸，我拉着她底手。手是鸡爪型，手脸一样的黑，皱，瘦。

突然！

混淆的眼睛里跳出来愤怒，像疯了的狼，她猛然冲向妹妹去。

妹妹底脸立刻地画上了五条鲜红的指痕。骂，哭，牙咬得咯咯的。声音是濒死的鸭。"天杀的！你还来抢钱。你把桂子弄哪去了？还我桂子呀！"拐杖举过了头。

惊愕，恐惧，本能地拉妹妹闪在一边。

"扒！""拍！"人随着拐杖落在地下。

半晌没有声。

像病重的猪，脏，瘦，团团地卷曲着。蹲下去，我们静静地注视着她。

"哼——"，像从土中钻出来的一丝呻吟。

"陶娘！"我们齐声地叫。

"来呀，扶妈一下哟！"声音是无力而断续，凄楚的叫人哭。

我们搀她起来。

"桂子！跟妈来哟！"猛然挣脱我们底手，又蹒跚的走向前面去。

怔，惊，泪中我们交换了一眼。妹妹突然伏在我身上哭起来。

是十年前，妈妈要雇人带小妹妹兼做点杂活。陶娘便被一位远房的族叔送了来。说："人是很勤快诚实的。"

不高，却很壮，微长的脸，大眼睛，脸上总带着笑。毛蓝布衫，黑裤子。常见的半大脚。一个典型的乡下妇人。这便是陶娘。妈妈一看便相中了，陶娘上了工。

勤快，脾气异常好，对小妹妹比妈妈还慈爱。放下孩子就找活，从不嚷累。针线又快又好。趁小妹妹睡觉，衣服洗了一大绳子。妈妈对陶娘是从来没有过的满意。我们更都一天天的贴在陶娘身上。陶娘带我们像自己的孩子。

天天，晚饭一吃过，陶娘底身边便围了个圈，陶娘一面摇着小妹妹，一面教着我们唱。"小白菜呀！"陶娘底脸上跳着笑，轻轻地唱起来。

"地里黄啊！七八岁里，死了娘啊！"小手飘起来，十只小眼睛都跳在陶娘底脸上。小妹妹睡熟了，陶娘放她在床上，回来便给我们讲故事。"有一个大树林子，树又高又密，开着红花，底下长着草。小孩来这放牛……"小小的心灵浸在静美的境界里。眼皮一点点地重，陶娘一个个地送上了床。

小妹妹渐渐地长大，陶娘的时间宽裕了许多，活也做的更多了，差不多全家的事都是她做。不夸功，也不要求加钱，永远是笑着。一家人都爱她，连她同行的李妈，吃鸡蛋也给她留半个。

陶娘从没使过工钱。挣的钱爸爸替她放在公司里生利。每回拿到工钱，她总算计着，一半儿养老，一半儿陪送姑娘。

陶娘有姑娘，我们都知道，而且很清楚。知道她很小便会把辫子梳得光溜溜的，十一岁就会做花鞋。因为陶娘讲故事，说到中间，总说："这个呀！桂子才爱听呢。"因此，话题转到了桂子。我们还知道桂子有爹，爹除了喝酒就要钱，不然就打人。从没有看见桂子爹，我却觉得桂子的爹准像老妖精。青脸，红发，专吃小孩子。幸亏桂子住在老娘家，不然不让爹吃了才怪。

过年了。陶娘替我们穿上新衣服，看看这个又瞧瞧那个。看着看着哭起来："桂子没福穿新衣服不说，连妈都看不见哪！"没有新衣裳，看不见妈，的确是难过的事。于是向妈妈去求情，妈妈答应了陶娘在二月回了家。

陶娘回来，脸上带着青。说是被桂子爹打了，因为要钱，陶娘没给他。

陶娘回来不几天，桂子爹便找了来。那天我们都没在家。回来听李妈说："闹得很凶，陶娘又挨了打，后来还是姥爷给十块钱打发完事。"看陶娘脸上果然又青一块紫一块的，眼睛也肿得像酒盅。

桂底爹不时来，我们都看见了。高个，铁青着脸，眼睛网着红丝，凶狠地瞪着。来了便打陶娘。家里不堪其骚扰，陶娘也不堪其苦。最后，还是爸爸给出了法。每月由陶娘底工钱里抽三块给他，让他做个小买卖。钱是按月捎给他。从此桂爹不再来，陶娘底脸上又带了笑。

像转眼，陶娘又在我家过了两个年。

第三年夏天，乡下闹土匪，陶娘要把女儿接来。妈妈答应了，桂子由舅舅送了来。

像陶娘，大眼睛，圆脸，脸上带着笑。果然梳着光光的辫子，穿着白布衫，白裤子，很小的脚。陶娘笑着："看我这女儿！今年才十五。"声调是满足，骄傲。

桂子像妈一样勤快，只是不大爱说话，心灵手巧，我底手工，都是她替做的。

秋深了，桂子要回去，说回去给爹做棉袄。妈妈想留她再住些时候，我们更不愿意她走。桂子又住下了。做了新棉袄给爹捎去。

过年，妈妈给桂子买了新棉袍，乡下又捎信来说："桂子爹学好了，规矩地作小买卖。很赚钱，过年要接桂子娘俩回去呢。"陶娘脸上满是笑了。

春天，桂子爹果然来了，衣裳穿得整整齐齐的，脸不青了。眼睛也少了凶光。

"不能让陶娘走！"我们六个一起哭着喊。妈妈也掉了泪，陶娘更哭得泪人似的。"然而这是好事呢！"爸爸说。哄好了我们，劝住了妈妈，替陶娘结了账。

"有三百来块呢！"爸爸看着妈妈说："做小买卖用不了的用，这不是很好。若不将来，老陶也没个着落。"

陶娘终于带着桂子走了，在一个和暖的南风天。

陶娘再来我家，我已经入初中。是夏天，一个骤雨初歇的晚上。我们正院里玩，陶娘携着筐瓜进来。

"哟！一别三年，陶娘竟丰满了这许多。"真的陶娘胖多了，脸色也好看了。黑竹布大衫里裹着的身躯已经圆隆隆的。

"妈，陶娘来了。"小妹妹锐声地喊。

"呀！老陶，"妈妈的声音里都跳着喜欢。

陶娘被妈留下住。

于是嚼着甜瓜，坐在丁香花下话着旧。

"桂底爹很本分，酒不喝了，三年内只要了两回钱。现在正卖着瓜。桂有婆家了，姑爷是念书的。"陶娘底话。

转年，年刚过，我们正收拾着东西准备着上学。陶娘突然来了，然而，陶娘不是半年前的，头发像草，眼睛围着黑圈，脸又是青一块紫一块的。崭新的棉袍有好几处落了棉花，满身是泥。

"正月。桂爹犯了病，连喝带耍，辛辛苦苦挣的钱都扬了。昨天跟我要钱，我没有，他就死死地拉桂子去，说是要卖去……"

陶娘嗓子哑得像鸭叫，脸痉挛着，泪像河。"救救我吧！太太！我去找他去，这天杀的。"陶娘手扶着心，牙咬得紧紧的。

妈妈给她十块钱。

从那时起，陶娘更紧紧地系着我们底心，然而我们都没有再见着她……一直到今天。

邂 逅

署名：敏子

初刊《小姐集》益智书店出版
1936 年 12 月 11 日

被逼着喝了两杯酒，有些头晕。离开众人，我悄悄地走向凉台去。

呛着夜风，头稍稍地清爽。凭栏——我默默地遥望着那遥远的仍睡在古朴中的这大都市的一角。盖在那儿的是数不尽的黑暗，回顾灯火辉煌，心中突地涌上来一股说不出来的烦乱。下意识的走向凉台最暗的角落去。

一个坐在栏杆上苗条的身形，突然跳下来，我不自主的倒退两步。

"对不起！请原谅我。"

"莲妹！还认得我？"

淆暗中我睁大了眼睛。

瓜子脸，阮玲玉样弯弯的眼睛。左脸中一个圆圆的笑窝，一件新型的淡绿色的绸衫。

"呀！兰姐！"我握着她底手——欣喜地。

一阵醉人的 4711 的香味。

我细细的看着她，笑了。

"为什么这样看我？我变多了，是不？"

"你……我眼前闪过四年前白衣黑裙的兰君。

"对了，我是变了，而且变得厉害。别再拿以往的尺量我，我已经是另一个人，我叫着徐真真。"笑着抢着说。

呀，真真——那名满津门的女人。我突然的一愣。

"愣什么？你底兰姐死了。真真也只是架行尸，我早就看见你，怕你认出来，才躲在这儿。"是有意来找我？

"不是，我……"

"好了，有意也罢，无意也罢。我们又在这地方重见了，总是一件可欣喜的事。假如你愿意，明晚六时我家去玩玩，妈也一定喜欢你去的。"一张小巧的名片放在我手里，她飘然欲行。

"兰姐！再谈一会儿，我们好久不见了呢。"我拉着了她，恳求着。

"不能，我们中间已经隔了道墙，而且这也不是谈话的地方。"挣脱我底手，迅速地走去。

我茫然的望着那秀丽的身影消失在门里。

漠然地走回室中去。

依然是笑语纷然！

十一个人中已经八个醉的。

"到哪儿去了？我出去找你也没有。"张在看着我说。

"头晕，在凉台上站了一会儿。"

"无故逃席，罚酒！"抱着瓶子，王蹒跚地走向我来。

"该罚！"二十只红红的眼睛瞪视着我，十只酒杯高高地举着。

"好的！我喝。"我端起来那重赤的液。

一个——两个——

酒瓶山也似的积起来。

"头痛，送我回去吧，张！"望着那些晕红的脸，我拉了拉张。

"好的！"张替我拿了大衣，我们偷偷地溜出永安的门。

我按时去访兰君，不——真真。

暮色中，任车夫拖着车子跑，我深深地沉在过去里。

"这世界不是女人的，莲！只要努力，总有一天我们会看见胜利的光辉。相信？"握着拳头，眼睛装着刚毅，我们是在赴妇女问题演讲会的途中——这是我记忆中的兰君。

"到了！小姐，"车子停在一所房子前。

白色的牌子写着小小的黑字。

兆丰路 8 号；

我翻转手中娇俏的名片。

兆丰路 8 号，正是这。打发了车夫，我按着铃。

开门的是兰君。

"快进来，莲！我正等着你呢。走，先看看妈妈去。"她欣然地拉着我上了楼。妈正躺在椅子中看天雨花。

"妈，莲来了。"兰君笑着嚷。

妈拿下眼镜站起来。

依照旧习惯，我笑着叫了声"妈！"

"哟！你们几时来的？长这么高了，快坐下，让妈妈看看，改没改模样。"妈永远是这样亲热。

一杯香茶润着唇，老太太打开话匣。

"真快！跟兰一起上学时你比兰儿还矮，现在成大姑娘了……你妈妈她们都好？……你还在念书……上高中了？兰爹若不死，兰都该上大学了！"

"呀，伯父去世了，什么时候？"

"前年冬天，咳！当时才……"

"妈！过去的事别提啦。待会您叫王妈预备点饭，留莲在这吃夜饭吧！来，莲！到屋里玩玩去。"

兰在黯然着脸。

"我底屋子脏呢！"推开左侧的门，兰在说。我跨进去。

衣服，报纸，书，凌乱地丢在各处。地上摆着烟尾巴，椅子也左一只右一只的。橱门半开着，化妆品的香味一阵阵地冲出来。

我愕然了。

这是兰君的屋？素以整洁著称的兰君的屋？

不由的回过头去——

"太乱了，是不？我现在是一点儿也整洁不来了。"望着我，脸上是阵木然的笑。

我默然坐下。

抽出一只烟，点燃了。

"吃烟？"

我摇了摇头，

她熟悉地送向唇边去。

"你吃烟了？"

"不但吃烟而且喝酒呢！"她真的从橱里拿酒瓶出来，又拿了两个杯子。

黄色的浓重的液体在高脚的杯子里泛着泡沫。

"少喝一点，"她举起了杯。

我怔怔地望着她。

"怔什么？小姐！我现在不是学生，不是秀女，不是时代姑娘，只是一只蠹。一只社会的女界的蠹。喝点酒，吃支烟，正是本分呢！"一阵高亢地笑，她一气喝了一杯。酒杯"砰"的声落在桌上。

"兰姐，你？"为她高亢的笑声所震慑，我本能地啜嚅着。

"酒！亲爱的酒！你让我忘了自己，忘了人生，能使我靡然的睡！感谢你哟！"黄色的液体又流进了唇，她高举着杯子，眼睛凝然地望着上面，空中还飞荡着黄莺样的声音。

又是一杯酒。又是一阵高亢地笑。

突然，她转向我，脸色是严肃的。

"莲！我是不得不这样做，社会就只给了我这样的一个生活方式。我并不是不想轻快的飞驰，然而我是匹载重的马。爸爸死了，担子便都卸给我，妈妈底奉养，弟妹底教育，重啊！莲！一个高中的女学生如何拖得动。"

又是一杯酒！

"最初，我在一家公司里做事，月薪二十元。这二十元里要出一家大小的衣，食，住，教育费。万分的拮据，然而我并不灰心，我在努力，我做着将来的金色的梦。"

一杯酒！

"做了四个月，我被免了职。原因是我不会反应主任底浮滑底笑，和男同事底装着无意的动手动脚。"

一杯酒又下了肚！

"偏巧那时妈妈在病着，弟妹们饿得悄悄地哭，那呻吟，那哭声，刀一样地挖着我底心。于是我毅然地随着邻居的丽影进了永安，做招待。当时，我倒也怡然，与其做职员去供男人们欣赏，倒不如作招待来得痛快。至少后者的关系还来得干脆点，来的人是花钱买乐，我们是为要钱而来。关系清楚了。倒省却许多装'人'的麻烦。

杯子里又流满了酒！

这生活深深地摧伤了我屠弱的心。"我常常地哭，不过现在已经麻木得坦然。我目前只想多抓点钱留给妈妈，我不会活长的，我也不愿意多活，你想想看，我怎能禁得起这许多烟酒？"又是一气一杯，酒是这般地灌了下去！

"现在只有一件事在抓着我底心，虽然不止我一个，然而我不该将招待底生活嵌在'出卖青春'里。这本是好职业，可惜又被我们封了门。我对不住所有的女人。"声音带着呜咽。

抬头看——

两颗大大的泪珠挂在她底颊上。

替她揩着泪。我摸不清自己底心究竟是酸，是苦，是辣。

我们相对凝然！

光阴偷偷地溜出去。

像梦醒，她头转向了镜子，突然的叫出来。

"来！莲！看我这鬼脸！"

灯光下，她是黄黄的，眼，陷在框子里。

"等着！看我做个假脸给你看！"

橱门全开了，香味更浓郁地冲出来。

她在加工画着脸，

"世界果真不是女人的？"望着站在镜前的兰君，我觉得眼前一阵黑。

芳 邻

署名：敏子

初刊《小姐集》益智书店出版

1936 年 12 月 11 日

　　每天每天底早晨，只要是推开窗子，便看到对面楼窗上的一个俯视着下边的黑发的头。那头发很美，尤其是在朝阳的照耀下。看起来像一块带着波浪的黑磁石似的。在吸引着一些金星若即若离的荡动着。

　　起初，我以为那不过是偶然的一瞥，然而，在每天都看见那美丽的头后，我开始惊讶了。于是在放学后，我常常地好奇地站在凉台上，注视着对面的动作。可是结果却是极端的失望。在那楼窗里显露的，只是娇艳的桃色的窗帷，和窗帷上夹着媚笑的花边。

　　渐渐地因为功课底忙迫，我忘了关于对面那位神秘的姑娘（？）底一切。可是竟如此的出乎意料之外，星期六底晚上，正陪小妹妹们在门口等着买蟹子的时候。她从西边走过来，脚步是那样的急促。在暗淡的灯光下，在提得高高的大衣领子上，我仅仅看到了一个白皙的面庞。随即那苗条的身形便消融在那半开着的对面的门里。楼上的灯开了，苗条的身影又画在那垂着的窗帷上。好奇心立刻地升起来。把小妹妹送回屋里，便绕到她房子底后面去。

后窗上也挂着长长的沙帘。可是印在上面的，却是个年老的，似乎是娘姨的头。照头底动作看来，脚步是那样的轻悄。"是睡了？这样快呀！"我默默地想。

整夜，我底脑里回荡的只是关于那女人底一切。几次抬起头来，对面只是寂静的，沉沉低垂着的沙帘。

第二天为了替妈妈去请和她住在一个院里的王太太来打牌，有意的我又走过她家的后门口。

门闭着，裹着白色睡衣的她底背影，正斜倚在门后。突然她转过身来，美丽的眼睛里放射着忧郁的光，眉儿紧锁着，脸上堆满了憔悴。手里一朵菊花已经揉得粉碎。我贪婪地看着她。她像烦了似的抛了手中的花梗，走进屋去。

放学了，像被释的囚犯似的，我跳跃着跑回家去，一进门，便觉到奇异。娘姨们兴奋地谈着，妈妈也和她底女友高声谈笑。在神情和语调里，似乎在说着一件事。奶妈拿着我底长衫进来，并且说了下面的话："对面唐姨奶奶跟人跑了。年轻人真靠不住，纵然老爷年岁大点，究竟是官太太呀！"我没有回答，穿了长衫，便颓然地倒在床上去。脑中不由地浮现出来两月中那美丽的女子留给我底印象。

玲 玲

署名：敏子

初刊《小姐集》益智书店出版

1936 年 12 月 11 日

都说霏底弟弟健在爱恋着玲玲。然而玲玲自己没觉到。她只把他看作弟弟。虽然他比她高了一头，年龄也大她六月。玲玲爱霏；霏也倾心地爱护了玲玲。对健，玲玲的态度是十足的姐姐，友爱中带点庄重的。

玲玲认识健，是两年前的夏天。玲玲在霏家里度着暑假，从此熟悉了霏家底人群。霏底弟弟，再算上健，恰巧半打。玲玲是爱动的，夹在那群淘气的孩子中，更玩得畅快。天热，山上江边，树林里做了住室。爬山，玩水，钓鱼成了每日的功课。在大自然底怀抱里，人们不自觉地暴露了自己，玲玲也无意地开放了少女神秘的心。于是健被穿在邱比特底剑上。

对玲玲，健没有过露骨地表示。玲玲只单纯地把健看成孩子，有时觉得健并不比最小的萝大许多。霏不出去的时候，玲玲便代霏约束那群野马似的孩子。在玲玲底约束里，健总最先拉着了最淘气的樵，其余的便很服帖的随着玲玲回去。这或者是爱；然而在玲玲却觉得健多少大了，知道客气。

暑假在欢笑声中溜过去。开学，玲玲搬到学校，健也回到奉天去。

浮动的心，渐渐地安于校中规律的生活。玲玲忘了暑假中忘形的奔驰，也忘了一同嬉戏的健。健曾有信来，短，寓意很模糊。看过后玲玲笑了："这大孩子！"就在这"孩子"的主题下，玲玲回了信。健不再有信来，玲玲更忘了。

在思恋在忘却里，光阴带走了学校底一年。

结束了半年底功课，挑出来放假底牌，霏在这牌下拿到了卒业证书。健也背了高中三年一期回来。玲玲却回到自己底家和家人到哈尔滨去。

在哈尔滨，玲玲依旧在爬山，在玩水，在钓鱼，只是伴着玲玲底，是玲玲自己底弟妹。

霏底信里带来健们底思恋；

霏底信里带来健们底思恋和希望；

霏底信里带来健们底思恋和要求；

于是玲玲决定把归期提前一周。

浴着霏底爱，缠着霏父母温情的招待，和小弟弟们热烈地欢迎。玲玲又来到霏底家。意外地，健却在病床上欢迎了她。

玲玲依旧带着小弟弟们玩，只是少了健。

健狠狠地诅咒自己底病。玲玲也感到游时的乏味。

霏被姑姑拉去住。玲玲代替了健底看护。玲玲觉得这是责任，玲玲是姐姐呢。

玲玲不出去了，坐在健底床前，自己绣着枕头，听着健底孩气的话，小弟弟不时来，来拉玲玲去玩。玲玲出去几次，回来健总是在凝望着没完成的枕头发呆。玲玲笑着移开枕头，不再出去了。

健飞快地健康起来。健底爸爸妈妈放开了皱着的眉头，小弟弟们快乐地跳，玲玲也高兴，玲玲觉得是去了责任。

健好了两天，玲玲便搬回学校去。

健替玲玲提了东西。并着肩，两人默默地向玲玲底学校走。路上，健几次地落后，像有话要说说，待玲玲回过头去，健却又低着头走上来。在月光下，玲玲看见了健灰白的脸色和一双烧着青春之火的眼睛。

玲玲觉得那大孩子异样了。

风带来秋，秋带给玲玲纷忙。霏在秋和玲玲底纷忙里走向遥远的东京去。

健在忙着毕业，玲玲在忙着读书和学校中的事物。有信，很短，玲玲底信有时竟写成应酬的。

冬统治了世界，北风吹回来健。玲玲预备去霏家玩几天再走。却不料爸爸亲自来接，玲玲来不及去霏家辞行，便回到了故乡。

健有信来，告诉玲玲，妈妈和弟弟对玲玲底思念。又说霏走了，妈妈希望玲玲去填上霏在家里空起来的座位。

玲玲没有回信，对健，在目前，自己也不清楚自己底心境，爱他？许有，然而这爱敌不住那长久将他看成弟弟的心情。

拿起笔来，玲玲感到一种说不出来的心绪，甜，苦，酸，惭愧，拘傲。玲玲没力量把这些纷乱的情绪有条理地编起来，送给健，让健知道自己依旧是姐姐。

年来了，玲玲家里装满了纷忙。为了小弟弟底要求，玲玲和妹妹剪着五色的纸，做灯笼做花，做练子，屋子里装成了夏天，玲玲也扯回来夏日的心境。想健，尤其是在和弟妹们底笑语纷然后。

年剩了个尾巴。玲玲开始感到了空洞，心上也像压着块石头。玲玲有些变了，爱守着炉子想，爱独自关在屋里过。想健，想围绕在身边的人群，想着自己底将来。有时脑里昏昏地，只茫然地望着烧得熊熊的火。

一个大雪的下午，玲玲站在窗前，望着弟弟妹妹在院子里堆雪人。健突然地来访。惊讶，局促，欣喜，玲玲接待了他。健只坐了半点钟。半点钟，两人竟有二十五分默然相对。健要走，玲玲去送她。健是在东渡途中，特意下车来看她的。

踏着站台上的积雪，并肩地徘徊，跳在两人中间的依旧是沉默。

铃响了。玲玲抬起头来，健底眼睛里耀着泪。

握着健底手，替健拂去了肩上的雪。玲玲勉强压下去纷乱的心，笑了："去吧！健！好好地念书，到那儿来信。"依旧是姐姐底口吻说了。

"谢谢你！玲姐姐！"紧紧地握了玲玲底手，健头也不回的走上车去。

望着印在雪地上的足迹，玲玲自己剩在归途。心正像飘着的雪，清冷无定。

春携来生机，又还给玲玲欢愉的心。想健，给健的信却依旧系在大孩子底调子下。

健一个月没信了，倚着教室的窗子，玲玲在数着门房内出入的人。在焦灼地期待着信差。

手中的一枝花，渐渐地剩了枝，花瓣纷然地躺在地上。卧在裙上，腻腻地贴在玲玲底心上。掷了花枝，玲玲长长地吁了口气！健在长长的吁气里脱了孩子底外衣。

秋

署名：敏子

初刊《小姐集》益智书店出版
1936 年 12 月 11 日

认识光，纹是在做梦。待伊从梦中醒来的时候，光已经离开伊去了，而且永远的。

外边又是个清丽的三月天，然而除了天井上一块四方方的晴空外。摆在纹眼前的是灰黑相间的屋顶。那样沉闷的灰黑的色调啊！于是，纹想到了风和日丽的郊外，假如光依旧在这儿，和光一起出去，柳荫下，小河边……于是纹底眼睛又落在挂在墙上的光底照片上。

是两年前，纹底家由遥远的故乡迁到了 T 地。为了学程的不同，纹只好在家中补习着，预备插入当地底高中。为了补习英文，纹在报纸上请着教师，光便是应征来的。

光很高，瘦瘦的，长长的睫毛下附着一双引人的眼睛。一身白色的衣服，看去是那样英挺，隽秀。于是双方都同意了，光便每天下午来纹家教一小时英文。

日子在平淡中溜着，四个月不经意的过去。在这一百多天里，光在不断地显示着优点，他在纹家人底眼中是和善。在纹弟妹间是有趣，可是在纹自己呢？！纹摸不清在十八岁的心上印上来的这青年底俊影，究竟是圆是方。可是只要光有一天不来，纹便感到说不出地冷漠。

　　天——在一天天地凉，秋意渐渐地浓重了。可是当纹穿上轻俏的黑夹袍的时候，光和纹都觉得像春天样的心境。

　　是午后，斜阳在吻着书房里白白的桌布的时候。纹照常地抱了书，从三楼上跳下来，嘴里哼着短歌，燕子样掠过小客厅，飘然地飞进书房内。

　　一对青春地笑！

　　"昨天的会了？"光在笑着，眼睛放在纹圆圆的脸上。

　　纹不答，大眼睛在光的脸上笑眯眯的一转，把书推向光底眼前去。

　　异国的方言在纹红红的唇边清脆地转动着。

　　"纹，你太聪明了，我从没有教过像你这样的学生。"光在赞叹地说，眼睛依旧放在纹底脸上。

　　"今晚，爸爸和妈妈带弟妹去看戏，我自己看家，你来陪我过这个晚上好不好？纹半正经地，有意岔开光底话。

　　"好的，我一定来！"光在笑。

　　"那我等你。"纹也在笑。

　　夜——缠着温馨，这温馨又缠着逍遥在凉台上的两颗年轻的心。光和纹在并坐着。眼前一个圆圆的小桌子，两杯清香的柠檬茶，一碟甜甜的糖果。

　　一阵幽情地沉默！

　　"你看那颗星多美，多亮！"纹在指着辽远的天空。

　　"是的，但是它不如你底眼睛！"

　　光突然鲁莽地拥住了纹，热情地凝视着伊底脸。

"真的！它不如你底眼睛！"于是。两片温软的稍稍颤动着的唇儿，轻俏地压在那星样的眼睛上。

又是一双青春地凝视。

有些赧然，纹底头埋在光底怀里！

光在抚着那软软的发。

"纹，不知道为什么，从见了你，你便在我心中生了根。无论在工作，在读书，总会无端地忆起你来。宁静的心再也不能一意地放在工作上，那时我便站在窗前，眺望着西方，幻想着你在做些什么……纹！连我自己都没料到，我会这样快地被一个女人征服了。"

"但是你也这样快地征服了我。"纹抬起头来，眼睛娇媚地望着光，手捧着光底脸。

一股少女特有的热力，由脸上钻进光底心。光觉得甜甜地——一种说不出地怡然。于是手儿拥着了花样的脸，唇强力地送上去。

稍稍地挣扎，纹终于让出来那花苞样的唇。

一个深长的吻！心在跳——一种喜悦地颤动。纹觉得脸儿热热的。十八年来第一次感到如此甜蜜，连皮肤都像甜甜的呢。

纹抬起头来，欣然地望着光底脸。

"哥哥！"

"妹妹！"

两声心底呼唤。

"哥哥！你看那颗星笑了呢！"

脸偎着脸，纹又指向那辽远的天空。

“真的，笑了呢！”

于是四只眼睛携着深情飞行在春意的秋天的夜里。

日子在带着热情走，像春天，纹和光都有着颗朝阳的心。

然而，这朝阳不久便遇上了黑云。光时常地遇着阴天呢，原因是——

纹本是爱动的姑娘，刚来 T 地，因为人生地生，纹会安静地躺在光怀里，现在一切都熟了，爸爸又在宦场中走着青云路，于是女儿被另一群在都市中陶冶出来的哥儿围着。今儿舞场，明儿咖啡店地游荡，有的是安逸，有的是闲暇，又有爸爸流水样拿进来的钱，还有刺激着感觉的饵，这些条件还不足够引动一颗刚刚渲染上桃色的少女底心？！于是，纹在醑歌曼舞中，忘了要读的英文。忘了以往的报负，甚至忘了自己还曾有过颗天真的心。光虽然没有忘，然而也只是在独息的时候方才想到的。

阴阴地，有雪。光站在书房的窗前，漠然地望着外面的天。

上课的时间过了，纹依旧没有来。迟到，在最近一月，纹已经是便饭。光知道，然而禁不住心中的焦灼，于是在注意地倾听着楼梯上的足音。

一个脚步声，光照旧地推开门。

“娘姨！”

又是个急促的——

“哟！小妹！”

门“砰”地关上，携着失望，光把自己颓然的掷在沙发里。心锁着说不出地凄寂。

步声再起，下意识地光又把身送向门旁去。

两声轻叩，一阵高兴地笑。

门开处，纹轻俏地闪进来。

大衣，手套，钱包，骤雨一样地掷向橱里，矫健地奔向光去。

一身棕色的衣服，两颊红红的。眼睛里耀着青春的光和力。

这光和力又拴着光凄寂的心。

笑！

双手在握；

光突地涌出来泪！

"妹妹，你就这样地浪费着自己？！"

一个不耐烦地笑——

沉默——沉默

纹回头望了望壁上的钟。

"讲书吧！哥哥。"飘然地走向桌边去。

"你——"光在嚅嗫，随即毅然地紧闭了嘴唇，也走向桌边去。

一个低低的稍带点呜咽的男子底中音在室内徘徊着。

空气闷闷的。

天渐渐地暖，光底心渐渐地冷下去，纹更爱游荡了，每一礼拜只敷衍似地上两三天。虽然暑假就要到了——纹也到了投考的时期。然而这些事已不如巴黎香粉那样系着纹底心。光很清楚，纹已经被举到享乐的高峰。恋爱也只看做游戏的。像自己这样将人生看得严肃的人，对现在底，只是可厌的。而且即使她仍然在爱着自己，这样一个养尊处优的小姐，对自己也绝不是合适的呢。光知道自己是应该离开纹了，虽然自己在依旧爱着她，然而这爱哟——

光终于走了，在一个芍药花开的日子。

纹拿到那装着花瓣的信的时候，光已经在千里外了。

信是这样写着：

"你也许会觉得我走的突然，然而我知道，这突然绝不会中伤了你。对你，我已经是穿破了的鞋，只合抛弃的。现在我只希望你，在灯红酒绿后，能稍稍底想起一朵在风雨中的花，那我已经满足了。好！再见吧，我聪明的姑娘。"

看过后，纹一时曾凝然，然而当伊被拥的汽车上，驶向平安去的时候，统治纹底依旧是个金色的梦。

在纸醉金迷里，纹在木然地送着光阴。

暑假剩了个尾巴！

爸爸在催着入学。

然而纹已经是野马，怎愿钻入学校底羁绊哟！

爸爸又是一番催促！

纹委屈地进了一个小姐学校。

依旧在放荡中打发着光阴，然而放荡渐渐地渗进去厌倦。

懒洋洋地—— 一个暮秋的星期日的下午，纹在闷倦地卧在小客厅里，心懒——意烦——身儿无立地。

"我许是要死了呢？"愤愤地，脸下意识地转向镜子去。

瘦——皱——枯萎的花色——眼睛呆然地陷在框子里！

"呀——"纹突然地抱紧了头，昏昏地靠在椅背上。

迷濛地，时光的黑影在头上冷酷地迈过去。谢了花，枯了叶，纹丰满的肢体在渐渐地松懈，瘦——皱——枯——一堆雪白的骷髅。

"呀妈——"心在激动地跳，额上的汗儿冷冷的。

摇摇地走向镜子去！

睁大眼睛，脸贴着冰冰的镜子。

"我——我——就这样送掉了我底青春！"

楼梯在奏笑和足音的混合乐。

脸离开镜子，人在装着镇静。

妈妈和嫂嫂相偕走下来。

"出去走走？""纹妹！"嫂嫂在笑。

"不！"纹摇了摇头，声音无力的。

两个有闲阶级女人底典型走出门儿去。

"我也像妈妈和嫂嫂那样，在奢逸中葬送着自己，然后平凡的结束了？"纹在喃喃地。

平凡——

平凡——

又摇摇地走向窗前去。

外边在舞着秋日的夕阳。

潇潇地——叶在飞——

凄凄地——花在泣——

"哟！秋——"一股冷意钻进了久困在金色中少女底心。

"秋哟！"

重检旧生活，纹又恢复了中学生底心境。

虽然身边还不断在辉耀着金之光，然而这光对纹已经是漠然地。

依旧穿起白衣黑裙来——时间不是放在课室里，就是扔在运动场上。

心拥住了光明，脸也成了海棠花色的。

虽然还去影院，然而伴着纹的是另一群画着努力的青年，纹觉得愉快而有力，同样的片子，现在看去也比从前兴味多了呢。

日子在背着期望走。纹在期望着前程，也在期望着光。每一看及自己渐渐地走上光底行程时，纹便满足的——然而缠着缕相思地笑。

光总会回来的。

光总会回来的呢。

暮

署名：敏子

初刊《小姐集》益智书店出版
1936 年 12 月 11 日

　　灰云凝住了天，像丧神的脸，说不出的暗淡。雪！冷冰冰地在飞，又凄厉地打在地上。地罩着白衣，默默地卧着，空间——是死一般的寂静。

　　远远地一个灰色的行列在蠕动，渐渐地近前来。是大小四个包在破布中干皱的身躯，若不是嘴边凝着呵气的话，你会疑心到是博物馆中的木乃伊在活动。

　　雪依旧在冷冰冰地飞，更无情地压在那四个干草样的头上。

　　"妈！脚冻。"荣儿在索索地抖着，扬起了六岁的头，红紫的小手向妈妈张着。

　　华大妈拍去了荣儿肩上的雪，荣儿是冰样的凉，一阵战栗通过了华大妈的全身。于是，在红肿的眼睛下，妈妈在注视着包在白布里面儿子底脸，儿子脸是病色的安静。

　　华大妈长长地虚了口气。

　　灰色的行列又继续蠕动着。

姥姥——梅子——华大妈。

姥姥佝偻着身，额上刻着生之痕，任北风欺凌着白发，紧抱着怀中的珠儿，在蹒跚着。珠儿孱弱的身躯发出来丝丝的热，这丝丝的热温暖了姥姥久经世故的心，也加强了姥姥摇摆的步伐，更唤起了姥姥的责任心。姥姥知道，这怀中的一星热火，今后是否能继续燃烧是靠着自己；其实又何止珠呢？还有——姥姥回了头。

梅子在啮着手指。脸庞冻得红红的，大眼睛里耀着迷途的羔羊一样地茫然，凄哀，小小的头包在条长长的白布里。白布在风中飘舞着，不时拂着梅子底脸。梅子扔开白布，爸爸便霍地跳上心来。然而现在爸爸是死了，而且永远躺着。再不会把自己底小手放在他底袖筒里温暖着，也再不会带米回家来。于是，妈妈……梅子回过头去。

妈妈在无言地走。

妈妈会着急，会哭，荣儿饿得喊，自己呢！梅子摸着自己底肚子，肚子是空空的。在——生活——充满了梅子十二岁的心，脸上现出来和年纪不相称的忧郁，梅子底步儿更迟疑了。

华大妈在笔直的瞪着前面，头发分披着。瘦削的下巴更显得尖。赭色的唇在扭动着，嘴边凝着团呵气，身躯摇摆着，像抱不住怀中的荣儿。步子斜斜的。

荣儿眼皮垂着，像已入梦？

姥姥底心一痛。

"快走吧！看冻着孩子哟！"声音是安慰，是鼓励，是压抑下去的悲哀——姥姥在理着白发。

"啊！"华大妈又长长地出了口气，一团愁云冲出来，这愁云凝住了天。

"梅子！冷吗！"妈妈在唤着女儿。

"不！"梅子摇着头。

暮色中，风雪吹走了这行枯瘦的人形。

一夜转册，华大妈只是睡不好，心很空，空得像没有血液，伊现在失了整个生活的重心，连睡眠的本能都像失掉了。刚刚的睡意朦胧，地下有着人声，华大妈又抬起头来。

屋内已经跳跃着一条朝阳，梅子在靠着窗户梳头，姥姥已经出去了。

拉拉衣服，推开怀中的珠儿，华大妈下了地。

"嗡……"头内一阵眩晕，伊险些儿倒下去，勉强略一凝神，伊摇摆着走出去。

姥姥在灶间烧着火，火光里姥姥看去更青白皱瘦了，眼光也迟钝的。

"妈你不自在？"

姥姥摇着头。

华大妈走过去揭开米缸盖。

像天上的星，缸底疏疏落落摆着的还不够一把米，房檐上还挂着块肉——埋葬梅子爹时剩下的——华大妈开开门走出去。迎面一阵风来，劲儿这样地硬，伊不由得倒退一步。按着薄薄的棉袍，倚着门框，望着凌乱的院子。院子里堆满了砖头，秸秆，烧剩的纸，只剩纸屑的爆竹，混着雪的纸灰。看去是说不出的脏和惨淡，然而这脏和惨淡都静静地覆在雪下，这正像华大妈此时底心。无主，烦忧，困苦，恐惧，这些纷然地情绪却又都覆在暂时的麻木下。

扯了扯袖子，华大妈走向院子西角去。那儿还默然地立着一捆柴。这一捆柴，那一块肉，还有缸里的一把米，便是今后全部的食粮。这便是今后全部的食粮！华大妈望着太阳，自己也分辨不出自己底心境究竟是苦是酸。

'妈！"梅子突然地叫，声音是充满了惶急。华大妈两步并一步奔回屋里。

姥姥和梅子在双双地守着荣儿。荣儿在不安地转动，脸像红布，眼睛网着红丝。气息短促的。唇焦皱着，嘴角不时露出来一丝呻吟。"怎的啦！"妈妈跃上炕去抱起了儿子，儿子是火样的热！

"荣儿！"妈在惊恐地叫。

"妈！"荣儿无力地呼着，随即用手揉着胸。

"哇！哇！"珠哭起来。

"别哭！珠来，姥姥给拿粥去！"姥姥抱起来刚刚会走的珠走向炕间去，接着珠端着碗热腾腾的小米粥进来。

"来！妈！给荣儿喝点试试！"华大妈的眼圈里已转着泪。

小米粥进了口，荣儿在吮着嘴唇，然而接着又把粥吐出来。"不要哇！妈！"手又揉着胸！

"请先生看看吧！"姥姥在喂着珠儿，面色庄重地向着妈妈。

"请先生……叫梅子去请王先生来吧！"

"好的！我就去！"梅子跳下了地。

"梅子，跟先生好好说说，务必请先生来。说大冷天的劳动你老，我爹刚死，手中实在紧吧，不然给你老雇个车……荣儿病的直喘，我妈急得没法，你老当行个好吧！可怜我们孤儿寡妇的……"妈妈底泪混着血，一滴滴地落在病儿的脸上，女儿的头上。

"妈！你放心，我会说的！"梅子抹了抹眼睛，坚决地向着妈妈，随即跑出去。

"待会儿先生来……"姥姥替珠擦了嘴，扔一个杓子在珠怀里。把珠放在炕里玩。眼睛在瞅着华大妈。

"箱子里还有我一件陪嫁的夹袄和荣儿的一副小镯子。再加上炕上这条灰洋毡，许还值两块钱。你拿去当了吧！留着买药，再买点米！华大妈在哽咽。然而声音是坚毅的。

"好的！"姥姥走过去找出来东西，望了望珠儿走出去。

珠儿兀自耍着杓子玩儿。

外面又在刮着风，屋里的空气阴森森的冷，又有些压人。灯光也摇摇的。梅子在拥着珠儿，泪痕满脸，在希求地望着妈妈。姥姥斜躺着，脸上挂着忧凄。荣儿软软地倚着姥姥，病弱的眼光也放在妈妈脸上，华大妈只是石像似的坐着，眼睛瞪着外边漆黑的夜色。

屋子里充满了逼人的严重。

半晌，华大妈开了口，依然是石像的姿势坐着。

"妈妈！不是妈不愿留下小妹，都是一样的孩子。我怎能舍得了？你岂知道，妈比你底心还难受。可是留了她……我是实在没法子，出去做活，就没有让带孩子的。幸亏王家还好，让荣儿去——不然——我待要不出去，眼看着就得饿死。你没看见缸里今儿已经没有一点米？你该明白，不是妈不要妹妹……实在是……咳！，若是你爹不死……"华大妈底声音由坚定转向哽咽。泪像溃了堤的水一样的泻下来，梅子早放声哭出来，掷了怀中的珠儿，梅子突然地扑向妈妈的怀里去。华大妈捧起了梅子底脸，于是妈妈底脸偎着女儿底。

"好孩子，你好好地跟姥姥在家，待妈领下工钱来，就送你去上学。珠儿在那边有吃有喝的。于家是好人家，给他们绝不会受委屈。你和荣儿才这么大，妈还不知道什么时候把你们伺候成人。虽说现在有姥姥在，然而姥姥年纪大了，知道什么时候……"

"哇！哇！"珠儿在哭，荣儿也在叫着妈妈。

梅子把珠儿放在妈妈怀里！又抱荣儿倚在妈妈胁下。妈妈一手拍着珠儿，另一只手再抚着梅子底头发。

"珠儿才两岁，以后日子难过，病灾的说不定养活养不活，如其让你们三个都不能好好的成人，倒不如可着一个，让她健健壮壮的好，我们全当没有她吧！"妈妈底泪落在女儿底脸上。女儿扬起同情的脸色看着妈妈："妈！我知道啦！明儿让于家抱去珠儿就是。"女儿底声音依旧颤抖着。

"这才是好孩子。"妈妈用力地搂着女儿。

"好了！梅子，睡觉吧！你搂着小妹，去看看姥姥去。"妈妈替女儿揩了泪。女儿委屈地站起来。

"姥姥睡熟了"女儿在看着妈妈。

"把这床被给姥姥盖上。"妈妈也在看着女儿

四

冷！惊！华大妈睁开朦胧的眼睛，适才，迷离的，她看见梅子爹进来。是的！是梅子爹！还是那身青布衣裳。只是脸上少了濒死前的血痕。华大妈按着胸，心兀自在扑通、扑通地跳。他耍着珠儿，又耍着荣，还恶狠的狠的打了华大妈一下。

华大妈手放在颊上，颊仿佛还热辣辣的。

"他从来没有这样凶狠过呢！"华大妈手又放在额上，额角的汗凉凉的，在望着黑暗，在寂然地说。

一阵风来——

华大妈清醒地睁大了眼睛。

围绕着身边是无尽的黑暗！无尽的寒冷。

"咳！天！"华大妈喃喃地，手无意识地在动着。

一团软软的发，温腻的触住了华大妈底手。"呀！珠！"手像碰了电一样迅速地缩回来。

"珠！妈对不起你呢！"妈妈在昏暗中注视着珠底脸。这眼睛，这嘴，这一切，明天便要离开她，而且永远的。

"珠！"华大妈在紧紧地拳着手，热情地俯在珠底脸上。"珠！原谅妈吧，妈妈是实在没有法，妈若不是到了山穷水尽的地方，绝不肯送掉你，你到那儿享福去！妈……"

一阵抽噎塞住了华大妈底喉，泪漫过了妈妈底心，流过珠底脸，又溅在梅子底身上。

"妈！"梅子霍的坐起来。"妈，为什么哭呢？"女儿匆忙地过去，抱住了妈妈底膀子。"妈！别伤心了！你要病了，可怎办？"女儿底声音也荡漾着鸣咽，"妈！别哭了！呵！好吗！"

"好！我不哭！"妈妈在用力地搂着女儿——这力是灌注了整个的坚毅和希望。

"妈！"梅子底手摸索着妈底脸！"妈！你冷吧。"

"不！"这爬在脸上的一只温温底小手又恢复妈妈旧日底心，又在妈妈底心中加上了热量。

"不！我不冷！"妈妈默然地抬起头来，天——依旧是黑的，然而已经隐隐地有了一线光明，最后的一颗星在天上眨着眼睛。

天 秤

署名：敏子

初刊《小姐集》益智书店出版

1936 年 12 月 11 日

一 失了平衡

六月天，燥热，四方的小院子闷得像蒸笼。偏巧今儿炕又热，蒸！热蒸！热！李家的斜在炕上，白胖的身子正像蒸着的发面馒头，软软的。煊腾腾的，一阵阵地冒着热气。大粒的汗珠腻腻地贴在额上，滚在身上。

好容易，太阳爬上后面的屋脊，房檐底下出来块阴凉地。

拉了拉小褂，卷了卷裤腰，李家的下了地。拉了张凉席铺在房檐底下，坐下去，捏了把芭蕉扇子乱摇。

"热死人了。这天！"李家的打了个哈欠，随身往地下一歪。

烦躁，不安。心里还委屈着，腿上被打得一块，更觉得火辣辣的。

"呀！"的声！角门开了，对面的王姨姨抱着周岁的女儿过来。

"来呀！他大姨！"李家的挪了身子，让出来凉席的一角。

"唉！可是，你们到底是怎么回事？"王姨姨撩起大衫坐下。望了望李家的泪水泡过的嘴脸。

"唉！总是自个命苦，摊着那狠心的爷们。"说着说着哭了，眼泪往下直掉。

"在外面听了七三八四的，回家来拿娘们出气。也不想想？！自己的家当，趁什么！天天大人孩子精米白面地吃着。也就是我，别人他配能支起这个家来？"

"可不是！"王姨姨赞叹似地找补了一句。

"一天，进一毛得花一块。还怪我另外找人。到家来不来还学会了横挺脖子立楞眼。我们娘孩子连大气都不敢出。嗨！还不知足，又吃又喝。我倒有一半养活着他。他大姨，我这是为啥？"拧了把鼻涕，芭蕉扇扔了，撩起衣襟来抹了抹脸。

"也真是……"王姨姨动了动怀中的孩子，孩子正嚼着奶头，眼睛剩了一条缝。"也真难为你！"王姨姨轻轻地拍着孩子，眼睛盯着李家的脸。

"真的！他大姨！"李家的瞟了睡在王姨怀中的小孩一眼。"真的！若不是为了孩子，我早就跟他蹬开了，一刀两断，许他挨饿，可饿不了我。"又拧了把鼻涕。

"唉！我就是愁孩子，大的倒罢了，小的……小的……唉！也不能尽怪他，都是那张家的小娼妇扯的。当家的在这儿打牌输了钱，就火钻天，满院子瞎扯扯。我靠人，也临不到他男人呀！"

"哟！对啦。昨儿还在当院骂了呢。"王姨姨有点火上浇油的神气。

"嘿！不用他美！明儿非得好好问问她。让她知道知道。那个臭婊子！"忘了掉眼泪，李家的愤愤的，巴掌拍了个山响。

"可真是背后骂人顶不是回事！"怀中的孩子在打鼾，王姨姨甩甩衣裳站起来："走吧，上我们那屋坐坐去！刚泡的酸楂片水。"

"不去！你看我这脸！"

"那怕什么，若不？就洗洗。来！荣子给你妈倒盆水来！"

"啊！就来！"荣子揉着惺忪的眼，端着洋瓷盆从屋里出来。

"两口子也没不打架的。前儿，他大姨夫跟我生气，不是整整地在外边住了三宿。唉！过去就算了。夫妻没有隔宿的怨，走吧！来！荣子把席子拿进去。"

三 银子和砝码

李家的天秤从没有歪过。真是，从没有歪过。银子重于砝码，她会替男人温情的在口袋里装上两块钱。砝码重于银子，她又会送给相好的两个媚脸，准得让它相称，一分一毫都不差的相称。这回是自个没算准。找打牌，不能找姓张的。要找也该先堵上那小娼妇的嘴。倒让她行起风来，扫了自己的脸。不能怪男人，在当街，被人指为……谁也受不了。男人们又要脸。唉！自己又何曾不要脸？何曾爱干这个——不干？钱怎么能这样宽裕，再说他虽然老，钱可不细，嘘寒问暖的，比男人还殷勤。不能甩，这是块肥肉，况且又已经处了两年。怨只怨男人一股脑儿把家私都扬了。现在过穷日子过不下去，过富日子没有。唉！真也没法！连自个看着要好的姐妹跟了别人去，心都热忽拉的。不能怪男人。男人一向不也是怪体贴。他——从来没有过鼻子不是鼻子，脸不是脸。两人和和气气的在一桌吃饭。自个替他们斟着酒，男人弥陀佛样的眼睛笑成条缝，他笑得小胡子撅着。这情形得恢复，天秤不能让它长歪，歪了压的心难受。况且自个儿四十来岁了！又有着孩子。反正都是那个小娼妇，揭的什么短？明儿让英去找爹，好好作点菜，找他一块来喝喝酒。天大的疙瘩也能解。张家这口气总得出，让她知道知道，李太太不是好惹的。以后嘴能老实些。

三 扫除杂质

"来！英！给你大杏。"赵大爷捧着堆杏，干皱的脸上画着笑，小胡子一翘一翘的。"来！英，给你大杏。你妈呢？"杏儿换了手，英跳着。

"妈在二门洞呢！"

"待会儿让你妈到上屋来！"

"唉！"

英去找妈。妈底身边围满了人，妈的脸上挂着霜，英没敢出声，悄悄地挨着妈坐下。妈正在骂人。

"有能耐的出来！别背后扯扯。哼！别觉着臭美……称称骨头李太太也比她重。他愿意来打牌，李太太没进门去拉。输了钱知道心疼，赢了钱不也是一五一十地往家拿。哼！贴人？算他妈的李太太有本事！她想干还不行呢！别觉得自个儿男人是宝贝。李太太不稀罕。他妈的有能耐出来！臭婊子……

英剥开个杏。

"妈！虫子！"

"他妈的骚婊子！出来试试？别拿李太太当菜看，随便踏。臭美！再胡扯扯个看看！英！谁给买的杏？"

"上屋大爷！大爷叫你呢！"英有了说话的机会。

"对啦！英！拉你妈走吧，过去就得了。"

"可也真不对，背后骂什么人。"

"得饶就饶吧！消消气，跟孩子去吧。"

旁听的人也有了说话的机会。

李家的借高下了台。

拖了长长的影子，嘟囔着，李家的身形消失在角门里。

二门洞内话又流成河。

"怎回事啊？"

"为啥？！大妹妹！"

"唉！你不知道，前天张家的在门口指李家的男人为王八，李家的为这个挨了打。"王姨姨成了中心人物。

"可真是！管那个闲事干啥！"

"贴不贴自个愿意！这不是多余闹这个，让人这顿骂！"

"李家的也真够辣！"

"嘿，没瞧瞧干啥的？"

四 平衡重现

太阳剩了半个脸，斜着眼睛望着人笑。各家底烟囱都冒了烟。李家的正半蹲式的烧着火，锅内炸着喷香的鱼。

"怎么还不回来！英都去了这半天！莫非……"李家的望了望天，身上串着股说不出地劲，"唉！"拿起扫帚扫扫烧的柴，这柴象征了李家的心，凌乱，焦灼，还热辣辣的。

"妈！"英跳了进来，手中一个又红又绿的大桃。后面跟着爸爸。

一块石头落了地。

"荣子，快给你爸打水擦擦脸！"

"热吧！天！"李家的脸像刚才的太阳，红扑扑的媚气，还热热的。

"够热！"胖脸在绷着。

"给你！擦擦脸吧！"声音是荡着春天。

一块清凉的手巾上了脸，胖脸上的怨气飞了一半。

"哟！出这些汗！小褂都湿了。"肩头上贴上来把手，手暖烘烘地像把小烫斗，这烫斗烫平了皱着的心，胖脸上的怨气又飞了一半。

夏布小褂上了身。洒落，轻快，心里痒痒的，麻酥酥的。胖脸上偷偷地溜上了一丝笑。

上了套的驴儿还不肯服服帖帖地走，李家的知道少点什么东西。于是，肥脚又俏生生地扭出了门。

"炸的鱼，你不喝点酒吗？"隔着纱窗子投进来个媚脸。

"喝……？"

"去打去吧！这儿有零钱，另外再买点下酒菜。就手请请上屋大爷。"温存，体贴，又是个笑。

钱儿换了手，胖脸跳上了满足。

"去吧！英！跟爸打酒去，别忘了找大爷。"

爷儿俩拉着影子出了门。

荣子拿抹布擦擦桌子，你爸在这，我在这，大爷在那边，你们姐俩打横。"

五双筷子上了桌，李家的心里带着笑，屋子里荡漾着春光。

蓓 蓓

初刊"新京"（长春）《大同报》 1937 年 10 月 14、15、16 日
据《第二代》（"新京"（长春）益智书店 1940 年版）
第 71-85 页文本编入

妈今儿破了例，没像往常那样直到太阳照到屁股上才叫蓓蓓起来。当蓓蓓揉开了惺忪的眼睛时，瞧太阳刚照到屋檐上，妈却连头都梳得光溜溜的了。

不管蓓蓓是怎样在东歪西倒的和瞌睡办交涉，妈连理也不理的只扔过来小裤子叫蓓蓓穿了快下地洗脸，自己还拿了那一盒从前压在箱子底下的宫粉在擦；在细细地往脸上和颈上擦。

"咚！隆咚，铛！"院子里响起了类似锣鼓的声音，蓓蓓一下子就跳到窗前去瞪圆了被眼屎眯在一起的眼睛。

院子里少了平日午前惯有的寂静，人穿梭似地来往着，东门角下的席棚里可不是正有一伙人背着锣鼓敲打着！

"妈！"蓓蓓被这稀有的景象所震撼，大声地叫着妈，预备向妈问个究竟。

妈回过头来，瞧蓓蓓那样模特儿似的站在窗前，立时将蓓蓓狠狠地扯过来，按倒在炕上，咬着牙说："小鬼！七八岁了，就没一点羞，叫人看见了又是笑话，你当在家呢！裤子哪去了，痛快穿！"

满腔高兴被浇了桶冷水，蓓蓓鼓突着小嘴，慢腾腾地扯过了那条姨姨给的细白洋纱的裤子，挨时候似的，一点一点地把腿往裤筒里放。心整个被外边的嘈杂缠绕着，但再也不敢向妈去问。从来到姨姨这，妈就变了，两句话没说上来就是拧，不然就是气呼呼的一句："别问，小鬼！"蓓蓓是聪明的，怎肯为一两句话就挨一把透心挖骨的拧呢。

"咚！咚！呛！"院子里更热闹了，人来来往往的比平常多了两三倍，更可怪的是平日顶娇顶懒的玉姐也穿了身花花的亮衣服在院子里跳。

"妈！"忘了刚才和妈赌气的事，蓓蓓一手放在水盆里，一手一点点地向脸上撩着水玩，又向妈问了："妈！今天是怎回事呀？"

妈脸已经擦得白白的了，头上还插了一朵红花，不过脸却绷着，像自己满没有费事打扮过一样。

妈依旧没理蓓蓓，自个在箱子前翻动东西，翻上翻下的，蓓蓓眼瞧着妈把自个那件花大衫拿出来又放进去，放进去又站着想了想，到底又拿了出来，扔在炕上，默默地走向蓓蓓来。

蓓蓓睁大了询问的眼睛瞧着妈，妈却一声不吱地拉过来蓓蓓就给洗脸。肥皂的泡沫堆在脖颈上，蓓蓓忍着痛低下了头。妈今儿手比往常又重了，蓓蓓只觉得脖子上像黏了辣椒似的热辣辣的。猛然间，看见妈底脚，嘿！妈今儿竟穿了那样俏生生的花鞋啦！

洗完脸，妈给蓓蓓梳好了垂在后边的小辫子，并且给蓓蓓扎了红丝绳的头发根，直到妈把那件花大衫给蓓蓓罩在平常穿的夹袍上面，又替蓓蓓仔仔细细地系上那块妈最白的小手巾的时候，才这样告诉蓓蓓。

"今个是姨父生日，客人可是多，你不许上这那乱跑去，叫人家笑话，跟妈在屋里，乖乖的吃饭的时候再出去，你若不听我话，晚上那顿打可是免不了，我先告诉你。"

蓓蓓没答应。小心儿早已跳到外面去了；但再抬头瞧见妈底凛然的眼睛时，蓓蓓压下了满心的希望，悄悄地踅到墙角拾起那断了腿的洋娃娃，无可奈何地玩起来。

屋子里静静的，妈扔下了往常做着的活计，两眼瞧着窗外，似乎是在想什么，脸上的凛然没有了，却又罩上了层阴沉的忧郁了。蓓蓓睁大了眼睛瞅着妈，妈竟像不知道蓓蓓还在屋里似的，于是蓓蓓轻轻地溜到门口，看妈依旧在瞧着外面，便大胆地旋开了门，一下子跳了出来。

外面是愉人的八月天，太阳高高地悬着。蓝天上连根云彩丝也没有。暖风轻拂着，风中夹着浓郁的花的香气。蓓蓓仔细地抽了抽鼻子，辨别出花香是白兰了，因为刚来的时候，瞧见那穿花衣服的姨姨底大襟上挂了一大排小白花。姨姨特地从身上拿下一朵来给妈簪到头上；说是白兰，要香四五日哩！到晚上妈从头上拿下来小白花的时候，果然还香着。蓓蓓向妈要，被妈打了一掌，妈说要放在箱子里香香霉了的衣裳。然而临睡的时候蓓蓓到底想法偷来那朵花，放在枕边狠狠地嗅着，就那样地在花香中睡着了。

以后，蓓蓓虽然想着那小白花，也想着弄一排香香地挂在身上。但那装花的玻璃屋子的门却永远关着。跟看花的老王要吧！老王一裂嘴哼了一声说："得啦！没瞧瞧你那身上，花都叫你给弄臭了，去！

去！"没法子去采，要又不给呢，除了悄悄地咽着吐沫外，蓓蓓实在没有另外的法子了。

今儿花香离得近，像就在院子里，蓓蓓摸着自己衣上的大花，想着再有排香的花儿戴上该有多么好看呢！又何况自己还扎了红红的辫根呢。

转过楼角，瞧屏风前面可不是在摆着那两木盆高大的白兰花，深绿的叶丛里小小的白花闪动着，香风更浓郁地扑向鼻子来。蓓蓓立刻小野马似的冲向花去。

"嗳！干什么？"突然一条肥软的小手臂揪着了蓓蓓，粗狠的声音在蓓蓓底耳边震动着。扭开了那支揪着自己的手，蓓蓓发现姨家的小王爷宝哥正叉着腰站在自己底面前。

"我……"蓓蓓猛然地记起了妈底话，妈说姨家的一根草棍也不叫蓓蓓动的。于是"我……"底下便嚅嗫起来。

"你？你不要脸……"宝哥挤眉弄眼地说着，随即"拍"的一声给了蓓蓓一巴掌又大声地"滚！"

摸着半边热热的脸，蓓蓓心里激起了愤怒的火焰。一向就是老被欺压着，天幸今儿妈妈没在眼前，蓓蓓怎肯失掉这报复的机会呢！

"我！我要带花，你管得住吗？"咬着牙。

小辫也竖起来了，蓓蓓小老虎似地扑在宝哥身上，三翻两翻就把那还大着蓓蓓一岁的宝哥按在地下。

小拳头雨样的落了下来。宝哥在挣扎，在哭，在咒骂。

正打得起劲，蓓蓓猛然地觉得腿上有人在狠狠地拧，忙着用力抽出腿站了起来，看玉姐和兰正喘着气在拂着衣裳上的土，兰头上的绫花也碰歪了，两个小脸都气得红红的。

"你！你竟敢打我！你这小要饭的！"没容蓓蓓犹疑，躺在地下的宝哥一边骂着一边跃了起来；疯了似的冲向蓓蓓去。

玉和兰也登时加入了战团，于是蓓蓓被包在六支小拳头中。撕打着，哭声夹着咒骂。渐渐地三位娇养的公子小姐起了喘息，蓓蓓却更勇猛地向四围攻起来。

"拍！"一个硬硬的小手掌猛然有力地贴在兰的细腻的洗得白净净的脸上，兰觉得眼前一阵花，便退倚在屏风上大哭起来。

这尖锐的哭声把正躲在一旁嬉笑的孩子的带妈唤了出来。首先跑过来的是兰底奶妈老王，跟着是带宝哥的李妈和带玉姐的张妈。王妈底嘴还在蠕动着，似乎是在嚼什么。脸上更红扑扑的，满面酒意。李妈和张妈也都是酒气熏人。

"怎么啦！二小姐！"王妈抢着先将兰抱在怀里，一边给兰擦着泪一边问，李妈和张妈也先后将宝哥和玉姐拉了过来。

"她！她打我！"兰指着蓓蓓哭诉着。

瞧见来了帮手，宝哥和玉姐的威风顿时张了起来；两人双双挣脱了带妈的手，重向蓓蓓奔去。

蓓蓓也举起拳头来。

高举的拳头被一支大手从上面压了下来，蓓蓓愕然地朝上睁大了疑问的眼睛。

上面是李妈冷冷的脸。

"得啦！蓓姑娘！你还没打够吗？你也得文明点，不怕丢了你姨的脸！"在李妈的嘴角，这些话慢慢地挤了出来。跟着又转向宝哥："别理她，她是野孩子，回头姨娘告诉你爸爸，爸爸又得生气。走吧！上那边玩去。"

"妈说姨娘是狐狸精！狐狸精迷爸爸，对，对对，小蓓蓓是狐狸精。"宝哥在奚落地嚷，又向着蓓蓓，把嘴角一咧，一口唾沫摔在地上："你小狐狸精。"

"别说了，哥！"玉姐拉着宝哥衣袖子。

"走！咱告诉妈去。小老婆没好东西，姨娘是小老婆，蓓妈也是小老婆，蓓蓓更是小小的小老婆。"玉姐咬着嘴唇，把眼睛轻蔑地溜着蓓蓓。

"你才是小小的小老婆！"刚平息一点的怒火又烧了上来，蓓蓓握着拳头赶向玉姐去。

"对啦！对啦！快上太太那儿玩玩去吧！"张妈说着便横过身子来，一手拉过来玉姐，一手像无意似的往后一甩。

一个甩起来的肥大的手掌亲热地在蓓蓓瞪着大眼睛的脸上。

眼前一阵花，蓓蓓踉跄地倒退了两步眨了眨眼睛，脸上像烫了样地发烧，禁不住地泪沿两颊流了下来。

看见蓓蓓的眼泪。三个娇宠的孩子哄然地笑了出来。

眼花，脸烫，心上郁积着愤怒。"报复"更紧紧地扼着蓓蓓底心。

猛低头瞧见脚下的黄土，蓓蓓立刻蹲下去抓了把细土，照着那哄笑的脸儿撒去。

飞出去的土被风卷了回来，蓓蓓困在尘土中，小手下意识地揉着眼睛。

待从脸上拿下来手，屏风前又只剩了蓓蓓一个。来往的人多了，喧嚷的声音也更大，远远地瞧见厨房那边正有些人端了热腾腾的菜在向客厅走。蓓蓓知道是该吃饭了。

"吃饭？"是的，是得吃饭了，从起来到现还没有一点东西到嘴呢，蓓蓓觉得肚子在开始叫了。刚才的纷争已经抛在脑后。

"呀！"饥饿使蓓蓓记起了妈底话。妈说是不叫出来呢。

跨踏着，蓓蓓到底走向和妈共住的小屋子去了。下意识地以为饭一定已经摆在桌上，像每天那样。妈正拿着筷子等着蓓蓓，说不定还正往蓓蓓底碗里挑肉啦！

蓓蓓原来是随着妈在吃饭间的大桌子上和姨姨一家人一块吃的，但自从蓓蓓在桌上因为抢肉被妈打了两回后。蓓蓓就和妈回到自己住的小屋里来吃了，每顿都是跟着姨姨的老张给往这送。在这大院中，除了姨姨，只有老张是待蓓蓓好的。老张时常给蓓蓓东西吃，看见蓓蓓也老是笑眯眯的，从没有像李妈那样冷冷地咧着嘴。

"说不定老张还没摆完饭，正在和妈说闲话呢！"想到老张，蓓蓓心上的暗影飞得一干二净的，放开腿向小屋子跑了起来。

屋里果然有人在和妈说话，但声音不像老张，妈也不是往常的和气的声调，而是拘谨又带一点哀求似的声音了。

隔窗向里看，看见妈正站起身子在送着宝哥玉姐和兰儿底妈妈！那个姨姨叫做"老不死的"满身烟味的太太。这时太太脸绷着，妈却满面都是笑，但妈笑得不像平常那样好看，再细看，两棵大大的泪在妈底眼角闪动着。

"呀"的一声，门开处，太太扭着两支黄瓜脚走了出来，蓓蓓敏捷地闪到了门后。

妈跟在黄瓜脚后面，陪着笑说："不嫌脏，您有空过来坐坐！那叫你有这穷亲戚了，唉！……您多！"

"哼！嗳！"爱理不理的，黄瓜脚一边哼着一边往出走。直到瞧见黄瓜脚拐了楼角，妈才慢慢地关了门进去。

半天没声息。

蓓蓓从裂着的门缝向里瞧时，妈正流着泪在箱子前检衣裳，脸上的粉被泪冲得一条条的，轻轻地拉开门，妈似乎是不知道门开的样子，蓓蓓蹑手蹑脚地进来，又走到墙角，手中重拿起那破了的洋娃娃。蓓蓓在企图混过妈底眼睛。

刚坐稳，蓓蓓的眼前便来了妈底手掌，跟着屁股上就接着巴掌，腿上挨了拧。

"妈！妈！我再不敢啦！"抚着疼痛的地方，躲避着妈底手，蓓蓓在哭诉着。

"小鬼，你胆子可赛如天，……你，就敢打人……你……你不知道是吃人家饭吗……你……"

巴掌一个接着一个，妈底气喘着，一边打着一边在颤着声调责备着。

"妈！妈！我真不敢啦！他们……"

"你！小鬼，我知道你要磨死我了，叫人家来数长说短，连你姨也被说得一钱不值，我命苦，摊着这样的孩子……受你们两辈子的气，……你给我说……你，……"

"我……"被饥饿疲乏和疼痛交迫着的蓓蓓只觉得屁股上一阵阵的麻，心扰乱着，眼前泛起了无数的金花。于是不自主的顺着妈腿倒了下去。

到蓓蓓再醒，天已经黄昏了。蓓蓓看自己正躺在妈底枕头上，枕旁放着鸡蛋糕，妈却坐在自己身边哽咽着。

"妈！"从爸死，妈虽然不时地哭，但从没有像今天哭得这样凄切。蓓蓓爬起来忘了身上的疼痛，伏在妈肩上，发出了惊异的呼声。

"你！……"妈从身上拉下来蓓蓓，又把蓓蓓拥在怀里，随即把鸡蛋糕拿了起来。

妈眼睛已肿得像胡桃。

摸着蓓蓓底身子，妈在怜惜而又后悔的问着蓓蓓："还痛不！下回可别气妈了唉！咱们命苦，跟着别人吃饭，啥气也得受，怎能打人家呢？还亏是姨姨得脸，不然我们早被赶出去，要饭都没地方；还上哪吃鸡蛋糕去呢？好孩子！你乖一点，听妈话吧！"

一阵泪底急流阻住了妈底话，蓓蓓感到妈搂得更紧了。

"妈！我听你话！"蓓蓓搂了妈脖子，诚实地说。

　　"那才是妈的好孩子，妈这样还有个指望！唉！若有你爸爸，……"妈猛然地推开了蓓蓓伏在枕上放声的呜咽起来。

　　"妈！"哽咽着摇撼着妈底肩，蓓蓓记起了那拿着烧饼回家的爸爸微笑的脸。然而这脸是永不会再出现的了！

　　"啊！爸！"蓓蓓也"哇"的声哭了起来。

　　于是妈底辛酸伴着孩子无邪的忆念充溢在那阴郁的小屋子里。

忆

署名：丽娘

初刊"新京"（长春）《大同报》
1937 年 10 月 22 日

　　有了姨，妈底地位便被侵占了，妈带了满腔的幽怨，离开爸住到遥远的乡下去。于是妈底希望和妈底快乐便都付给了我，但我给妈底呢？除了不屑和漫长的忆念外，还有什么呢？日来，故乡正浸于水和胡匪的涡里，爸是不会顾及妈的，妈一人在怎样过活着哟！但我有能力——去接妈——越过迢遥的山河去接妈——在我还在喝着西北风的现在？虽然我对妈是有着海一样深邃的思恋。

一　灯　下

　　"'三更灯火五更鸡'哟，丽儿，勤奋一些，给妈长长脸吧！"守着半明的菜油灯，妈读着《再生缘》在伴着我念夜书，当我打着瞌睡的时候，妈抚着我底头这样慈爱的鼓励我。

　　夜深了，乡村里的寂寞是令人窒息的，"妈！我困。"我常常扔了书，往妈怀里一倒，无论妈怎样呼唤也不肯再爬起来。这时妈虽然为了我底书尚未读熟而焦急，但责骂的事却是永远没有的，于是妈在想着方法哄着我起来。到一切的方法都用尽，而我依旧在东倒西歪的时候，妈便自己拿出《列女传》来，一遍一遍不惮烦地读着，为妈底勤读所刺激，我猛然地坐起来，揉着迷濛的眼，继续着半生的书，于是欣愉的笑便跳在妈底脸上。这时我底手里也常常多了一点好吃的东西——只要我乖，妈是忘不了奖励的。

三 夜 归

我稍长的时候，爱听茶馆里说书，讲"评书"，爱听那由惊堂木声声敲击下，溜出来的英雄侠客的故事。

家那时住在城内的深巷里，黄昏最先惠临，寂寞永远做它的伴侣。

夜深里归家，乃更有一种恐怖。

说书人说过，黑巷里有人打闷棍，劫去客商的财物，还要冒充英雄侠客，但也最容易碰见真的英雄侠客。

独个悄悄地溜进家的侧门，门寂寞地呻吟一声，妈虽然知道一定是我，但总经常地忧郁地问一声：

"哪一个？"

"是我！妈。"想起明天要背的书，心缠着惭愧，我在亲切地应着妈。

妈守着灯在读《再生缘》，儿子进来了，皱皱眉，投向一个忧郁的慈爱的眼。

"那些书你不会看吗？又去听，明天的书还没背呢！上学又该挨先生打。"妈底声调是慈爱夹着责备。

"妈！我现在念！"

书还没念到二页，眼皮像石头样沉重地坠了下来。

"睡去吧！明天还得上早学呢！再别去茶馆了，听妈话吧！"

爬上床去，想，下次不叫妈急，决定不去了。于是想在一个故事的终了便不再去，然而说书的人总是把故事留下一截尾巴，我想听完了再休止，但——再也听不完——说书的人的故事是永远不会完的。

门，还得让妈妈出去关好。

三　噩　梦

报端传播着惊人的消息，妈抑郁的影像，重新清楚地跃在脑里。

我咒诅着，我愁伤着。然而我……

夜里，我回到了家乡。

街道摆在自己的眼前一如旧时，只是多了水，满处都是白茫茫的水。杨柳枝头挂满骷髅，张家门前那棵大梧桐，正有一堆人围着。不，搂着在啃啊！那儿是同学陈云的家呢。

路走得多了，我口渴得要命。

然而街走完，茶馆没一家，太平缸里的污水也没了。于是转到自己的家门。

怎么夜竟深了吗？

悄悄地，有如儿时夜深归来，悄悄地溜进了家的侧门，门不响，不，门哪儿去了！

灯燃着，我希望妈像往常的给我一杯热茶，然而，妈呢！守着灯读《再生缘》的妈呢？

我急得哭了，但，终于在床上寻见了妈，是的，夜深了，妈倦得睡了，妈总是要睡的。

"妈！妈！"你盼望的儿子回来了。呵！妈睡熟了。

"妈！妈呀！儿子回来了。"我摇一摇妈底手，妈怎么不动了呢？

"妈……"呵！

呵！死了，妈死了！

妈忧郁的脸苍白如同一张白纸，眼睛没有一点光。

灯熄灭了，无边的黑暗，妈死了。

惊醒来，心跳得像擂鼓，汗已茫湿了破衣。"妈！你不要死呀！"我默念着。

明天的报端会有更可怖的消息传来吗？

小 别

初刊"新京"（长春）《大同报》
1937 年 11 月 5 日

纵然两人整日地守着撅嘴，心也是安然地，一提到分开，鼻子跟着就酸了，泪一滴追着一滴地滚了出来。

要去接爷爷来同住，这是两人的意见，而且早已是在这小家庭里通过的事，但到启程的日期迫在眼前却又都觉得黯然，而希望着有个意外的事情发生来阻止住这已定的别离。

意外没有照希望的实现，假请妥，钱预备好了，没有一点再停滞的理由，于是在一个深秋的清晨，妻带着泪瞧着我夹了隔夜准备好了的小皮包上路。

车拐角，妻的身形依旧在眼前晃动，孩子抱在手里，脸黯然地向着街道，泪晶莹地转在眼角。

一阵剧痛抓着我底心，我不应该走，我不能叫伊孤零地关在房里，没有伴侣，没有娱乐，有的只是纷忙，和一个婴儿的不断地哭闹，我要伴着伊，用我所有的爱包围着伊，分担着伊的繁忙，我们原是一体的。

于是我用力地蹬着马车底，大声地唤着车夫。

车夫惊异地转回了头。

一刹那间，我记起了我底事务，爷爷那苍老的面孔也在面前晃动着，是的，我们不该把那年近古稀的爷爷孤单地丢在辽远的故乡的，妻刚才不是这样恳切地和我说吗！"哥！为了爷爷，我们用最大的努力来忍受这难耐的别离吧！"妻含泪微笑着的面庞重新出现在我底身旁，我立刻觉得增加了勇气，我要不踌躇地奔上旅途。

"先生……"车夫正睁大了眼睛瞅着我。

"唔……"我脸马上红了，声音也嗫嗫的："唔……我是叫你快一点，我，我是要赶火车的。"

车夫自然地回转头去。

对自己刚才忘形的喊叫，自己也禁不住笑了起来。弃了马车，换上火车，时间在轮声中悄悄地滑过去。

倚着车座，轻轻地嚼着妻为我放在行囊中的苹果，心重为相思苦。

车外面耀着九月底秋阳，远天已现出来苍色，妻这时该烧晚饭了，孩今晚没有爸爸抱，许正吵着妈妈呢吧！

小 宴

初刊"新京"（长春）《大同报》
1938 年 2 月 10、11 日

也该有一次聚会了。毕业两年了，还有十多个集居在一个地方，而且还不断亲密地来往着。若是有一位是摄影家的话，照出一部片子来，准保比明星公司的女儿经还要热闹哩！

是午后四点，迎着刺骨的寒风，我匆匆地跑到了预约的地方，人都到齐了，就少我，我红着脸道了歉。于是按着抽着的号数大家入坐，菜被白衣侍者一盘盘地端了进来。

虽说都不会喝酒，可是遇着这样难逢的团圆机会，一半高兴一半逞强，十个人竟喝了满满的六大壶。

酒入了肚，空气都像随着酒热而活泼。人更是话不离唇，笑声四溢了。

"让我们来做个小玩意吧！"杰提议，说着便从携来的小皮夹里抽出一个装着鼓鼓的信封来。

十八只眼睛集在一处，酡红的脸上闪着笑容，"嗳！瞧着吧，瞧着这位促狭的小姐又要玩什么把戏。"

"现在由我来敲这小碟，大家传着这条手帕，我一停，手帕落在谁手里，谁就从信封抽出一个纸条来，而照着纸条上所写的去做。"杰满正经的，态度的威严不下于临阵的主帅。

"好！好！好！"嬉笑地答应着，于是一条花花的手帕在席上翩飞着。

"东！东！东！"碟子发着清脆的响声，欢笑中手帕飞快地被扔掷着。刚由手中送出去，一口菜还没咽下肚，又绕着圈飞回手中来，扔，抢，推，生怕那东！东！的音声消逝。

"东！"到底停着了，快看快看。嘿！在贞手中哩！

贞笑着，还待往下座的手中送时，已被众人齐齐地止住了。于是贞忸怩着从封筒中抽出一个纸卷来。

"说你底恋爱经过。"

纵然两人的倩影已不知在大经路的双灯下消逝过多少次了，但是在大家面前，尤其是在一群爱嬉笑的姐儿面前，自己明朗地说出来藏在心里的甜甜的事情，多少是有些不好意思。还没待别人张口，那瘦瘦的俏丽的贞底脸已经躲到桌布下去了。自然是一阵催促。

到底还是杰会说话；

"贞！别那样小家子气！"

"好！我就说。"为杰底话所奚落，虽然依旧羞红着脸，贞英雄式的开口了。

"春天上放送局，遇见一个黑小子……"

"是很可爱的黑小子呀！"爱玩笑的马弟给加了注。

"别打岔！"

"我觉得他挺好的，他也觉得我挺好的，就这样两人就好了，好了就回了一趟家，爸妈也说他挺好的，于是……"

"于是就订了终身大事。"我给找补了最末一句。手帕重又纷飞着。

这回临到阿凤头上了，凤平日是我们群中最安稳的一个，这位拘谨的姐儿将碰上那一类的把戏呢。

"你和你底他中间的最亲密的称呼。"

凤没开口脸就红了，无论怎样催促，诱惑，逼迫，只是咬定了没有叫过什么。

无可奈何中只得另想别道，叫凤背过脸去说，大家都低下头去听她说，好容易千呼万唤的在大家都忙着吃鱼的时候，才轻轻地飞到耳朵里一声低柔的呼唤："庚哥。"

忙着送，忙着吃，又忙着喝。嘿！这回临到我头上啦！

"你处女吻的所在。"

知道是脱逃不了的，于是我绷起面皮来，做小说式的。

"一个清朗的有月亮的晚上，我被人请去游湖，在湖上喝醉了酒，归途迷蒙地被人吻了。"

意料中的催逼竟没有随着我含混的答案拥挤上来，抬头，原来大家的注意力正倾向马弟那边，马弟正低着头在桌下鬼弄什么。

我侥幸地伸了伸舌头。

侍者端着热热的一盘鸡进来。

正在大家握起筷子，准备着大嚼的时候，马弟郑重着脸，发着男子式的浊音说：

"我以衷心恭祝诸位此后的快乐和健康。"说着从桌下拿出一个荷枪的兵士，"拍！"一拉头！向大家来了个举手礼。跟着从兵士的袖管里拿出来糖，笑嘻嘻地分给大家。

"谢谢！谢谢！"不约而同的说，杰还立起来行个大礼。

封筒中的纸卷抽完了，笑却依旧泛滥着。然而笑声中却满是醉意了。

到饭来，每个人的肚子都已经鼓鼓的了，胡乱地泡了半碗饭吃，看钟，已经六点过半了，嘿，竟吃了两点多钟呢。

拿起大衣来，这小小的宴会在"再见"声中结束吧！于是，在寒风中，我又夹着颗热辣辣的心归来。

归 乡

初刊"新京"（长春）《大同报》
1938 年 2 月 19、20 日

结束了漂泊，在一个长长的旅途的劳顿后，我又回到故乡了。

那是一个清朗的日子，而且吹着和暖的三月的春风，路旁的树在挥舞着绿枝，田里正有人在忙着，我们走的还是来时的路，迎头扑的景色也仍如旧，只是树干粗了，田里多了些陌生的汉子。

快近家门，心禁不住地跳，遥望庭院依然，那古老的院落看去是更苍老一些了。

下车，大门依旧像五年前那样关得紧紧的，拉开了左侧的小门，我怯怯地叫了声："老王。"

一会，犬吠中夹着咳嗽，我正思忖着是不是老王仍在看门的时候，我身边已经立着一个矮小的老头了。

尖脸！小矮个，疏落的胡子……

"啊！老王。"我欣喜地唤着那亲切的老人。

"你……"细细地打量着我，枯瘦的手遮在皱纹的脸上。

"我是三姑娘！"瞧着那惊异的眼光，我爽快地打断了他嚅嗫的话。

又细细地看了两眼。

猛然地一拍头，连声的"唉！"了起来。接着连串地"唉！唉！真老了！可不是三姑娘，长高了……唉！人老真不中用了。"

跟着就不够这位亲切的老人忙的了，一面招呼着人替我拿东西，一面忙着送信给屋里的妈妈们，又忙着絮絮地问我外面的状况，还不时地大声招呼着跑远了的"大青"。

我还没有走上台阶，妈妈已经迎出来了，后面跟着高高低低的一群，还没待我看出都是谁的时候，我已经被拥簇着走到客室里了。

客室里依旧，那两排脱了漆的太师椅子还在那儿齐齐的放着，八仙桌上摆着的茶盘还是原来的地方，这里一切都没有变，似乎这个小世界是被遗忘在时间外的，最后，在颤抖着出现在客室门口的祖母的拐杖里，我才感觉出一点时间的痕迹。

忙着收拾屋，忙着回答天真的弟妹们的问话，在妈妈慈爱的呵责和劝止了直到晚饭后，我才换了衣服，脱开了弟妹底纠缠，安闲地坐在祖母的枕边，看祖母在缓慢地吃着晚烟。

从躺着的侧面的影子看去，祖母的脸是更瘦得可怜了，细瘦的手指捏着烟袋得很久很久的一个时间才能把烧好的烟吸到嘴里。

每当祖母用着颤抖的手费劲地烤着烟时，坐在她身后的一位少女，便轻盈地走过来，替祖母将一切都收拾好，那姑娘生得很美，然而过分的单弱，我似乎是认识，却又弄不清她是谁。

直到祖母吃完第二口烟，才招呼着我说："三！看荣像三姑不！"

啊！原来是三姑处的荣妹，以往由信里知道荣，知道了三姑底死，知道三姑底死是付于祖母怎样过度的悲哀，荣底装束很朴实，侧面看去，竟和小时看见在楼窗上出现的三姑的面庞一样，只是面色略红润些。

是的！记得最清楚的三姑的像貌就是那出现在楼窗上的了。

每天！只要那戴大眼镜的老先生说一声："回家吧！"我便像脱了笼子的鸟一样的欢跃起来，但为了怕先生底苛责还不敢立刻就跑，先一步步地慢慢地走出了书房，心都早已跳到三姑处去了，一拐过墙角，要往姑姑们住的小院去的时候，便像小野马一样地奔跑起来，老远地就大声地喊着"三姑！三姑！"

于是那迎着阳光的小窗缓缓地被一只纤长的染着凤仙花红汁的手指推开，暮色中，三姑那修长的苍白的脸儿伏在窗棂上，望着下面的我，忧郁的脸上闪上了一丝笑，然后低而轻柔的："三快上来！"后边有时还加一句："好好上楼梯！"

我一面答应着一面"咚！咚！"地跳了上去。三姑老是替我预备好了一杯茶，和几块我爱吃的点心，慢慢地吃着，向三姑学说着书房里的笑话，到话穷时，就磨着三姑讲古，一个故事没听完，眼皮慢慢地合拢。就那样一手拿着点心，伏在桌上睡着了。

醒来，身子已经睡在床上，手中的点心没了，手也擦得干干净净的，三姑正坐在床边的小凳上，迎着窗口的光线，在厌倦而又细心地绣着枕头。

有时，也伏在桌前看三姑一笔笔地仔仔细细的描着花样，到祖母想起要什么东西时候，三姑拿着那长长的一串钥匙，我便奋力地给东一个西一个地搬箱子，对三姑娘记忆止于此了。其余的两个姑姑印象更模糊了，只记得两个都是多病的，在苍白的脸上浮着寂寞的微笑，陪着老人们看牌的时候，轻声地呵欠着，不时地用细白的手在捶着腰而已。

我原来也是应该属于姑姑们一样底命运的，在小院里住，在阴暗的走廊里轻声的走着，穿过了曲折的楼梯去到平台上眺望，沉默地度着寂寞的闺阁生活，厌倦但而细心地赶着自己的嫁妆，但到生我的时候，爸爸正是从外面带了人们惊诧的洋书回来，而且小辈中又只我一个姑娘，由于爸爸底力争，由于祖母底偏爱，我逃出了那寂寞的生活，和同年纪的兄弟们一同受教于那位从遥远的地方请来的戴大眼镜的先生。跟着由于爸爸宦海的升沉，我被携带着从这一个地方，到那一个地方，于是我树立了另一种生活。但另一些属于家中的年青的姑娘们呢？

我细细地打量着身边底荣。

荣正注视着我，眼里闪着令人捉摸的光，憔悴的朱唇旁浮着静静的微笑。姑姑们底时代是过去了，现在底姊妹们正到了一个多变幻的歧途，但这美丽的年青的姑娘底命运，又被织入妈妈们底图案中了。

瞧着闪烁底灯，重温外面的飘荡生活，果真的？女孩儿只该过着幽凄的永囚于家中的生活？

追

初刊"新京"（长春）《大同报》1938 年 3 月 16、17、18、19 日
据《第二代》(益智书店 1940 年版)
第 129-144 页文本编入

"妈！"桂花扎煞着两手，一脚蹬在炕沿上，望着从那盏圆形的小铜灯里溅出来的豆油，大声地呼唤着。

没有应声。

桂花焦灼地皱一皱眉头，然而这焦灼却掩不下去脸上的得意，是的，今儿的事真够使人高兴啦！满打着要跟妈妈过个穷年了；万没想到天上会掉下这么位财神爷来。刚一见面就透着好交，两口烟抽过去，就像多年的朋友似的，还没转上半天，竟答应来住这还不算数，出手那个大方劲，唉！真叫人连心眼都舒服。

"妈！"

妈依旧没有来。

"这老太太！"真连老太太都乐疯了，这早晚还跑出去喝什么西北风。

蓦地一阵风来。

桂花不禁地打了个冷战，回头风门子裂了个大缝，一支细瘦的指缝间熏得黄黄的手伸了进来，手上挂了些大的小的报纸包。"又

去……"狠狠的望着那支手，正要扔过去一些咒骂的时候。意外的进来的却不是哥哥，而是个瘦削的蓬着一头乱发的人。

瘦削的青白的脸上蒙着层油光，眼上网着醉后的红丝。继续的尖锐的笑声从挂着白沫的嘴边流了出来，红红的眼睛怪媚气地斜溜着。

"妈呀——"桂花暗暗地叫了声苦。

"妈呀！我的小亲妹子呀！"白沫的嘴裂了缝，黝黑的牙齿错落着，谄媚的却又给听的人一点威胁意味的话高高的跳了出来。

"你——"桂花勉强在脸上堆了个笑，声调是掩藏不住的厌烦和恐惧。

"我？你说的是我？嘿！大三十晚上的谁家不过个团圆年，一年到头的咱们两口子还不亲热亲热，瞧哇！我还给你买了吃的啦！"纸包举过了顶，随即又"拍"的声摔在八仙桌上，霍的一支手伸过去圈在桂花的腰上，一阵狗身上似的油腥味从那黑色的棉袍袖子里头窜了出来。

"又来找便宜！谁跟你是什么两口子！"半愠地，桂花甩开那支圈上来的手，身子闪到旁边去。

"嗳……别生气呀！今儿穿的漂亮了，就不认当家的了吗？"人跟着声音扭过来，一支手搭上了肩，另一支爬向脸蛋去。

青白的脸上染着醉后的紫红，乱发下深陷的眼睛半睁着，嘴角堆着狡猾的笑，令人恶心的酒臭迎面喷了出来。

忍不住的憎恶混着往日郁结着的委曲一齐兜上心来，桂花狠狠地啮着唇，手猛然地举起。

一个哂笑！

一双狠毒的眼光！

刚刚在那支细瘦的手举起，而桂花嘴里的一声："今天我……"还没有从齿缝中挤出来的时候，另一支手从上边压了下来，再一支"拍"的声击在涂得红红的脸上。

"妈的！你、你怎么的？你还反了天，小婊子，你今天怎么的？……"嘴几乎斜到耳朵边，瘦脸弯成了弓形，眼睛是看见美味的食物的狼似的。恶毒的骂从翘着的唇下漏出来。

"我XX你妈的！吃了两天饱饭又忘了大爷了，别不识抬举，今儿来是大爷一乐，敢跟我顶，说叫你挨饿你可就没饭吃，你再来，明天就叫你往屁股眼上按烟泡去……"尖着嗓子，一支脚蹬在板凳上，桌子拍的山响。

泪在桂花底脸上流成了河。适才的愤怒被恐惧压下去，"挨饿……"两个字重重击在迷濛的脑上，过去饿得黄瘦的妈底脸带着无神的眼睛又重现在眼前，更揪着桂花心的是——

妈犯瘾时痛澈心肺的呻吟。妈犯瘾时苦痛的辗转。

唉……自己的？自己的！

烟馆是不能不去，去烟馆就不能惹他火，不是好容易才千言万语的求他给送了去，官家取缔烧烟，虽然取缔不了经理贪多作买卖而雇用烧烟姑娘的心。但经理不也是怕他三不知给漏风。何况他又是一唱百和，跟他一鼻孔出气的有的是，多少天的气都忍了，唉！今儿大过年的，而且一会……一会陈大爷还要来。

抹掉了眼泪，桂花在想着法子转圆，眼睛偷偷地溜上去。

脸上依旧挂着狞笑，气似乎消一点了，一支手在敲打着瘪了的衣袋。

桂花恍然了，一定是又有小人给漏了风，说是什么什么人来，每次有人住，他的啰嗦都是少不了的，何况年下，正是他手紧的时候？然而自己辛辛苦苦的，甚至于……就这样轻易地……往常压着的愤怒又平地兜了上来。好！随你？不去就不去。看你到底能怎么样。

生着气的人像是看出了身旁的羊儿崛起了角，无赖的暴性发作了。又是"拍"的声桌子响，"妈的！小骚婊子还跟我叫劲哪，大爷一句话连卖菖都叫你摸不着人！不给你利害你也不认得我！"气呼呼地抽下来凳子上的脚，袖子一甩，身子便扑向风门子去。

明知道眼前的局面是会演变到什么样子，然而辛辣的喉头使得桂花说不出她要说的话，实在她也不知说什么好，她挥动着手，像是阻止，又像是撵人。

刹那，黑衣的人便消失在黑暗中，除夕的寒风携了断续的爆竹声从敞开的门洞刮了进来。

桂花痴立着，冰冷的泪滚在脸上，她忘了冷，忘了那份正擦得晶亮的预备款待财神爷的烟具。往事烟一样地，然而记忆却不清楚了，脑中只迷糊地缀着，"饭……鸦片烟。"又是一阵冷风来，她下意识地抚着裸露在苹果绿夹袍的短短的袖子下细瘦的双臂，这样细瘦的双臂啊！

木然地，桂花回转身去，将脸贴在镜子上，镜子里一个猴形的脸，两颊两块死红，唇淤着紫血，一双围着灰青圈的眼睛细瘦的手迟缓地举起来，爱抚似的放在已经现出了皱纹的影子的额上。

　　渐渐地泪雾濛着了桂花的眼，镜子里幻现昔日豪华的留影，华丽的屋子里扎上了白布，在七岁的肥满的她底小头上也扎上了白布，稍长的哥哥跪在外面烧纸，妈妈躺在床上边流着泪一边烧着烟，屋外咕喃着和尚的诵经声，他们同在追悼这挥霍了半生的爸爸。

　　跟着家的担子放在妈的肩上，于是爸爸剩余的有数的钱，便由妈的烟斗缝里和哥哥的狂荡的手飞了出去，年复一年的过着每况愈下的日子，直到她十八岁的去年，已经无法再支持了，母子三个跪伏在二房东的半间屋里，妈犯了瘾在辗转的呻吟，哥抚着吗啡眼仰天叹气，自己也按着响得山响的肚子……于是倚仗了妈从小当玩意教给的烧烟手艺进了零卖所，跟着一家人的衣食住便放在少女的青春上。是那样的一个暗夜里由于黑衣人的利诱和威胁，她贱价的断送了处女的身和心，如此，一个姑娘底命运便落在烟妓的范围里了。于这染上了那要命的烟瘾。

　　蓦地一支枯瘦的手抚在头上，耳朵袭进了妈的无力的苍老的呼声。

　　回头妈底憔悴的脸上锁着焦急，手中捧了些大的小的纸包，脸因为冷风的摧折满起那鸡皮疙瘩，看去更青白枯瘦了。

　　看着妈底脸，久转在桂花眼里的一双泪无声地落在妈底手上。

　　哎……妈身后贴着那张狞笑的脸。

　　"你看，又耍什么小脾气，妈一会不在家，就把大哥惹生气了，快过来给大哥赔个不是，唉，你这孩子呀！"妈的声音是疼爱夹着呵责。

　　跟着又周旋着身后的："别理他，你大哥，她什么事得罪你了，都有我呢？"说着把人推到八仙桌坐下，赶忙的从手中的纸包中拣出一个来放在桌上打开，黄色的橘子便滚在擦得干干净净的桌面上。

"吃个橘子吧！天可真冷的够受的呢！"颤巍巍的又去摸那把肥肚的茶壶。

妈佝偻着身子在蹒跚地来往忙着，断续的呛咳不时地从那翕张的唇中喷出来。眼中乞怜似的盯着女儿。

"来呀，快给你大哥冲壶茶挡挡寒气，大三十的，谁不瞧个喜像。"

咬了咬嘴唇，桂花底气愤溶化在妈底可怜的容貌中，唉，一切都为了妈哟！

一碗浓茶搁在桌上，桂花底脸飞来了个媚媚的笑。老太太早坐在炕上，点燃了那盏擦得晶亮的灯。

"花，跟你大哥说话呀，等我烧口烟给大哥，咱们娘们来乐和乐和。"

屋中的空气溶和了，狞笑的脸上跳出了一丝得意。

"唉，也是我皮气不好，大妹子今儿满高兴的等着李大爷，我偏来打搅，又惹大妹子生气，嗳！别生气啦！"

桂花底脸上挨了一下怪温柔的拧。

到屋子充满了烟，大哥底脸上已经满是笑了。

揉着迷濛的眼睛，大哥在桂花母女互相传送着的焦急眼光里，敲着衣袋，慢慢地张开了口。

"妹子今儿发财了，大哥也得沾点油水呀！"

意料中的终于来了，桂花翻过来夹袍的口袋，两张壹元的国币落在炕上。

"有人是有人啦！可是钱还没到手，这是我今天剩的……"猜忌在贪婪的脸上一转，然而明明看见翻过来的口袋中是定无他物了，而且按照事实倒也有理，好，就让你再虎我一回，两张国币落在腰中。

"好！大妹子，我也不耽误你了，改天见。"大哥拍掉衣裳上的瓜子皮站了起来，叫人知道利害的而又夹点温和的一笑。

妈在炕上开了口，"桂花！把大哥买的东西叫大哥捎着吧！反正你这已经有啦。"

桂花拿起来那堆纸包，大哥无言地用手接了过来。

开开门，桂花轻松地一笑。大哥忽然又调情似地在屁股上拧了一把。

黑色的身形消失在黑暗里，不远地唱着"昨夜晚，吃酒醉……"的声音荡了过来。

"唉！"长长地吁口气，桂花跑到镜前去端相自己底脸，脸上成了春天的田，一块白的未退的粉，一道两道泪冲出来的黄痕。钟敲十二点。

"呀！妈，就快来了，我洗脸，你老把屋子收拾收拾罢。"

一铲煤加到炉里，鲜红的火舌从破裂的炉缝中伸出来，火光中桂花涂得泥菩萨似的脸和炕上铺着的红贡呢被互映着。老太太正闪在门后扣着衣裳。

一阵踏在雪上的脚步声。

桂花向着妈欣悦地一吐舌头，跑向门边去。外面正响着接神的爆竹声。

大年初四，桂花又上了柜。

一进门，情形就跟以往不一样。大胖子经理本来正跟着别人在说笑，眼刚一溜到桂花，立刻就披上了一层霜。

"嗳……小桂，别往里走啦！今儿没你地方喽。"

虽然情形不对，桂花还以为是胖子又有什么要挟而说这套话。于是笑迷迷的：

"得了！胖子有话明白说吧！绕什么弯儿呢？"

"跟你绕弯？嘿！你瞧你可是不错，哼，我可没……得啦姑娘，再穿漂亮点你也不行啦！明白跟你说：我不用你啦！"说完，胖子的一对小眼睛狠狠地盯了盯桂花身上崭新的紫缎子袍。

"啊……不用？"桂花惊愕地睁大了眼睛。

"一百个不用！再睁大点眼睛更没样了，瞧你那猴相，一毛钱一晚我都不搂。"说完哈哈地顾盼着左右大笑。

四外是应合的嘻嘻。胖子底话可真损！

"你！你……"桂花咬着唇，气得呼呼地"不用就不用，除了你这我还……，半月来存的钱你给我。"

胖子向旁边的人挤了挤眼，从抽屉里拿出一本账簿，一手拉过来桌上的算盘子。

"三日二元，四日五毛，六日二毛，七日四元，十一日三毛，十四日三元，通通的十元，还借钱五元，给帐房先生喜份一元五，还柜上的烟卷瓜子帐七毛，下剩两元七毛五，大爷赏给你，拿去！"

接过来钱。桂花的手颤抖着，其中一张票子还坏了一角，这就是半年来被玩弄欺压和剥削的总代价，这就是一个女人卖了她最可贵的青春的报酬。

"好！你！鬼！吃人的东西，这是给我底钱，你大爷赏给我底钱，拿去喂你底野鸟去吧！姑奶奶……"

"劈拍！劈拍，"铜子雨一样地激在胖脸上，胖子被打得直跳起来。

"好哇！打我！嘿……"

一个重重地肥软的手雷似地击在桂花底脸上。跟着胖拳头飞舞在瘦得只剩骨头的身上。

到桂花再张开眼睛，已经是倚在零卖所的后墙上，那所在是一个再僻静也没有的地方，平常除了狗是很少有人从那儿通过的。

身子酸痛得不知怎样才好，低头，鞋带散着，裤上的花边也扯丢了半边，袜子已落在脚跟上，腿上过分地热辣的痛。无力举起手来，正打量着去拉起坠下去的袜子时，猛然眼前金星一闪，她连头触向尘埃去。

良久，桂花觉得耳边有人在"呼！呼！"地喘息。喘息中还夹着咯！咯的声音，用手撑起眼皮，旁边一支庞大的狗正在狭吞着一支猫的尸骸。

从房角射下来冬日的夕阳，风在打着寒冷的呼哨。

桂花立起身来第一个动作，就是按着响得咕咕的肚子，是的，是该给肚子一点东西了，从早晨喝的一碗二米粥起到现在是水米没沾牙，而且……而且她连接地打起呵欠来。

呵欠中她记起家中的妈妈，妈又该在床上呻吟，四天将从李大爷身上沾下来的二十块钱花得一干二净，预存的二两土又被哥哥偷出去……家……妈。

她底脑子纷乱起来。

夕阳收了最后的一条光，巷里更黑暗了，天灰沉沉地压在头上，风锐力地刺向身上来，狗正发出饱食的啾啾声。

扶着墙，她忍疼迈着步子，饥饿和烟瘾使得她益发软弱了，她每走一两步便扶着墙吁气。

她现在简直没有思想，刚才的愤怒已经消失在寒风中，现在她只要本能地要吃要抽烟，但她什么时候能捱出这黑暗的巷子去呢？路是这样地崎岖，而且她是软弱得几乎不能举步。

狗吃饱了，从身旁风一样地驰过，望着那飞去的后影，她竟流下了垂涎，再看"猫"仅剩了些零碎的皮。

身子像要散，她又重新倚墙坐下来，身下冰冷的土地在积雪的遮盖里发着低沉的叹息，她抱起木然的头，眼睛不动地看着天上，脸上结着泪的冰溜。

突然，她激动地站起来，疯了似的冲向巷口去。

在巷口黯淡的灯光下，被桂花妈妈称为救苦救难的大哥正携了一个年青的朴素姑娘过去，大哥的脸上是提住了钩上的鱼儿样。

花柳病患者

初刊"新京"（长春）《大同报》1938 年 6 月 4 日
据《第二代》(益智书店 1940 年版)
第 65-70 页文本编入

"先生！你老这有一茵六药针吗？"诊察室的门口站着一个黑衣的，一只腿翘着的人在问，一种羞怯而颤抖的问询。

"什么？一茵六！"白衣的大夫从大堆血渍的纱布中抬起头来，很惊愕地睁大了眼睛。

"是……是……"被回问的人嚅嗫了，手痉挛着去揪嘴旁的胡须，脸上显着难堪地笑。

望着那黄白相杂的丛生的胡须和枯皱的手，年轻的看护生从鼻端嗤出来笑声。

"没有一茵六那种药针。你是治什么病呀！"大夫再问。"是……是……"

"进来说，治病没有怕人的！"大夫在招呼。

这回我们有机会来看一看这位新来的病患者了，约摸有五十岁光景，看去并不是怎样孱弱的人，长方脸，脸上刻划着长时间劳苦的皱纹，眼睛因病的折磨有点模糊了，脸上有一种城市人稀有的诚朴的颜色。

一翘一翘的，黑布的大褂在屁股上摇摆，襟上有些积久的泥印，一股干硬活的人的汗味从摆着的衫下泄出来。

"是！是治脏症候的！"进来就倚在屏风侧，很显明的这位患者对他底病是这样地感觉羞惭。

"哦！那是六茵六，不是一茵六，是你要打针吗？"

"是我，唉！你老别见笑。"脸飞上了一朵孩子才有的羞红。说的话在喉里转着。

"好！你坐那边等一会吧。"

他费了很大的劲，才坐在一条凳子上，坐下去的时候，可以清楚看到他咬牙忍受着病痛的样子。

大夫忙于他底诊治，他被暂时地遗忘在角落里。

先还低头坐着，一会他慢慢地扬起脸来，用惊奇的眼光巡视着室内。

一个看护走过去，向他举起手里的检温表。"来！来！把扣解开，这个夹在隔肢窝里。"

他小心地一如看护所说的放好检温表，跟着就急忙掩藏着地皮色的白小褂。稍待像跟自己说又像跟别人解释：

"唉！竟叫病闹的，连衣裳都不能洗。"

"唉！可不是，人一有病什么要强心都没有了。"看护有意地，微笑着说出引逗他的话。

立刻地他脸上有了笑，他似乎从没受过这种同情的知遇似的，用着笨拙的谄媚嘻笑望着那看护底脸嘴说："嗯……嗯……这……这位先生真明白人。"

检温表拿出来，他底脸稍稍转白，手也轻度地颤抖着，眼睛恐惧地注视着看护底嘴，像是生怕从那双合着唇里迸出来什么不幸似的。

看护竟自拿了那检温表走向大夫去。

他底脸色转向惊愕，惊愕中又极力地压抑着，到底还是压抑不住地问着邻座的男人："这……这就看完了吗？"邻座的人摇了摇头。

他更茫然了，不安地四顾，手焦灼地叠着，一会遮遮掩掩地去摩内衣的钮扣，一会痉挛地去扯嘴旁的胡须。

看护再来，手中拿着张白纸。

"先生！我底病要……要紧不？"没待看护开口，他便抢着问了。

"还没看呢！可是挺热，大概没什么危险，这么大岁数了，怎么惹上……"看护底话没说完，他已经默默地低下头去。连耳根都羞红了。

"你叫什么名字？住哪？病了多少天？"护士翻动着手中的纸。

"叫李贵，住二道河子，病……病了七天了。"说着话，头依然俯着，忽然两粒大的泪从俯着的脸坠下来，跟着又粒粒坠来，又两粒。

看护脸上有了怜恤，拿笔触一下他的头："唉！别伤心啦！走，上那边看去。"说着走向布幔中去。

他迅速地擦去了泪，用手撑着椅背试验着往起站，站定后用窥探的眼光，偷瞧着周围的人，再一拐一拐地走进布幔。

大夫带了大夫的白口罩进去。

布幔中有了绛丝的脱衣声，半晌，一声滞浊的呻吟冲出布幔来。跟着呻吟的是大夫底声音。

"住几回？"

"就……就两回。"回答的声音是呜咽着。"在那？"

"塘子胡同。"

"病到这样也不能做什么啦！""有十天没干活了！"

"干什么的。""瓦匠。"

"那么家呢？"

"没家，要不叫跑腿还……？"呜咽转向低沉的啜泣。啜泣稍止，换上了痛楚的呻吟。

约摸五分钟过去，大夫走出来，一面挑选着橱中的刀一面向看护生说：

"预备麻药针。"

时代姑娘

初刊"新京"（长春）《大同报》1938 年 6 月 4 日
据《第二代》(益智书店 1940 年版)
第 65-70 页文本编入

一　梦　梦

突然一阵暴雨袭来，雨点击着玻璃啪啪地响，似乎雨中还有风，门帘微动着，房檐上覆盖的洋铁除去被击打的声音外，还沙沙地响着。这沙哑的声音很像一个半老的女人底幽咽。嘶哑的，断续的，又不胜哀怨的。

这哀怨又幽凄的声音使得刚刚揉开睡眼的华小姐更觉得适才的梦过于凄迷了。虽然，在目前的情态里产生出来如此的梦，虽然不是什么太可怪的事，然而一梦见至于老衰到被抛弃的程度，实在是太……不过若是真的竟而有那样一天呢，下意识地似乎额上已经生了皱纹似的，华小姐猛然地举起头来，眼睛笔直地射向衣橱的大镜子里去。

镜中依旧是昨宵的脸，只不过头发比较凌乱了，鼻端发着油腻腻的光亮，在长睫毛下的大眼睛依然如昨日的清朗，明媚，左颊的笑涡也仍旧跟着嘴角的动向而起伏，只是鼻子过于矮了，突然从嘴上摆出来一个球，肉球上挤出来两个黑孔，鼻头又老是那么油腻腻，油腻腻的。像鼻子里装的不是鼻涕而只是油腻，瞧着瞧着梦中的凄苦又突地兜上心来，像是现在华小姐已经被遗弃了，被遗弃的总原因就是因为这个鼻子。

使劲地捏着鼻子，像握着仇人底命脉似地使着劲。华小姐把已经掀开了的夹被又重新紧紧地包着了头。

鼻子由热辣辣的而转入正式的酸痛，泪禁不住地沿着两颊流下来，手缓缓地松开，又猛然地像受了天大的委屈似的双手蒙了脸在被中暗暗地啜泣起来。

啜泣着，啜泣着，昨夜被梦搅得昏沉的头入于疲倦状态，眼皮轻轻地合拢来。

"谁能爱他呢，瞧那大油罐子的鼻子，多难看，有多难看。"华看见刘大娘嘴中描绘的李厂长的少爷在忿忿地甩弄着手杖，甩呀甩的回身坐到汽车间"叭哒"一下把汽车门摔上，一阵风似的驰了开去。把正要和他同行的自己甩在路旁的石头上。

"妈呵！"被中荡出一声吁长的叹息来。

"嗳！奶奶！你瞧我老姑睡醒了还找妈呢，那么大个子多不害羞，还不起来呀。"刚刚入了初中的爱嬉笑的侄女凤跑过来扯开紧紧地包在华小姐头上的夹被，一边笑着一支手便伸向被里来。

"别闹了！这孩子"灵巧地避开袭击的手，用夹被的边擦了饱和着泪的眼睛，华小姐趁势面向着墙坐了起来。

那屋的老太太出了声：

"起来吧！二，该吃饭上班了。"

回头，姐姐正站在窗前漱口，小钟的两针分指在七和十二上。

三 回眸一笑

直到钟上的两针相并在十二字上，华才从大堆的帐簿中抬起头来。昨夜梦中的劳顿及今日脑中的不时翻上来的妈妈底话，使得华连平日那样熟练的算盘都觉到不能随着意志拨动了，明明帐上写的一千手却拨出来一百，好容易才将两本待算的帐核完，已经是脑子胡涂得如浆糊决不能再继续下去了。华瞧了瞧钟，将桌上摊开的帐簿胡乱地整理了。急忙地从抽屉中抽出来钱包，推开工作室的门，走向屋顶去。

倚着栏杆，任风吹乱了发，华底身和脑同时感到了凉爽。于是打开钱包，在小镜子中映出来工作了半天的脸。

鼻子又透出来讨厌的油光，掏出粉帕来，一边向着角落走一边细心地敷着脸。

"XX先生！"背后荡过来清脆的女人底呼声，收好了粉帕，华轻俏地转回身来。

是和华小姐同科然而不同屋的两位姑娘，是两位好说笑又好帮人忙的女性。

"吃什么没？"两位同时迎上来左边走着的王说。

"还没，头挺晕，我今天不想吃什么了。"华轻轻地皱了皱眉，这时她才发觉左右已经有好些人了，一部分人拿着饭盒子在吃，那边角落里五六个人围成个圈，似乎是在议论什么又似乎是在说笑话。放肆的笑声毫无忌惮地冲了过来。

忽然华像想起来什么似的问着李："我姐姐怎没出来？"李和华底姐姐同屋而且工作的桌子是相连的。

"没，她说她懒得动。在屋里看这期的满洲映画呢。"李说着望了望华底脸，"怎么？要找她么？""嗯！不……不找她。没事。"

三人比肩地站在临街的栏杆前，望着楼下奔驰的车辆闲谈着。

猛然！李扯了华袖子一下。"知道杨先生正病着吗？"

"唔！他不是还上班呢么？"

"上班是勉强上，不然不是更看不见……"李说着说着突然笑了出来。

"可不是！不上班怎么能……"王也接着说出来，和李会意地碰了碰眼睛。

"看不见什么？……"华咬着嘴唇，脸不由地红了。"就是看不见爱脸红的人。"李更大笑了。

"闹！"华过去捂着李底嘴。

"嗳！"拉下来华底手，李正经的："说实话，漂亮的姑娘，你到底是怎回事，别这么不即不离惹得人长相思病啦。认为可以爱就说我爱，不可以爱就说……"

"说出么？"王插嘴。

"去你的！"李又笑了。

"谁像你那样泼辣。"华说，语调故意装得更俏皮了。"所以没人爱我呀！"李玩皮地瞪起了眼睛。

"这回可真别闹了。咱们该干什么干什么吧！"王说着，同时握着了华底两手笑着。

"我可是受托而来。当面交代清楚吧。"说着把一个厚厚的棕色的信封放在华手里："杨先生求我送来的。"

还没待华说出什么。两人已经拉着手走了开去，快走到入口，李回过头来：

"太厚，一时也看不完，到时候了，下来吧！""啊！你们先……"

重又倚在栏杆上，刚刚平静下去的心再激动起来握着信，华小姐突然觉得一阵冷悸。

铃响，人陆续着走下去。

"哎！"拿手帕抹了下脸像抹下去心上的网子似的华小姐匆急地走下去。

刚推开通室内的门，眼前人影一恍，还没待看清楚是谁，人便不见了。

急急地走在甬道上，刚洗过的地板在高跟鞋下响着清亮的声音。忽然华发觉身后有悄然地走路声。

是杨，果然清瘦了许多。

虽然不想看他，但到底将头别过去了。杨要说什么，嘴嚅动着。

铃再响，华回头婉媚地一笑，便推开了工作室的门跨进去。

三 终于这样地写了

虽然睡下的姐姐已经发出来均匀的鼾声，但华小姐却依旧坐在小桌旁，翻弄着手中的一叠厚厚的信。桌上铺着一本摊开的素女笺，左手旁大的小的堆了一堆揉乱了的纸团，笔斜插在瓶里，深深地埋在深蓝的墨汁中。

再将信翻转来。

"总之！我底美丽的姑娘，别再践踏我吧，就是我不惜为了抛弃生命的那两个字'不爱'，只要是你写给我，我也以我最虔诚的心去接受而听从你要我为你作的一切的，只是别对我默然了。那甚于一切处罚的默然啊……"

这样深情的动人的字句摆在华小姐面前已经不止一次了，每次读了后总是咬着嘴唇去压抑心中奔腾起来的青春的热力。目前华小姐实在分辨不出自己对这位同事的热情的青年究竟有着一种怎样的情绪。说爱，是有，但这爱决敌不过长期困在封建家庭中的懦弱的素质。

想到家，就立刻想到爸。连下班晚回来一会都得盘问的爸，若知道女儿正在和一个男人写信的话，那比要他五十垧地还利害；即或不能打死也得立刻给撵出去。撵？离开这样舒适的家，即或有爱，华小姐知道，若让自己整天去处理柴米油盐，要作件衣服或是买顶帽子都得预先核计的两人的简单的生活是怎么样也过不来的，而且还得触怒了爸。就这样在"爸"底权威下，华忍受着青春的苦闷，忍受着甚于一切的青春的苦闷。

然而到底是含苞女儿心，些微的挑逗都禁受不起。对杨，纵然想见了他装得一脸正经的，却又总是还没待装，心就软下来了。于是一个多情地凝视或娇媚地笑便在这潜意识的活动下送了过去。

于是杨以为有了爱，情挚的信便一封比一封厚地寄了来。在读杨底第一信时，虽然觉得自己这样态度是不当的。而想在第二天时态度改正，到二天又一如昨日。爱的追逐和挑逗对二十二岁的华是一滴不能不要的甘露。

如此的情形继续着，杨一天比一天情痴，聊以自解的念头便发生了："反正他底信是寄来的，当是我没接到就完了。""反正我也没和他正式地说过什么，笑什么的那装着无意就完了。"

可是这次呢，这握在手里的信是专人面交的，不回信是不成，又何况李们又一定要笑是"腐败的脑筋呢？"

可是……刘大娘所说的李少爷，那漂亮而又年青的公子。爸都被那奢华生活所惊异了，"说两个姑娘全给，要那个给那个"。自己要在那种豪华的场面中呢。

—— 一件时代的高贵的衣服，一顶西洋风的帽子，一双珠络的鞋，一个最新流线型的汽车，一个风流飘洒的丈夫——

一丝笑展开在脸上，头优美地移向镜前去。梨涡怪引人地跳动着。

立刻，华小姐抽出来蘸着饱饱的墨汁的笔，毫不迟疑地写下去。

"李和王：谢谢你们的盛意我说心里话，我现在并不需要爱，我底妈妈已经给了我心灵上的全部的慰安，原信附上请交还杨先生并请代我致意。"

四 伤 逝

刚一跨进门，华小姐就感到情形不对了，爸正气吼吼地坐在炕边上，一边吧哒着水烟袋一边向着妈妈嚷。

老太太倒是不在乎的神气，手里还挺自在地挑着熬药用的莲子。

看见女儿进来，老人们止住了吩争。

女儿互相交换了惊异的眼光，便一前一后地走入自己底屋中去。

放下了手中的钱包，一歪身坐在椅子上，一口长气呼出来，华小姐将头软软地摆在桌子上。

姐姐一头躺向床里去。

隔壁重起了争论，老太太嘟嚷着。

"不要拉倒，咱们也不是姑娘臭到家没人要啦，嘿！什么大的又大啦，小的又也不算小的话。就凭咱们这样人家还说是，不是门当户对，叫他找去吧！有几家姑娘像咱们家这样规矩的！你还想要什么样的姑娘……"

"我也不是说孩子不……"

虽然爸底话没有继续下去，姐妹们底心中都已雪亮了，几天来日夜放在心坎上的灿烂的希望，就这样地结决，又这样地传入耳朵里来，尤其是今天还在这个观念之下写了封冷酷的信。华小姐实在不知道是应该笑还是哭，偷眼瞧瞧姐姐，姐正皱着眉，手中的一条白手帕已经被牙啮得半湿了。

挺直了腰，华小姐无聊地顺手拿过日文来。

翻开书，字模糊了，弯的字形蠕动起来，像些小虫子爬着、爬呀爬的便都爬在华小姐底心上。

心痒痒地，一种微麻的却又无从搔摩的痒痒。

掷了书，华小姐站了起来，像看一个陌人似的看着自己的脸。

端相着自己，想在脸上找出点衰老的痕迹来，但是除了鼻子外，华没觉得自己有什么不好，而且鼻子在擦过粉后也并不是怎样过于难看的，尤其猩红的唇这唇旁的梨涡……对镜作了个倩笑；华心中咒诅起刘大娘来"该剐的！一定是……不然……"爱惜地将脸轻轻地贴在镜子上。

一阵冰冷迅速地由脸散布到全身，华猛然地记起了杨，杨若是因此一病不起呢？……

悔恨和委曲缠上来，离开镜子底脸无力地垂下去。

猛然华小姐像受了创的野兽一样，身子突地扑在床上用手帕握了鼻子，伤心地啜泣起来。

六月的夜风

初刊"新京"（长春）《大同报》1938 年 7 月 1 日
据《第二代》(益智书店 1940 年版)
第 53-63 页文本编入

一 他这样地希望着他和他

拉着风箱，炉中的火焰随着风箱呼呼的吼声更活泼地跳跃起来，鲜红的火舌闪灿地四窜着，半间阴晦的小屋子照得通亮，三个年青的壮健的脸越发显得红扑扑的了。

抬起了大铁铲"铛"地声一铲碴子倾到炉里，李结巴瞧着尽管蹲在墙角凑着油灯的微小的光亮在瞧画片的张宝山和李贵，不由地冒起火来。

"操……操妈……的，没活……做，怨天怨地……有了到他妈……跑到一旁……歇什么他妈……底腿。"吵嚷着大铁铲又"铛"地声落在炉边上。

为响声所震，蹲在墙角的两人同时一惊，抬起头待看见李结巴那副又拧鼻子撅嘴的脸相时，两人不由地笑了。手中的美人画片一甩，张宝山一个箭步窜了过来又抢过来大铁铲，照着李结巴脑后的亮晶晶的疤痕压下去。

"啧！嚷你姥姥个屁，老子正看的有趣，你忙个吊？"

灵敏地躲开飞过来的铲，李结巴偏身抄到张宝山底背后，双手摸鱼似的兜插下去，箍着张宝山底腰手一紧，狠狠地结巴出来：

"看……看你……骂骂，都快……烧……烧淌咧！"

那边李贵正小心翼翼地把烧成朱红的铁撂在砧子上，一边抡起铁锤来。

"再不打可真烧淌咧！"

一口吐沫唾到手心上，张宝山也抄起锤子来。

叮叮……锤头交替地沉着地落在砧子上火星随着声音四迸，铁由朱红转向暗红，终于灰黑了。

一个湾湾的马蹄铁出了手，张宝山拾起来衣襟抹着额上的汗珠。眼睛闪向李结巴去。

李结巴正蹲着拉风箱，嘴里嘟囔着算账。

"一个……六……两半，六……两……半是……三分……卖……两毛……去……了……砸子去……工……剩不……了……"

朝李贵挤了挤眼，张宝山一口吐沫射向李结巴底后脑去。

"算他妈个吊，剩八百也不够填你小妈的，白填！瞧得脑后那块没毛，一辈子你也爬不上炕沿去。"

"拍达！"一口溺溺的吐沫贴上了后脑，李结巴旋风似的回转了身，滴溜下子就窜到张宝山的身前去。

"就……就你……能爬……上炕沿……瞧你……你那……几个钱……人家……也瞧……不上眼……"

频霎着眼，脸扭动着，李结巴连脖子都憋的通红。

"得！瞎吵什么，活干不出什么都白扯，明早货交不上，连粥都没的喝了，害扯闲白呢？你们俩就下作，两个半子腰里也撂不下，就得给那个骚货送去，送着送着自己哥们还因为她闹别扭，她心里没把你们当个闭十，多少年的弟兄了，犯得着吗？"一手拉着一个，挤在两个鼓着酸劲的人的中间，李贵的吐沫星子都喷出好远。

被排喧的人眼睛对了眼睛，拧着的眉毛一根根的松下来，缓缓地三个头都转向对门的墙上去。

灰黑的墙上，三个人排排坐着的像片镶着大大的镜框在挂着，鲜红的火光在那浓黑写就的有难同当四个字上留下了一条光亮的尾巴。

陡的，李结巴头一歪，枕在李贵底肩膀上，忽然地："……大……哥……我听你的。"

"本来吗？年头难，什么都飞涨，去了花销呀，连肚子都填不满，还扯什么别的蛋，跟那骚货混一阵子能怎的，有那么的自个积两个钱实实本本说个人不好吗，别混扯扯了，交活要紧。"

火星又从砧上送出来，三颗连结的心也像炉里锤炼的铁一样分不出来谁是旧钉子谁是破洋铁片了。

忽然李贵低声地："唉，也难怪你们，连咱们自个相好的弟兄一时有个不瞧不睬的心里都怪别扭的何况跟女的，跟女的就像着鬼迷一样，糊涂得利害，可他妈的也得分时候，你们那两个子能围望她的！害有……害有。"本来低沉的语声更低了。

听的两个人同时睁大了眼睛。

"害有我前个看见她送一个穿绸子大衫的人出来嘿！没看那股笑呢。可是得这么说她是她，咱们是咱们，她送他妈八百个阔佬也不干咱们哥们底事。咱们走正道要紧，好好干，害怕娶不着媳妇？"语声再由低趋高，李贵的眼睛，两个人默默地互相看了一眼，最近因为钱窘受着小寡妇的嘲讽和冷淡，浪一样地李贵用着希望的眼光瞧着两个拜弟，避开了直射过来涌上心来，两个健壮的头软软地垂下去。

六月的夜风从敞着门缝恣意地吹进来。

三 热热的妹子

烫了个澡，又喝了点白干，加上热，张宝山底脸就跟红毛野人似的。提在手中刚才在玉茗魁上心地挑选出来白地红花的大和绣，歪歪溜溜地闯进了王寡妇底门。

院子里静悄悄的，屋中可点着通亮的灯，纱窗上挂着腥红的帘子。

"妈的！都浪到窗户上来了，放着好好的红布不做衣裳，做什么吊帘子。"嘟囔着王寡妇穿着红小布衫半敞着怀的姿态在张宝山的脑中一幌，这壮健的汉子不由得连心窝都麻酥酥的了。他想叫一声，又想敲窗户，终于扁着嗓子从嗓眼溜出来一个"嘘"！

屋中立刻起了窸窣的衣裳声，半晌，王寡妇浪声娇气地：

"谁呀？"

这一声像勾走了魂，张宝山连心花都乐开了，边学着"谁呀！"一边推开了门。

堂屋只点了盏小油灯，油灯的光软软地跳呀跳的看见光，张宝山像搂了王寡妇底棉花似的腰，脚底下越发轻飘飘的了。

"亲亲的妹子呀，瞧我给你买的花……"扁嗓子溜着贱皮贱肉的腔，张宝山一步跨进了里屋的门。

屋里有王寡妇，害有一个带胡子的穿着白绸子小布衫的人。王寡妇穿着粉红的小布衫，脸上红扑扑热呼呼地像刚喝完了酒。

瞧见了端坐着的男人，张宝山怪僵地闭了嘴，一股无名的烦躁压上心来，他不知为什么想把那支多日没放在这块地上的腿抽回来。

王寡妇风摆柳似的迎上来。

"这是前院铁匠铺的张掌柜的，我们是多年的邻居呢。"朝着坐着的人丢了个眼风，王寡妇机伶伶地瞧了张宝山一眼。

"里边坐吧！大热的天！"

坐在椅子上，张宝山底心怪不宁贴地鼓动着，偷眼瞧瞧小胡子，小胡子绷着牛皮脸，一个劲"叭！叭！"地溜扇子，像满没瞧见张宝山一样，屋中的空气都僵了。

害是女的开了口，拿起张宝山撂在八仙桌上的纸包。眼珠又机伶伶地一转。

"上街去啦！"

"买的布！"

"这年头东西贵贵的，买这花布往家捎呀！张大嫂可真有福，碰着张掌柜的这样的人。"女的说完了娇声地笑了起来。

小胡子瞥了张宝山一眼。

张宝山可真撑不住了，"这骚货，跟老子耍这个空城计，成心甩，叫你甩。"张宝山搭了搭袖子，想照那个红红的小嘴狠狠地给她打一巴掌。脖子上的青筋一根根地跳起来。气呼呼地把纸包往桌上一摔。

"老子没媳妇，就是他妈给你买的。"

"别闹笑话，哟？你看我害忘了倒茶了呢。"女的灵巧地抄起茶壶，两步就跨出房门去。

瞪了小胡子一眼，张宝山大踏步地追踪出来。外面六月的夜，在星空下眨着眼睛。

门外没有女人的影，窗低下一堆黑墨墨的东西蠕动着。张宝山过去就捲了一脚。

"捲……"是李结巴委委缩缩地站起来，手中抱着一个压瘪了的纸匣。

交换了眼睛，两人心中都雪亮的。

"走吧！没大洋算别想着边啦！"张宝山猛地揪了李结巴，两人一窝风似的捲出去。

三 末末了

两盅酒下了肚，张宝山心里更满满的了，瞧李结巴正一手端着酒盅一手拿着从那瘪了的纸匣中拿出来的光光的花鞋发呆。慢慢地眼睛都湿漉漉的了。

"熊货，光看能当吊，老子非给她手瞧瞧，叫她没钱的就甩……"一口吐沫迸在地上，张宝山"扒"地声拍了下桌子站起来，酗酒的眼睛青蛙似地在透着凶光的脸上突出来。

巡视了屋子一圈，张宝山猛地拾起锤头，疯狗一样地驰出去。

待站在那腥红的帘子前，张宝山像吹足了气的大皮球碰着钉子似的一丝丝地漏出气来。

从窗户的隙缝瞧进去，王寡妇正俏生生地站在地下，一手拿一个茶碗在覆过来翻过去地吹着水，脸上笑成了一朵花。

"唉！可是真的，东西一天长一天，我一个人一天就得个块儿八毛的，那都是钱，像刚来那个煤黑子，喝茶叶都得白搭两个子……他害死不要脸地往这尽闯，谁看见过他啥？"说着端着水碗浪张地扭向炕边来。

"嗳！喝吧！正可口呢。"油黑的头从隙缝中俯下去。肉碰肉的动人心魄的声音袅袅地升上来。

"嗳……再给一个。"娇得要命的女的腻笑声。

揉搓快要炸开了的胸，张宝山红了眼的虎一样掀开窗子跳进去。

两秒钟……

人间最凄惨的叫声和着最苦涩的"咯咯"地狞笑声嘈杂地迸出来。

远远的在六月底夜风里，李贵正焦灼而继续地喊着"宝山，房东找你说话呐！"

最后的求诊者

初刊"新京"（长春）《大同报》1938 年 7 月 20 日
据《第二代》(益智书店 1940 年版)
第 87-92 页文本编入

钟敲了八点。诊疗室内只有大夫和看护生了，大夫开始脱着白衣服，并且轻声地呵欠着。看护生们嬉笑着，整理着扯得凌乱的纱布。

正在大夫解开最后的一个纽子的时候，两个人前后地闯进来，后面的是女人，还抱着孩子。

大夫忙着招呼，看护生互相挤着眼，偷偷地向来客做着鬼脸。

男人穿着和服也可以说是睡衣样的大布衫，女的是花大褂，怀间的纽子敞着；走一步孩子吃一口奶。

进来瞧着迎面的电灯已经熄灭了，男的把手杖重重地向桌上一放，脚下的木板一"扒挞"高声地："不看啦！"女的斜溜着男的眼神，把涂得红红的嘴一咧："哟那可是……"

瞧瞧客人，再瞧瞧看护，大夫慢声地"害可以！"

病的是女人，孩子交给了男的，女的一面解扣一面诉说起来：

"我这个病哇！可是不好治，不好治呢，可又不是起不来的病，不是起不来可就是不好。我知道癗别的，就是血虚。血虚。啊！"

"啊！啊！"大夫慢声地应着："害是听一听吧！"

"也准是我说的那样，就是血虚，血虚就老是头迷胡，一天一天就是没精神。你看我呀！一天一天都用人侍候着，孩子吧！我就光给吃吃奶，带也不用带，害把我累的，累的呀……"

"啊！是有点贫血，心尖扩张爱头晕。"大夫把听管从瘦得一棱一棱的胸上拿下来，开始用手指敲着。

"您吸……"瞧着掩在脂粉下的灰苍的尖尖的脸，大夫发出了疑惑的语调。

电一样快的，女的和男的交换了会意的眼光，男的把儿子忽地举起来遮着正呵欠的脸，大声地："那能抽大烟呢？年青青的，那太没出息了。"

"可不是，"女的又斜溜了男的一眼，"好人谁能抽那玩意，可是这些的，家里有，一有个头痛脑热的，他，"溜男的一眼"就该说啦，吃药怪费事的，这么点小病害是抽口吧！抽口就好啦！你看看，先生，谁害不愿意有病快好呢。"

"唔！那——那倒也是。您以前看过没有？"大夫坐在小桌前，拿起一支满蘸着墨水的笔。

"看过！看过，在兴安病院，花了三四百块啦，天天打针，一共打两样。"男的像怕人把话抢去似地迅速地插着嘴，一面把一块抹满了鼻涕什么的小手巾从孩子底嘴里抢出来。

"真哪！"女的头一歪，"花二三百块哪，那个针也不叫什么能来的！"

"乐的能。"男的翻弄着桌上的报纸，"嘶"一下扯下个角来给儿子抹鼻涕。

"你看你！挺硬的就给孩子擦！"女的抢过孩子来，眼睛恶狠狠地瞪了男的一眼，孩子像有了仗倚似地大哭起来。

"别哭——别哭——唔"，女的摇幌着孩子，"给吃口吧！"男的瞧着孩子。

奶头又填在孩子嘴里，爸妈底头同时掉向大夫去。

"打针是快，这回也打针吧！"大夫说。女的瞧着男的脸，嘴翕动着。

"得了，害是拿点药吃吧！打针，打针得多少钱呢？"男的翻了翻眼睛。

"不贵，两元钱。"

"吃点药看看吧！要好下回来再打针，我这病可是不爱好哇！不爱好。"女的说着。

"来，给配这个药。"大夫叫。

猛然，女的像想起来什么似的拦住了正要拿着药单走出去的看护生，脸向着大夫：

"哟！可别给我面药吃，我吃不下去，您不知道我这胃病哪，吃完面药没一回不吐的，这胃病是在学校时候做的，学校的饭不好吃，真不好吃！"撇着嘴，女的一脸不屑的样子。

"是水药。一天吃三次饭后喝，没什么味道的。"大夫站起来到盆架前去洗手。

　　"那才行呢！"女的又溜了男的一眼。"小孩可挺胖，多大啦？"大夫问。

　　"十四个月了！"男的答。

　　"约！可是害忘了，叫大夫瞧瞧我儿子底脖子底下是怎么的了。"女的把奶头揪出来，高高地抬起了孩子底下颔。

　　颔下一片水漉漉的淡红。

　　"咦！"瞧着围在孩子脖子上的湿淋淋的又是鼻涕又是眼屎的手帕，大夫立刻地说了。"不要紧，这是淌口水淹的，勤换点衣服，常常洗澡，再扑一点粉就好了。"

　　"天天换哪！可是不常洗澡，人都说小孩子洗澡伤气。"女的说着站起来。

　　"总之，得要干净，一干净就好了。"大夫说着，眼睛在站在面前的人的身上转了一周。

　　男的黄的大布衫已经成了土黄的，女的白底的白也跟褐色的花差不多了，孩子底身边，奶的酸和尿的臊堆积着。

　　"这够干净的了，一个老妈子总洗，总洗呢，要我自个可不行，我那能洗得起。"女的说着忙着用大衫掩上灰白灰白的背心。

　　"该走了，"男的连着呵欠着，泪珠双双地坠下来。"走吧！"接过来药，女的抱起了孩子。

　　"明儿再来！明儿再来！"女的招呼着大夫，男的随着点着头。

　　灯下。佩在男的硬盖的草帽上的国旗徽章，留了一条黄黄的光亮。

妈回来的时候

初刊"新京"（长春）《大同报》
1938 年 8 月 5 日

容上姥家去，回来姥给了五个鸡蛋。

五个鸡蛋比一桌丰满的酒席还能打动我们底心。五个人立刻就聚拢来，商量着吃的法子。

吃饭慢而又永远抢不着菜的贵，眼睛饕餮地盯在鸡蛋上。讷讷地说："反正是五个，一人一个，爱怎样吃怎样吃。"

贵底提议立刻就被林打断，他一翻眼，瞪着贵："呸！怕自个吃不着，给你一个你会作熟了吗？"

"炸得了，炸鸡蛋真香。"容说，唾液不自觉地沿着嘴角流下来。

"妈准嫌费油。前个妈还说，豆油又涨价了呢。"铃说，怪懂事地转了转眼睛。"还是煮吧！煮了一人一个，又省着抢又省着下晚单吃大葱抹酱怪辣心的，还不费油。"

我底提议立刻就通过了，我们像有一件非常喜事来临那样快乐，林和容在地上转着圈子，嘴里念着"锵……七个龙冬锵。"铃坐在炕沿上细声地唱起"天地内，有了新满洲，就是新天地。"贵和我拍着掌说："你拍一，我拍一，黄雀落在大门西。"

门开，妈挽着洗净了的衣裳走进来。

"容回来啦！姥给什么了。"妈放下衣裳问。"姥给了五个鸡蛋。"我们都抢着说。

"真是，真是凑巧，我还正想跟姥姥要去呢。王大婶那儿抱小鸡了，咱们快送去吧！上秋雏鸡就能长挺大啦！"妈不常笑的脸上有了笑，径直走到柜边拿起鸡蛋便走出门去。

我们互相望着，眨巴着眼睛。容嘴一歪，哇地声哭了出来。听见容哭，妈又转回来。

"干啥？容！"

"我……我要吃鸡蛋。"

瞧瞧容，再瞧瞧眼巴巴的我们，妈底眼睛也湿漉漉的了。

抱起来容，给容抹去了泪，妈说："拿去抱去吧！明儿小鸡长大了，一天能下好几个蛋呢。走，容跟妈给王大婶送去，送四个留一个晚上打酱吃吧！"

妈抱着容走出去，林拉了拉铃底衣襟。"二姐！鸡蛋打酱好吃吗？"

"我……我不知道。"铃怪委曲地说。那边，贵俯在炕沿上抽啼起来。

第二代

初刊"新京"（长春）《大同报》
1938 年 8 月 31 日，9 月 7、9、11、14、16、18、21、23、28 日
据《第二代》（"新京"（长春）益智书店 1940 年版）
第 1-57 页文本编入

一 太太行个好吧

妈说没米啦，爸又病着，剩的三角钱害①得拿着去买药，把一个空铁罐拴上绳交给二姐，又把包破棉花套的面袋交给我，叫我们去要点来吃吧！不的怎么好，要人没人，要钱没钱。

接过来洋铁罐，二姐直门瞧着我眨巴眼，眨巴眨巴地摸着辫梢哭了，眼泪拍达拍达往洋铁罐上直掉。

躺在炕头上哼哼的爸爸翻过身来，说妈："唉！想法凑合凑合吧！十四五的大丫头啦，怎么张口要去。"说完，把脑袋窝到被里，连声"唉！""唉！"地叹着气。

瞧瞧爸，瞧瞧秃光光的柜盖，又瞧瞧拧着眉毛睡觉的小锁柱，妈闷闷地坐在炕沿上抽泣起来，抽答抽答地就呜呜地哭了。一呜呜爸爸就火啦，"拍"把枕头一甩也不管脚痛啦，一步就下了地，一拐一拐地一边往外走一边说：

---

① 害——东北地方俚语。

"反正是我不好，谁叫我娶妻生子啦。我挣去谁也不用嚎啦！"

一嚷嚷，小锁柱吓醒啦，妈妈也不呜呜啦。我吓得藏到门后去。

小锁柱在炕上哇哇地哭起来。

爸吵嚷着，妈坐在地上拖着爸底腿，二姐抹着泪上炕把锁柱抱起来。

对门的王大娘来啦，李坏蛋也来啦，害有二老头小三子他们。

"你看，这是干啥，大热的天，他大哥害闹不自在，这是怎么说的！这是怎么说的！"王大娘从地上拉起来妈；给妈拍打着屁股上的土，带劝带说的。

二老头把爸按到板凳上，李坏蛋靠着门站着，我偷偷地从他身后挤出门来。

门口，小三子他们大伙挤呀挤的，都伸着脖子往里看。小铁站在尽前头，我使劲往小铁身上一撞，说："呸！有什么瞧的，谁家害不打架。前个你妈害挨你爸两个手贴脸呢！"

"看也不是谁妈挨打啦，你撞谁？你撞！"小铁举起来拳头。"欺负丫头就算你有能耐啦！小子！"小三子一下子就横到小铁前头了，我知道小三子准得帮我，我一点也不怕小铁。

我说："你打吧！你打吧！有能耐你都打呀！"我冲着小铁连挤眼带撇嘴。小三子把两手往腰里一叉气咻咻地站着。

小铁不是小三子的个，他一步一步往后挪，挪挪地转身后就往家跑，大伙都拍手笑着说：

"小铁没尿！小铁没尿！"

小铁跑到他们板障那，回头冲小三子一挤眼，脸上的疤拉也跟着一挤，小铁就像长了三只眼睛似的吵嚷着：

"嗳……都听着，都听着，小花是小三子底小老婆呀！"

"× 你妈的，你个三只眼，有尿的小子你等着！"小三子卷了卷破袖子就追小铁，我也跟着跑，大伙都追上来了。小贵说："这边也打架啦嗳！"

忽的，李坏蛋在后头叫我，我又跑回来。

他和二姐都在门口站着。二姐一手提着面袋子，一手提着洋铁罐，低着头。李坏蛋瞪着红眼珠子，咻咻地直笑。笑着笑着他去摸二姐底辫根。我顺着他大腿踢他一脚。

"别碰我二姐！你个死酒鬼。"我又狠命的瞪他一眼，顶缺德啦，那们大个子就会喝酒，要不就瞧着人家姑娘咻咻地笑。

屋里王大娘说了话：

"花跟二姐去吧！你妈也是没别的法，跟谁凑合去，这几家谁不是吃了上顿愁下顿。"下半句又像是跟我说又像是自个叨咕。

我过去拉着二姐底手，二姐底眼睛通红通红的。"走吧！"我说。二姐慢慢地跟我走过来。爸在屋里大声说：

"小心电车！"

拐过横街，该往 × 关那走啦。迎面一个小铺，铺里的人正吃饭，从饭盆往上冒着热腾腾香气，他们大伙连说带笑地吃着。

我肚子不由地就骨碌骨碌直门响，本来吗！都晌午歪了，害啥也没进肚，肚子怎么能消停呢。

揉搓着小辫，越瞧人家越吃的香，香气一直撞到我舌头根上，我傻了似的"吧叽""吧叽"一个劲咽吐沫。

半天，二姐拉我大襟一下说："你倒要哇！"我说："太太行个好吧！"

二姐说："不对！"

她说："掌柜的有剩的给我点吃吧！"声细的跟蚊子一样，那谁能听见她说的是啥呢。

二 大伙都吃枪药啦

崦嵫黑，我跟二姐回了家，二姐的洋铁罐里满满的要来一罐连饭带菜，我底破面袋里有四个硬硬的饽饽；她拉着我底手走，她满脸是土，我也满脸是土，她脸上的土让汗冲的一道一道的，我说："二姐！你脸上见小河。"她用袖子抹抹脸，说"快走吧，妈准着急啦！"

越走天越黑啦，眼前黑胡胡的，电灯也不亮。

快到家门口，一个人裂裂歪歪地撞啦二姐一下，一闻那股酒味我就知道是那死王八的李坏蛋。我说：

"你瞎啦怎么的！净往人身上撞。"二姐说："花！快走。"

进屋，爸支着腿在擦脚上的疮，疮一滴一滴地只流水。越擦越流，流呀流地连炕席都湿了。

锁柱在妈怀里哼吱着，说："妈！给我点啥吃呀！给我点啥吃呀！"

妈两眼一动也不动地瞧房顶上。

我把破面袋往炕上一搁，说："锁柱快来吃饽饽。"

锁柱立时就笑啦，过来瞧着我底脸，把两个眼睛挤到一块嘻嘻地说：

"花姐给我，给我饽饽吃。"

掏出饽饽来，给锁柱一个我也拿一个。二姐上外屋去抱柴禾，妈瞧着洋铁罐里的饭：

"呀！害有粳米饭哪！"

"那不怎的，"我说："底下害有肉汤哩，一个小媳妇给的，小媳妇是弯头的。那才好看呢。我一说太太行个好吧，她就……"

忽的，锁柱哇哇地哭了。他啃不动那硬饽饽。

锁柱真熊货，就会哭，有饽饽害不好生吃，瞧我的，我使劲一啃，牙像碰到石头上一样，鼻子一酸，眼泪就流下来啦。

妈瞧着我们，又像要哭又像要笑，说："都别吃啦，等会搁到汤锅里煮煮再吃吧！"

二姐引着了灶坑，妈把那一罐饭哗啦地都倒到锅里，一会就冒热气啦。锅一冒气，肚子更饿啦，害没等开锅，我就跟锁柱一人盛啦一碗，"赫！赫！"地喝起来。

真香！有肉丁，还有大豆，就是另外有一点酸不溜的，我喝的直门流汗，锁柱也直门流汗，爸妈也直门流汗。喝着喝着妈说：

"要搁点盐就不能酸啦。"

"那你怎……"我刚要说话，院子里忽的谁破着嗓子嚷嚷起来。害有人哭。

大伙都歪着脖听，听呀听地，妈说：

"啊，老张家又打架啦，我去拉拉去，"说完，搁下筷子往外走，我也搁下筷子叫锁柱走，姐背着，看热闹去呀！

这回院子里可真热闹啦，黑胡胡地净人，天也黑，人也黑，细看张大婶在地上直门打滚，一边滚着一边哭说："你要我命啵！你要我命啵！"

张大叔的眼睛红的鼓鼓着，头发都气得站起来了，手里拿着个大扁担，梆！梆往地下直么敲，骂着："你这个浪×，我就揍死你！揍死你！"旁边李坏蛋跟二老头还有郑大爷大家伙扯着张大叔底胳膊，二老头沫沫叽叽地直么说："看你这脾气这个暴，这个暴。"李坏蛋说："两口子打仗，一会睡觉一碰头就没气喽！嘿！手轻点呗，打坏了，你自个心痛呀！"李坏蛋真缺德，就会说心痛不心痛的话，自个没老婆净饶人家的，嘿！有能耐的自个说一个呀！穷剃头匠，一天害挣不了两个子，这辈子也别想娶媳妇。

王大娘从地上把张大婶拖起来，张大婶满脸满身都是土，张大婶成了泥猴啦。

泥猴害只呜呜地哭，哭可是没眼泪，一眼瞧见妈在眼前站住，一把拉住，就抽抽嘀嘀地说起来啦：

"他大娘啊……我算没活头啦；"噯地一抽气，"那个死鬼出去转游了一天，就剃了一个头，挣了八个铜子害买锅饼吃啦！"又噯地一抽气，"我一要柴要米害打我噯！你们都听听，天下，噯……"

张大婶没抽完这口气，一个饭碗铛啷啷地打玉姐他们玻璃窗户那挤出来，把玻璃挤了个大窟窿，大伙都怔啦，怔呀怔地一拥就都挤到玉姐他们窗底下去啦。一拥把我挤了个跟头，小锁柱摔出去多远，摔的哇下就哭啦。

"真缺德！净挤人，"一抬头，我只成想是李坏蛋呢，不是，是张大叔，张大叔底脖子还挺粗，看我一抬头，他气呼呼地说："去！去！去！小孩子闪开点，能瞧着个吊。"

"呸！你管瞧吊不瞧吊，有气跟媳妇发去，没钱养活老婆，害臭美呢！"我嘴里嘟囔着，没敢大声说。妈说张大叔是个爆仗脾气，点火就着，谁惹他呢。

从人缝里挤到玉姐他们房后去。玉姐屋里点着通亮的灯，小三子他们都在那，连玉姐也在那，小铁正把耳朵贴在后窗缝上，一瞧一挤眼，一挤就三个眼睛动，一挤眼大伙就问，又骂什么啦！又骂什么啦！

我问玉姐："你们家怎么的啦！"

玉姐说："我爸一回来我妈就跟我爸要钱，我爸说不知为啥柜上买不着面都落幌啦，坐到炕头上就会要钱，要钱，要钱，连掌柜的都直门叫妈呢。我妈就说是我爸都嫖啦，我爸说没嫖，说说就干起来啦！"

真怪，怎么都没钱。我爸脚上崩进石头去了，不能砸石头去，没钱，小铁他爸剃不着头也没钱，这回连净给玉姐拿包子的爸爸也没钱啦！忽的我想起来玉姐底红玻璃手镏，我说："你爸没钱，能要你底手镏不？"那手镏是过年时候玉姐跟他爸上泰发合买的，前边大楼里的林太太也带一个那样红玻璃的手镏，李坏蛋说能值好几十块呢。玉姐平常老舍不得带，我一问，她想起来了："我妈准要给我当了！我得去拿去。"说着玉姐就跑了。

小爽问我，"什么手镏"，我说："红的，红的，害有金边，是圆的，嘿！你可没看见过。"我真希罕那个好看的红手镏。

"谁不知道呢！铜的，一毛钱一个，我妈有的是。"小爽说，小爽的妈是烂桃，我妈说烂桃是养汉的，养汉害能好！我说：

"你妈有八百个也是养汉的！"

"养汉你管得着？"小爽冲我举起了拳头。

"别打架！别打架！谁打架我就打谁。"小三子抓住了小爽底拳头。

"你——"小爽用劲往开挣。

"呼隆——哗啦！"忽的像砸了房似的响起来，小铁领着头喊说："房坍啦，快跑快跑啊！"大伙就嗡嗡地往外跑啦。

跑到房拐角就扎住啦，前面大人一个挨着一个，乱哄哄地吵喊着，我把脑袋从人脚缝里伸进去。

玉姐他们玻璃窗全砸啦，他妈作媳妇时的大镜子也摔啦，他爸害红着眼在屋骂呢，他妈披头散发地跑出来，脸上划啦好几个大口子，月亮底下看她底脸就跟鬼一样，她连跑连带哭。

"好！好……你嫖……呜……你砸我……呜呜呜呜我我找小局子去。"

一群人拦住她，她就像疯狗似的东撞西撞起来。

撞着撞着房东来了，房东底小胡子撅的比天还高，嗑巴嘴（注——口吃）子只喷喷沫星，眼睛紧眨巴，一句话也说不出来。小三子他们离老远大伙一齐唱：

"嗑巴嘴，卖凉粉，打了罐子赔了本。回家挨老婆子两鞋底。"小铁说：

"挨老母猪两鞋底！"房东底老婆又胖又黑，一天哼哼地就会讲究人。大伙都管她叫老母猪。

房东脸都憋青啦，半天才逬出话来：

"啊——啊啊啊，你你们要要造反？再打全全全给我滚滚，他妈妈妈蛋，这——群贱贱贱种，——走走我我我就找找找，小局子① 去都给——给给我拿——拿拿房钱来。今今今今今，真真真他妈……"

一听说拿房钱，大伙都哑巴啦，一个一个朝后退。玉姐妈也不撞啦，我刚要往小三子他们那跑。二姐抱锁柱在墙根那招呼我：

"花！妈叫你家去再吃点去呢！"

往屋走，我问二姐："二姐，怎大伙都打架呢？"。

"大伙都吃枪药啦，死横！"二姐说。

三 人都不知道上那去啦

胖甲长来说："明个防空演习，都得挂黑窗户帘。"黑纸一毛二一张，妈说没钱买纸，不点灯行不行，老胖子说："混蛋，不点灯不能照常工作。"什么是工作，工作的什么东西？老胖子才混蛋。若不混蛋，怎么老看别人不顺眼，只看自个那穿绿衣裳的，净说什么"三那拉"的儿子顺眼呢！

刚拿起破面袋要跟二姐上街，妈招呼我："花，别去啦，去收点煤烟来把这张报纸染染吧！叫二姐抱锁柱去吧！"

二姐领锁柱走了，我就拿簸箕上东空场去收煤烟。

---

① 小局子，对日方警察派出所的称呼。

小三子，小铁，小贵害有玉姐都在那收煤烟，我把簸箕放下，问玉姐："你妈跟你爸害打架不打啦？"玉姐说："不打啦！我爸不上柜啦，柜上没活做，躺到炕上长出气呢。"

"你手镏你妈给当没当？"我问。

"我妈没找着，我藏到墙缝里啦。"玉姐扒着我的耳朵说："你可别告诉别人呀！"

"曲曲话（注——耳语）烂嘴巴，流黄脓，定痂渣（注——疮痂）。"那边小铁唱起来了。

你才流黄脓呢。我拿着一把煤烟往小铁脸上就抹。玉姐从后边一推，小铁闹了个狗吃屎，满脸都是煤烟啦。

我说："狗吃屎，狗吃屎，小铁是黑狗嗳！"小铁急眼啦，拿起簸箕就要往我身上倒。

小三子招呼我说："花，快往这跑，这边不顺风。"

我跑到小三子身后，风不往这边刮，煤烟都随着风飞啦，小铁气的嘟囔着骂，他怕小三子，他不敢过来打我们，我和玉姐拍着手笑。

小贵说："小铁真没尿！"

忽的小贵跟我说："花咱们一块上街上要饭去吧！"

"你爸也病啦！"我问小贵。

"没！"小贵说："要验车啦！咱家连一个铜子都没啦，全收拾车了，还不够还借的印子钱，我妈说借印子钱就是押命。"

"啥叫印子钱？"我问玉姐。

玉姐闭着嘴角不出声，嘴巴上沾了一大块黑煤烟。"印子钱就是铜子上沾一块黑！"小三子说。

　　小贵说："对！我爸说秋成还得交五十块呢！是马车都要，再交就得卖马啦。"

　　"卖马怎拴车？"小铁没脸又凑合过来啦。"卖马就不拴。"小贵说。

　　我说："不拴就要饭，要饭倒不要紧，可再也坐不着香油（不花钱白坐之意）马车啦。坐马车可真好又不累挺（注——疲累）又凉快，风净往脖颈里钻。"

　　"我二姐都去啦，呆会你找我去吧！咱们净要饽饽去。"我端起一簸箕煤烟往家去。跟小贵说。

　　小贵说："三那拉！"三那拉是他跟死老胖子的儿子学的啦！那儿子顶不学好，像小媳妇似的，脑袋上抹油，梳的溜光攒亮，男不男女不女的。

　　进屋，爸正嗞牙咧嘴往外走，"爸上那？"我问。

　　爸朝南屋一咧嘴。原来是嗑巴嘴来了，我赶快跑到外边去，嗑巴嘴，正在烂桃屋里。烂桃的脸像掉到面缸里那们白，手里害挟一根洋烟，小布衫可净油，害破了好几个口子。嗑巴嘴小眼睛都挤成一条缝了，嘻嘻只笑。

　　"你你没没没钱可可可不要紧——来个——个嘴。"说着就把小胡子举到烂桃脸上去了。胡子尖立时就沾白了。

　　烂桃一扬手，"拍"打了嗑巴嘴肩膀一下。浪着哑嗓子说："皮又紧了回家太太可……真是找打啦！"

　　后头谁又唱起来啦。

"挨老母猪两鞋底！嗳！嗑巴嘴子竟挨他老婆子打呀！怕老婆嗳。"

回头，小铁，小贵他们都在那唱，玉姐爸和李大婶二老头他们都悄悄地溜走了。一会王大娘也溜出来了，小三子正在屋里扒窗眼。

我过去说："小三你怎么不出来呢？"

小三说："我就来，我就来！"他正拿着一块墨紧磨紧磨的害直门往手上画。

嗑巴嘴子上小贵家去啦小贵家没人。嗑巴嘴子上小铁家去啦小铁家没人。

嗑巴嘴子急眼啦，要骂人，直喷吐沫星，嘴唇直门动，上玉姐他们家去啦。

我们都拥到玉姐他们门口去。

玉姐妈蓬着头，横叨着大烟袋在炕沿上坐着，嗑巴嘴子进去她连眼皮也没撩。

"房房房钱——"嗑巴嘴子嗑巴了半天。

"谁有钱？你看谁有钱？"她"拍"吐了口白吐沫。"住房房房房子没没没没……"

"没钱，就住啦，要命我就给你。"玉姐妈说着说着站起来啦。

嗑巴嘴子气的直哆嗦，愈哆嗦玉姐妈愈横。

"老天爷不给活路，天上也掉不下白面来。柜上不上幌，咱们吃劳金的连吃的都混不上啦！我还正要找你借去呢！"玉姐妈邦邦往地上磕烟袋。烟袋灰迸到嗑巴嘴子眼睛里去，这回嗑巴嘴子抓住碴了。

"好好好好你你你打敢打打我我，我我我找小局局局子去！"说着就往外走，左眼睛揉了一个大黑圈，像瞎了一只眼睛似的。

"你找去，我没打你，你就说我打你也不行，有理在那呢？呸！"玉姐妈又横坐到炕沿上撇上大烟袋了。

大伙都跟在嗑巴嘴子身后走，看嗑巴嘴子有尿上那去。

嗑巴嘴子进了保甲所啦，跟死老胖子，比手画脚的，也听不见他们净说的什么，反正不能说好话。嗑巴嘴子就会说嗑巴着骂人，死胖甲长就会说："交不交！你们这些……"交不交？交啥呀？

瞧呀瞧地肚子就响啦，抬头，太阳都走到天当间啦。拿袖子一抹汗，我说："我要回家吃饭啦！我二姐准要回来肉汤饭咧！"我刚一转身嗑巴嘴子就出来啦！后头跟着死老胖子，手里拿着一个大本子。

小贵先看见了，说："管保是上咱院去，我先送信去。"说着小贵就扔扔地（注——快的意思）跑了。

正正嗑巴嘴子是上我们那去啦，一边走害一边跟老胖子说："非非非给给给他们个个厉厉厉害害不不不不可。"

"对啦！这群滚刀肉就得这么办。"老胖子笑嘻嘻地打了嗑巴嘴子肩膀一下。老胖子一笑才难看。脸蛋上的肉使劲往下一塔拉，脸像要散架似的。

进了我们院了，先上靠门的小铁家去了。

小铁家害没人。

谁家谁家都没人。

老胖子急眼了，一把拉住小铁底膀子，问小铁："你爸呢？"

"剃头去了！"

"你妈呢？"

"不知道！"

"你怎不知道？"

"不知道就是不知道！"

小铁冲老胖子一挤眼，一挤眼就是三支眼睛。

大伙都上劲说："小铁再挤一个，再挤一个。"

小铁就使劲挤。

老胖子说："你们家该交两毛！"

一看本子说："不对是三毛，上季欠一毛。"

小铁说："行，我欠你两根 ×× 毛，等明个我这长长了给你送去呀！"

"你他妈的这个小野种！"老胖子追过来冲小铁举起大肉手。小铁跑了。

小三偷偷出来。粘巴及（注——蹑手蹑脚之意）地走到老胖子身后，轻轻往老胖子屁股一按。老胖子的蓝的哆哆索索底大布衫上就印了一个黑墨墨的立楞着耳朵的小兔子。又过去往嗑巴嘴子底屁股上轻轻地一按，嗑巴嘴子底白小布衫上就印了一个直爬吃的小王八啦。

老胖子不知道，嗑巴嘴子也不知道。嗑巴嘴害只跟老胖子嗑巴呢。

"欠三三三三三四个月啦——找就没人。"

老胖子一抓小贵，小贵把嘴一撇：

"你们家两毛！"

"给你！"小贵从地下捡起两根马毛。大伙轰地笑起来，胖子立时急眼了。

"就会捣蛋，你们这些王八犊子！"

"嗳！嗑巴嘴才是王八呢？你看害带着记号呢！"玉姐说，指着嗑巴嘴子底屁股蛋。

老胖子赶快扯过大衫来一看脸就青啦。从地下捡起土卡楞（注——土块）就要打，大伙一哄就散啦。

气的老胖子跟嗑巴嘴子只在院心打转。

小铁爬到墙头上，拿两块土卡楞照嗑巴嘴子的脑袋就扔过来啦，说："嗑巴嘴子，给你两块房钱。"

四 二姐只呜呜的哭

黑窗户纸染好啦，我两手染的去黑去黑的，我说："妈，窗户纸染好啦！"妈说："去上谁屋里借个垫脚的（注——板凳之类）来糊上吧！我把这点高粱米饭捣捣回来好糊呀！"妈从破洋铁罐里往出拿饭，我就去借垫脚的去了。二姐坐到炕里给爸砸腿。爸今个全腿都青啦，痛的直么淌眼泪，说像里头有石头碴子似的。有石头碴子一砸就不痛，那可真怪。

上玉姐他们家去，玉姐在地下洗脸呢，我问玉姐"上那去？"

"给我爸抓药去！"玉姐说。可不他爸也在炕上躺着呢。大热天捂了好几床被害冷的直哆嗦。她妈里边拧搭（注——小脚女人走路的样子）到外边，外边拧搭到里边说："这准是冲撞什么啦！"

我上小铁家去借去，小铁家啥啥也没有。

我上小三子家去借去。王大娘正送一个老爷们出来。那个老爷们的蓝大布衫挺亮，害直哗啦哗啦地响。小三子在王大娘身后脸绷绷着。

"怎的啦？"我问小三子。

"我师傅来啦！"小三子说话那样像要哭似的。

"你要去踏麹子①啦！"我问他。

小三子点点头。

"你不是说你不爱去吗？一踏曲子脚就直痛腰也跟着痛，你师傅害直门骂人。"

"这师傅顶不好啦！不寡骂人呢。我听我们把头说，说人家烧锅若是一季给我们三块，他连三毛也给不了我们。他都吃了。"小三子说着有点气咻咻的了。

"那就别去得啦呗。"

"别去，我妈又直门哭说，'三！爹死啦，别气这苦命的妈吧！爷妈一哭我就心着忙，又一想去呗，别的师傅生人害不收。"小三子又像要哭了。

我没有话说，就上小贵家去借垫脚的去啦。

小贵家有个破泥墩子，一搬就碎啦。我没法就回家。

我说："谁家谁家也没有垫脚的！"

---

① 踏麹子，制酒麹子为使之发酵。选童男若干赤足轮流踏之。

妈说："要不？等李坏蛋回来求他给糊上吧！他个子害高点！"

我说："可别叫李坏蛋，叫张大叔吧！"妈说："张大叔也行。下晚你想着招呼一声儿。"

我说："嗳！"

拿起破面袋子和洋铁罐来，我说二姐："走哇！"二姐执执拗拗地不爱下地。我说："你真熊，又不爱去啦！怕人家笑话，笑就笑呗！他怎不笑我呢！还是你怕的！"

二姐不知声，妈又眼泪汪汪的。妈这几天动不动就眼泪汪汪的，哭又能当怕呢。

二姐害只执执拗拗地，"不去拉倒！缺你鸡子害不作糟子糕了呢！"我一赌气就找小贵去啦。

小贵正来找我，小贵拿一个筐没半拉底，我说："小贵，把这面袋铺筐底下得啦！省你一装东西就漏。"

小贵说："行！"

把面袋铺到筐下，我跟小贵就走啦。走到门口，小铁、小三子也来啦。

小铁说："咱们一块去。"

小贵说："人愈多愈好！谁要再管咱们叫穷鳖羔子咱们就揍他。"大伙就走了。小铁拿一个半拉的洋铁桶，小三子啥也没拿。

走到小铺那，小三子就站着了，他从兜里拿出来一个铜子。

把大伙都吓着啦。

小贵扒到我耳根说："小三子准是偷的？"

叫小三子听见了，小三子就生气了，说："你才是偷的呢，我妈给我的，昨个我师傅给我妈钱来的！"

我说："是呀！小三子师傅昨个来啦！穿的大布衫害直哗啦哗啦地响呢。"

小三子就进小铺里去啦。大伙都跟进去啦。

小铺那个死老头说："不开付！不开付！去！去！"

小铁说："买东西行不行！"小三子说："买糖！"

死老头就把小三子领到糖匣子那去啦。

糖匣子装的满满的，黄的绿的红的都有，小贵一瞅就吧哒起嘴来了。

小三子拿起一个带人的。死老头说："半毛！"

小三子就放下了。

小三子拿起一个包亮纸的。死老头说："三个子！"

小三子说："一个子行不行！"死老头说："少啦不卖！"

小三子又要伸手去拿，死老头说："别摸啦！挺埋汰（注——肮脏）的手。你不是买一个子的吗？给你给你！快拿着走吧！"他给了小三子四块黄色的糖。大伙就出来了。

小三子给我一块，给小铁一块，自个搁嘴里一块，瞧着小贵半天，小贵馋的直流惹拉子（注——口水），小贵说："小三子！我不说你偷的啦！"小贵有点要馋哭了。

小三子把剩的那一块糖给小贵了。小贵把糖往嘴里一搁，一下子一翻身就来一个车轱辘把式。连笑连嚷说："真甜哪，真甜哪！"大伙也连笑连嚷，"真甜哪！真甜。"

嚷着就过了 × 关大桥了。小贵说："咱们要吧！"小铁就靠着一家大门要了。小铁说："太太呀！有剩的给点吃吧！"

晌午歪。我底小洋铁罐就满了，小贵底筐里有几张一碰就碎的煎饼，小铁底半拉洋铁桶也装了多半下饭了。

我说："小贵！这些饭和煎饼咱俩对半劈，足够了，咱们家去吧！"

小铁说："咱上哪玩会去得了。"

小三子也说："玩会去得了，我就要走啦。"我说："咱上市场吧！市场真热闹。"

小铁说："上日本市场吧！日本市场净好东西，咱们捡点什么的，还有日本老娘们才香呢。"小铁说着一抽鼻子。

小贵说："上日本市场去嗳！"他锵锵地就领头走了。

走着，走着直出汗。天真热，夏天真缺德，死热死热的，也不是想把人晒出油来熬菜怎的。害有冬天也不好，冻的就能哆嗦，一哆嗦成一个团，跟个猴似的。人若跟猴一样有多难看呢？

忽的小贵在道那边嚷嚷了："来呀！来呀！这可真凉快呀！"

他在一个大楼底下站着，一边拿着破布衫擦脸一边招呼大伙。

小三子先往小贵那跑，我跟着小三子，小铁在后头，一跑洋铁罐就"铛！锵！""铛！锵！"地响。小贵就嚷："打铁啦！打铁啦！"

大伙都站到大楼底下了，大楼底下净风，这楼可真高，抬头看，害没等看见顶脑袋就迷胡啦！

我问小三子："小三子你说这楼高不高！"小三子说："真高！"

"有没有天高？"

"有！你看云彩在楼半截腰那呢！"小三子说害指画着："可不！一堆白云彩从楼半截腰飞过来啦！"

"老天爷准得住这楼顶上！信不？"我跟小贵说。

想了半天，小贵说："我妈说大楼里住的净是阔的（注：富人之意）。"

"阔的就是老天爷呀！"我说。

小铁把疤拉一挤说："呸！老天爷在我们家灶火上啦！"凉快一会，大伙就上日本市场去啦！

日本市场里可真热闹，达，达的是日本老娘们穿的刮达板（注：日人之木屐声），听着就跟打小鼓似的，里边害凉飕飕的，我底汗全干了。

门口不少卖鱼的，害有蛤蜊，蛤蜊瓢圆的扁的都有，害挺亮挺亮的。一看见蛤蜊大伙都滞着了。只有小铁害要往里走。

"里边害有好东西呢！"小铁说着直挤眼："都走哇！回来再拣蛤蜊瓢，有的是。"

大伙互相瞅着谁也舍不得走，等看见小铁那个急样时候，小三子说："那就走吧！"就站起来往里走了。

刚走过两家卖鱼的。一个满脸胡子的人就把头前的小铁给拦住了。

"什么买？"那人的声就跟打雷似的。"看！看！"小铁说。

"出去！"那人一巴掌就把小铁给推出来，那巴掌又大又红，打到脑袋上准得起包。

小铁让他推的一歪，差点没倒小三子身上。大伙没法就出来啦！

什么王八犊子！装蒜！小铁直门嘟囔着骂。

蹲到市场门口那一家卖鱼的窗户底下，大伙都不知声了，我没瞧那蛤蜊瓢，就慢慢地站起来，从窗户往里看。

屋里好几个人，切鱼的砸蛤蜊的干什么的都有。靠窗户正有一个老头从木桶里拿出蛤蜊，白花花的，闪亮的蛤蜊瓢直照眼睛。

我说："老爷行个好吧，把蛤蜊瓢给我一个吧！"

老头抬头看我一眼没知声，压到头发底下的眼睛水拉巴叽的，好像哭了，又像生气那样。我吓的一伸舌头就把脑袋缩回来了。

小三子他们三个捡小石头当玻璃球弹，一边弹一边嚷，小铁直嚷："小贵熊货净输！"

我知道我也准输，我就不跟他们玩，把脑袋靠到木板墙上，风凉凉的净往脸上扑，两个眼皮直打架。脑袋里迷迷糊糊的。忽的我想起烂桃来了，烂桃竟靠着街口那根电线杆子打盹，直打盹也不回家。

我问小三子："怎么老没见烂桃跟小爽呢？"小三子想半天说："横是搬家了。"

"搬家那屋怎害有被窝呢？小爽他爸害在那屋睡呢！"我说。

又过一会，小贵说："我想起来了啊！我妈说小爽他妈叫他爸卖了，我妈说的时候害直吓！直吓的！害说'这回可遂烂桃的心啦！"

小贵说着站起来，歪着头往地上"吓！吓！"的吐吐沫，学着他妈说话时那样。大伙都大笑起来。小铁直拍手。

小铁正使劲拍着手呢。一团黑忽忽的东西从窗户间扔出来。

"拍"一下就扣到小铁脑袋上了。小铁说"哎呀妈！"使劲往旁边一跳。

大伙顾不得看小铁了，赶快奔到那黑东西那去。

呀！是一个破草包，里头有不少蛤蜊瓢，鱼脑袋，鱼骨头，还有几块粉拉巴叽的鱼肉呢！

大伙都乐疯了。连吵嚷连笑连抢。

忽的那个眼睛混拉巴叽的老头脑袋伸出来说："快走！快走吧！"

小铁头一个跑了，小贵跟着，小三子拿着草包在尽后头。

拍拍拍拍跑了半天，跑的我直流汗，才跑到一块草地上。坐到草里。小三子说："大伙分！大伙分谁也不行抢。"

大伙都听小三子话。

小三子给我两个蛤蜊瓢，给小贵两个他自个剩一个，我说："小三子，你没要着饭，这鱼都给你吧！我们谁也不要了。"

小贵说："都给小三子都给小三子，他才一个蛤蜊瓢呢。"小三子就把草包拎过去啦。他从草包里拿出一块鱼肉来往嘴里一搁，吧哒吧哒嘴就咽下去了，完了又搁嘴里一块。"啥味？"

"凉森森的！有点腥。"小三子说。

忽的小贵说："快回家吧！天黑了，今儿防空演习，我妈说大街上没灯。"

"真哪！我妈也说来的！"小铁也说。天真黑了。

往远看，什么都迷迷昏昏的，大楼的黑影就跟鬼似的，一想鬼我底心就卜登卜登地跳了。

"快走吧，黑天该害怕了。"大伙赶紧站起来往家走。

走着走着天就黑了，黑的眼前直么迷昏，电灯点着呢，可是戴一个大黑帽子，就电灯底下那一点亮，别的地方黢黑黢黑的，我底心又卜登卜登地跳起来啦。

挨着小三子我说："小三子，我怪害怕的。"

小三子说："别害怕，我领着你。"小三子就领着我走了。

过大桥，剩不远就到家了，忽的拉鼻了，哼哼拉了好几回，电灯全灭了。道黢黑的看不见了。

"妈……"小贵吓的哭了。

"别哭！都来！一个领一个。"小三子说。

小贵，小铁都过来领着，我把洋铁罐套到胳膊上，一手拉着小三子，一手拉着小贵。

忽的，谁哼哼了，像把嘴捂上哼哼似的，又像狗喘，赫！赫！赫！只喘。

我底心像要跳出来似的腿也哆嗦了，我轻轻跟小三子说："小三子！是鬼吧！"

小三子不知声，使劲领着我。

再细听哼哼的声大一点了，想要说话叫人捂着嘴似的。听一会小三子跟我说：

"花！哼哼的是你二姐！"

我歪着头听，可不是我二姐吗！我不害怕了，我大声叫。"二姐！"小三子说。

"小铃！"小铁也说，"小铃。"

没人答应，哼哼声没有了，赫！赫！地喘气声也没有了。

小三子说："咱们往前找找！"大伙刚要往前走，"拍！拍！拍！"一大堆人跑过来了，害抬着白花花的布兜子，脸上都戴着长皮管子嘴巴跟猪似的。一堆人害没跑完又哼哼地拉鼻了，电灯就亮了。我使劲招呼"二姐！二姐！"小三子也使劲招呼"小铃！小铃！"

一个人从东空场那跑出来了，头发揉得稀乱稀乱的，扣也扯开了，害没有一只鞋，那人冲着我们就跑来了。"哎呀！小铃！"小三子立时就叫出来了。

"二姐！"我跑过去拉着二姐。二姐的脸煞白煞白的，头发上，身上，沾了不少土，扣都扯丢了，露着胸脯。

"怎的啦！"我大声问二姐。

"妈叫我出来接你，天黑，妈不放心……快……回家吧！"二姐只哭，哭的直么抽达。拉着我就往家走，也不管小三子他们在后头招呼。

"啥事呀？"我再问。

呜呜二姐只管哭，不搭理我，一边哭害跺脚就骂"瘟死的李坏蛋。"

"哭吧！不告诉拉倒，横你到家得说。"我一赌气也不希得拉着二姐底手了，自个先"拍！拍！"地往家跑。

五　我禁不住哭了

害没睁开眼睛，就听着谁在那只抽抽达达的哭，抽达抽达的连我都醒明白啦，睁开眼睛，"呸！"原来是二姐，挺大的丫头了，动不动就哭，动不动就哭，哭能当饭吃怎的，若能当饭吃大伙就都哭得啦，揉揉眼睛一骨碌我就下地了，我刚要"呸"二姐，一看，嗳！爸也起来啦，妈不管起来害没影啦，就小锁柱害躺着傻睡傻睡的。

我说"爸……"爸的脸又白又青，脑袋青筋迸挺高，眉毛都挤到鼻子上啦，只咯咯咬牙，气的咻咻直喘，把我下半截话给吓回去啦。

我又说，"二姐！"二姐连动也不动脸冲着墙，直门坐那抽达。我过去巴拉她一下，赫！眼睛肿的比桃害大，布衫袖子都湿啦，我说"怎的啦，大姑娘！"二姐把脸一扭，连身子都背过去啦。

"赫！架子真大，害不搭理人了呢！"不搭理我我偏搭理你，我又走过去站到二姐前头去。

"啥事呀……"我话害没说完，妈回来啦，妈脸像大茄子挂霜似的，又白又紫，进来一声没知往炕沿上一坐，爸问：

"抓着没有？"

"抓着个吊？白把二老头他们劳动一趟，早没影啦，连那死要饭的剃头挑子也没有啦，我就说么？"妈说话那样可真不好看，又歪人，又气人，好像爸指使她杀人去似的。

"你说……我害说不叫孩子要去呢，就你，看！看"一听妈的话爸爸火可真大啦，"咚！""咚！"使劲拿拳头捣炕沿。

"不要！不要吃个吊？"妈站起来啦！指手画脚直门往地下呸吐沫。

"好……好……你嫌我不能挣，我……我挣去。"爸脸都青啦，憋的说话也嗑巴啦，下地就要往外走，妈一下就给拦住啦，爸就拿妈底脊梁骨当炕沿，咚咚地捣起来。

妈就连哭连骂连跺脚。

"呜！我也不找李坏蛋啦，把我姑娘糟蹋那样，我跟你拼……"

小锁柱吓醒啦，哇哇哇使劲哭，二姐下地啦，也不知怎么好，更使劲抽达啦。

一瞅爸底又青又白的脸，我心就卜登卜登直跳。我得去找张大叔他们拉拉去。

刚一进张大叔门，张大婶正坐在炕沿上骂呢，张大叔抱着脑袋在炕里窝着，剃头挑子也没啦。我慢慢叫一声：

"张大婶！"

张大婶呸！往地下拧了口吐沫才说：

"干啥？花！"

"我妈叫爸给揍了！"

"为啥？"

"不知道！"

"我看看去！"张大婶说着就下地，冲着张大叔，"你就躺到炕上挺尸吧！你今个要不把挑子给我找回来咱们就……叫你要吧，这回我看你的。"

真怪！平常脾气那么暴的张大叔，今个就跟哑巴啦似的，张大婶直门骂也不知声。

张大婶走啦，小铁从门后悄悄地溜出来："怎的啦！你爸！"

"昨晚我爸要钱去，叫人把挑子给留下啦，没有五块钱就不行哪！"小铁扒到我耳朵上说。

"花！西边木厂又出刨花啦，咱们偷刨花去呀？"这回小铁挺大声说，害跟我一挤眼。

我知道他怕他爸跟他发威，故意大声说。我说："走呗！我妈说我家连个柴禾叶都没有啦！"

出来！小铁说："找小三子去吧！"我们就上王大娘那屋去啦。

刚进屋，看小三子正弯腰在那儿哇哇地吐呢，一吐一口绿水，小三子底脸就跟纸那么白，王大娘只在地上打转，脸上的汗珠子比黄豆还大。

没等我们知声，王大娘就说：

"花！快招呼你妈去。"

"我妈跟我爸打架呢！"

"那你去！去找二老头叫他上那给接个先生去，小三子病啦，昨个足足又拉又吐地闹了一宿。快去，小贵他们车在家；叫二老头坐车去吧！愈快愈好，愈快愈好！"，"嗳！"我答应着，就拉着小铁往外走，小三子又哇哇地吐啦。瞧着小三子那样，我心里怪不好受的。

二老头没在家，我们上小贵家去，小贵爸正蹲到门口"唉！"

"唉！"

我说："小三子病啦，王大娘求给请个先生去！"

小贵妈出来啦，说："怎么的？小三子病啦！啥病？"

"又吐又拉的！"小铁说。

"横是摊着时令啦，我看看去，别叫你大叔了，大叔的车没验上，害正无头蒙呢！"小贵妈说着三步两步就走了。

小贵正在那拿块布擦车杆，车杆擦的黑亮黑亮的，小铁说："小贵！收刨花去呀！"

小贵往他爸那呶了呶嘴。

我说："大叔，叫小贵跟我们收刨花去呀！"小贵爸不知声，把脑袋一点，小贵就乐颠颠地跑过来。

拿了小贵家一个草口袋，我们三个就往西边走，道上商量着，我打眼，小贵跟小铁收刨花拿回来三人分。我的再分给小三子点，小三子病了不能出去，他平常怎净帮我收了呢！

走到门口，一个穿黑布衫的害戴着一个黑眼镜的一脸横肉的人，把小贵一撞就进院了。那人一只手里拿一个黑布包，一只手里拿一本摺子。

小贵好好一瞅！就着急啦：

"我得快回家，快回家送信去，这小子是要印子钱的！"

小贵撒脚就往家跑，我跟小铁也跟小贵往回跑，害没等小贵跑到，那人早看见小贵爸啦。

那人说："怎么的，我也等的够时候了，拿钱来吧！"

小贵爸就像哑巴了似的，"装熊就算完啦！你挨饿别拉着别人呀！他妈的，咱们也是新新的票子数给你的呀！"那人急眼了，过去就去扯小贵爸底耳朵，小贵爸害不知声。

小贵可急眼了，捡起了一个小石头，就往那人脑袋上扔。

"扒"眼镜就碎了，玻璃片把那人的眼角给划了一个大口子，那人更急眼啦。一使劲，就把小贵爸给扯了个跟头。

"走！走！走！咱们衙门见，不给钱害打我，天下害有理啦！"连骂连扯小贵爸，一骂大伙就都出来了，张大叔就过来劝，那人就跟疯了似的，谁话也不听，使劲扯小贵爸，小贵爸就使劲往地下坠，愈坠那人愈嚷，小贵妈出来一看，就号天号地的哭起来。

"该钱不是没该人吗，扯坏了，我指什么吃呀！"小贵妈一哭，那人就更吵嚷：

"该钱不给害打人！他妈的！"张大叔他们就吵吵着劝。"也是真没法，有，早给你老送过去啦！"

院子里乱哄哄的，又哭，又骂，又嚷。

乱着乱着嗑巴嘴子来了，死老胖子也来啦！胖子一来就说：

"妈的，你们这群，除了打就是打！"那边那人跟嗑巴嘴子说起来啦。

"你说，大哥！不给钱害打人，有没有这个道理？"

"可可可可不是怎么么的！这这这群东东东西西都都都……"

忽然，谁一脚踏到老胖子脚上啦，老胖子熬一声地叫了起来，老胖子更急眼啦，说：

"走！归保甲所，这群东西……"

那人说："得归官！得归官，这年头谁家都是挺紧挺紧，挺紧可有宗哇！借人家的……"害没说完，又不是谁扔石头打了他的脑袋一下。

一打，更乱了，那人老胖子嗑巴嘴子都四外看害骂，张大叔他们就搁着害劝，小贵妈没眼泪了就干嚎。

大门口不少看热闹的。

忽的，王大娘忙忙叨叨地跑出来，说："小三子要不好，只翻白眼，只翻白眼！"

"怎么的？"大伙都把头回过来。

张大婶就跟着王大娘急冲冲地往回跑。张大叔把手一拍："得啦！害吵，吵个吊！有钱我们害不愿意还账，妈的连吃烧都弄不上，孩子们要着吃，不定中了什么毒啦！"说着眼睛湿拉巴叽的，二老胖子他们说：

"别……别……"

老胖子拍下过去，就给张大叔一个手贴脸说，"管你什么事！"

一拍张大叔，蹦就蹦挺高说："你打——"这一下大伙更吵吵啦。

忽的王大娘没好声地哭出来，大伙不管老胖子他们啦，一下就都拥到王大娘门口去，小三子在王大娘怀躺着，脑袋耷拉着，眼珠一点也不动弹啦。

我心里就跟刀绞的一样，我说："小三子呀！"禁不住地哇地大哭起来。

五分钟的光景

初刊"新京"（长春）《大同报》
1939 年 3 月 26 日

雨嘈杂着。

似乎有人在敲门，很温柔地"答——答"地敲着，而且敲的人在说着"借光"的话。

骤雨中也许有客人来？年青的主妇拉开了临街的小窗，警异地伸出头去。

高大的裹着蓝色工作服的来客在门口伫立着，类乎警察的制帽斜着深深压到眉边，肋下夹着耀眼的白色的写着消毒字样的木头盒子。

"是专为扫除厕所和消毒的工作的——"来客微欠着腰，很客气地。

"厕所？我们每天都扫得很干净呀！有什么流行病了？是警……"主妇站在窗前犹疑着，对于新居的一切外来琐事尚不十分清楚的她，虽然对来客发生了疑念，但到底不能说出拒绝的话来。

"不？怎能说扫得很干净呢？这一带就我一个人做这样事，是奉命来的——您新来不知道，您没看见我带着消毒的药粉吗？"来客指着肋下的盒子，诚实地说。

瞧着隔道的邻居敞着的窗子，主妇下意识地打开了门。

要水，要抹布之后，听着来人在厕所内吃力地擦着东西的声音，坐在席上的主妇不由地笑着自己方才疑虑的无因了。于是拿出帐薄和零钱来，计算着昨天用出去的数目。

蓦地，工作的声音一顿，高大的来客已经巍然地站在拉开的卧室门口，一手拿着盒子上厚厚的木头盖，一手插在衣袋里，药粉的盒子铛！地声摔在地上。

"完了，太脏了，一大盒药都用完了，您给钱吧！"

"什么？要钱，不是昨天才给的厕所扫除费吗？"

"昨天是昨天，今天是今天！"来客把压在额上的帽子一推，双眉棱棱地一挑。"快点！五元，没有叫人干完事还想不给钱的。"

瞧着那垄起的浓重的眉毛——似乎从那紫厚的嘴唇间迸出来的声音就是无数的坚硬的木盖在沉重地向身上击打一样，主妇茫然地向后退着，手痉挛地伸向桌上放着的钱去。

"五元——没有——没有那么贵的。"竭力镇静着的主妇，声音已不禁嚅嗫了。

"贵——嘿嘿嘿嘿，一点都不贵呀！"来客狞笑着，从衣袋中抽出烟卷和火柴来，"擦"地声点燃了烟，捏着火柴杆向前逼近了一步。

蓦地将尚有一点火花的火柴在主妇眼前一晃，火光后是凸出的见了肉的饥馑的狼才有的眼睛。

瞪起了眼睛，张大了嘴，呼救的声音才奔到喉际，主妇记起了对面的不是女人，而且身后是铺得平平的席子。于是手迅速地握着了翕动着的嘴。

一口浓烟从眦着白牙的嘴里缓缓地喷出来，阴暗的屋中闪着烟卷的微弱的光亮。巍巍的高大的身子嬉笑着又逼近一步来。

握紧了桌角，咬着颤抖的，泛着白色的唇，主妇怯怯的将桌上的钱推向那高大的人前去。

"一，二，三，四，五——五元还带九毛，您给底小帐是不是。谢谢——谢谢。"钱在粗壮的手中一转立刻掉在阔大的蓝色口袋里。人跟着退到门口去。

主妇翘起了头——

突的，一个巨响在耳边爆开来，厚厚的木头盒盖猛然地击在桌上，白烟中粗糙地手掌恶狠狠地伸向刚翘起的在发上斜簪着一朵小花的秀美的头颅来。

粗糙的手掌上微跳着黑茸茸的毛。

翘起来的头像被折的花一样地立刻垂下去。

雨湍急着，尚有寒意的初春的夹着雨滴的风从裂着的门缝吹进来，临街的小窗上的纱帘轻佻地舞着帘角。

按着狂跳着的心，主妇拽着软软的腿挨向临街的裂开着的门儿去。

眼前只有如雾的雨，从隔道的邻家的敞着的窗子里飞过来忧郁的："别离开我吧！亲爱的你"的正流行着的唱片的女人动人的歌声。

在雨的冲激中

初刊《华文大阪每日》
2 卷 9 期 (1939 年 5 月)
第 22-23 页

　　风挟着雨，孩子们挟着烂了洞的草筐，阿二扯着阿大底袖子，阿大底头低低地垂着。金姬拉起了缀着补钉的裙子包上了头，翠花在小心地握着羊尾巴一样蜷曲着的发辫，辫梢上一小条长满赭色的斑的红绸带从红湿的小手缝中不安地挤出来，英三走在最后，困难地拖拽着断了一根带的木屐，雨丝在五个垄起的褪了色的背上纵横地洒着。

　　转入了巷口，在一个灰箱子前，阿二扯动着阿大底袖子：

　　“哥！看看吧！万一今天若有什么东西呢。紧走紧走地走一天也捞不着东西呀！”擦着淋湿了的脸，阿二企求地望着哥哥，另一只在腰间暖着的小手勇敢地抽出来。

　　“说你不信，这儿不会有什么东西的，天到这时候了，有也早被别人剔了去，哪还有我们底份。”头立直了，阿大瞅着阿二底脸，声音是一种老年人才有的嘎暗而且阴郁的。虽这样说着，到底也走过去了，而且抽开了灰箱子的湿淋淋的盖。

　　金姬和翠花在另一个箱子前站着，英三独自跑到巷口去。

　　孩子们在细心寻着，拨着，在煤灰中，在果壳里挑选着——找寻着可以满足微小的希望的东西。

雨淋着，风开始呼啸了。雨倾斜着急泻下来，阿二把头缓缓地缩到肩里去，悄悄地打着冷战。阿大爱惜地瞅着那被浇湿了的头，默默地拉起前襟遮向那湿漉漉的头去。

金姬在细声地问着翠花，刚才翻上来的半张报纸是不是已经淋湿了的。

蓦然，英三在巷口大声地欢愉地叫唤起来，他摇撼着手中一个白的盒子样的东西。

孩子们蜂拥着跑过去。

英三站在大楼前窝风的角隅里，脚下堆着三个啤酒瓶子。脸在雨的洗涤下兴奋得像雨后的矫阳一样。

"饭盒子！饭盒子，整的，整的，还没人吃过啦。坐——坐——"摇着手中的东西，英三指挥着可怜的同伴们，孩子们眼巴巴地围着英三坐下，阿二舐翕张着的小嘴唇，翠花把小手爽地从辫梢上拿下来。

盒子里排列着炸得黄黄的肉和绿的菜。在红得爱人的梅子旁边有一条虾的尾巴，另外全部都是整齐的；洒着点芝麻的饭粒，也只在角上稍稍空了一点。

英三撕扯着肉，精心地数着绿菜的数目，一丝一丝地整整地分了五份，阿二开始咽着唾液了。

"这给你！这给你！"英三送着分好了的东西，孩子们迅雷似地把小手伸向口中去。贪婪地嚼着，嘴唇啧啧地作着响。

"我一听门响，就藏到房间角，还是上回那个大胖子，穿白衣裳的，像跟谁赌气似的'哗！'把这盒子往外一撩，过后又'扒！扒！扒！'摔出这三个瓶子来。我悄悄地，悄悄地……"

那边有人踏雨走过来。孩子们迅速地转过头去。

红的小伞旁边一个较大一点的黑伞，四只胶皮的高靴子在积水里的小坑里反照出来：另一对孩子在归家的途上，嬉笑着讲谈着学校里的事情。

"哥！瞧——瞧那些。"女孩子底小红伞一偏，小嘴鼓突起向对面一拱。

"脏骨头！穷种！"男孩子挟起一只眼睛，左边的嘴角跟着鼻子抽上去。满脸不屑的样子。

"你骨头干净——你——"英三挖起一团泥预备扔出去。一辆汽车猛然在眼前止住，泥花跟着四溅开来。

黑伞的哥哥嘟囔着骂了："瞎啦！往人身上溅！"且擦着深蓝制服前襟上的黑泥点。红伞的妹妹惋惜又怨恨地瞅着溅成了斑点的高高的白袜子。

汽车中三个踏着亮晶晶的皮鞋的孩子跳下来；前面较大一点地冲着哥哥楞起了眉毛。

"你骂谁——你骂，你那鳖像，配骂人吗？谁叫你往人家门口站，你才瞎眼呢！"

"你管我骂谁——我爱骂谁骂谁——你管得住吗？——我，我也没指名骂你。你——你样不鳖。"哥哥扛着伞稍稍地往前站了一点，脸因窘而红了。另一只手悄悄地举上去掩在翻出来的白衬衫领子上的一块墨点上。

"管啦！我谁都能管，不服你就过来。"高一点的少爷两手叉在腰间，脸凌人地仰着。娇气从华贵的蓝丝绒的衣缝中无忌惮地射出来。

"得啦——少爷别呕气，一会看淋着雨，怪凉的。"满脸红光的汽车夫插进来携起了楞着眉毛的手。

"你也走吧，小先生！回家一擦就掉了，哪叫天下雨，没法子呢。"汽车夫向着黑伞下的哥哥柔声地说且作了个笑脸。哥哥得了安慰似地携着妹妹走向路中间去。

"脓包！看他比你有钱就白挨狗屁斥了是不是——"英三从藏身的角隅里向黑伞的哥哥轻视地作了个可笑又可气的鬼脸。

小阿二把小手刮着脸，细声地说："都拿出跟我们那横样来呀——"

哥哥愤怒地咬着了嘴唇，眼光在没有行人的路上打着转。

妹妹恐惧又焦急地扯着哥哥底衣裳："走吧！别搭理他们，全当狗放屁，看他们打你怎么办。"

哥哥把求助的眼光送向胖大的汽车夫去。

"啊！他妈的！是你们呀！饿不死的穷种，又来了，真找打呀！痛快都给我滚！"一瞥见了藏身在角隅里瞅热闹的刚吃完了一顿大餐的孩子们，红脸汽车夫立刻竖起了眼睛，皮鞋"扒！扒！扒！"地打得士敏士的台阶山响地走向孩子们来。

"滚——像球那样滚，快！"

"你俩也滚，滚一个泥球！"阶上的少爷开心地嬉开了嘴，最矮的把手推人似地挥着。

"咱们滚哪——滚嗳——"英三嚷着，把空的饭盒子和碎纸用劲地打向白皙又骄傲的脸去；跟着拉起翠花就跑，阿大扯着阿二，金姬紧跟在翠花后面，百忙中抬起一块烂泥掷向后面去：咒骂从这飞跑的一串中连串地迸发过来：

"三个小混鸡子，一个大臭鸡子嗳！"

"瞎唬啥呀！再穿的好，你爹也是个大王八！"

"一帮兔子——"

黑伞下的哥哥听着咒骂抽抽嘴角，携了妹妹踏着水走开去。

阶上被辱骂的少爷可立刻红了眼睛，六只手齐齐地向逝去的褪了色的身形握起了拳头：

"追——追他们去，老金，快去呀！"

"这群鳖羔子该揍，死不完的小鬼！"老金也皱起了胖得一条岗似的眉头。瞅着倾盆的雨，老金爱惜地看着自己黑亮黑亮的皮鞋。"得了！少爷，今儿算便宜他们。等明天再遇见他们，不给打个死才怪，下这大雨，咱们进去吧！"高大的汽车夫小心地护着怒冲冲的少爷们拉开了瑰丽的门。临进去，最大的少爷狠狠地向着雨丝扔了一下拳头。

雨淋着，急遽而又倾斜地。

走在大街上躲在伞下的哥哥想起了什么似的向妹妹张开了口：

　　"等将来我长大了，非买一个比他们这辆还大的汽车不可；溅那三个小子一身，连脖颈里都叫他们溅上大泥饼。还有——还有，非得把那群穷种叫汽车从他们身上轧过去。"

　　"轧了人警察不让呀！"妹妹斜着滚了滚眼睛。

　　"我——哼！"哥哥扬气地举起了头，两股雨滴的合流不安地从掀偏了的伞上坠下来。

　　在另一条巷中，英三他们互相搀扯着走着，雨在那拱着的瘦削的已经淋透了的小肩上，一层又一层地盖上了密密匝匝的更粗大的雨点。

傍晚的喜剧

"新京"（长春）《文选》
第 1 辑 (1939 年 12 月）第 75-81 页

　　小六子在厨房烧炭，紧烧也不红。豆大的汗珠子顺着瘦削的小脸往下淌，滚到脖颈那儿汇成一条小河，小河沿着脖颈中间的黑泥道横流到敞着的小布衫的领子里去。越流越觉得小布衫发黏，越觉得发黏心就越燥，越燥炭就更烧不红。一赌气，双手叉腰一站，"拍"一口唾沫吐到对面的碗橱上，嘴里嘟囔着"去你妈的。"

　　白得尽小泡的唾沫在黑油油的碗橱子上作了一个耀眼的大圆点，圆点的边上有一丝丝的白唾沫星溅出来。"嗳，活像一个王八盖子，活像一个王八盖子呀！"枯树枝似的手指头探向嘴里，小六子醮着嘴里的唾沫在盖子的四方引出四只脚来，又实验着用舌尖舔起一小堆唾沫堆在上边，再连上一条水线一直通到圆点的下头，稍稍往上伸一点。圆点唾沫就成了成形的大王八了。

　　手指一上一下地击打着王八盖，有细微的"拍激！拍激！"的声音，一声又一声地随着手指的起落发出来。小六子报复似地说："打死你这个软盖的，这软盖的白王八！"

　　有白底东西在窗前一闪，小六子突地一惊，他记起来掌柜的今儿正是穿了白小褂的，立刻敏捷地把身子一转，脊梁贴着碗橱，白王八腻腻地正贴在后膀子上，把膀子用劲往柜上一靠，身子就势蹲下去，两大步就移到灶前去。

炭红的挂了一层白炭，小六子底心突突地乱跳，轻轻地把炭夹到熨斗里，灰灰落落地刚掩着了熨斗的底。想起急等着熨斗熨烫衣服的内掌柜的，小六子怯怯地提了熨斗趄向上屋去。

内掌柜的梳的油亮的头，圆的发髻上簪着朵大红花，脸上的粉叫汗冲的一道一道的，手里的大圆扇子紧搧，小六子轻轻地把熨底放在桌角，内掌柜的正笑迷迷瞅着小老唐底脸，小老唐底小白脸红扑扑地，像喝了酒一样。

内掌柜的一掀熨斗盖，两条横宽的眉毛往中间一皱。小六子赶快从门缝溜出去。果然，内掌柜的把扇子往桌上使劲一搁，沉雷似的喊出来：

"小六子！"

小六子把刚放在台阶上的脚收回来，头慢慢地探到间缝去，双手保护似地搂着了头。

小老唐正在内掌柜的耳旁说着什么，内掌柜的眉毛渐渐开展起来。

小六子心中一块石头落了地。只要是小老唐来，十有九回内掌柜底气都跟松了口的大气球似的，怎么也鼓不起来了。这回又少挨一顿打。小六子用舌尖舔着上嘴唇，偷偷地冲小老唐来个鬼脸。

"小六子！"内掌柜又叫了起来。

"嗳！"推开门，小六子低头进屋去，眼睛在垂着的眼皮底下转着，转呀转地停在内掌柜的胖得鼓出尖来的大肚子上。

"去！瞧你这炭烧的这么点倒是够烫你底皮了，痛快点！再好好地给我烧点来，反正你又没挨打，觉着皮紧是不是？"

"我不！——"

"什么！又是你不敢！你除了不敢还会说别的不？痛快给我烧去，别这碍眼。"

提起熨斗，小六子溜了溜内掌柜的擦得通红的脸，低着头，把左眼睛一挤。"哼！再擦得红点也白扯！越红越不好看，小老唐一来就软啦！跟掌柜的那份威风劲都哪去了？呸！小老唐是兔子①，好人还有跟兔子好的？"

低着头往前走，有什么东西突地往脸上一打，小六子赶快扬起脑袋来。是内掌柜的洗的雪白的夏布大衫在绳上飘动着。小六子恍然刚在厨房中看见的白东西了，恨恨地朝上屋一努嘴。

"瞎干净个屁，他妈的！"摸着小布衫，小六子想起了妈，想起妈站在太阳地里把小布衫举到眼睛上去的光景，妈眼睛不好使，认一回针得半天，若是太阳一歪就什么也看不见。一个小布衫做了半个月才做成。妈说："六，你可仔细点穿，妈做件衣裳不易，好容易凑了这几个钱，你底工钱不定什么时候能拿来，头一次给人家支使，不穿整齐点妈心里也过不去，你可仔细！你可仔细呀！"小六子底泪一串接一串滚下来。

"这会儿妈不定有没有米下锅了呢。"小六子抬头望天，天蓝得

---

① "兔子"指男宠、男同性恋，娈童等的代称。

一汪水似的，毒巴巴的六月的太阳已经歪西了，远处有炊烟一缕缕地飘起来。

"怎么的啦！瞎发那份楞，炭你倒是烧没烧去呀。"蓦然，内掌柜底嘎嘎地尖声像是天都能戳一个窟窿似的由上屋出来，小六子一惊，揉着眼皮，两步并一步地跳到厨房去。

心还难受得压得慌，眼睛很涩，小六子把炭放在灶里，身子不由自主地靠在碗橱子上。

忽然门"砰"一下被踢开了。十岁的吃得肥头胖脑的少掌柜的一阵风似地钻了进来。

"走——走——小六带我骑车去，对门二小前街锁柱子都有人带，痛快痛快的。"说着，便赶过来拎起耳朵来。

"我给太太烧炭——烧炭呢！"哀告着，小六子把暴着青筋的手送向耳朵去。

"烧个鸡巴，走不走吧！"胖得尽是小圆坑的手这么一转，小六子底耳朵上立刻就来个紫红疙瘩。"我看你个不走的样！"一手拎着耳朵，另一个手操起了领子，十四岁的瘦小的小六子就跟一只鸡似的叫那胖大的男孩子给拖出去。

街上吹着晚凉的风，天上云彩紫一块红一块的，照得街上乘凉的人底脸都红扑扑的。一出来，少掌柜就跑向那新买的最高的车前去。

小六子不由地心里战栗着，瞧着那两个庞大的车轮，又瞧着自己底包在青布裤子里的细腿，我"能骑得了吗？"小六子有着金星从眼里迸出来。

"快！快！快骑呀！装什么蒜？人家都拐弯了。"少掌柜的雄赳赳地坐在车把上，怒目瞅着小六子怔着的脸。

"我——我——"小六子嚅嗫着。

掌柜的摇着大圆扇从眼前的胡同转出来。是新车，掌柜的准舍不得叫骑着玩，快找掌柜的说说去。小六子得了救星似的走向掌柜的去。

"掌柜的——"小六子怯怯地叫着。

掌柜的反倒把头转向胡同里去，想起掌柜底巴掌，小六子默默地用手阻着了嘴唇，眼睛追着掌柜底脸。

胡同里有两个女人并排走出来，擦着很白的脸，一个腋下掖了块红色的手帕。另一个手掩着脸，吃吃地娇声地笑。

掌柜的眯缝着一只眼，蒜鼻子红得跟螃蟹盖子似的，头歪倒肩膀上，笑地嘴旁都皱起了褶子。

"掌——"

有人从后头扯起膀子来。是少掌柜的，"不用问我爹，我爹也不当闲十，我叫你走你就走！"少掌柜一使劲就把小六子掼到车前去。

小六子咬着牙登着了脚踏子。

车执拗地在地上转动着，脚蹬离着小六子垂下去的脚有半尺高。小六子把脚从横梁下伸过去。

车在地上艰难地转动着。

一阵香风过来，桃红的手帕贴着小六子底膀子擦过去，小六子突地觉着车后沉得一颤。

"我带带带你们去！"掌柜的眼睛直瞧着走过去的摆动着的背影，手摸索地伸向车把去。"咱们得快快追呀。"

车前横着一块石头，小六子底"有石头"还没喊出口，车和人倒了一座山似地"砰！"地一声躺在地下。

前头摇摆着的背影回过头来。

"瞧！老四！这可新鲜事，自行车骑人啦！"桃红的手帕阻着了嘴，女人拉了拉身边的同伴。

"可真！"另一个又吃吃地娇笑起来。

"大人倒不要紧，把孩子压在底下了，来，我搀你一把吧！"

吃吃笑着的走近来把手伸向少掌柜的去。

掌柜的一瞪眼，脑袋一挺，从压着的车下爬出去。

掌心的残留着红胭脂的底手又伸向了小六子。

从小六子底身后一只大手翻上来，小手指头灵巧地在那红红的掌心搔了一下。

小六子抬起冒着金星的脑袋来，红的手掌从耳边擦过，借着小六子脑袋底屏障抚摸似的摆动着。

小六子试验着立起摔得又麻又痛的腿。

猛然眼前一黑，一个又脆又重地巴掌贴在了左脸，小六子不由地又躺下去。

是内掌柜的圆柱一样的身子，在内掌柜的脚旁边，掌柜的正试验要站起来，内掌柜冰冷的脸，手指头一下子戳向掌柜的底额前去。

"好哇！越来越像样啦，大街上打着滚，搂搂亲热热地来一觉得啦！"

"不——不是。"掌柜的陪着笑脸，"是小六子把长生给带摔了，我来拉他一把。"

"啊——都是小六子，都是小六子，是不是？小六子，我叫你烧炭你不烧，跑大街来给拉线来你干，给我滚，现在就滚，不都是因为你吗？你也别借好人光了，你趁早干你底去！"又一个巴掌从右边贴上来，小六子擦擦眼泪扶起了车，哀求地向着内掌柜的迸着横肉的脸。

内掌柜的把手指着缩在电线杆子旁边的少掌柜的。"你给我说实话，长生，倒是小六——"

"是爹看那两女的。"少掌柜的溜溜爹红一阵紫一阵的脸。

"是爹——"

"得啦！啥话也不用说，死鬼又心痒痒了，谁不认得那两骚货是陈家大炕上的，都看直眼啦！"乘凉的人一层又一层的圈上来。"你们诸位给评评这个理。"内掌柜的得意地扬起了头，"凭一个大掌柜的在街上就拉野鸡底手，丢人不丢人，要逛也轮不到那些货去呀！"

"可不吗！"人群中有人取笑地附和着。

"还有这个小兔崽子，吃了两天饱饭又不知东南西北了，他竟敢给拉线。我叫他干活去他不干，当我没掌柜的说话好使哪，我叫你滚你也得一样滚。"冲着小六子，内掌柜的狠狠地颤动着下颚。

"那一定——像您这样到得了的人，说话更不能不好使了。"又谁在称赞地说。

内掌柜的更加骄傲地扬起了头，"滚！"声音震得耳朵发麻。"滚，痛快给我滚回去，若不看你底瞎妈面子我非狠狠地揍你一顿不可。"拎着耳朵，内掌柜的两步就把小六子扔出人群来。

站在外圈底一个小姑娘招呼着胡同口的妇人："妈！快来看热闹，杂货铺母老虎又发威风啦！"

被叫做妈的扭搭着走向前来，马车底铃声在扭搭的屁股后头"叮铃——叮铃"地响着，车上一个标致的年青人。

瞅见了车上的人，叉着腰怒视着的内掌柜的眼睛一转。

"得啦！我也不跟你们打啦，把孩子给我领家去，我给你买小布衫布去，给你做，穿了叫你好跟人家飞眼。"分开人底浪，内掌柜盛气地走着，马车不迟疑地转向胡同口去。人们蔑笑着互相挤着眼睛，有孩子们悄悄地跟在内掌柜的后头。

暗的胡同里，粗壮的身体登上了那坐着标致的青年人底车，孩子们爆了炸弹似地哄笑起来。

掌柜的低着头钻进了自己底家门，眼睛转向女人消逝的路上去。

人群散开了，三个，五个攒集着，耻笑着，讲究着——一个半大的孩子扯了扯身边的老太太底袖子。

"奶奶，车上那人是谁？"

"是母老虎的相好的，是小老唐儿，尽倒贴，钱花的可有些个了，你大了，你可管住你媳妇呀！"老太太说着瘪着嘴笑起来。

街口，小六子靠着大的广告牌子，按着饿着的肚子，哀痛地啜泣着。

【附录】

傍晚的喜剧（1997年修改本）

小六子在厨房里烧炭，紧烧炭也不红。豆大的汗珠子顺着瘦削的小脸往下淌，滚到脖颈处汇成一条条小河，沿着敞着的布衫领子流到了脊背上，像蚯蚓似地爬来爬去；闹得小六子嗓子眼发干，心窝里发燥。越发燥，炭就越不见红，气得小六子甩了口酽唾沫，唾沫粘在灶堂对面油腻腻的碗橱上面，成了个耀眼的大白点，白点四周还拉着细细的吐沫丝。

"活像个王八盖子，真真切切的是个王八盖子。"小六子把枯柴似的小手指头沾了口酽唾沫，在适当的地方引出个王八头，然后敲着王八盖子，拍得唾沫咕唧、咕唧响，嘴里不敢骂出声，心里却骂着："打死你个活王八，你这软盖的活王八。"

其实，什么是软盖的王八，小六子并不明细。只因为这是内掌柜骂掌柜的一句口头禅，他也就顺口骂出来了。这么骂，似乎出了一口恶气，究竟该骂掌柜，还是该骂内掌柜，他也说不清楚，只是心里憋的慌，骂骂痛快就是了。一想到内掌柜，小六子猛然记起自己正在烧炭，赶紧转到灶前。炭已经烧过了头，挂着一层白灰。小六子吓得心头突突乱跳，把炭拣出来，稀稀疏疏，不过刚刚铺严了熨斗底儿。内掌柜正等熨斗用，小六子不敢再重烧，怯怯地提了熨斗，迈进了上房外间。

内掌柜站在熨衣台前，使劲扇着大蒲扇，脚下那只用过的熨斗，底朝上摆在砖地上，显然已经失去了热力。望着内掌柜那汗水淋淋的宽脑门，小六子明白自己误了活计，放下熨斗想溜，盼望能躲过一顿狠打。还没等他转身，内掌柜"嗡"地吼了一声，震得她那梳得油光水滑的发髻上的大红纱花，索索地颤了几颤。小六子停下身子，心里暗暗叫妈，妈这会儿可救不了他，要不是铁道线建什么防护网占了他家的菜地，妈妈是怎么也不舍得把他送出来学徒的。

内掌柜两条浓眉往中间一凑，被汗水冲得粉痕斑驳的脸横着。她掂了掂熨斗，指着小六子的鼻子："小六子，你又皮紧了是不是？你看你烧的这炭，能熨衣裳吗？熨你的皮倒够热，我就熨熨瞧瞧。"说着，绕过台子就来抓小六子，小六子可吓傻了，光哭，连告饶的话都忘光了。

内掌柜举着的熨斗被人接过去了，那是朝鲜师哥。师哥文文静静，总是细声细气。师哥说："天热，炭化的快，小六子也是烧的少了点，叫他再烧两块去。你老也趁这工夫喘口气。天热、活紧，犯不上跟这屯里来的笨小子生气。"这几句细声细气的话像阵小轻风，凉丝丝地送到了内掌柜的耳边，眼看着内掌柜那凑在一起的眉毛就平展开来，小六子的心也平定下来，止住了哭声，怯怯地望着内掌柜那开了晴的脸，一步步挪过去，去接师哥手里的熨斗。内掌柜一把扯着小六子的膀子，吓得小六子一哆嗦，内掌柜的手指头戳着小六子的脑门子，狠骂道："怪不得师哥说你笨，你可就是不开窍，你就不知道去拎那只凉透了的？这只里的炭能白烧吗？你看看师哥是怎么干活儿的？"

那边师哥早铺好了一件喷过水的衬衫，准备熨了。

小六子瞧了师哥一眼，师哥还是那眼神，尽管脸上有笑模样，眼神却还是阴幽幽的；小六子怕看师哥的眼神，一看就能勾出自己的眼泪来。小六子低头拎起了砖地上的熨斗，装着不在意的样子碰了师哥一下，算是表表对师哥说情的感激之意。还没等他迈出门坎儿，内掌柜追上了一句："小六子，你仔细着点，这回饶过你了，你再不上心干，我就把你休回去，叫你们娘两个喝西北风去。"

西北风可解不了饿，小六子可不敢大意了。内掌柜说话干脆，说一不二，这镇上无人不晓，人们都说也就是内掌柜这么个要人的，才敢在这镇上开浆洗房。人们还说：也只有内掌柜才有本事从大连找来师哥。这师哥调粉子上浆的手艺谁也比不了。调的粉浆不稀不稠，上到领子袖口上不过不软，熨出来小镜子似的光光滑滑。还有人说，这师哥不是雇来而是买来的。人怎么还能买，小六子是绝不相信这话的。不过，师哥脑瓜儿灵，眼里有活儿，这小六子完全信得过；勿宁说是佩服，佩服得小六子对师哥言听计从。实际情况也正是这样，据说，自打师哥来到这店里，店里的活儿推都推不开。铁道里铁道外混洋差使的人，都送衬衫到这里来洗。累得内掌柜总喊腰痛，那两个专管洗衣裳的大娘，手都叫碱水泡肿了。就是小六子打杂烧炭，腿也跑细了。有一件事使小六子想来想去想不出个所以然：人们背地里耻笑师哥，管他叫兔子。人怎么是兔子，就是真是兔子，兔子也没什么不好啊。

这回，小六子可真上心了，他在炭篓里挑来选去，拣了几块一敲嘤嘤响的炭架在地灶上，这挑炭也是师哥教他的。师哥说：一敲嘤嘤响的炭是好木头烧的。这样的炭，火力强、化得慢。他试了几回，确实不爱化。一到应急，小六子就拣这样的炭来烧。这种炭也有缺点，就是红得慢。

小六子盯着炭再也不敢走神儿，两只眼望着炭发愣。谁家葱花爆锅的香味由敞着的窗户灌进来，晌午吃的两碗高粱米饭早就没影儿了。

这爆锅的油香勾起了小六子的馋虫，小六子直咽口水，真想吃点东西才好。一想到吃，小六子的小心眼儿往下一坠。自个儿一天三顿饱饭还想另外吃东西，妈这会儿还不知道有没有下锅的米呢。水黄瓜该上市了；房后那点地栽不了几棵秧，不知结了多少瓜。说是到八月节结工钱，能求求师哥说情，支两块工钱给妈送去才好。快渍小螃蟹了，妈妈自己能扒上今冬够吃的腌海菜吗？买盐的钱怕也没有，只能求求师哥了，自己可不敢找内掌柜提出支钱的事。师哥是朝鲜人，朝鲜人是二太君。虽说师哥没爹没娘是个孤儿，可他是朝鲜人，朝鲜人说话顶用。

灶上的炭不知烧着了什么，爆了个大大的炭花，吓了小六子一跳。炭这会儿可是真红了。小六子抄起火筷子，打开熨斗盖，还没等火筷子碰上炭，胳臂就被人揪住了。这是一阵风似的卷进来的少掌柜。

"走！小六子，带我练车去，对门二小，前街锁柱子都在练。爹那辆新三枪，就在门里摆着呢！没锁。"

"内掌柜等着使熨斗，我正烧炭。"

"别拿我妈唬人，你去不去吧！"少掌柜说着就动了手，狠狠地拧着小六子的耳朵，小六子那积满泥垢的耳唇登时出了紫疙瘩，痛得小六子眼泪都下来了，连忙用手去护。

"你给我走吧！"十岁的又高又胖的少掌柜，揪着小六子的衣领，连推带搡，像老鹰捉小鸡似的轻轻松松地就把十四岁的小六子推出了厨房。

"我去，我去就是了，你等我装上炭，把熨斗送到上房去咱们就走。"小六子一迭声地哀求着。

"装个屄，烧化了活该，你上眼瞧瞧，你看上房里还有人吗？"

上房里果然没有人影，没内掌柜、没朝鲜师哥，台子上摊了一堆待熨的衬衫。

"告诉你吧！营地来电话，叫我妈送兔子去慰问太君，说不定今晚上还回不来呢。我妈前脚走，我爹后脚就溜了。那个死不要脸的（少掌柜常常按着他妈的说法说他爹）准是又找相好的暗门子去了。正好，新三枪今天下午归我，你敢不给我去推？"

"车是新的，我可不敢动！"小六子望着那辆崭崭新，亮得照眼的新三枪，苦想着办法以便逃脱这件苦差，吱吱唔唔地找理由："这是掌柜心爱的物件，这是……再说，这车架子这么高，不好蹬，要摔下来，那可……那可不好办。"

"少拿我爹说山，我爹不当闭十。告诉你吧：场面是我妈打开的，家业是我妈挣下的。就凭我爹那熊样儿，见了太君腿就打哆嗦，还能在这地面上开买卖，他有吃有喝就不错了，还敢管我妈的心肝我？你不推我练车，我就废了你。"

少掌柜说着，胖拳头已经跟上来了。

"那你得跟内掌柜说，是你叫我来的。"小六子已经无计可施了。"别他妈的废话。"少掌柜推起车，歪歪斜斜地上了马路。街上吹着凉风，似乎是一天的闷热都吹跑了，天上的云彩，红一块、金一块、紫一块，比大地里的野花还好看。小六子可没有心思看云彩，心里一阵阵发燥，再凉的风也吹不透。这新三枪，架子轻、轮子滑，若是摔了少掌柜，那可真是大祸临头了。

少掌柜跨上三枪，小六子拼命稳着后架子，少掌柜那胖脚丫儿怎么也够不上脚蹬子。车像个醉汉似的，刚倒向东、又歪向西，怎么也不走直线。小六子连吃奶的劲儿都使出来了，额头上淌汗，眼前只冒金星，心里扑登扑登一个劲儿跳。猛然，三枪车来了个大趔趄，把少掌柜摺在地上，小六子被甩了个大屁股墩。

前街的锁柱子由他家的小打杂护着，一阵风似地骑车过来，一看两个人的熊样，幸灾乐祸地笑叫起来。

"嘿！胖子，有本事的自个儿练，欺负小六子算什么。告诉你吧！够不着脚蹬子是腿短，得掏大梁，明白吗，掏大梁。"

"怎么个掏法？"少掌柜学车心切，顾不上逗嘴，立即扶起车子，向锁柱请教了。

锁柱来到三枪车旁，比划着怎样把腿从大梁下面伸过去，并叫自家的小打杂和小六子一边一个扶着后座，叫少掌柜上去试车。

虽然仍旧左摇右晃，掏大梁的胖脚丫子蹬着了脚蹬子，车子蹒跚地前进了两步，喜得少掌柜开怀大笑，向锁柱说："真有你的！"锁柱没答话，原来锁柱的眼神被风摆柳似的走过来的女人吸着了，他抽抽鼻子，向少掌柜又挤眼又歪嘴。

晚风把廉价香水那刺鼻子的香气送了过来。锁柱子附在少掌柜耳边："嘿！胖子，她是你爹相好的，我认得她，是后街暗门子里的，准是找你爹来了。"

"别瞎说，我爹不敢。"

"得了吧！你不是也骂你爹老不要脸吗？跟我装什么蒜。你瞧着，我逗逗她！"

锁柱子把脸转向女人，吸着鼻子，像牡马似的摇头摆尾还打喷嚏，冲着女人咂唇呲牙，嘴里不停地说："好香！好香！"

"你个孩芽儿也知道女的香了，少跟我搭讪，别臊了你家祖宗的脸。"

女的说着，扬了扬手中的红帕子，掌心残留着擦水红胭脂的红渍。这带胭脂渍的手掌没打锁柱子，却软绵绵地落在了少掌柜扶着的三枪车上。

"嘿！好打眼的车，三枪的，英国名牌，花老头票买的吧！"

耽误了练车，少掌柜正没好气，他翻了翻眼皮想骂句什么，

一时又想不出过硬的词儿来。锁柱在他耳边悄声说："骂她骚娘儿们，骚货。"少掌柜有了词儿，高声大嗓的："你这骚娘儿倒识货，少看人家车眼馋，有本事自家找老头票买去，站前洋行（指日本商店）里就有，人家可只认老头票。"

"别这么嘴损，我骚不骚你怎么知道。你妈才是正儿八经的骚货呢。谁不知道你妈专会养兔子，那是下三烂的下三烂，少神气吧！"女人不愠不火地回着嘴，眼睛却只管端详着那闪着蓝莹莹漆光的新车。

女人的话冲了少掌柜的肺管子，他最怕人说他妈如何如何。他把三枪车往小六子身上一推，胖拳头冲着女人那有红有白的脸捣了过去。嘴里骂着："你敢骂我妈，叫我妈送你进小衙门灌你辣椒水。"

胖拳头被人接着了，这可不是锁柱子。锁柱子乐得看上一场好斗，越打得热闹越好看。他怂恿着："胖子，揍她个满脸花！"接胖拳头的更不是小六子，小六子没那么大的胆子。原来是不知打哪儿钻出来的

浆洗房的正牌掌柜王有财。一见这位财神爷，女人那不愠不火的神情立刻变得甜蜜蜜、笑眯眯。

"唉哟！王大掌柜，你老什么时候添的这么时兴的车！叫咱们好好看看，开开眼，见识见识！"

"爱怎么见识就怎么见识，还怕你瞧在眼睛里挖不出来。"王掌柜的语音像流油那么腻。小六子看得清清楚楚，王掌柜的小手指头，在那胭脂红的掌心里搔了一下。

少掌柜听着他爹那逗闷子的声调就气不打一处来，锁柱还一个劲儿地在他耳边嘀咕："说是你爹相好的，你还不信，这回眼见为实了吧！"

少掌柜可受不了这个，他一个虎跳，夺过车子就往街心推，嘴里厉声吆喝着："小六子，咱们上前街练去，别跟他们废话！"

小六子被那女人拉着，没跟上来，少掌柜把车子一丢上来拉小六子。掌柜趁机来拉女人。谁也不肯放手，四个人走马灯似地转圈儿。

锁柱子在一旁又笑又拍手，唱着："小朋友哇！会朋友，手拉手哇会朋友。"

乘凉的人一圈一圈围上来，七嘴八舌地打听出了什么事。

谁也说不清出了什么事。

一辆拉脚的马车"的铃铃！的铃铃！"地赶了过来，坐在车上的女人两步跳下车来，拨开众人往里走。百忙中，还没忘了嘱咐车上坐着的另一个人，那是个小青年，蔫头搭脑地靠在车后座上。

"你先回去歇着，不用干活儿，我看这里出了什么事。"

小六子一看来人就傻眼了，来的竟是内掌柜，车上坐的是朝鲜师哥。

内掌柜眼光一扫，就明白了事情的大概。她顿了顿，先向小六子发威，骂道："好小六子，你个小兔崽子，你不在家里看门，跑到当街给掌柜的拉皮条来了，看我不揭了你的皮！"

"少掌柜练车，叫我推。"小六子讷讷地连句整话也说不出来了。

"长生，你给我说实话，是不是这么回事？"

"是我叫小六子来的，我爹是半道来的，来了就拉扯那个女的。"

"好哇！你这个老不要脸的，别大街上拉扯了，我现在就给你个方便，你把她带回去，亲亲热热地搂着她来一觉，显显你的工夫，那才算你是条男子汉呢。"

"别瞎说，就是长生练车，人家要看看车。"

"会说的不如会听的。"内掌柜伶牙俐齿地吐出这句话后，向着看热闹的人群："诸位上眼，看看这架势是帮孩子练车不是？我家这位大掌柜连说谎都扯不圆。教儿子练车，教到窑姐头上去了。"

"咱可不是窑姐，你……你别糟蹋好人。"女人被内掌柜的气势震住，这样期期艾艾，越说语音越细了。

"你敢说你是好人家的闺女？你不打听打听，这镇上的小地盘，什么事瞒得过大奶奶我？你不是后街潘寡妇家的吗？我告诉你，你放明白点，少挖我家那老不要脸的钱口袋。那钱是我一把汗、一把泪挣下的。你若是惹我变脸，我就送你进小衙门，一送一个准，你信不信？"

"是呀！王内掌柜、王太太、王能人，这前街后巷的谁有你老吃得开。别说小衙门；大衙门——那太君的大衙门，你老出进也跟平地一般，我就信服你老。"

人群中一个歪戴毡帽头的人捧场了，说得人们哄笑开来。

内掌柜听了这话，得意地扬起脸来，还正了正鬓边的那朵大红纱花。

"都怪我家教不严，乡亲们看笑话了。"内掌柜的眼光扫向了小六子，骂道："你这个小兔崽子，干活儿数不上你，扯闲篇你倒有眼力。今儿先记下这一笔，你给我滚回去，去看看师哥歇着没有。给他冲一碗鸡蛋红糖水。"

小六子巴不得听见了"滚"字，钻出人群，一溜烟进了胡同。天上那耀眼的彩云一块也不见了，一块又一块灰灰的云朵

飘在头上。小六子心里纳闷儿想道："都说生孩子坐月子的女人才喝鸡蛋红糖水，师哥干么也喝这个，莫不是他又出虚汗了？"

小六子三脚两步跑进了师哥的小屋门，师哥闭着眼睛斜躺在炕上，额头上沁着细细的汗珠儿。

（作于 20 世纪 30 年代末，经修订）

据《梅娘小说散文集》（北京出版社 1997 年版），第 3-12 页文本编入

迷 茫

据《第二代》（"新京"（长春）益智书店 1940 年版）
第 103-114 页文本编入

一 颤动着的黑影

"轰"地声，一个巨响在英底耳边炸开，英惊恐地从甜梦中揉开了被眼屎黏在一起的眼睛，立刻把头转向响的来源去。

声音像是在院里，又像在房顶上，但到英能清朗地使用着睡意朦胧的眼睛时，已经一切都沉寂了。屋中还黑漾漾的，外面下雨了。

俯在窗台上，外面并没有雨，头上是淡得几乎成了白色的蓝天，东边一片金黄，太阳正准备放射第一条光。

知道不是下雨，而又知道是太阳还没出来的清晨。英底小小的心灵暂时陷在模糊里。稍顷，过去的一幕清晨来小偷底情形在记忆中苏醒了，英下意识地感到又是小偷挖墙吧！立刻地被惊惧袭击了。英从窗台上回转身来。迅速地爬向妈妈睡着的炕头去。

炕头却只是浆得白亮的褥单，上堆着扯得凌乱的被。妈不知道什么时候起来的而又走出去的。

没有妈，院中又继续起了类似搥门的响声，英底心因恐惧而狂跳，把妈妈底被扯过来紧紧地蒙着了头，蜷屈着倚在墙角，手偷偷地在被里揉着被汗珠打湿了的眼睛，静静地蜷屈地蹲着。英觉得眼皮一点点地加重，小头斜斜地倚着了墙，眼皮慢慢地合拢起来。

蓦然。门呀呀地响了。并且夹杂着喳喳地低语声。英挣扎着睁开了眼睛。把头从被中探出来。

天有些亮了。院中堆积着的缸呀，花盆之类的东西已经可以清楚地分辨出来。忽然英看见一个颤动着的黑影从缸后慢慢地升起来。又慢慢地翻过板墙去。

"妈！妈！小偷——小偷！"英霍地掀开了被。跳下地来。拖了一双大鞋跑向院中去。

还没待英推开屋门，妈便走进来，像一手提着裤腰，另一只手拿着裤带，脸上一块青一块白的。而且提着裤带的手在轻轻地抖着。

"妈！看见了小偷吗？"握着妈底手，英仰着小头问。妈底手冰冷，一点不像往日的温热。再看看妈底脸，英觉到妈有点异样了，妈俯下头来亲着英底发，用着低得英勉强可以听着的声音说："没有小偷，那是猫，英！再跟妈睡一会去吧！妈肚痛，上毛厕蹲了这半天。"

刚刚跟妈躺在枕头上，英听着门被猛力地推开了，接着门沉重地击着墙的声音也发出来，就在这沉重的声音里，英看见英叫着李大爷的妈底相好的，怒冲冲地在院子巡视了一周，又怒冲冲地走出去，英抬头看妈，妈正斜眼装着睡觉的瞧着外边。

三 你爹是个……

拿了妈给的一毛钱，英买了两个子的花生仁和两个子的瓜子嗑。一边嗑着一边往门洞跑，门洞正聚集着孩子们，大的在扔坑，打像片，小的在跳房子，互相吃喝着，哄笑着，还漫骂着。

看见英，大伙哄地笑了，并且互相挤着眼，一会又喳喳着窃笑着。

英瞪大了眼睛瞧! 瞧呀瞧的李大爷的侄儿柱子开了口：

"得啦! 别站在这看啦! 去，回家去帮助你妈看着小偷去吧！"

"我家？没去小偷。"英说。"没去？今早上没去小偷？这小偷专偷你妈。还偷我大爷给你妈的钱。"说完的柱子把手里的像片一扬，向大伙伸了下舌头，十三四岁的男孩立刻喧嚷着笑起来。女孩红着脸把头别过去，小一点的莫名其妙地瞧着大孩子底嘴。

虽然并不怎样清楚柱底话，但摆在眼前底情形使得七岁的英明白柱子所说的定归不是好话了。于是把嘴一裂：

"你说吧。你说吧。我告诉我妈叫大爷打你。"

"嗳! 你告诉去。今儿我可不怕了，我大爷左省右省的都给了你妈，你妈反倒贴了，叫我们一家人挨憋，你妈一个人乐哈，这叫不行啦! 你告诉去! 去! 去! 别看我大爷厉害，我也不怕，去! 去你的。"柱子说着说着的就扯了英底膀子往外推。

"你推! 给你推! "扭动身子，英鼓起了腮帮，但是一抬起脸看见柱子正粗着脖子在翻动手中的相片时，心悄悄地跳起来。"若把那只大手抡到脸上呢？"

英翻了翻眼睛，一边嘟喃着一边朝家走，"看我去告诉去。"小柱说："我觉得你也没别的能耐么？就会找你那个烂桃的妈。"

大伙又哄地笑了起来。

嘈杂的游戏声再开始，突然在嘈杂的嬉笑中，一个尖锐底喊声清清楚楚地从门洞送到正向家走的英底耳边来。

"小英底爹是个头号大王八。"

三　娘底话

妈说心里烦，叫娘带英出去走走，到吃下午饭时再回来。

娘领英上大同公园，英说是要打秋千去。

走着走着英忽然想起今天妈底红肿的眼睛，问娘："我妈今天怎的啦！""你妈心里不自在。"娘说。"不自在干啥哭！"英追问。

娘没出声。半晌英又问：

"今儿大爷怎么还没上咱家吃饭？"

"大爷跟妈生气了！"

"为啥生气？"娘又不出声。

"娘！你说我妈跟谁好？"又走呀走的英忽然像想起来什么似的歪了头问娘。

"你妈跟大爷好。"

"为啥不跟我爹好呢？"英底脑海里涌出来爹底像，胖得大肚佛似的，老是眯缝着眼睛呼噜呼噜地睡觉，坐着也睡，躺着也睡，等人一叫，就惊慌地睁开眼睛"呵呵"着。又青又黄的白眼珠上，网着一根一根的红丝，一回家老是往炕沿上一坐头一低，说："妈的！又输了。"说完了头一歪就呼噜上。天一黑醒了，就在妈底布衫兜里摸呀摸的，摸着钱就走，第二天再回来坐在炕沿上睡觉，有时候回来也睁大了眼睛，笑着，口袋里有英最爱吃的东西，英打心眼里是喜欢爹的，老是乐着："爸在家睡吧！"因为妈从来不搂英睡，爸在家英枕着爸底胖胳膊，就是来红眼耗子也不怕，爸一哼，红眼耗子就吓跑了，妈多咱睡到半夜时也是不理英的，老是自己唏喳喳地像和人在说话，一次英明明听见妈是笑，一叫，妈却装着哼似的咳了声，连拍拍英都不的就叫："英睡觉，天还没亮呢！"

"娘！"英猛地又睁大了眼睛，"娘！今早上来小偷，娘知道不知道，我妈害出去打去了呢。没上外屋去吗？"

看着英底煞有介事的脸，娘不觉笑了："没上外屋去，可是，英，爹回来别跟爹说来小偷的事，害有，害有，也别跟大爷说。大爷若问昨晚谁在屋里睡就说你爹和你妈……"

"可是爹没在家睡呀！"英插嘴。

"你若说爹没在家睡，大爷该生气啦，生气明儿就不给搬面，包饺子吃哩！妈害得打你，使劲打，拿笤帚疙瘩打。"娘替英擦擦头前的汗，又接着："记着了娘底话，要不你妈从今儿来一个铜子也不能给你。知道不？"

"爹若是问我呢？"

"问就说睡着了不知道。"

"嗳！我听娘话，娘慢慢走，我打秋千去。"

那边。在夕阳的光辉里大同公园的游戏场正在孩子们的喧嚣中喘息着。

四　你妈呢？

直到黑的看不清站在前面娘底脸，英才从秋千上溜下来和娘回家，娘给英拿着大布衫，英在前边雀跃着，一边唱着："天地内，有了新满洲……"一边跳着走。娘在后边只说："车，小心点车。"

进大门洞，大门洞拥挤着人，连顶不爱出来的李婶也抱着孩子跟着挤。挤着害说着，看见娘，老太太都扭着小脚走过来：

"嗳！他大嫂。快回屋瞧瞧吧！英妈叫警察给带去了。"

"怎的？"娘底脸立刻就白了。

"傍晚，来个小伙来上你们家拿帽子跟上屋李大爷遇着了，没说上两句话两人就翻脸了，李大爷一茶碗砸在那小伙头上……"

"哼！反正……"

"是真的？……"娘忘了叫英就往屋跑。英还愣愣地站着瞧着周围的翕张着的嘴。

"英还不回家呢！你妈叫小局子抓去了。去吧！去看看去吧！还有你李大爷。你李大爷陪着你妈上小局子里亲热去了。"王老太太说，一边吧哒着旱烟袋，一边推了推英底肩。

人们跟着话底尾声哄笑起来，望着老太太底大旱烟袋挤了下眼。

英跑向家去。

进门，窗户的玻璃躺在院里，花盆都砸在地上了，娘正在炕沿边上叹着气。

看见英，娘站起来，说英"去上门口等你爹去吧！你老朱大哥去找去了，我这儿看着屋子。"

坐在门口石头上，英瞪大了眼睛瞅着跟前的灯，地上印着长长的黑影，不远的前面黑墨墨的，有一辆马车慢慢地过去。

渐渐地英觉得冷了，爹没来，妈没来，娘也没出来，从石头上溜下来，瞅着灯，英不知该怎么做好了。

小头昏昏地，英已经撑不住沉重的眼皮了，推开大门，门洞中黑洞洞的，英一步步地挨着往家走。

忽然。一个胖手撂在英底肩上，英仰起头。"你妈呢？"爸抱起来英。

"爸！我睡着了不知道，娘叫我听话。"英软软地伏在爸肩上啜泣起来。

落 雁

初刊"新京"（长春）《第二代》（新京益智书店 1940 版）
第 159-190 页

长长地吁出一口气来。

心暂时地轻松了似的，把脸缓缓地靠向窗玻璃去。

窗外正是美丽的春天，院中的各各角隅生满了软软的绿茸茸的小草。在小秫秸编成的一个个的小花园里，五色的花儿纷披着，雨后的土的香气掺和着花的香从窗隙透进来，醇重地压在心上。对面，在烟似底柳的垂枝后面，一朵大的紫色的牵牛傲然地高高地攀在了那半颓了的房檐上。麻雀在蓝得水样的天下面吱喳着。一般都活泼而愉快，朝阳从柳底枝枒里送进第一条光来。

一双蛱蝶连翩地越过短墙来。

蝶绕着花，又撩人地双双亲昵地并起了翅。雁慢慢地阖上了眼睛。

头沉，耳在呜呜地响，昨夜欢愉了梦，今儿四肢酸懒，她恹恹地走向床儿去。

床上被褥凌乱，床下纸张狼狈，瞧着这些揉搓了的纸，脸忽地泛上来赧红，她四外张了张，轻轻捡起一叠纸来，迅速又细心地把它撕成最细的纸条。

所有的纸上都是同样的字。

那是一句简单的话："李先生，请把你底红笔借给我。张。"

字像男人，笔道很粗，有的显露着描了两遍三遍才到这么粗的痕迹。想到昨晚那么兴奋地往粗了涂着自己底字的情景，心痒痒的，似甜却又欲哭，礼拜日早晨的清闲，她想不起来做些什么才好，把撕的纸条用大块报纸包好，又想不出什么合适的借词交给厨子烧了去。厨子是小辣椒的邻居，小辣椒底妹妹跟校长相好，万一这纸条上的话被对出来，认得了，而问到身边来呢？

重打开纸包，把细得跟挂面似的纸条，又一遍给断了腰，断了腰，乱揉，揉着由心底升上一股委曲，突地伏在床上哭起来。

瞧着印在绣着甜蜜的梦的枕套上的泪，不知怎的又觉得自己可笑，好端端地哭什么呢？而且，昨夜的梦，昨夜的梦呵！

把手伸向枕下去。

在摺得齐又齐的纸单上，是很自然地粗粗的笔道，那粗笔道写着：

"李先生，把你底红笔借给我。"

我底下，点了一个很圆的点，那圆点像那紧闭了的唇，越看越像，而且像要笑起来的样子，雁把嘴紧贴在圆点，做出了吻着的形式。但又立刻警惕地抬起了脸儿。

窗外似乎是人底蹑轻了底脚步，又似乎是风在戏着柳，又似乎是那只大白猫在踏着房顶的砖。她底心咚咚地跳着。

像是做了一件对不起人的事，又像是偷窥了别人的秘密。身边连一点东西也没有才好，她无端地憎恶起那立在桌上的大肚的茶壶来。

大肚正象征了校长，大口往里吞，一丝丝往出吐，那管能扣下一个子儿的地方也不能放过去，壶缺了半个嘴，把的弯里，堆着也几乎变了瓷的积年的泥垢，这缺了嘴的破壶正和校长一样应该抛出这校门去。

下意识地脸又靠向那一星期以来就藏在枕底的纸条上。

脸很热，春天的暖气灼痛了皮肤，灼焦了心，那纸正是一切热力的来源。

重摺起了纸，把它压在心上，雁觉得自己幸福，于是爱娇地笑了。

写着粗字的人，是刚来到这小学校里的最年青的教师。

这年青人儿底不意闯入，使得有着中世纪的拘谨的李雁姑娘开始厌恶这漫漫的吃不尽的粉笔末的生活了。从前，虽然也烦，也腻，但自己多少都能压抑着一点，一想到自己底职业上冠着的"神圣"两个字，一点自尊，使得她能重振起精神来，而且孩子们天真的爱戴，也自是另一番安慰。但，从教员休息室的角隅里，坐了那巍然的身形后，雁是感到心中过分地空虚了，这空虚不是职业，也不是孩子们底爱戴所能填得满的。

以往，虽然也不时的觉得落寞，觉得孤寂，看见一个魁伟的男人就脸红，私下幻想着见了一面的男人就爱上了自己底事，可是那一切虚拟的故事都被拘谨，不，也许是过分的老实给轻轻地放了过去，也因为受了那些轻轻地驰过去了的事情的激击，雁底心更加敏感起来。

这年青的人，如这季节的温煦的风似的，热拉拉地吹进心来，雁觉得身里有一点什么东西活起来了，那是被羞涩锁闭了二十七年的，不，那是被残余在社会上的一点封建遗毒压下去的，可珍贵却又胆怯的处女底热情。

常常无缘由地微笑，脸不时地红，一种茫然又无主的愉快扼住了雁。上课，或者休息，一听到微哑的可爱的声音，心就扑登扑登地跳着。在休息室里，目光老是不由自主地越过了间隔着的桌子射到那坐在角隅的巍然的身形上去。

又自惊于这遥望被坐在左右的同事窥破了，目光刚飘出去又急遽的收回来。左邻的绰号面包的王先生，永远是那付睡不醒的神气，右邻的小辣椒在查私似的滚动着眼睛，一碰着那三角眼下射出来的光芒，雁便机伶伶地打个冷战。又自慰着并没有不可告人的事，就是阎王也没可怕的理由。尤其安心的是，小辣椒已经作了妈妈，自己是这圈子里的惟一的未婚的女性，谁配和自己竞争呢。但是小辣椒有妹妹，那蛇似的扭动着腰身的女人。妹妹虽然不属于这学校，可是跟校长……雁想起来那天不意地走过了休息室，夕暗着看见校长短粗胳膊缠在那细腰上的狎昵情形，当时羞涩滞着心，带着些惊惧地迅速抽回身子来，但回到屋里后，精神一安定，又渴望着再看，心里有一种不能遏止地骚动，一种近于望梅止渴的情绪。可是，从现在起，将有一双健硕的胳臂来圈着自己了，像真就有了意中人底拥抱似的，雁作出了被抱的姿势靠向临窗的一面小小的镜前去。

镜中一片庞然，蓝毛布夹袍裹着臃肿的肉，雁不由得怨恨起自己底腰来，为什么生得这样粗呢？为什么不细，不细一点，那管再细一点，小辣椒也不敢满处说去，说："李先生，样吧！跟地缸子似的！"

可是粗也自有粗的美，雁自慰着。像小辣椒妹妹那么细倒不好，从后头看，风一吹就要折，痨病鬼似的。但粗的腰也许是真不好吧！不然，已经来了两个星期的那年青的，可爱的，为什么还没有一丝的爱的表示呢？都是为了这腰、这腰——

不！这卑鄙的思想，恋爱原不是非得要腰细不可，雁自己搔起头来，恋爱是神圣的，是精神最高点的结合，只要心好，心能纯洁就行，像小辣椒妹妹那样一下子就靠在男人怀里，那简直跟妓女一样。真给女性丢脸。雁想到孩子们跟自己的亲热和自己班上的成绩一天比一天好的事情，心立刻安静下来。

而且，他已经给我写了纸条，屋里有好些人为什么单单地向我借笔呢？爱不是跑马，那能说好就到亲吻那种程度呢。

想着，心中的阴郁一散，雁走到窗前拿起手巾来。

快洗脸吧，说不定他今儿要到校里玩来呢。

坐在小凳上，把粉盒摆在又写字又改课本又吃饭的唯一桌子上，迎着由那块方方的玻璃上射进来的朝阳，对着小镜子细细地擦着脸。

院里有皮鞋声，雁心一跳，果然跟着那微哑的可爱的声音就响起来了。他在问着一个一早跑到学校里来玩的孩子。

"×老师，看见没？"

孩子是自己班里的，虽然没听见他问的老师是谁，可是一定是自己，雁把隐在窗帘后偷窥着脸，轻轻地拿了下来。

"他真来找我了哟！他真，他真……"心直如开了一朵花似的。雁用欢喜得有些颤抖的手拿起秃了半截的眉墨来。

镜中是一张又宽又肥的脸，眼睛在突出的上额的阴影里显得那样细而小，唇露出与全脸完全不相称的可爱的红色。眉毛稀疏的，但全脸却罩在高度的快乐的光彩里，嘴角浮着温存的微笑。

门微微地动了动，似乎有谁要进来的样子。雁带着兴奋又胆怯的心情，拉开了门。

门上靠着大猫的肥大的身子，它正翘起了尾巴靠了门在摩擦着，瞧着开了门的雁，"呜呜"地问早安似的叫了起来。

雁底心突地凉下来，举起手便打向那一向抚抱的雪白的身上去。

手未到，又无力地抽回来，掩了门，身子瘫了似地倚到床上去。

望着逐渐移进来的在地上曳着的硕长的黑影，雁惶然了。身子怎样站也不可心，手也没地方放，把所有的在屋里曾做过的最美丽的姿势都忘得一干二净，头里完全乱了，待人已经走进来，却像受了痛苦似的交握着稍稍痉挛的双手。

穿着灰色的西装，中分的发拖着，两条金黄的亮脚走着什么步法似的慢点着。

"啊！李先生，真早呵！礼拜日还不多歇会。您真可谓以身作则，刚才那个孩子是您班上的吧！太有礼节了，那么小的年纪就懂那么些事，足见您底教授法是太……"双手插在裤袋里，脚跟一起一落的，那微哑的声音，在雁底耳中只是一串银铃。

"那……"话只在舌头上打转，怎样也吐不出口来，平常就拙于言辞的雁底嘴，更觉得不听用起来。

　　并没有等待对方将出口的话说出来，那灰色的胳臂又在晨中摆动着：

　　"本来吗？学了教育，"一个演讲家似的挥了挥手。"就不能丢了教育的原理，像我们这样年青，生命力正旺盛，若不趁此时机把所学的大大的发挥一下，那未免太辜负了国家造就师范生的一番苦心，而且也对不起自己底良心，您说呢？对学生，更得亲如自己底弟妹。随时随地指导，不能单靠书本，别人说小学教员苦，他们是不明白此中的乐趣，连至圣先师孔夫子都说：得天下英才而教育之，乐也，何况我们这些平凡的人呢。"

　　说着话，脸上是一种极其认真的颜色，这颜色牢牢地擒住了雁底心，"真也是，谁会说过这样热心的话。"雁在脑中检查着那已印着的同事的面影。面包是上课也打招呼，下课也打招呼，校长上不了两堂半课，上课就是叫学生念，念得连家雀在房檐上都呆不住，还有那个老陈先生，没牙的嘴吃吃地露着风。

　　又想到才称赞过自己底话，"只有自己真可说是尽心尽力，尽心尽力，难得的这学校中就有了他，而且自己可以和他并列。"

　　从心底一阵热升上来，雁底脸突地栽红着，嘴只嗫嚅地说着。

　　"张……先……生真是，真是……"

　　雁不知道底下是说过奖还是赞美对方所发的议论好，尽让"真是"在舌头上打转，再也转不出底下的话来。

　　一双孩子从对面拍拍跑过来。孩子是姊妹，穿着同样花格的衣裳。活泼泼地向对站着的他俩鞠了躬，雁像得救了似的拉起了大孩子底手，大孩子是自己班上的，小的正是对面的张先生班上的。

两人暂时沉默着，姐姐明白了什么似的不时偷瞧着两人的脸。

妹妹举起手中握着的一束花草，指着一个宽又长的叶子问着自己底老师。

"张老师，这叫什么名？"

被问的人暂时一呆，一会从耳朵有微微的红色透出来，但立刻就说着：

"这，这是属于羊齿植物类的，记住了吗？羊齿植物。"妹妹仔细地瞧着说着话的先生底嘴，脸上是莫名其妙的颜色。

妹妹又要诘问似地张开了嘴，姐姐悄悄地拉了她底衣襟。

从背后，小辣椒和她妖娆的妹妹从柳荫中转出来，妹妹穿着和天一样蓝色的衣裳，两条白胳膊长长的露在外面。

两个孩子偷窥着小辣椒，悄悄地从人们身后溜过去，小辣椒冷冷地眨巴了下眼睛，又满面堆出笑来。

"呀！扰你们清谈，难得李先生也在这。张先生新来不知道，李先生向来礼拜日都是在屋用功的。不像我，我实在是在家呆不了。她更是，"指着自己底妹妹，"刚从省城里回来，想看电影这小破地方都没有好的，听戏又嫌吵，真是，没法，礼拜日就打个小牌什么的，在大地方住惯了的人在这真是不惯，张先生也觉到憋屈了吧！"

张先生正瞧着微笑着的蓝衣的女人，目光停滞在那垄起的胸上，听着问，吃了一惊似地收回眼睛来。

"是，是，是，实在是同感，连这路都叫人烦，走不了两步就闹得满鞋土，真是。"张先生躲避着什么似的低低头瞧着自己底崭新的鞋。

"那么今天上我那儿打小牌去吧！我，你，她，再找一位，反正消遣呗！"

"太好，太好，可是我还要等校长一会，今儿约好上学校见的，介绍我来的教育科长今天有给他底信邮到我那儿了。"

"校长么？"小辣椒把眼睛向着走又不甘，站又不安的雁一转："校长说不定也上我们那去了，说是跟我们先生有什么地方上的事要商量呢。走吧！"

"那么好吧！就是太打扰您了。"张先生很爽然地拿出来插在裤袋中的手，做出了预备走的姿势。

"再见，李姐！您哪天请上我们那儿玩去。"蓝衣的女人开了口，应酬地望着不安的雁。

雁希求又胆怯的偷瞧了下要走的男人，小声说着"再见"。"你李姐可没功夫，礼拜日还要看点书呢，若不是那样用功，教育厅也不会给派来呢。"

说着小辣椒把身子转向大门去，催走似地看着用手帕扫着鞋上的土的男人。

"再见！"那微哑的可爱的声音竟也说出了这残酷的话。雁觉得从眼角扯起一片水雾来。

擦干了眼睛，三人已经走出了校门，小辣椒在称赞着校长底能干，听的人在频频地点着头，蓝衣的妹妹摆动着腰肢不时地走近那巍高的身旁。

怒炸开了胸膛，雁恨恨地啮着自己底下唇，"缺德，该死小辣椒，都是你好，白白地一月少拿两块钱跟校长买好，校长可不好吗！都好，都能干，就我不好还不行。"

　　两粒大的泪从眼角坠下来，雁把手按在翕动的胸上。

　　忌妒，失望，愤怒，自怨，雁简直不知道怎样处理目前的自己才好，空站着，泪嬉戏似地，温柔地坠落在自己底脚上。

　　由脚上有一股热气升上来，雁垂了头。

　　大白猫正亲昵地靠着腿，圆圆的脸扬着，不安地转动着圆圆的眼睛。

　　蹲下去，抱起猫来，猫驯顺地贴在胸上，像得了一个能向着诉怨的人似的，雁泪洒落在那光滑的背上，泪一落下来，怒似乎被驱走了，剩下的只是无限的幽怨，雁有点恨自己刚才看见那身影就急欲出来的心绪了，她怨着自己，不，该怨的是这件衣裳，深蓝的衣老太太似的，准得把自己显的太老了，也许他已经看出了自己是二十七，可恨的，什么二十七不二十七的，为什么人非得有岁数呢？

　　还是小辣椒不好，人说好好的话把他给叫了走，净显呗！什么事都要尖，要吧！不，还是自己不好，若能痛快的说出几句话来，他一定不会走，总之，是自己，雁底善良的心又把一切的不是都归到自己身上了，她如以往所有过的被捉弄或被欺负了后的把宽恕都给人家，诅骂着自己，末后哭一场完事。

　　但今儿意外的，泪却很少，心头堵塞着，一种从未经验过的强烈的忌妒横在心上，她不能遏止地希望着那男人如一个奇迹似的再见，两眼直瞪着三人去了的路，心火一样的焦燃着。

　　蓦然有谁在身后扯着衣襟，雁回转了身体，正是刚才的大孩子，孩子望着雁底苍白的脸，亲切地拉起了雁底手。

　　雁点点头，只是一种欲吼叫起来才痛快的心绪，孩子不安地望着自己底老师，这从未有过的李老师底像病了似的脸，和不说话的样子，孩子有些手足无措了。

"李老师，"孩子稍稍迟疑了一会，轻轻地叫着。"……"

"李老师，"孩子再次扬起了脸，小脸上是一种颇窘的颜色。瞅着孩子底脸，雁觉得对不起孩子，自己这样情形想是将给孩子一种坏影响的，但也说不出什么话来，只轻轻地、轻轻地抚摩着孩子底头发。

"李老师，"孩子终于说了，细声的，将嘴贴在雁底耳朵上。"老师，昨晚小辣椒，不，是何老师，何老师跟那个，她妹妹上校长家去了，说呀说的，校长太太气的上我们家坐着，还骂'跟婊子一样，妖精似的，'还跟我妈说何老师要叫她妹妹上学堂来当老师呢，求校长帮忙……，何老师妹妹准不好，也得爱打手板，不能教我们体操吧。"

"什么？"虽然小辣椒妹妹酝酿着来校的事情已经成了公开的秘密，但为了经费窘，和最近教育科长又新送来一位先生，这已经明明白白地是绝不能成为事实的事。如果真如孩子所说的"一定来"，那么就该有一个倒霉的人被撵出去。这倒霉的人将是那一个呢？是自己吗？雁突地觉得心往下一沉，自己是有被撵出去的可能的，"没门子，挣钱是标准数目，比谁都多。"眼前不由得一阵金星升上来。雁咄着下唇手痉挛地按着了塞得满满的胸口。这情景惊震了孩子，孩子吃惊地摇起雁的手来。

"怎么啦！李老师，你？"

"不，你别怕，我有一点头痛。"雁苦笑着安慰着孩子。

"头痛啊！我跟妈妈去要头痛片去，我们家里有……吃了就好，吃了就好的。"

没待雁说什么，孩子已经风一样地跑开去。

心头拥塞得几乎喘不出气来，头却渐渐地清醒了，春日底特有暖气从脚下升上来，太阳暖暖地抚着背，雁反觉得四肢冰冷，望着逐渐消失了的孩子底背影，心二次嘀咕起来。

"孩子不会说假话的，跟校长住一院，这，这，真的就是自己吗？自己是尽心尽力地教着，尽心尽力地教着呀，不是自己，还有谁，除了那可爱的，小辣椒，陈老头，陈老头是学校中的元老，不死是出不去的，还，还只剩面包了，准是面包，那没用的，尽打盹的家伙。但面包钱比自己少，校长是拿钱当命的呀！"

心浮沉着，四肢如病了似地瘫软，眼前一双麻雀吱喳得直如市场上的人声似的嘈杂，揪着头，雁逃一样的走向学校后面的小土山上去。

把身子扔在那绿茸茸的草地上，雁暂时昏迷了似地紧闭着眼睛，风从头上吹下来，此外一切都静寂着，山上丛生着的嫩柳在轻轻地摇着。

这往日惯来的休息的地方，今日却觉得生疏了，一切东西在记忆中都模糊了似地，雁新奇地用手摆动着身旁的小花。

花娇弱地动着，这白的颇有风采的花朵使得雁想起了天一样的衣裳上的白白的脸，也想到那白脸走近那巍高的身形旁的情景。

心立刻被蛇缠绕着似的疼痛起来——雁把寻觅忌妒的目光送到柳丛后面的小路上去。

路上静悄悄地，间或有孩子叫嚣着跑出，但立刻又跑进路旁的树丛中去，这小路原是通着学校后门，给住在附近的学生一点方便，常日就很少有人，除了早晚两次放学时驰着的大批孩子外。

渴望着有人来，但却连孩子在远处的笑声都觉得是一种难耐的吵闹，心被一种失恋又失业似的彻底的绝望的情绪包围着。想起那住在遥远的乡下靠着自己每月分出来一点钱来过活着的唯一的亲人的衰弱的妈妈，雁把脸挨在草上浊重地哭出声来。

哭了，脸上并没有泪，心反倒因为哭泣而更觉得堵塞，雁皱着眉头站起来。

在恨着谁，不，是在恨着自己，不是，是恨小辣椒，是恨着那微哑声音的男人，是恨着所有的东西，雁疯了似地把自己底手送向自己底狠狠地啮着的牙间去。

身后有脚步声，雁下意识地迅速地转过身子来，意外的是面包先生，他显然是刚喝完了酒，臃肿的颊上堆着鲜红，眼睛迷缝着，嘴在说着什么似地翕动着，酒味从那耸立着的发尖上发散出来。

彳亍地走近雁身边来，孩子似地嘻嘻地笑着。"啊……李先生，你……你自己，是你自己吗？"

舌头硬，话继续着，脸上流溢着一种异样的兴奋。

这迥异往常的面包先生底情状，雁觉得怨惧似的心不安地跳了起来，本能地把身子往后退了退。

面包笑着，红眼睛透着饥饿的光亮，自己蹒跚地在那青青的草上坐下来。

酒在胸中聚积着，心一个火球似地旋转着，天暖得叫人有一种痒痒的感觉，这离开妻自己独住着的中年的汉子，被刚才酒店中女掌柜底浑骂唤起了一种不能再耐的情绪。酒助长它，他单纯地想着拥抱女人底事情。

　　望着把身子移向柳林的预备穿出林子走回去的雁，醉了的男人一种猎者见了目的物似的欣愉的情绪，他突地站起来，身子横在雁底归路上。

　　"嘻……嘻……李先生，谈……谈一会，又没，没人。"一只手攀向雁的肩头去。

　　雁突地一惊，惶急地瞅着脸旁那红得发亮的眼睛，这平常连走路都没声息的面包先生，今天却如一个饿了的狗似的敏捷，女人本能的恐惧在头内转动，雁下意识地扭开了身躯。

　　身子离得远了，那只热手却仍牢固地黏在肩上。肩上承受着那热，全身有一种从未经验过的强烈的茫然的快愉，抬起脸来，那红红的眼睛正再次地挨向脸旁来。

　　男人依旧在笑着，女人底并不好看的脸，今日似乎有一种特殊的风度，尤其是那可爱的红唇对酒后的干涸的喉，一杯清凉的甘露似的，他不迟疑地把脸压向那红唇去。

　　雁醒了梦似地明白了眼前的情景，惊惧地叫着，鳗一样地扭动着那被圈在臂弯里的身躯。

　　男人只笑着，久未接触着的女性的气息使得他中酒的心更加炽热，一切做人底观念都从他脑中飞出去，他心中只有一个意念，那就是不能放开臂弯中的女人。

　　瞧着面包底涨得由红而紫的脸，和那近于狞笑的略略地笑声，雁明白了目前的一切，血流中却增加一种甜蜜的流质，这流质通过了全身，全身充蕴着高度的快感。她蓦地记起了夕暗中曾看过的校长底一幕狎昵的情形来。

头昏茫着，心痉挛了似的，想逃开却似拿不动自己底腿，面包底双臂箍着的铁圈似地，雁昏昏地下意识也闭上了眼睛。

蓦地觉得双腿被一个东西一绊，雁发觉自己已经是躺在柳丛的中间，面包如一个愤怒了的狗似地咻咻地喘着扑向身上来。

未待躲开身子，那丛生着短须的脸已经贴在了脸上，倒了一座山似的，雁把手狠狠地搪向那红红的鼻头去。

扔出去的手立刻压下来，跟着一片缀着草的衣襟迅速地盖向雁底脸儿来。

眼前乌黑，手、脚被另一只手和脚箍压着，呼吸窒息了，身子再也无从挣扎得动，雁本能地直感到男人在毫不可惜地撕扯着自己底衣裳。

风吹得比较急了，嫩柳被折着似地不安地抖动着，稍稍偏西的太阳从叶隙中射下暖暖的光儿来。

蓦地，柳丛外有声音，仿佛是谁在吱喳，在争论，在蔑笑，又在哼哼地出着鼻子的响声。

睁开了眼睛，雁发觉躺在柳丛中的只是孤单单的自己。方才的一切恶梦似的，头浑噩着，连思想都似乎弃了自己而去了似的。能感得到的，只是全身僵了一样的疲乏。

坐起来，掠掠头发，慢慢地摘下去黏在衣裳上的土和草，抬头看天，天迎黄昏了似地，心口拥塞的东西没有了却又饿极了似地燃烧着虚空，只是想休息，不，只是想把身子放在褥子上，曳着酸麻的两腿，她半昏茫地踅回学校去。

四

从后门，进了自己底屋子，雁把无力的身子好容易才放倒在床上，一切机能停止了似的，气息艰难地从口中一丝一丝地拔上来。

周围死一样的静寂。

蓦然院中响起了嘈杂的足音，随即有人在蔑笑着议论着什么，听着的声音杂又熟稔，迟滞的头里却又分辨不出那些声音的主人来。雁倚着墙坐了起来。

所有的校中的人物都在，意外的那蓝衣的女人也在，小辣椒穿梭似的在每个人底面前旅行着，说着什么似的鼓动着嘴，院中汇流着轻蔑的笑声。

心中突地一亮，雁记起了刚才柳丛外的仿佛的人声。"竟然地知道我所作过了的事情吗？"

雁抱紧了头向枕头去。

待从昏厥了的状态里醒来，雁下意识地走下地来，院中的人没有了，大白猫正傲然地在灿红的晚霞中捕逐着自己底影子。

"方才许不是笑自己的，他们不能知道，并没有人，没有人看见……"

实在雁底头里也搜寻不出自己可以招人们蔑笑的理由，即或他们真的知道了……。但也将会赢得原谅的，平常不是连小辣椒都在同情为着一时冲动而失身的女人吗？何况自己又是碰着了醉了的男人，在那样被强压的场合里，尤其是一个孤单了二十七年的女人……一个孤单了二十七年的第一次接触到男性的女人，就是神仙该也禁不住那沸腾起来的血之潮的吧。

如果笑，如果责难，那也只应该责备那中了酒的面包先生的。

想着心里似乎有了底，雁无意地把脸照向镜子去。

待瞧见映在镜中的自己底青白的脸，雁直感到了体内的变化，想到那平白失去的女人底最宝贵的东西，想到在这社会的衡量女人的标准，一向的懦弱加倍地翻转上来。雁觉得心扯拽不住地沉又沉地迅速地坠向脚下去。

好听的话谁都会说的，一想到真的与自己发生了一点点的小关系时，判别事物就先顾到了利害。雁想起了前次小辣椒的邻居姑娘投河后小辣椒的麻雀似的到处喳喳的毁谤。轮到了自己头上呢？

平常就不睦的而又同行是冤家的自己和小辣椒的关系，她能轻轻地就笑了过去吗？那有名的刀子嘴。

除了小辣椒，老陈头吗，老陈头知道了这事都能吃了自己，还有，那可爱的吗，不，那可恨的高高的人，若不是为他，若不是为他惹起了心中的不快，将也不会……。

还有，校长是和小辣椒一条绳的，再就是面包，什么面包，只是鬼，是魔，是比任何东西都缺德的人，是！无限的愤怒猛涌上胸来，雁狠狠地把拳头搋向桌子去。

桌上所有的东西一跳，雁反倒觉得心一定。心一安定，所有的将袭来的敌意的非难和嘲笑的情形又潮一样地在脑中翻滚起来，雁想到"死"上去。

再次向镜中望着脸，一双手摸索着新奇的东西似地摩擦着冰凉的颊，研究一样不可解的东西似地瞪视着自己迷濛的眼睛，坐着的身子僵了的化石似的。

有门响声，从窗子看出去往常兼作会议室的校长室底门正开了，陈老头领头，后边的人鱼贯地走了出来，显然他们是正开完了什么会议。小辣椒身后随着那漂亮的蓝衣的女人。

更使得雁吃惊的，人排的最后走出来面包，雁不信实地揉着自己底眼睛。

一点不错的是面包，还是那件曾缀过草叶的衣裳，垂着头，乞饶似地在说着什么，校长正对他指责似地吼叫着。

瞧见了恨不能拿来撕了吃才甘心的人是那么一副可怜相，雁觉得自己底愤恨的高潮渐渐地低落下来，想到他将和自己同时承受人们的诽笑时，又无端有些同情起他来。

院中人等待着什么事件来临似的沉默着，只蓝衣的女人脸上充满了喜色，小辣椒跑进去又出来，出来跑进去地忙着什么。

这出乎意料地再次安静的景像，雁的疲惫的脑子已经无从再加以分析，她只幼稚地想着人都是明白的，更侥幸着想他们还依然是未曾知道。

眼前又是蓝衣的人影一闪，那是校役，校役举着一块牌送到揭示板上去。

雁预感到什么似地睁大了眼睛。牌上墨迹淋漓，写着很整齐的字。

"兹因三年级级任李雁行为浪漫有伤风化即日令其去职遗缺由何芳林暂时代理。

又四年级级任王森中酒失慎记大过一次罚薪一月以资惩戒此示。

"×× 县立第一小学校校长 ×××"

在灿然的晚霞的光辉中，那整齐的字渐渐地活泼泼地跳动起来，字块像被握在人手里，人更一分一分地增大着。

胖的，瘦的，磨动着没牙的嘴的，摇着梳的光光的头发的——不断地增长着，而且往前逼进着，终于那杂沓的脚踏上了头，雁觉得一只鞋底后跟踏进了眼里，她不由得疼痛地顺着桌角躺下去。

院中校长正板起脸来看看高高的张，摇着头，用着惋惜又无可奈何似的声音：

"唉！挺看重她，竟……这事是不能声张出去的，太，太伤学校的体面了，好在今天赶上礼拜，若不才，牌挂一会就拿下去，叫他们本人知道学校的处置就行，至于厅里那方面说是李先生因病辞职……，不过……，所以科长那方面非得，得……"

"是呢？"小辣椒也恳切地接着："我站在女先生底立场上也是赞成校长底处置的，这真真是意想不到的事，实在是太失女人底人格了，张先生是热心人，想也……"她向着那高高的脸送着祈求的眼光，身后的妹妹更妩媚地向灰衣人撩起了眼睛。

"好，"瞅着眼前的姊妹花，男人义不容辞的："科长那方面我负责，可是李先生那方面……"

"她，她不会有什么问题的，自己作了这样事，我，我跟她说去。"小辣椒把握地向着面前的人们溜了溜眼睛。"那么，拜托，拜托。"校长拱起了双手。

晚风自房檐上溜起来摇着那朵傲然的牵牛，牵牛惋惜什么似地阖上了美丽的脸。

夕晖在小花园里的花上游行着，院中充蕴着金光，春底暖气轻轻地扑在人们底脸上。

"我现在就……"小辣椒踢开脚旁正在玩着自己底尾巴的白猫，凯旋似地走向雁底屋中去。

小的屋中已弥漫了暝色的阴暗，最后的一条阳光透过了窗玻璃，停在斜扔在壶旁的一块缺了一角的方镜子上。

镜子反射了黄的夕阳，那小块的光亮不偏不正地落在倚着墙半歪着的身体的雁底泛着白沫的唇上。

侨 民

初刊"新京"（长春）《新满洲》
第 3 卷第 6 期 (1941 年 6 月) 第 180-184 页

　　有一点冬的余寒，天阴着，阴得沉沉的几乎压到脸上，岛国特有的潮湿的空气饱和着过多的水气，哪儿都是黏的，裸在外面的手臂也仿佛湿漉漉的。

　　扯下口罩来，我重重地呼吸着，匆忙地在铃声的尾声中，跳上了由大阪开往神户的电车。

　　车厢堆满了人，星期六午后的混杂，我知道是难以觅得座位的，倚着车门，用手中的报纸挡着了脸。

　　车开了，这日本关西有名的急行电铁——阪急，只要二十五分钟的时间就可以把你从冒着烟的大阪拖到安静的海的神户去。

　　车用着超速度飞驰着，窗外有的地方已经划好了方方的水田，清清的水在灰沉的天空下，闪着奇异的光亮，那光亮使我想到海，但相反的我知道海是暗的，暗的海上的白色的浪花，浪也并没有光亮，那只能算作迸散的珍珠，光是晦涩的，我急于去看它们，我想脱去鞋子在潮湿的沙上疾走，让风吹着我，让我底发里窝藏着海风，腥的海之风，阴天，春的阴天的日子海上是不会有人的，我独自去听海啸，那雄壮的大自然的音乐。雨来我可以躲在那个看守这一带海岸的老人的小屋子里，他从没有因为我是异国人而歧视过我。我想到那小屋小的炭火，破了一点边的粗糙席子。无端地嫌起车慢来。把眼睛从窗上拿回来，正了正遮着脸的报纸，我想假寐，不，我想哭，多么寂寞的海上的黄昏呀！纵然我底老朋友会给我说一些什么，但我想我今天不会有欢愉的心情去听的——那浦岛太郎骑着龟去见了龙女的故事，那缠绵的水底的恋情，不到海上去，守在那多烟的都会里吗？拼着挤得一身汗去买一张能看三套美国姑娘的悲哀与欢笑的美国电影的票子吗？

突然谁用肘碰了我，我拿下脸上的报纸来。

一位身材高大的人站在我身后，脸是赭红的颜色，身上穿了一件半旧的黑大衣。他望着我，指着隔开他两个座位的一个座位。那座位没有空着，一个穿着白衣服的朝鲜女人坐在那里。

男人吆喝着她，说着我不懂的言语。

女人胆怯地站起来，提着自己的长裙子。随后他请我过去坐下。

什么意思呢，我不明白，车开近五分多钟了为什么才想起让座位给我呢，我底行装并不累赘，只有一张折起来就可以放到兜里的报纸，还有提在手里的一包小得可怜的糖果，我并没有去占据那个女人座位的理由。

我没有动，望了望他，依旧拿起我底报纸来。

他窘了，赭红的脸上更添了红色，半屈偻着身子，嘴里蠕动地说着什么。

站着的女人用惶惑又不安的眼睛瞅了我，再去瞅那个红脸男人。一会儿摸着自己的衣结，再摸着裙子，那样不安静的。

我不再犹疑地过去坐下。女人稍稍地弯曲着身子，站着我底座位前，揪着头上的把手。

多么奇怪的人啊！我想着，开始注意着这一对男女。是为了我的服装吗？

我底衣服并不绅士，我底黑大衣只比他底稍微干净一点，而且我底左手的衣袋还破了一个将近一寸的口子。

为我是女人吧！

也许，我底身边没有另外的女性，刚上车的时候，曾有两个艳装的姑娘和我站在同一个地方。但她们都用细白的手帕掩着嘴走到车那端的穿着漂亮衣服的人们之间去了。

我依旧用报纸遮着脸，我直觉到那女人在看我，在偷看我，像一只老鼠要出洞时的，小心翼翼的窥看一样。

我故意装不知道，把报纸举上一些，从报纸下面望着地上。她穿着赭色的光头的朝鲜鞋和朝鲜的白布袜子。我想她一定是新来日本的。我看见过的朝鲜女人都穿日本的木屐，男人都穿日本劳工的水袜子，这儿的市场上，是没有这样胶皮的尖头的朝鲜鞋子出售的。

她底脚使我想到那男人，他呢。我从地上找寻过去。

他穿皮鞋，而且不是很坏的皮鞋，虽然右脚面上补着一小块，但这并不妨碍全鞋的观瞻。鞋很亮，显露着细心擦过油的样子。皮革难的现在日本，可珍贵的真皮的鞋子哟！

我索性放下报纸，大方地打量着他。

鞋上面是一条有一点灰白点子的廉价的西服裤，裤脚许是因为怕湿卷上去了一点，里边是灰色的粗线的袜子。

上衣隐在大衣里看不见，但决不是和袜子是一套，仿佛深蓝又仿佛是黑的。袖口，白色的袖头上戴了红的扎眼的袖扣，挨着手腕的地方染着汗渍。

领子呢，给人的感觉是多么不舒服呀！那样一条宽的，浆的跟板子一样的白布，粗陋的浆粉在上面聚成小小的圆点，远看去，只如刚被暴雨击打过的沙滩。

他觉到了我的注视，表情立即局促起来，脸不自然地红了，用手掩饰地揪着比衬衫短有一寸的袖子。

我依旧拿起我的报纸，默默地猜想着他的身份。

是一个工头吧！刚由劳工升起来的，因为长久地勤劳的工作，积蓄了一点钱，赢得了上司的信任，于是升级了，把在故乡里的女人接出来。

今天呢？去消遣星期尾吗？不，还不能那样阔绰。我再看我身前的女人，显然，她是穿了她底最体面的服装，一件洗得很精心的白纱布的上衣和一条粗绸的裙子。透过小的白上衣，可以看见里面蓝得发灰的缀着补丁的小袄。

让座位给我也许是因为他看透了我底身份吧——一个拿月薪的小公务员，是的，他不能要劳工的朋友了，他比他们高，他能管他们，高身份的人是不能再跟比自己低一点的人来往的。再高吗？还不行，他刚才就曾被那两位艳装的姑娘投以白眼。虽然那位艳装姑娘的日本外衣的素质并不能比我底大衣高贵多少。但她离他还远，所以他找我，一个穿破了大衣而没钱再买的人。

脱开了我底注视，他自由多了，脸上摆着竭力装成的高贵人常有的不怒而自威的样子，两手交叠地放在两膝上，像日本的最讲究礼貌的女人那样。

女人偷偷地不时地窥看着她的丈夫，笨拙地学着他脸上的形状，时常用心摸索自己底衣结，有时望着窗外，脸上说不出是不安还是忧郁。

车奔驰着，天阴得要沉了，远处飘起来柔软的雨丝。

我折好了报纸，塞在口袋里，把大衣袖子拉上一点，看着腕上的表。

四点三十五分，再有五分钟就可以到神户了。

我看着表，他仿佛也斜过眼来看了一下，他一定没有表的，不然，他会翻起袖子来看的，我想。

我突然想把我的表送给他，他戴正好，这样一个又圆又大的表对女人的细手臂是不合适的，我曾无数次为这只表羞得流泪，当我底同伴显示着她们的玲珑的精巧的小小的腕表的时候。

给他，正成全他，他已经不会用他的手腕做些什么了，当他提了指挥棒巡视的时候，表可以反射着光亮而增高了他底身分，他一定要比在苦心的廉价地购得了这身服装后还高兴，兴奋。

但我呢？我要靠着这只大表在一定的时间内钻出我底薄的被窝，在一定的时间内赶着长长的路去电车站上等着时间不定而且车辆稀少的电车，在一定的时间内赶到班上。而且在我做着速记的时候，我还要用它来计算我工作的时间。虽然它永远越走越慢，但因为我总是留心地把它比别的钟拨快一点，我并没有因它的迟缓耽误过了什么。

我会有钱去买另一只吗？那些使我垂涎的百货店里摆着的起码二十元的美丽小表。

他呢？他会了解我这陌生的赠品的意义吗？他不会疑心我另有作用吗？他一定会，他——恰好刚刚知道了一点人事的狡猾。他正唯恐有一点点的事情妨碍了他梦想的遥远的前程。即或他接受了，嫉妒他底人可以给他造出另外的谣言的，偷，拣而不报，甚至于路劫，这之中的任何一条都可以粉碎了他底前程而陷他于不幸的。我开始觉到了想给人一点快乐是比自己找快乐还难的时候，我底心由幻想里坠到眼前的灰沉的天色上，我咬着自己的嘴唇。

车里的人骚动着，车已经进了写着神户字样的站台。

他站起来。我正想着他是不是有一点携带品的时候，他已经严厉地命令了女人，女人从头上的车台里拿下来一个包着花的包袱的盒子，忙忙地整理着有一点零散的包袱结。

他不耐烦地皱着眉头看着女人，嘴吆喝着命令着什么，女人被吆喝得手足无措了，手颤动着，怎么也系不上那个很容易就可以系上的简单的扣。

他从她手中夺过包袱来，全打开，把包袱用力向下抖抖，仿佛那上面沾了脏的东西。然后再铺好包袱，包上盒子。盒子上盖着一张白纸，纸上写着御扎，印着银的和红的线。

车停了，人走下去，他也仰起脸来大步地走着，女人抱着他摔在座位上的盒子，怯怯地跟在后面。

我无端地对他起了憎怒，他刚爬上了一级就学会了作威作福。我想起来记忆中的立目横眉的拿了木棍的可恶的工头来。我正走在他身后，我想上去撕破他那木板似的领子。

意外地站台外面落着粗大的雨，他们没有伞，我也没有伞，我可以用我的手帕包着头发，大衣不怕淋的。

他呢？他从竭力矜持中露出一点无奈，站在出口的地方望着雨，女人立在他身后，爱惜地摸着自己的衣裳。

我从他们身边走过，女人在我身上偷偷地投了一眼。

我特意走向汽车的停车口去，虽然我没有坐汽车的余钱，但我那样作了。我排在许多穿着高贵的衣服的人列中间，向停着的汽车前走动，同时想着怎样从列车的那端别人降车的地方脱出去。

我并没有完全扭回头去，半侧了脸窥看他们，我看着他狼狈地携了女人转向站旁的小巷去。

我迈开身边的拦着的绳索走出来，像想起来点什么地折回车站里，然后从车站的另一个门出来。用手帕包住了我底头发。冷雨打在脸上，我仿佛替那个可怜的女人向她底丈夫报复了。但我又担心着，怕雨糟蹋了她底宝贵的衣裳，我希望她底丈夫能够花六分钱带她坐公共电车去。

三月廿一日

【附录】

侨民（1998年修改本）

据江啸声选编：《学生阅读经典：梅娘》（上海文汇出版社，2002 年）
122-127 页文本编入

还有冬日的余寒，天阴着，阴得沉而又沉，低得像就要压到你的脸上来似的。岛国特有的濡湿的空气，被过多的水分挤榨着，泄出细雨一样的雾滴，哪儿都是粘的，连裸露的手臂也似乎能拧出水来。

扯下来已经变湿了的口罩，我重重地吸了两口气，企图驱散胸中的郁闷，过多地湿气呛入呼吸道，反使我呛咳起来，连忙用手帕捂着嘴，踩着开车的铃声，迈进了由大阪开往神户的特快电动列车。耳边仍然回响着报导小姐那圆润的语音："特快列车现在发车，请上车，请……"我不知道女报导员怎么会把这样简单的语句说得如此甜美，每次听后都有余音不绝之感。似乎她们所处的并不是金戈声闻的社会。我有个十分固执的想法，我以为，只有心绪完全和谐的人才能发出天籁般的声音。难道她们就没有困扰生活的物事吗？

车厢里挤满了各式乘客，已经没有一个空座，我在车门开闭的空档，占据了一个合适的立脚点，倚窗站好。

星期六的午后，岛国人按一向的习惯，出门访亲、会友、购买杂物。

他们看上去都很从容，似乎时局并没带给他们什么。尽管他们的子或弟、夫或兄正在不远的天边进行着征伐。两位宝冢少女歌剧团的女演员，没有穿她们的制服裙，而是穿了义务劳动时才穿的工作裤。显然，她们是到兵工厂或是被服厂那些急缺人手的地方帮助干活去的。她俩的脸上也是一派从容。这民族巨大的承载力，使我震撼，使我叹服。

车急驰着，窗外，一方方已经注满了碧水的水田相继掠过。原来这铁轨的两旁栽的是开花的小灌木。我初来时，曾被这蓝天下的锦绣大地所迷醉。如今，根据需要，赏心的花草改种成果腹的水稻。据说，这一带原本不是农民的居民已经学得了水稻的栽植技术。望着那在灰铅似的天空下闪着奇异光亮的水田，我和种稻人一样盼望丰收。稻米多了，按人计量的标准就不会缩减了吧！尽管缩粮的措施一时还落不到我就读的华族学府之上。其实，我并不是真正担心什么口粮问题，使我烦恼的是我要不要继续留在学校里。同学们彬彬有礼，但我和她们亲密不起来。我怕怜恤，我需要的是理解。我有自己眷恋的故土，就像她们热爱养育她们的土地一样。

一位背着婴儿的小妇人来到我身边，把一条印满了希望之星的"千人针手巾"递到我手里，请我为她缀上祈福的一针。

我犹豫了一下，决定不了是否为她缝缀。她肯定以为我是她同胞中的一员了，我的校服裙，我那印着学院纹章的手袋，都证明了我的身份。望着她背上那个大睁着童稚的眼睛，新奇地追看着头上动荡把手的婴儿，我决定了，和平是全人类的需要，特别是为了未来的一代。

我虔诚地接过来这将送到战场去的祈求幸运的手巾，打了一个华族学校教授的、日本民族传统的精致的花结，盖着了一颗蓝色的小星，心里在说：我以我的女儿心，为你的亲人祈福。

少妇接过手巾，对我的花结惊诧地"啊！"了一声，说："真是地道的手艺，太美了！"一再致谢之后，她转入另一个车厢去了。目送着她，我盼望她为之缝千人针的人不是她的丈夫；她的婴儿那样小，我不愿证实这又是一个为离愁笼罩的小家庭。

突然，谁用什么触了我一下，我顺势望去。

那是坐在邻近座位上的一个男人，一张赭红色的脸，一个粗壮的身躯，穿了件八成新的黑呢大衣。他望了望我，指着隔开他两个座位的位子；可那座位并不是空的，一个穿着白色朝鲜装的女人坐在那儿。

男人吆喝着她，说着我不懂的语言。

女人惶惑地站起来，提着她的长裙子。男人殷勤地请我去那儿落座。

什么意思呢？我不明白，车开行五分多钟了，为什么现在要让座位给我？我既没有沉重的行装，也并不是上了年纪。是因为我是女士吗？看起来，他还没开化到请女士优先的程度。而且，那个女人也是女士。

我没有动，望了望他，仍然转身对着车外。

他窘住了，似乎脸也红了，他半佝偻着身子，又对女人说了些什么。

女人过去，向我深深地鞠了一躬，用祈求的眼神望着我，再偷偷地去望那个男人。那可怜巴巴的神色、那竭力隐藏着恐惧的表情，使我既困惑又讨厌。为了卸下女人的负担，我径自过去，坐在那个让出来的座位之上，心里却十分别扭。那女人错开一些，站在我的斜对面，我不由得打量起她来。

一眼就可以看出，这是个刚来到岛国的异乡人，她脚上那双橡胶的船形鞋便是明证。这里并不乏朝鲜侨民，本土的劳动力缺乏之后，一些朝鲜庶民迁到这里，一住下来，可能是因为方便吧，便都换穿了普通的木屐。在大街上，特别是在这长途奔驰的地铁里，我还是第一次看见有人穿着这种标志自己家国的鞋子。

我再去观察那位男士，男人穿的是皮鞋，真正牛皮的皮鞋，这在皮革紧俏的战时，可真是件了不起的奢侈品。鞋很亮，露出来精心揩拭的痕迹。但他的衣服和鞋并不相配。一条廉价的粗毛布裤子，可能是怕阴雨濡湿，裤角卷着，露出手工织就的粗线袜。上装隐在大衣里看不见，衬衫的领子浆得很重，粗淀粉的小颗粒还残附在上面，袖口也浆得很硬，戴着刺眼的红玻璃袖扣。这肯定是个正企图往上层社会攀爬的人那种被老百姓尊称为"狗"的人。那么！他是个工头吧！由劳工升上来的工头，由于活干得好，得到了主管的信任，积攒了一些钱，把女人从家乡接出来了，准备在这里安家立业。

女人看上去那么温顺，她那小心翼翼的目光，使我联想到在洞口窥看着世界的幼鼠。她那浆洗得十分洁净的白短上衣，也许还是她母亲的遗物，纱纹古老，图案是亚洲大陆祈福的寿字。长裙是土机织就的柞蚕绸。这一定是她最体面的衣着了，在初春的岛国，都给我凉透肌肤的感觉。

那位男士端坐在座位上，极力摆出高贵的神色，两只手交叠地放在膝上。其实，他还没学到家，日本的男人并不这样，这是日本贵胄女人的典型仪态。他的坐式使我可笑又可悲。

不过，他的坐式使我领悟到了一个秘密：我明白他为什么命令女人让座位给我了，他误认为我是位华族小姐了，他当然已经看清了我手袋上的学府纹章，我作千人针时赢得的赞美进一步证明了我的身份。他不是尊敬我，而是尊敬那统治人类的等级。我暗暗地叹了一口气，真想直截了当地告诉他，我和他一样，一样是来自臣属的土地，不配也不愿意接受他的殷勤。我鄙夷他，鄙夷他那卑躬屈膝的架势，这样把奴行背在脊背上的人，使我齿冷。

我无意中看了一下手表，我发现，他也斜过目光来瞥看我的表。我断定，他尚没有表，若有，他会勒起袖子来看的。我的表并不贵重，是那种技工们惯戴的工作表。这和我同学们那镶珠嵌玉的金壳小坤表相差很多档次。这个表如果属于他倒还合适，恰恰适合他要攀爬的身份。我就权充一次华族，表示一番慷慨该是个有趣的玩笑吧！他那诚惶诚恐且又对家小专横的架势，勾起我沉淀在心中的愤怒，这种为虎作伥的嘴脸我和我的同胞是领教得太多了。我真想狠狠地捉弄他一番才称心。那么，送给他表他会不会意识到这是个圈套呢？比如！我可以诬指他是抢的、是骗的、是顺手牵去的等等，只要我一声张扬，其中的任何一条指控都能断送他苦心经营、梦寐以求的前程。他看上去，十分鬼机灵，他不会上我的当的。我为自己的奇想索然了。

列车突然抖动了一下，尚未习惯这种都市惰性的女人，禁不住一个踉跄，差一点压到了我的身上。女人吓坏了，嘴里不停地喃喃起来，当然是祈求我的宽恕了。到她意识到我并不明白她说的是什么时，张开的小嘴呆愣愣地停在那里，惶惑得手足无措了。

我的心沉沉地坠了下去，可怜的作为男人附属品的女人，人为什么不能自己来判断是非呢！我明白你，你不过要一个温饱的生活，这要求天然合理，连天然合理的要求也需要这样小心翼翼，这才是真正的悲哀。

车里的人骚动起来，列车已经驶进了挂有神户站牌的站台。那男人站起来，严厉地命令女人，女人费力地从行李架上拿下来一个包裹，那是一个包着绸质包袱的方盒子。包袱的结子松沓沓的，女人整理着。男人又发威了，他抢过来盒子，把方巾用力抖了两抖，重新结扣。我看得很清楚，那是一件礼品，盒盖上，装饰着用银线和红线编结的彩带，簇环着"御礼"两个大字。

这当然不是送给他的同胞的。

站台外面落着雨，不大也不小，他们没有带伞，我也没有带伞。看起来，他还没有阔绰到乘用出租车的份儿上。我忽然想气气他，排在向出租车游动的队尾。从他们身边走过时，我看到了他在竭力作得矜持中的无奈，他似乎偷偷打量了我一眼。

我觉得自己可悲了，我们同样是侨民，我没有必要伪装成什么华族。乘车的目的也一样都是去寻求安慰。不同的是他是去逢迎上司，希冀得到进一步的荣升。我是去探访朋友，以排遣烦恼的心绪。我的忘年之交的老朋友，在第一次世界大战中失去了亲人，落到了在码头上看管货仓的凄凉境界。应该说，时间教他懂得了和平的重要，他是个反战论者。他从来没因为我是来自异国而歧视我。我们诚心诚意地倾诉着对和平的渴望。他总是讲给我最美的民间童话，浦岛太郎骑着海龟去会龙女啦！白鹤用自己的胸羽织成锦带报答樵夫的活命之恩啦，等等。所有的故事都闪烁着一个辉煌的信念，有和平，才能有美好的一切。这是我和我的朋友共同的执着的向往，我爱听这样的故事，我去会他——那个一次大战中的老兵。

一九四一年于神户（经修订）

鱼

初刊北京《中国文艺》第 4 卷第 5 期
1941 年 7 月 5 日

　　别那样冷冷的吧！琳，我求你，风飕着，雨不久就会停的，停了你再走，你不是为避雨才到我这儿来的吗？撇开我俩之间的一切，单按着人情来说，你也可以多留一会的。你能看着你底朋友的太太，带着一个小孩的软弱女人，独自在一所大房子里，听着风吼，听着雨啸，为恐惧的声响吓得颤抖着而吝于给与一线壮胆的慰藉吗？而且，灯灭了，天，灯为什么要在这一瞬间坏了呢。琳，好琳，你别那样，你稍稍把脸转过来一点，你听，风更大了，不，风哭了，它在哭着呼唤着一点什么，它也是在寻找着一点失去的东西吧，琳，你再待一会，到电灯修复了再走，我想电灯一会就会好的，看，连路灯也坏了，他们不会叫它黑得太久的，不是吗？

　　我底孩子睡熟了，你容许我把他放到卧室里去吗？我记得我底抽屉里还有半截蜡的，有了它，我们可以光亮一点的。

　　琳，我知道你厌倦，不，我知道你对我是过去新鲜的时候了。你根本没有爱我，有，也不过是基于怜悯的一点同情而已。但这对我已经足够了，你给我底最大的启示是叫我明白了我自己。而且你叫我知道了爱，爱原不是糊糊涂涂就可以享受得到的。

　　琳，为什么你那样一点点地挪开你底椅子，你以为我没察觉到吗？放心，先生，我是不会触及你一根手指的，我要的是爱，从心底涌出的真正理解的爱。拥，抱，吻，抚摩，那算得什么，我很容易就可以从我丈夫那儿得到，虽然他给我底拳头相等于爱抚，但与其强取于你，我是宁肯违心地去接受他所给与的一切的你……

　　啊！你站起来了，你预备走是不是？是的，我忘了你说给我的，"人们底飞短流长。"对，今晚正是给人以飞短流长的绝好资料，外面是暴雨，屋里是昏昏蜡灯，我底懂事的孩子又睡了，这里只有我和你，我和你单独地在昏暗里相对。你怕说，你为什么来呢？

　　你不愿意回到你底寓所去，那里只有寂寞，你想我这儿无论如何比起寓所来是好的。你可以得到一杯茶，一杯热的红茶，另外一块流着乳酪的点心，而且我一定要用干毛巾擦干了你底濡湿的头发，还许温存地替你拧落裤管上的积水，你可以懒懒地坐在沙发上，瞧着一个自以为是获得了你底爱情的女人在为你布置着一切。但你得要明白，她以为有爱，她才那样做的。她知道她底爱情也不过是换得了你底一时消遣之后呢。

　　噢，对了，你可以说是为看望我底丈夫才来的。告诉你，他虽然是昨天才从 P 城的他底家中返回来，但刚才，在你来的半点钟之前，他和我闹翻了出去，今晚是不会回来过夜的。这情形你都可以想象得出的。不是吗？

你更烦了，那闪亮的电光已经把你底脸清清楚楚地照给我，虽是那样短短的一瞬间，我已经看明白了你皱到一起的眉毛，你用你底牙啮着你底唇，你在骂我也不一定。你要走开，趁早别想，你动一步我就嚷，我说你趁着你底表哥不在的时候强奸了他底太太，你怕什么我说什么，你要脸，你要面子，你就一点别动。你骗得我够了，也该我享受一回。雨这样大，风摇得屋子仿佛要倒了似的，雷响得震耳，我怕，我一人没勇气在这样的暴风雨里支持着这样大的一所房子，我要你陪我一回，到灯来，到雨住我会放你走的，你放心吧！

琳！别那样静静地站在窗前，你连到椅上坐一会都不肯吗？你可怜我一回，就这一回，我再不会麻烦你的。你别看轻我，我绝不讨扰你什么，我们是好好地爱上的，也叫我们好好地分离。今晚，你知道我是多么难过吗？琳，像往日我们相会那样，张开双臂，叫我在你底怀中蜷曲一会吧！我底心，激烈地撞着胸腔，它要能挤出来倒好，它不，它只那样激打着我，那样剧烈的，琳，我说不出我是恨是爱。但是，琳，恨也是爱的，琳，你可怜我，你给我底怜悯的爱我也要，你抱我一回好吗？我刚才受了过分的刺激，又加上这暴风雨，我底胎儿在体内不安地转辗着，我底跳动的心因着她底转动是这样的空虚，头也昏得难过。今夜也许会流产的，我觉得我底腿麻得利害，你叫我靠着你休息一会儿，容我暂时闭上眼睛，容我暂时享受一点抚慰吧！琳，你知道我们刚才是怎样剧烈地吵过了吗？

琳！你底手真热，有你这一只手已经够温暖我了，我觉得我恢复了一点，琳，你不屑于张开你底眼睛吗？我知道我今夜的形状是相等于鬼的，你不张开眼睛也好，你留着你记忆中的我底美丽的印象吧！你曾无数次地说过我好看，我美丽，你曾无数次吸干我眼中满储着的泪水，因为你底爱，我才有委屈的泪。今晚我底泪枯涩着，我底全身因为少了往日的温存的泪水的滋润，干得快裂了，骨节痛着，两点钟前受的击打还残存在身上。琳，你肯用你底热手轻轻地抚摩我一下吗？

啊！琳，你还是爱我的是不是，你抱得我这样紧，琳，别把头俯在我底肩上，让我看一下你。琳，我现在相信我明白你甚于明白我自己。我知道你爱我，而且我知道你爱我到什么程度，但你是懦怯的，你抵抗不了周围的一切，你才想抛弃了我。你是舒服惯了的公子，你抛不开你底安乐，你没有决心和我一块奔出去和饥饿斗争。我呢？琳，我也是不会累你的，你该明白。离开家的这三年中，我明白生活的担子的重量，我决不会把我和孩子底重担放在你底肩头。如果我底丈夫真的踢开我们，我是宁死也要养起我底孩子来的，我什么都可以作，甚至可以去卖淫，我幸而生得美丽，而且我还年青，一个二十四岁的好看的女人想还不至于十分难于获得职业。孩子失去爸爸，但他有妈，我要竭尽毕生的精力作一个好妈妈。没钱的寡妇不也都没自杀吗？琳，你相信我，我要取之于你的是爱，是同情，是理解。我……琳！我太孤独了，我没有一个亲人，我很早地失去了妈妈，我底爸爸是跟我离得太远了，我们之间有的只是恨，他恨我不肖，他恨我扫了他底门面。弟妹们小，而且从爸爸那儿袭得了骄纵的性格，他们看不起我，给我底同情，不，可怜，还不及我邻居的大嫂给我的多。我，自作自受，我原是可以听从他们的主张嫁出去，作一个安逸的少奶奶。我背叛了他们，我挣出来我自己，三年前穿着我底绣花鞋时我就有受苦的决心。

现在，我觉得我进步了，虽然生活底艰辛磨光了幻想的棱角，但我并没有气馁。你，我底有钱的爷爹，我知道你是留恋一杯咖啡甚于一杯冷水的，你当初爱我也不过因为我好看，而你在这儿是寂寞的关系。琳，我后悔于这样的爱，这样的爱我已经从我丈夫那儿得到了一回，不同的只是他是起于新奇你是起于怜悯而已。琳，我底话中伤了你是不是，你又生气了，你别开头去，琳，你再转回脸来，我不说了就是。琳，我不是说我要享受这一晚上吗？让我们偎傍着，看看那电光在漆黑的天上怎样闪动。外面仿佛正有人在撞着电线杆子，大概正修理着，灯一会就许来的，我说过了灯来就放你走，我不叫今晚破了我从来没跟你说过瞎话的例。我真傻，这样短短的瞬间，我为什么单找不痛快呢。

琳！为什么那样看着我，我像鬼，我刚才受了剧烈的踢打，你容我再向你申诉一回吗？就这一回，我预想我们今天以后不会再见了。明天，我底丈夫回来，我们之间的一切总会找出个结果来。我，我看破了，网里的鱼只有自己找窟窿钻出去，等着已经网上来的人再把你放在水里，那是比梦还飘渺的事，幸而能钻出去，管它是落在水里，落在地上都好，第二步是后来的事。若怕起来，那就只好等在网里被提去杀头，不然就郁死，不是吗？琳，你不这样想吗？

你笑什么？琳，你笑我又是说的空话，也难怪你笑我，我以往的懦怯连我自己都觉得可耻。不，那不是懦怯，那是糊涂，那是我还不知道怎样迈动我底腿。今天，我知道了，我一定得要走，走一步被打死，被杀害，我也是走了一步。你不相信我有那么大的勇气是不是？

琳，你听，风哭了，想到以后不能再见你，我底心，像有圈粗绳子纠搏着似的痛楚，我想嚷一下，我想吐尽胸中气地大叫一会。我羡慕风，那样自由地随心所欲席卷天空，把心中窝藏的雨滴洒下，就那样豪哭的一瞬间，已经足以泄尽心中郁烦了。我，哭时得饮泣，泪得叫它往肚子流，爱的不能说，不爱的得曲意奉承。这只因为我是人，我是这男性中心社会中的一个作了人妻的女人。人们不拿我当人，只当我是林省民底一个附属品。我底朋友这样说："得问问你们先生。"下人说："这可得问问少爷。"林家底人更来得厉害，说："什么东西，骚老婆，民儿还不把她一脚踢出去。"林省民自己说："凭什么你白吃我饭，吃我饭就得听我呵，我叫你往东你休想往西。"这就是我受的待遇的全部，这就是出了嫁的女人所被安排的地位。这都是应该的，这都是你们认为对的事。女孩子从生下来，就被咒诅，幸而碰见了明白的父母叫读书，叫明白了点什么，这明白的一点更给自己招祸。如果我是个安分的你们认为典型的女人，我接受了林家的意见，归到林家去，安安本本地作林省民底二姨太太，好好地养着林家底承继人——我底儿子。忏悔我以往和林省民底恋爱，不，该说是忏悔我自己引诱林家少爷的下贱，那样我就能享福，能使奴唤婢，林省民爱别人，随他去，男人有几个不爱那道的，这样，我就对了，我是好人，人家都恭敬我，我可以离开这个照料着孩子又得做饭洗衣服的龌龊的小屋子，我可以穿得像个样，孩子有人替我带走，我自己垂着两只手纳福。我为什么那样作，原来爱林省民时也没预备享他的福，我不能叫我儿子也长成那样糊涂的人。林省民碰了个机会骗了我来，厌了，想找个机会再抛出去。他明知我不会回到他家去，不会甘心作他底二姨太太，他就挟了他底势力——这社会承认男人应有的一切权益，压迫我，虐待我，我能随他，他少了麻烦，不随，滚你的，穿破了的鞋原该扔掉的。凭林局长底儿子还怕找不着烫头发的女人。

　　刚才，就是这样吵起的，他从外面回来，喝了很多的酒。粗着嗓子大声唱，小民看着害怕，哭。小民愈害怕他愈唱，声音干得鬼嚎似的。抱着小民坐在墙角，我底心遮上来无限的悒闷。他昨天才从林家回来，我们已经半月多没见。昨夜说是有约出去走到那会才回来，回来就那样惹得孩子只哭，这是离别了半月又见面的结婚刚二年的恩爱夫妇吗？

一会，小民好容易睡了，他过来摸孩子底脸，不叫摸，就说"不是我底儿子吗？你若说不是我就不摸。"叫人回答不得。我只好不出声。不出声更招祸，"好！"他说："你外边有人了。不爱理我，这不是我姓林底家吗？"抄起花瓶就往地上摔，溅了我满身水。我跑到洗脸间拿手巾擦干水渍这个工夫，屋里可砸的便都摔了。我不知怎样才好，站在洗脸间流着泪。一会，他旋风似的拥到洗脸间来，而且摘下来我眼前的镜子。这回我真忍不住了，我说："别这么砸，有话明说，我也没赖着你，干么这样呢？"

"没赖着我，你不滚。"

"滚，那么容易，你想爱便爱，不爱便甩，这又不比你泡窑姐。"我几乎气炸了胸，这样回撞着他。

"啊！"他蔑笑地瞪大了眼睛："你自己觉着不错，你比窑姐高多少，反正不是整货，我不要你，你要饭都摸不着门。"

"好！"我说，"林先生！人都得有良心，我知道，你，你跟你爸爸一样，就认得钱，再不就认得姑娘。你爸爸叫你扔了我，你跟我也算屈得可以了，你走你的，你走回林家去作那份少爷，你爸爸有的是造孽的钱，我底儿子又不能归你。你叫我滚，我自己会走，我饿死外面算我自己瞎眼，怎么就千挑万选地遇上了你。"我赌气地往屋里走去抱小民，他扯着了我的膀子，"走！你走把我的衣裳给脱下来。"我们就那样地撕扯起来，他不分头脑地揍了我一顿，自己跑了出去。

他走，我自己在地上滚着，胎儿受了剧烈的刺激猛烈的在体内转动着，肚子痛得眼前只发黑，心里泛着欲呕吐的恶心。我无法平静我那已经达到高潮点的愤怒，我球似的翻滚着，我撕扯着自己底头发和衣裳，我狠狠地啮着自己底双手，嘴痉挛地嘶哑地说着什么。我愿意我底胎儿流产，我不愿林省民底孩子在我底身里成长起来。我想少一个孩子少一份累赘，我决心离开他，我决心再教育自己一回。

小民醒，傍他躺在床上，看着那红润地寓着希望的小脸，我看见我生命中的一点光明。抚摩着那柔软的小头，我底泪滴在小民底脸上，想到孩子底爸爸，我突然歇斯底里地大声哭了出来。小民被这意外的声响，吓得大哭，小头紧紧地钻在我底怀里，我又后悔那样忘形的大哭，吓坏了孩子，才是我最可怕的事。孩子只等于我底生命，我要教育起我底儿来，我教他成一个明白人，这社会上多一个明白人，女人就少吃一份苦。抚着小民底小脸，我喃喃地："小民，你原谅妈，妈快憋得疯了，妈爱你，妈誓死也不离开你，那样的爸爸，有没有都可，小民，我底！"我忍不住地再次抽啼起来。

就那样怔怔地傻了似地抱着小民坐着，望着灯，听着突然袭来的暴风雨，心翻腾着，旋转于恐怖与绝望之间。

突然，我听见了叫门声，我疑惑我自己底耳朵，我想也许是小民底爸爸又跑回来。我恨他，但我不能说一点爱他的心思都没有，三年来的日积月累的相对，我觉得我不是那样说离开他就可以走得了的。我下意识地盼他回来，我想要一点抚慰。感情真是奇怪的东西。我那样地恨了他，决心离开他，他若回来，我想我们也许会再合好的。因为我们已经有了孩子。多么矛盾的想头啊！多么矛盾的感情啊！

敲门声又起，再倾听，那是另一个熟稔的声音。我想到你，我仿佛看见阴天上升起来太阳。但立刻，我记起来你这几天说给我的话，你若即若离的态度，我抽回来要为你开门而跑出去的双腿，我踌躇着。

风突然吹折了一切似地怒吼起来。

想着外面的冷雨，这时电光闪动了，跟着雷来，那样干裂的立劈下来的巨响，我不由地颤动起来，我没再犹疑地跑出去为淋湿了的你开了门。

就在那样兴奋的情绪下接待了冷淡的你，我说了许多气你的话，琳，你生我气吗？我，琳，别给我擦，随泪流下去吧，哭了我也许会痛快一点的。我，我知道你，你原没有爱我，只是因为你寂寞，常来我这儿一点，我们过从得亲密些，生了较普通友情还浓郁的一点感情就是了。所以你可以说，怕人家说闲话，怕你底表哥——我底丈夫不理你，跟你拼。这在真正的爱情中，都不是能够成为问题的事，不是吗？

我呢，琳，我今晚才知道，才知道我一样的并没有真爱着你。只是因为你安慰了我，在我觉得过分的孤独时给了慰藉。仔细想起来，你对我只如遥远的一棵灯，你底光亮照及了我，但我不能把那灯握在手里，用它底光亮来伴着我冲出黑暗，你要份，你不像我丈夫那样放荡，你努力于你以为人生之极的音乐。不过琳，你别生气，你送来的那一套贝多芬的交响乐，我只在受了委屈后唱了一张，但我没感到它的美好。一个忙于家事而又为孩子纠缠的心绪不宁的女人，是没有闲情去理解那种崇高之美的。还有，琳，使我觉得对你负疚最深之点，就是我从你太太手里抢过来你——不，这样说，太抬举我自己了。该说是我侵占了你应该回家去和你太太欢聚的时间。我不愿意我底丈夫在该回家的时候留在外面，你底太太当然也和我一样。我没有从她手里抢出来你的权利。所以，琳，还是你爱唱的那句："这样分离是最好，在你也好，我也好。"

啊！灯好了，听！琳，雨也仿佛小多了，你走吗？我……

琳，雨真凉，我有一点冷，我底鞋里也进来水了，小民许醒了也不一定，我不送你了，再……见，至晚到明天这个时候我一定会离开这儿的。你……你保重啊！

啊！琳，是你，是你吗？你什么时候走回来的，刚才我听见好像有人踏雨走过来，我以为是邻家的先生，你为什么不叫门呢；你吓了我一跳，我看见门玻璃上恍惚的有个人影，我以为是贼，我屏息地窥看了好久，闭了灯后，影清晰了，觉得有点眼熟，但也不敢断定是你，后来才索性大胆地开了门。你进来坐一会吗？我还没睡，在整理着一点东西。

琳，你愿意听我讲给你一点什么吗？一点我和我底丈夫怎样爱了和我走出我父亲底家的故事，说了，我会痛快一点的，你也不会像一般人那样笑我的，是不？

还有两个月要结束高中的生活了，同学们都耸起了双眉，惋惜着那最后一点的黄金的学生生活，而且那城里是没有女子底最高学府的，毕业就等于失学，一般家庭谁肯花好些钱把挺大的姑娘送到浮华的都市里去呢，念两个字就可以了，女孩子念的什么书。

我才烦呢，那时候，本来上高中就是因为妈一力主张，高中完了，我也快结束我的十九岁了，爸爸不会再放过我去的，他一定要把我嫁出去，他底信条是，女孩子过不得二十，过二十就没人要了。

还有，琳，你别笑我，我正偷偷地爱着一位教我们国文的年青的温柔又沉默的先生。他并不理我，只看我和一般学生一样，甚至说，他并没觉得有我底存在也可以的。

那时候班上的同学，大多都比我大，正是需要爱情的灌溉的年龄。但在女学校，那种拘束你也许是知道的吧，住校的学生除了星期和例假是不准出去的，即或出去也不过是买点东西看回电影。隔绝了一切和外面交接的机会，那样蓬勃地生长着的活泼的姑娘们，那样尼姑似的生活是怎样捆压了丰富的还没经过折磨的纯洁的感情呀！

这样，姑娘们底神经都尖锐着，听着一点爱情的故事便都借着别的话哄笑起来，班上有一个同学恋爱了，不，也不过是刚认得了一个陌生的男人，就哄传得全校皆知。

一天那样悦人的一个初夏的薄暮，挟了倍倍尔的《妇人进化论》，我从教室里跑出来，我想到礼堂后面去读完它，礼堂后面有一个寂静的遮满了白杨的阴影的小丘，丘上有软草，丘下有我们同年级的两组种的五色的草花，那一小块地带是划归我们作一个小小的公园的。平常，除了用功的同学很少有人到那儿去。礼拜六的午后，除了花香只有鸟语的。

我愉快地走着，晴明的蓝天上飘飞着白云，初夏特有的软软的小风，吹拂着我底白绸的短衫，我暂时忘去了一切——那盘旋在我脑中的一切都是烦闷的将来，我走着，唱着短歌。

拨开白杨根旁的茂密的羊齿草，我爬上了小丘，琳，那一刹那间，我轰地一下觉得血都从头顶射了出去，你猜我看见了什么？

　　我看见了他，那位国文教员，他蹲着，用着手里的草棍在地上画着字。对面，和我穿着一样白衫黑裙的姑娘。那是我们叫她小玉的一个和我同年级乙组班上的同学，她手里也拿着一根草棍。她抬起了头。

　　脸上，是那样起之于心的甜蜜呀。

　　一阵不由自己的战栗通过我底全身，我觉得我底脸仿佛立刻变白了，我不记得我胡乱地说了一句什么，我抽回我底身子，两步便迈下小丘来。

　　我开始跑着，竭尽我全身的力量，心里并无目的，只是想跑开那儿，那儿有的是鬼，那鬼是会吞了我的。

　　跑，不知怎样跑到操场，眼前什么东西都蒙在雾里，我看不见一切竖立在我面前的东西。

　　猛然，一个人扯着了我底膀子，我立定了脚，那是，琳，你不笑吗？那是一个挺喜欢我的我们底级任先生。

　　"为什么那样低着头紧跑呢？差一点撞着篮球柱子。"他说着放开了手。

　　篮球柱子的新刷的淡蓝的漆在夕晖里反射着光亮。

　　我定了定神，瞧着级任先生底脸，我才觉出我底眼里不知什么时候储满了泪水。我无言地旋过来脚，两步并一步地跑向宿舍去。

　　在我身后起了群众的哄笑声。

　　到宿舍，扯过被来蒙着头，我蟹一样地在被里左右转动着我底身体，我底心跌宕于受挫与忌妒之间，那样强烈的处女底忌妒呀！

那时，我们学校里正为着水灾筹备着公演话剧，公演期就是下一个星期六。我担任《哑妻》中的女主角，小玉是扮演《孔雀东南飞》中的兰芝的。我想我在公演期中一定可以压得她，我相信她不如我，琳，你笑我这无意识的自骄吗？

但我不能消去我心中的不快，一连几天我都心神不属，我惘然若失——这之间，一个关于我的谣言开始流传在同学之间了，关于我和那位级任先生多么没影的事啊！我平常很少和级任先生单独相对，除了事务上的接洽，因为我正是我们班上的级长，这谣传更增加了我底恬郁，我甚至想退学才好，女学校中的学生，因为生活圈子的束缚和年龄的要求，多半把没处发泄的蓬勃的感情倾向于年青的先生们。由于忌妒，某先生与某学生等等的话是最快的消息，琳，你想不想这是无耻的，跟一般人那样。你不觉得那一群要爱而无从爱起的女孩子们可怜吗？

公演的日子到了，我竭尽了我底能力作着戏，我听见了台下不止一次的掌声，我兴奋得双颊红红的。我仿佛得到了爱，我恢复了我底骄傲的自尊心。我多高兴啊！琳，那一点时候，我心里把我拟成那次公演的演员中的凤凰，卸装后，披了我底制服上衣，我高高兴兴地跑向观览席去。

在门口，我遇见了国文先生，他戴着帽子，他刚来，他是专为看孔雀东南飞来的。

刹那间，我丢了我底魂，我不相信我底眼睛，灯正辉煌地照耀着，我看得挺清楚的是他依旧穿着那天在小丘后面的灰色的衣服。

我倒退着，把身子贴在墙上。

他笑着向我说："完了吗？" 跟着不听我回答的，就立刻走进剧场去。

我完全傻了，站了有五分钟，才明白了一点似的跑向剧场的后面去。

那是一个很大的花园，园正中有水池，池中的鹤嘴正喷着细碎的水珠，我驰近了它，风把凉的水珠一阵又一阵地吹到我底脸上。

我疯狂地绕着水池走着，那近两千的观众的掌声也不及那"完了吗？"给我的刺激之深。我甚至想死，一切我以往认为对的事情都被推翻，我怀疑我所有的一切，我想我是连那个最笨的王瑛也不如的。

我想那时我底脸一定是青色的。

许久，兴奋平静了一点，我站着，手插在衣袋里，不动地望着眼前的灯，泪无声地沿着颊流到翕张的唇里。

苦咸的泪通过了火热的喉头流到心上去。琳，那是我第一次感到了现实是一个怎样残酷的东西，我第一次否定了自己。

谁轻轻地叫着，我转过身子。

一个陌生的穿得挺漂亮的男人，手里拿着一条红边的白手帕。

"是您的吧！"他说，而且递给来手帕。

手帕正是我的，我不知道什么时候从我底衣袋中落下去的。我点了点头。

"因为只有您在这里走，我想一定是的，剧场里的空气太坏了。"他说着，抚摩着在梳得很整齐的中分的头发下宽阔的额。

那个宽大的园里果然只有我们两个，剧场里正笑语盈然，想是在休息的时间中。

想起以往曾被轻薄的男人窘过的事，我底心跳了起来。

"谢谢！"我说着，向剧场走去。

"我是！"他微笑着，追了上来递给我一张名片，"您不至讨厌于认识一个希望认识您的人吧！"

片子是：林省民外交部 ×× 科

抬头，我看见了一张温柔地笑着的脸。琳，你觉得这是一个有趣相逢吗？

公演后不久就考毕业了，和国文先生之间我们保持着僵了的关系，我底谣言也因为我底异常冷漠的态度消沉下去。我只想立刻就离开学校，除了必要的上课，我停止了一切课外的活动，我连球都不打了。

琳，这时我受了一个致命的打击，我底衰弱的母亲死了，我失了魂地从学校奔到家里，从家里又回到学校，每天幽灵似地起来，睡下，一切人生的希望、乐趣都从我的心中飞出去。我觉得我十九岁的前程充满了黑暗。

学校的生活完全结束，我也结束了我底梦想的爱情，我拒绝所有的同学们底挽留，在一个郁热的晚上，一个人登上了回家之路。

在车上，琳，我简直不知道用什么话才能说给你我那时的难过。没有母亲的家，真比牢狱还苦，我底顽固的爸爸，妖媚的姨妈，甚至可以说是像陌路人一样的叔叔和婶婶们，我怎样伺候他们去呢？我，琳，我抱了像去接受活埋一样的勇敢的心境向家走，国文先生给我的刺激强烈地烙在我底心上。我想我一切都不如人，我没有跟人竞争的能力，只好毙在那炼狱一样的家里，等棺材来装了我去。

蜷曲在车座的一角上，这一切都陌生的车中的空气，稍稍地自由了我窘住的呼吸，我开始愿意车慢一点，永不停止更好，我回的什么家，那家有什么理由可以称作我底呢。

车到 P 城了，这是这条线路的中点，车站内喧哗着，卖包子的举着冒着热气的屉，站外的高大的建筑物上，霓虹灯闪烁着，作着刺眼的光辉。

站起来，扶着车窗我觉得仿佛应该做点什么，是的，我该吃点什么了。

望着蜂拥上来的乘客，我算计着通到饭车上去需要的时间和困难，我不由得气馁了地再坐下去，因为坐下了，好像饿的意识也更清楚了一点似的。我从拉开的窗口间，把头伸出去。

一个漂亮的白衣的男性招呼着我。

"谁呢？"我搜寻着我底记忆，我并不认识他。我怔了一会，这之间，车动了，我没有买成我要买的东西。

这时白衣的人已经站在我底身前，再笑着招呼着我。噢，是那一个，那个在 ×× 剧场为我拾取了手帕的人。

他笑着在我身旁的座位坐下，放下了手中的小小的提包。

我觉得有一点窘，两次为一个生人看见了正在闷烦中的自己，我觉得不大自在起来，我不知道怎样回答他的招呼，我稍稍地把脸偏向了他一点。

他也沉默着。

一会，他轻轻地：

"到 C 去吗？"我点点头。

"我也是，我回去上班，我底家在 P 城。"

他说着，我想起了他底片子，那是写着外交部的。"府上在 C 城吗？"他说着，站起来，脱去了上衣。

我只能再点着我底头。"毕业考试结束了吧！"

我惊诧于他对我的清楚，那一晚上不会是无意地拾取了手帕的吧！不然为什么单就他也到园里去呢？

我感到一点惶恐，但能为一个漂亮的年青男人所注意，又不自禁地高兴。

"那么，"他接着，"我们有盘桓的机会了"，他望着我底脸，用年青的男人特有的温和的眼光。

我觉得有一点局促，但又不愿为他看出，我笑了，低下我升上赧红来底脸。

窗外急骤地袭来了暴雨，车窗上一层又一层地印上了粗大的雨滴，在豪壮的雨声中，车的奔驰声被压了下去。

凉爽了，我底心也晴朗了许多，把脸贴在窗玻璃上，望着外面漆黑的夜色，我忘了我正是在旅途上，而且不久这辆车子就要停了的。

他仿佛几次要说什么，因为我底沉默，他噤了口。

快到 C，他要求我写给他我底地址。他说他住在 ×区的独身公寓里。

我犹疑了一会，终于在他片子的背面上写了我家底地址。到站，他拿下来我的东西，说："我送你去好吗？"

我拒绝了他。

这样，我们结束了第二回的相见，我底单纯的心里印上那顾高的温柔的影子，我觉得我喜欢他甚于那位国文先生了。

到家，听了爸爸一套长长的训斥后，我开始我底小姐生活，很晚才起来，慢慢地吃饭，在姨娘的女客三缺一的时候，陪她们摸会儿牌。

但我底胸里却汹涌着愤怒的高潮，那行尸似的生活加重了我底烦恼，一回到我底小屋子里便拿许多不会说话的家具出气，我踢开它们，拣回来，拣回来又踢出去。

我底书信都经过管事的三叔检阅过了才给我拿进来，小说是一概不许的，闷极了的时候便看家里藏的一些木版的唐宋史什么的。琳，多么无聊的生活呀！我简直要闷死了，我时常梦想我有一天能从窗户飞出去。

因为闷，幻想的时候最多，我常常整天地躺在床上，随着脑子去想，想累了的时候便蒙头一睡。那样，精神愈加郁闷，头一天痛到晚，我原来是很健康的，舒服的家却使我病了。

一天，琳，我接得了一封信，一封封得好好的白色的信，被托付管教我们的三叔恰巧吃喜酒去了，这封信所以没被拆开。

封面上写着很大的"林"，我底心惊恐地剧烈地跳动着，无缘由地给了替我拿来信的打杂小五一块钱。

小五出去，闩了门，放下了帘子，我急急地拆开了它。

　　信上写了敬慕但不失之谄媚的话，字写得很好看，我完全满意于那封信。我高兴得雀跃起来，我在我底小屋子里走着，跳着，扬起了手下的东西。我半年多没那样高兴了，这兴奋的感情一直使我跳得喘息了的时候，才把身子摔在床上。

　　温软的床更助长了我美丽的幻想，琳，你不笑我吗！我虚拟了许多两人在一起玩乐的甜蜜的情景，我抱吻着我底枕头，床柱，还有我床旁的小小的座灯。

　　不久，那兴奋的感情过去，我第一次受挫于爱的创痕鼓动着，我再次地怀疑了自己，我想这一次我一定还是扮演悲哀的角色，那位漂亮的人是不会看上我的。

　　这样我哭了好久，泪干了的时候便睡去。

　　第二天我整个为惊惧所占有，我怕再有信来，我想像我们全家知道了一个男人给我写信后的愤怒和嘲笑的姿态，我想着爸爸底铁青了的脸，和姨娘撇到耳根上去的涂得猩红的嘴。我咽不下去饭，不能诉说的难过的感情充满了我底胃。我不时地特意地通过内账房，偷窥着三叔底脸。

　　一天无事地过去了。我躺在我底小床上，庆幸地，又觉得失望地，结果带着泪睡去。

　　第二天，我的两个住在 C 地同学来看我，她们带给我 C 地银行招考女职员的消息，征求着我底意见。

　　托她们替我报名，办理一切投考的手续，我决心换换我底生活，我想着疏通爸爸的方法。

那一天晚上我写了回信，给林。

我冷冷地说了我家的一切，暗示给他别再来信的意思。

那封信的冷语，伤了我自己底心，我恨自己的愚笨，怎么就想不出一个两全的办法来，我想像信去后的一切情景，我自己切断了自己底希望，我还不如切断了喉管来得痛快，我揪着梳得光光的头发，虐待另一个人似的捶打了自己。

一夜，我不能睡，一会儿懊丧，一会儿兴奋，我底幼稚的感情和想像激打着我，我失去了我所有的可怜的理性。

用一只母亲遗下来的翠镯，又加上那两位同学再三保证工作时只有女人，我买通了为爸爸宠幸的姨，得到了到 C 银行去投考的允许。

我侥幸被录取了。

我底心为这能再次留在外面的生活欢喜得颤动着，我用着最虔诚的姿态听着爸爸底教训，我竭力地装着好女儿的模样。我向我底家人说着冠冕堂皇的话，我显示着学优登仕的女史底颜色。

我出了笼的鸟一样地飞着，叫着，做着我底简单又简单的工作，但我不能晚一分钟回家去。

工作熟悉了，孤寂再开始袭来，我想着那位漂亮的男人。我变得沉默了，我需要的不是外形，离开我底家，我要的是精神的解放，我要爱。我感到家底重量对我更重了，我为什么一定要在那定规的时间内回去呢。

男女同事间闹着恋爱，我哂笑他们，多么无聊的勾当啊！刚见了就爱，糊涂得连名字都没认清楚的爱。

　　我躲避着他们，但，琳，与其说我看不起他们还不如说是忌妒他们，我不能爱，我有一层门关闭着我，渴望于爱的人，真可怜啊！

　　有一天，琳，我在街上又遇见林省民了，他要求我和他去吃茶，那是午间休息的时候，我去了，带着惊惧与快乐的心。

　　我们很快地就互相地爱上了，以后，他把信寄到我的班上，我们利用着短暂的午休时相会。我完全不能判断我底行为的当否，我为一种从未经验过的愉快笼罩着，我不想一切不利于我的，我沉醉在我盲目底爱里。

　　那真是我过去的生命中最快乐的时光，我曾无故地受挫于爱，一次能这样轻易地得到，我真快乐得忘形，我觉得自己是凤凰，那一些与我同事也在演着恋爱的把戏的女人，在我面前仿佛褪去了颜色，我自傲我底爱人是人间最漂亮最懂得爱的人。

　　我完全不能忍耐家中的生活，回家便写信，写得再热烈也没有，那些信有时候寄出去，有时因为是太兴奋了，写得自己看去都羞涩，便在我床前的小小的壁炉中焚了。我尽我所有的智慧早一分钟离开家，待到班上，又希望早一分钟从班上出去。

　　一天，琳，我得着晚上外出的机会了，爸爸带了姨和三叔为了一项房产的事到 M 城去。婶婶们平常就是不留心我的。我照常地吃了晚饭，支开了纠缠的弟妹们，一人假说头痛躺在小屋子里。

　　一会，天完全暗了下来，我加意地装扮了自己，从后院的一个小门溜出去。

　　到街上，唤了一部车子，我驰向 × 区的独身公寓去。

　　到了，茶房带我划过了长长的甬道到他底屋中去。

他底屋子黑着，茶房不在意地替我开了门。屋里排着铺得挺厚的床和软软的椅子。在那扭亮了的六十烛的灯光下，他底半身像向我温存地笑着。

站在门口，过度的失望使得我丢失了我底智慧，我不知我那时怎样做才好，是回去还是……"您进去候一会吧！林先生就回来的。"

茶房提醒了我，我是应该进去等一会儿的，多么难得的出来的机会呀！

在那布置得相当精致的屋子里，我徘徊着，强捺着为等待而焦灼的心。

一点钟过去了。又一点钟过去了。

我捧着那张笑着的半身像，仔细地瞧着眉，瞧着眼，瞧着嘴，那一切地方都说给我爱，安慰着我底焦灼。

我终于不能再等了，再晚我家的门就会关的，我一定得要在我家没关大门之前回去。九点钟了，可恨的又慢又快的时间啊！

我找到了纸和笔，我开始写了一张纸条。

不同的情绪在我底胸里汹涌着，我不知道是写恨，写爱，写失望，写焦灼好。

拈着笔，泪从特意擦了粉的脸上流下来。

掷了笔，拿起了小小的钱包，我拉开了门，在临行的再一回顾间，那摔在床上的像片，仿佛委屈着似的半掩在床单里。

我想我是该把那照片摆在原来的地方的。我旋回来我底脚。

这时，甬道上响起来我熟知的皮鞋声，擦干了眼睛，我把带着跳动的心的身子迅速地藏到门后去。

他进来了，因为自己底不在而门开了的事情诧异的"咦！"着，随即把手中的包裹扔在椅上，过来关上了门。

这一瞬间，他瞧见了我。

琳，那时我在他脸上寻找到的是怎样的高兴啊！

"啊！是你，我底小天使。"他捉着了我，热烈地这儿那儿地吻着。

"你怎会出来呢。"

抱着我，他这样问。"等了好久了吧！"

我点着头，由衷的喜悦加上刚才的委屈，禁不住地泪流了下来。

"原谅我，小亲亲，我太闷了，出去走走，被一个朋友拉着喝了酒，我，我太笨了，我怎么就没预想到你会来呢。"

擦去我的泪，他揪着自己底头发，强烈的酒气从他身上飘了过来。

我脱开他底手。

"我要回去了。"我说。

"什么？"他跳了起来，"回去？刚见着又走，生我气了，不，不走，芬是最能原谅人的。"

他再次拥着了我，眼睛直看着我底眼睛。

我完全没有主意，家和爱在我心中交战着。抬头，钟已经是九点半了。

我底心一沉，这会回去，我已经是得特意招呼门了。

一个不幸的预感攫住了我，倚在沙发上，我底心惶惑地跳着，我说不出话来。

这时，他过去在他的门上加了链。

糊糊涂涂地坐在沙发上，我瞧着他关了门，曳下来窗帘，再打开刚拿来的包裹。

"吃一块糖，这本来是预备明天带给你的。"他在我底身边坐下，拉起来我底手，"怎样出来的，告诉我呀！"

我说了我是怎样从家里出来的。

他高兴得跳起来，拍着他底手，"那样，更不用忙着回去了，谁也不能知道你出来。你放心，没一个人能到你底屋子去。我担保。多么难得的相会呀！小芬，你不高兴吗？"

他底话使我安心一点，实在我也不能骤然地从那甜蜜的屋中走出去的。

我吃着糖，听他软软地在我耳边说着热爱的话。

在爱抚中的时间是过得多么快呀！

到我再想起来走的时候，已经午夜了。

"走，不走，芬，信我，没人会发觉你出来的，你这会回去倒不好了。我们再说一会话，芬，你爱我，你不走啊！"

他抱我到床上，灭了灯。

许多复杂的感情泛滥在我底心上，我想着不幸的未来，我想着我底家，我底周围的嘲笑，我底心剧烈地惊恐地跳动着。

但一方我又遏止不着那由于爱抚唤起来的兴奋。我把头藏在被里，完全失去了清醒的意识，那时，琳，身边是悬崖，我自己也不会阻止着自己而不滚落的。那一夜，我失身了。

第二天，他忏悔着，解释着，谴责着自己，他的一切的话都从我底耳边嗡嗡地飞走，我听不出来他说的是什么，躺在床上，瞧着白白的天棚，泪，大粒的无声的从我眼里滚流出来。

我的外宿很快的传遍了我底家中，当然我底爸爸震怒了，他气得颤抖着，咯咯地啮着自己底牙齿，他替我辞去了银行的职务。

一切比预料中还残酷的责难落在我底身上，我在众人前连吃一口饭的自由都失去了，他们放我在我底小屋子中，用一个老妈子软禁着我。仿佛我不是人，而是一个疯子，孩子们因为大人的态度，有的也学着别人嘲笑着，有的惊异的看着我，像是要在我底脸上发现点什么。

我躺在床上，真如临刑的囚人，什么思索都从我底心中爬出去。又仿佛一切思索都僵死在胸里，我不晓得他们要怎样处置我，我底心盘桓在死亡，被逐，饥饿，责打上。

这样的第三天，他们命令我嫁给一个他们早已预定了的公司的经理的儿子。

我底荒唐的爱情在我胸中作祟，我拒绝了那命令，我不能委身于那位只会跑狗的少爷。

这样，我再次惹怒了我底爸爸，他骂着我，从我死去的妈妈一直到妈妈底妈妈，都遭受了无辜的咒诅，最后，他撵逐着我，他盛气的说他没有那样的女儿。

琳，一个巨大的问题临到了我，我迷茫的停在院中的柳枝前，我不知道怎样做才对，那时，生活还没教给我一点厄难，我不以为离开家就会挨饿，我想什么地方都活人，凭我还会饿死，还有，我底爱情鼓励着我，我想到两人同心土变金的故事，我一点都不疑惑我底爱人。我躲开姨妈教给我的怎样去祈求爸爸的宽恕，也盛气的跑出了家。

他依旧用最大的热烈欢迎着我，拥抱着，请求着前夜的宽恕，他尚不知发生在我身边的一切事情，他只知道我三天没去上班了，他担心着我已受到不堪的责难。

躺在那只曾一次睡过的床上，我的激动的神经渐归平静，也因为平静了，许多我想象中可能的离家后的一切不幸的预想，再在我胸间澎湃起来。

泪从我涩了的眼中源源的流出来。

他抱了我，用着不能相比的温存，这样，我诉说了我底一切。听后，他抬起脸来望着天棚，许久没有说什么。

那一夜，我以着极度不安的心留在他那里，他也似乎失去了往日的特别高兴的情致，虽然我们依旧抱抚着，但我底心上抹上了阴暗的影子。

琳，以后又经过了我底三叔的两次恫吓式的斡旋，我都拒绝了，这样，激怒了我底家人，我任性地离开了那长住了二十年的家，从那富裕的家里带出来的只有一只母亲遗下来的戒指和一颗二十岁的不懂世故的心。

这样，他觅到了房子，我们搬进去，组织起小小的家庭来。

我是怎样的高兴啊！我在我底小小的房间里跳跃着，歌唱着，布置着摆着简单的家具的小安乐窝。我在我底心里造了许多楼阁，我计划着几天后我去找事，两人一块上班去，回来在小屋子里读书，吃饭，招待客人，把两人的年青的精力捧献给社会。但是，琳，第一天我的快乐便被打了折扣，那一天，我收拾好了屋子，用着生疏但小心的双手做好了我们的晚饭，但我底爱人并没在应该回家的时候回来。

我等待着，尽可能的在胸中找寻着可以原谅他的理由，但我如何也削不去心中的焦灼和寂寞，我有点怀疑我底爱人，但又不敢往那上面想。

夜深，他才回来，喝了很多的酒，并不理会我脸上表现的寂寞与期待地一下把我拉到怀中，不容我询问的，"我准知道你在等着我，我就不着急回家了，我喝酒了，你别生我气。"说了，便横到床上睡去。

我僵立着，爱情从我的头中飞出去，我愤恨得咶着自己底牙齿，我撕碎了所有的可以撕碎的东西，摔了所有的能摔的家具。气稍微平静了一点的时候，躺到沙发上委委屈屈的睡去。夜半，我被抱到床上，在爱抚后，受到了几乎不堪的蹂躏。

第二天，我想是该有一番抚慰的，他没有，他一直睡到必得上班去的时候才起来，穿好了衣服就预备走，在门口，他回过头来半玩笑的，"别耍小姐脾气，小芬，这是我底家，不是你们公馆，摔了东西我得钱买呀！"完了，扬长的走了出去。

我一人躺在床上，狠命地哭了好久，哭够了，洗完脸，便跑到公园去。初秋的太阳晒着我，我木立在池边，池里有人划船，水在船尾不安地跳动着，曳着长长的白线，白线上飘动着一枚黄了的柳叶。追随着那枚颠簸的憔悴的叶子，我仿佛看到自己底缩影，一想到明天它就将全黄而腐蚀的时候，泪便禁不住的涔涔地流出来。

仿佛在园中，爱情给我的兴奋已经一点无余，扮演着悲哀角色的预想，眼前的景况证实了它。想到刚离开的家，家好像退去了残酷的外衣，那外衣披在了两天前我还当神仙供奉的爱人身上。我感到过分的孤独，多么空旷的世界呀！我第一次疑惑了人是感情的东西。

抚摩着残花，搜集着枯草，它们都与我有着同一的命运，不久就会蚀化成泥吧！我呢，时光不久也会带了我去的，我已经从时光的齿轮中转落出来，就要落到沟壑里去的。

日暮了，苍灰的暝色掩到我底心上，瞧着哑哑的寻巢的乌鸦，我觉得家的可爱了，但我失去了它，我没有一个可以让我休息的地方。那个刚筑成的爱巢里是蹲着一只老鹰的，我底自尊心支持着我，我不能屈服地回去。

天逐渐黑了下来，夜无声息地沉重地从我身边掠过，秋凉透过了我底绸衫，在我底皮肤上撒下了冰凉的颗粒，我开始轻轻地颤抖着。

下意识地盼望他来接我，又胡乱地算计着口袋内的钱数，计算着手上的戒指，我想去觅一个旅馆，想像着怎样去度过明天的生活，我寻觅的职业，哪一天会发现呢。

幽灵似地踽踽地走出园门来，我想招呼一部车子，一想到去处，一想到钱，我底话从唇边反响回去。望着跟前的灯光，我茫然地握起了小小的口袋。

一部车子急急地驶过来，在园口停住，林急急地跳了下来。

立刻，他搜寻的眼光看到了我，两步便跑了过来。

"唉呀！小亲亲，你可吓坏我了，是你能去的地方都找遍了，这儿若再见不着你，我就要报警察了，明儿府上赖我拐卖，我说破了嘴也洗不清这罪名呀！"

见了他，我已经消失了早上的怒气。剩余的只有哀怨了，我无言地接受了他的安慰。

这样，琳，我们底同居生活延续着，他，不时出去，喝酒、游逛。问急了的时候就说是为我，为了我们底不名誉的结合，人们要挟了他，要他请客。

我呢，琳，那时我才明白了生活是怎样一件艰苦的工作，我底职业一直没有着落，在我底身体中一个小小的生命在开始孕育着。我消遣我底寂寞，贪婪地读着所有的我身边的书籍，因为他底挥霍，经济拮据着，我摒除了一切娱乐，我尽力爱他，我努力作一个好的妻子。

我底身边的人们蔑笑着我，连我底朋友也说："就这么的就算了，多冤，连结婚式都没有。"我只有忍受这些蔑笑，忍受这些非难，爱的时候不容选择，留给我走的只有这一条路，我走了，"诽笑"是他们底权利，我用我底大量安慰着自己，但一想到爱也空虚了的时候，便自己流着泪。

不久，小民生了，我添了许多麻烦的工作，连一点看书的时间也被夺去了，从厨房到卧室，从卧室到厨房，我底世界只有抽烟与孩子底啼哭。我底丈夫对我更一天一天地冷淡下去，常常几夜不肯回来。

　　我把全副的希望放在孩子身上，闷极了的时候便抱着孩子悄悄地哭。

　　孩子逐渐可爱了，丈夫仿佛安定了一点，他有几天按时回来，引逗着孩子，我们中间再响起了欢笑。我高兴着，在那一点短暂的甜蜜上又放上了我底全部希望。

　　一天，琳，那是认识你底一天了，多么美丽的初夏呀！那一天是礼拜日，我底丈夫很早地起来，装扮了自己，又帮助我收拾了孩子，他要带我们到许久未去的公园去。

　　在园里，在那我曾伫立过的池边，你来了，带着愉快的微笑，走近了我们。你们仿佛预先约过，是不是，琳。他介绍了你后，便让你坐在椅上，自己跑了回去。

　　那时，琳，我正高兴着，我觉得我重新得到了爱，我底丈夫回到了我底身边，我想着怎样去欢乐我底小小的家庭，我底悒郁的心上开放了花朵。

　　但你沉默着，你只简单地说了你刚到这儿来，将来要打扰的话。

　　我抱着孩子，孩子用柔软的小手去摸那飘飞着的柳叶，我顺从着他底意思，来回地走着，追随着那摆动的柳枝。

　　我们愉快地笑着。

　　你像心里藏了一点什么，时时偷窥我们，又时时把眼光避开去，因为初识，虽然我觉察了你底态度，我只故意地装着并不知道什么。

　　好久，我底丈夫才回来，他有一点慌张，他说他特意跑出去买了××戏院的票，请你一块去听刚来C城的名角的××的戏。

因为有你，我没问询什么，我厌恶听戏，我底丈夫是知道的，尤其孩子是不堪戏院的喧嚣的呀！

在戏院里，你仿佛活泼了一点，你曾两次站起来，和隔着很远的人打着招呼，我底丈夫暧昧地走了出去，又暧昧地走回来，一会，他抱走了孩子。

孩子在那边突然哭了起来，我仔细地注意了孩子底方向，他正被抱在一个年老的女人底手里，我底丈夫站在那女人面前说着什么。

你看到了我脸上的不豫，故意不知道似地侧转了头，我觉到一切你们之间的跷蹊，我猜想着那位老女人，我再仔细地瞧着。

我只能看到她底背影，而且来往的人，扰乱了我底视线，我只觉得那背影我很熟悉，其实我并不认识她，但她很像一个我熟识的人儿。

这时我底丈夫回来了，台上正响着大声的锣鼓，你们交换了短暂地我没听明白的话你便告辞了走去，我底丈夫陪我坐在那儿。

我问着他，他只含糊地回答我，一会，孩子睡了，我们便离开了那喧闹的地方。

那一天晚上，我底丈夫很晚的才回来，他送我们到家之后便匆忙地走开。我底愉快的心上又蒙上了暗影，我听见了一个不好的传说，那传说说是我底丈夫早已有了太太，和家人一块住在 P 城的家中。我独自地忖度着白天的事情，我想一定是借你来 C 城的方便，他底家人随了来，叫你在我身边，以便他们看我的，后来你底话证明了我那天忖度的不差，琳，这回的事故都是以那天的事情为近因而爆发的，那个老女人是你底姑姑，我底丈夫底妈妈，她看中了我底儿子，也并不觉得我脸上有下贱相，她还没有孙子，所以愿意把我们收捡回去。

我底丈夫呢？他，他原不是怎样爱我的，琳，你别笑我，我这会才明白，才确切地知道了这件事情。他为了我们底小家庭在经济上也窘得够了，所以他愿意我回到他底家里去，他一方面可以和有权势的爸爸再和好，另一方面也可以得到再去骗一个女人底自由的。

琳，我呢？我叛逆了我底家，自以为是获得了新生，用着细嫩的小姐底手做起了一切粗事，耐心地看护孩子，摒去一切娱乐，在黯淡的灯底下寂寞地等候着丈夫。但我得到的是什么呢？我底爸爸骂我不肖，我底朋友说我胡闹，林家的人以为我不要脸。我底丈夫结过婚，家里放着太太，他用他的爱情上的伎俩诱过来我，结果我得随他回去作姨太太，不那样，我就得受着蔑笑，受着责骂。我底丈夫说："细米白肉的就那么白养着你啊！"我说什么呢？女人就只有这样一个吃人家的细米白肉的地位，琳，我说不出来，夫妇的真义是甚么呢？

琳，我底丈夫不愿轻易抛开我，也许是可怜我，也许是怕我反赖上他。但他又不肯听我的，我自然不会随他回去，结果就只有吵，这些天我受的剧烈的踢打都是为了这原因的。

我忙着，收拾好了屋子做饭，吃完了又是孩子，孩子睡了洗，一天直到晚，好容易有一点坐着的工夫了，他就吵，琳，我心里底苦我真不知道用怎样的话才能述说给你，我只有怨我自己，怨我自己底轻率，仔细想起来，自己也不该怨，我是人，我需要爱，我的要爱的途径只有这一条路的。

前几天，我心里还有一点光亮，那就是你，我在受尽了欺凌之后，一想到你，我底心便温暖了。我不止一次地重想着那一天，我们初吻的那一天，琳，多么甜蜜的日子呀！记得吗？琳，同样的雨呀！

你来了，那正是在我知道了我底丈夫已经有了太太的时候。那天，我哭了很久，到泪流干了的时候，便抱了孩子傻坐着，我底丈夫正回P城去，我知道没有人会光临到我的小屋子里来，便任兴奋的感情支配着，把屋子搅得一塌糊涂，仅仅扫出来床叫小民睡去。

但我听见了敲门的声音。

虽然想也许是你，但因为听说你那几天到另一个地方去了，我又不敢相信，琳，那时，我实在是盼着你的，只有你一个人没对我洒下蔑笑，而给与了同情。

我稍稍地清理了自己，开开了门。

当我看见你时，一切的委屈都涌上心来，我是用着怎样的努力才压下去那升上来的泪水呀！

你进来，我羞涩于你看见那样的凌乱，我那时在你面前还端着架子，我竭力装着我是幸福的，我是被爱的妻子。但，那一天，一切都揭开了，在你面前，我已不想再掩饰，我想我们之间的一切，你是比我还明白的。

你站着，瞧着屋里的情况，轻轻地叹了。

"民哥今天回来吗？"站了一会，你硬找出来这样一句话问着。

我摇着我底头。

"已经这样了，珍重自己一点吧！"

好一会，你坐下，脸看着地，像对我又像对自己说。

多么温存的话呀！那久违了的温存的语调翻起了我竭力地忍住的

所有悲痛，我把头藏在挂着的衣衫里，印去抑压不住的眼泪。你走过来。

琳，那时我的心是怎样地跳动着啊！我怕又希望，我预感到你会来安慰我的。

你揭开我遮在脸上的衣衫。

"芬！"你第一次叫着我底名字，"不哭了，瞧我，瞧！"你作了一个可笑的鬼脸，同时拉起来我底双手。

你底紧握的双手拂去了我心中所有的悲痛，你直视着我，一点都不动地，那眼中是燃烧着怎样的爱情啊！

那爱暖了我的心，我觉得我心中有一点什么生出来了，那是两次欲投无处的一点爱之芽。躲过你底逼视，我底心开始慌乱着，许多受过的责难和蔑笑踢打着我底神经，想到我底丈夫，心无缘由地痉挛起来。我忍不住地投到你底怀中，尽情地哭了出来。琳，那是我有生以来的最痛快的哭泣，难得的哭泣呀！

你扶起来我底头，温存地吻了我含泪底眼。

琳，就只那一吻，我已经该感激你了，那样温存地，它说给我一切爱情的甜蜜，它启示了我人与人间的温暖的关系，你记得在你底双唇下我是为感激支使得怎样颤动么。

那以后不久，我底丈夫便在我面前揭明了以往一直隐瞒着的一切。他说，他是结过婚，但那并非是他底本意，他说他底父亲是那样地震怒，为了我们底不名誉的结合。他说他后悔于自己底轻率，他应该在没和我发生关系以前遣走他底妻子。但现在晚了，一切都过去了。惟一的方法只有我归到他底家去，用我们底小孩来赎买我们的自作的孽，他底父亲是急于一见孙子的，他底那个妻子没有生育过，他们随便就可以处置了她。总归一句，他不能在外面受苦挨骂，他不能背叛他底父亲。

琳，他底话夺去了我全部的幻想和希望，以往，对他底放荡，我以着女性最大的忍耐原谅着他，我只想他是一时气愤，我并不疑惑我们之间的爱情。但他推开了我心上的窗子，叫我看清楚了外面究竟是怎样一个世界，那窗子外面的阴云，虽然我很早地就知道它是快压到了我，但我骗着我自己，我想那阴云后面就是晴朗的天，只要一阵风来，那阴云就会被吹走的。多么懦怯的我呀！

在他还没说明一切之前，在我们底爱情间，我苦恼着，一面我不能拒绝你所给与的慰藉，一面又谴责着对丈夫的不忠，所以时常在你来的时候，我怔忡着，我不敢接受你底抚慰，以至惹怒了你。

但是，琳，现在我明白了，我试着站到窗前去，我明白一切阻力都是可以抵抗的，我知道了我底丈夫给与我的是什么，我也知道了你底。我想以往我是太珍贵我自己了，在你底爱中。你只是一个富人，并没在意地扔出了你手中的面包，结果饿得要死的我拾得了，便自以为是无比的恩惠，你，琳，你并没有爱我，你只是随手地抛出了你一点闲适的感情而已，我这样说，你生气吗？

我说了许多话，你不讨厌我吗？我知道说出这些来是多么没用，但我说了，我想你是比较知道我一点的，我想解放我一点，我为我自己底自尊束缚得够了。我多傻呀！为什么我要在人前装着我丈夫是爱我的，为什么我要隐瞒着我们是没结婚就有了小孩子的事，为什么我夸耀着事实上早已和我没关系的我底家，为什么我逢人杜撰着理由证明我底丈夫是没结过婚的，我为什么一定要顺从着人们底意思而委屈着自己呢？我为什么要一般人承认我是和他们一样的人呢？

我做的事情并没有错，我需要爱，结果爱了。我要创造我自己底家，那我自然应该走出我爸爸底家，我并没有侵害谁，我并没有给谁不便，我做的，都是只有一条路可走的。我还要我自己，我就只好走这一条路，我为什么要一定依照别人底意思呢？

如果我底家不是那样逼我，我也许不会那么轻率地爱上了林省民，如果林省民不是那么欺凌着我，我也无由接受你底抚慰。但我底家是对的，林省民是对的，你哪，你也是对的。不好都是我。那我担起来这不好有什么关系，我为什么斤斤于这些不必要的计较呢？说对就真地对了吗？

我不能随林省民回去作姨太太，我就只好离开他，他不能背叛他底爸爸，我却有背叛他爸爸的自由的。真正的快乐不是依赖别人所能获得的。我不能忍耐目前的生活，那就只好自己去打开另一条生活的路子。你不认为对吗？琳。

琳，今晚，你原谅我，我不否认我是一个多么渴于爱情的女人，我知道你对我的爱，我理解你几次为人蔑笑后生出来的对我关系中止的意念。你原是随意掷出你底面包来的，既然有人说扔的不对，你犯不上为这一点事情惹起公愤，不扔对你也无所谓损失。但人究竟还有感情，感情不是那么说揪就两断的东西，这也就是你今晚所以来了，也就是我迟疑着不能从林省民底怀中离去的原因。

我明白你，我知道我自己，但我不能放你走出去，我知道在暴风雨里一人独坐是什么滋味，我要那温煦的慰藉，我要一个存放我底丰盛的感情的地方。我知道我要的不是你，但我，琳，我身边只有你接近了我，我，琳，你原谅我吗，你生我气吗？你……

蟹

初刊《华文大阪每日》第 7 卷第 5、6、7、8、10、11、12 期
1941 年 9 月 1 日 -12 月 15 日

捕蟹的故事

捕蟹的人在船上挂着灯，
蟹自己便奔着灯光来了，
于是，
蟹落在已经摆好了的网里。

"山里的天，黑得可快呢，刚落下日头去，就黑得看不见东西了。一黑就睡觉，躺到被里，若赶上月亮的天，可以从矮的窗户里望见对面的青色的山脊。这时候，有人踏着山间的小茅道'拍挞''拍挞'地过来了。你准得以为是人吧！这可看不得，是大黑熊。听着，听着，那沉重的脚步声直奔地里去了。爷爷就拿好了火枪，蹑脚从后门绕出去。

"'叭！'地一穗苞米劈下来，接着又一声。得了，这回这几垄开出缨的苞米又全完了。"

老祖母停了停，在硬木的炕边上，邦邦地磕着烟袋。"怎么就完了呢？"七岁的福子不解地望着奶奶底嘴。

"那还不完，熊瞎子又笨又贪，有多少都劈下来挟在胳臂底下。挟一穗掉一穗，末了带了一穗去。"

"那为什么不打它。"这回是比福子大一点的兰说了。

"打，山里的东西还打得了，有的是，都是吓吓，伤不着人就算了。再说，打一条熊费老大的劲，打了也没用，熊从上到底没一点地方值钱。熊掌得碰着行家，不然也是白扯的。"

祖母再装好了烟，继续讲着。

"是兽都怕火，山里的人走路都带着火镰，遇见狼什么的，就就地拢荒火。那回，是谁来的呢？"祖母含着烟杆沉吟着。

"噢！是了，是二伯，念夜书回来，按说学房离家倒不远，可是路上遇见狼了，火镰短了，又加上头一次害怕，把大褂前襟烧了。一家人心痛得没法。"

老祖母摸着自己底黑缎子袍，尚不胜可惜地说。

"什么好东西，破大褂烧了还心痛，谁稀得穿那玩意。"小小的兰撇着小嘴，轻蔑地说。

"什么好东西，唉，傻孩子，做件衣裳那么容易的。没钱不能做，有了钱还不定那一天能买着布。那时候哪像现在，出门就是铺子，都得去赶集，为赶集去早了把耳朵冻下来的都有。唉！"祖母叹息着："傻孩子，你们做梦也不知道那份苦，做件衣裳哪是那么容易的，谁不是短撅撅的小袄呢！"

"大伯呢？"兰问，映着自己底眼睛。"大伯也是。"

"三叔呢？"福子问，用手摸着祖母底膝盖。"三叔也是。"祖母瘪起嘴来笑了。

"是么？"

两个孩子纵声地大笑起来。

"就我爸一人不是。"福子骄傲地扬起了好看的小头，眼睛放着凌人的光亮。

"就我爸一人不是。"福子重复地说，挑战似地望着兰底脸。"你爸好，你也好，你们都好还不行。咱们不好，咱们自己呆着。"兰急了。

"兰！你想想大伯能是什么样？穿着跟老王一样的衣裳。"祖母笑望着兰脸，差开兰的愤怒。

"什么样，奶奶学一个看。"兰拉着祖母的手。"奶奶不会，兰学。"祖母温和地。

"我会，"福子抢着插上嘴来。

"你会，你会拉屎。"兰挤动着自己的鼻子。

"你才会拉屎呢！你会拉，你妈也会拉，你们都长的白，拉的屎也细，捡大粪的跟你们相好。"

福子说着，自己觉得自己底话说得俏皮，高兴地笑了起来。"奶奶，你听他骂人。你长的黑，你拉的屎粗，臭死了。"

兰啧啧地往地上啐着吐沫，啐完了用脚踏，嘴里说："踏，踏，踏死黑头。踏死臭黑头。"

"黑头就得死？知道你爸爸美起来了，你们都白，你们活着吧！得了，你有理，别说了。"

一直闷着的长生说了，用恶狠狠的眼睛瞪着兰。

瞧着气得快哭了的兰，祖母拉起了兰底小手说："兰好乖，兰会学大伯穿短棉袄的样。"

"跟老王劈木头时那样吗？"兰因为受夸奖消去了气，用手折着自己底缎子袍。"就这样，上边棉袄到屁股，底下是个大裤裆。"

奶奶笑着点着头。

想起来穿着皮袍的大伯原来穿着小棉袄的样子，几个娇养的孩子都放声地大笑起来。小小的刚会走路的奶奶底重孙子勤，莫名其妙地看着大家的脸，也随着大笑着。

"奶奶！再讲，再讲。"福子说着，扯着奶奶底袖子。"你大姑给人家了。"

"哪个大姑？"长生问了。"你没见过，死了。

"你爷爷下山到镇里去给买嫁妆。买回一面镜子来。这可成宝贝了。全村里也没面镜子，你也来照，我也来照，叽叽咕咕地又挤眼又窃笑，看着也挺热闹。"

"这天，正日子啦，男家的车也来了，你大姑照着镜子擦粉。照着，怎么后头又多了个脸。一回头，对面山上站着个大白脸熊，正仿佛不解地望着镜中的自己底影子。大姑一句妈没叫出来，立刻摘下来窗棂上的镜子，差点摔个跟头。这一嚷嚷，屋外的人有的也看见了，大家就拿着火枪出去打。"

"不是说不打吗？还打。"调皮的兰又插着嘴。

"白脸熊狠，山里人就怕它，它捉着人就没好，全身舐得血淋淋的一点皮也不剩。可是不常见，偶尔碰着了，大伙不能轻易地放它过去。"

"那一打熊，还娶不娶媳妇啦！"福子又说，用小舌头舐着嘴唇。

"什么玩意呢，就知道媳妇，明儿给你娶八十个，怕你养活不起呢。"兰说着，讨厌地睐着左边的眼睛。

"管得着吗？爱说，爱说。"福子被羞得急了，举起自己底小拳头来。

"就会打架，就这点本事，谁再说一句我就叫他脑袋起包。"长生摇着自以为是很粗壮的拳头，向着两个弟妹。

两人都不作声，兰咬着自己的小指头，不甘地眨巴着眼睛。"别打架，听着讲，热闹的事情在后头呢。"祖母抽出嘴里的烟袋，吐了浓浓的一口烟。

"跑毛子了，山上也去了不少，黄头发，蓝眼珠子，个子比门框还高，见人就拿手往嘴里倒东西似地比划，要酒。先大家还都害怕，一来二去的也都看的有点顺眼了，胆大的就提着一瓶子酒给送去，送酒就给钱。喝的老毛子张着大嘴笑。有一天，你二姨夫底爸爸从镇店里打了一瓶豆油回来，走半道上遇着毛子了，不容分说抢过瓶子去就往嘴里倒。一倒，是油，老毛子急眼了，回手就给了个嘴巴子。嘿，那手，小簸箕似的，打下满脸发紫。你二姨夫底爸爸也不知怎么样好，吓的满头汗，后来幸亏旁边的老毛子给劝开了。两人也不是叽哩呱啦地翻了些什么。喝油的老毛子气愤愤地给扔下了一张票，就走了。吓得你二姨夫底爸爸也没敢拣，就这样回家吓得病了半月。"

"这事叫你爸爸听见了。"

"谁爸爸？"兰问。

"长生爸爸。"

"我爸爸怎么不会听见呢？"

"你爸爸还小，就像福子那么大。长生爸爸那年十二了。跑毛子一乱，学房老先生也不教了。正在家里闲着，听着这事就偷着装了一瓶子油一瓶子酒出去在大道上蹲着，看见老毛子来了自己就迎了上去。毛子一看见瓶子就伸手要，长生爸爸就把油瓶子打开叫他闻，又叫他看油的颜色，完了才给他酒，也叫他闻也叫他看。又随手揪把草叶滴上点油作出来炒菜的样子。这么一比划把老毛子比划明白了，也把老毛子比划乐了。拿过酒瓶子来咕嘟咕嘟地灌了一气，给了长生爸爸四五张票，还给了些个酸不酸甜不甜的糖。

"这回，可把家人吓坏了，你爷爷跟大伯就满山里找，一下子在大道上看见了，瞧见老毛子正比比划划地教给长生爸爸翻洋话，你爷爷叩头作揖地给领回来了。回家一说他，他反倒说：'怕的什么，都是一鼻子两个眼睛的人，你不惹他，他也不会平白地就揪脑袋。'唉，倒是他有出息的，人从小心里就有理路。"祖母说着眼睛就湿了，想到那死了的儿子，老人底心上遮上来无限的思念。祖母把衰老的眼睛再看向一直在窗前无言伫立着的铃儿身上去。铃并没觉到祖母底注视，依然在凝眸地对着窗外逐渐为夜暗罩上了的暮色，一只手无意地在摆弄着窗帷。

"唉，大的又是个姑娘，婆家也没定，这两个小的能挡得什么？"

长生和福子正并坐在祖母底炕边上，长生坦然地望着祖母的脸，脸上有的是十四岁的少爷所有的娇懒的情意。福子憨然地扯着祖母的袖子。

"奶奶，说呀！爸后来怎的了？"

"后来吗？"祖母用着大的白布手帕擦着湿润的眼角。"后来爸就一心跟鬼子学洋话，学的叽哩哇啦地满处翻。那么一来，屯子人可就享福了。你有事也找孙家二先生，我有事也找，把你爸爸捧的就跟圣人似的。过了些日子，毛子要走了，头说是要上新京开银行，叫你爸爸跟去，你爸跟你爷爷一商量，爷爷山里的日子也过够了，也有心上新京活动活动去，就把家搬了去。搬去后，你爸给银行里当伙计。慢慢地混熟了后，又把你大伯找去给跑街买东西。两人挣钱。你爷爷也出去做工。年下，爷三个同心合力地典进来了所房子。

"搬到新房子里，月间省下来房钱，二伯就说把三弟送去上学吧！就当咱们是还租房住一样。二伯自己没能念书，就怕自己底弟弟还念不上书，老说：就是少穿件衣裳也非供三弟上学不可。"

"你爸爸呀！"祖母拍了拍兰底头说："真是辜负了你二伯底心了，从上学那天就不爱念，一直这么大还没脱了老脾气。除了吃就是乐，除了吃就是乐。唉，要是个知事的，你二伯一死，这个家还不早接过来了。能闹到这样吗？你二娘一个女人家，什么也不挡的。大伯算完了，从小就是这套，见娘们没命，他算完了。"唉，先年，你二伯挣钱就往家拿，你大伯就爱胡花。到底有二伯看着，没出了大错，两人挣的钱合起来一年也不少呢。这么的，第三年上兑了一个当铺。兑了当铺后，爷爷死了，二伯就叫大伯家里管账。你二伯还住银行。这样一来二去的谁也赶不上二伯底俄国话好，一年比一年升，钱可就挣下了。奶奶冬天也穿上狐狸皮袄了。唉！年头差了，人又死了，这个家……"

祖母重新叹息着，摸索着自己底大白手帕。站在窗前的铃突然低声说：

"三叔回来了。"

兰拍地甩开了门出去。

兰随着穿着皮大衣的父母亲的身后再进来。

三叔擦着自己底眼镜，脸上不知道是因为春风吹的，还是生气，森然地露着紫色。

三婶拉起长皮袍的底边，"扑"地坐在椅子上。

"呀！妈！您不知道，可要把我吓死了。刚出澡塘子门，兰爸就说后头有人，我还说他瞎扯呢，走着，走着，可不吗，黑忽忽地后头真有人瞟着。一前一后，老离我们这么一丈来远，也瞧不清穿的什么衣服。那大个子，唉，妈！"

三婶尚不胜惊悸似地颤动着嘴唇说着，用手抚摩着自己底胸口。

谁都没说什么，老太太张了张嘴，像是把涌到嘴边的话又咽了回去。孩子们仿佛也嗅到了严重的空气的涩味，默默地瞪大了眼睛。

春风挟着暮冬的冷气从窗隙中吹进来，坐在窗边的三婶机伶伶地打了个冷战。

三叔站起来，扯开面街的一只窗帷，由半敞着的大门探视着外面。

夜落下来，黑暗弥漫了屋子。

探看房外面的三叔不时地左右地挪动着身子，但没说什么。三婶也凑到身边去，轻声地问着，"走啦！没有？"

夜色逐渐地加重，屋子里暗得看不见自己底手指。突然在近门的处所，响起了军用的小汽车开动时的响声。

屋子里的人都突然一惊，骚动了一下，又静默下来。恐怖由这一个角落爬向那一个，瞬时便抓住了整个屋中活动着的神经。勤突然委屈地大声哭了出来。祖母忙着搂过来勤，拍哄着用自己底大白手帕捂着孩子底嘴。

响亮的哭声断续的由手帕底下泄出来。谁向祖母底屋中走来。

三叔皱着眉，扯开了电灯。

孩子们舒出口气来地长吁着，福子扯住祖母底手，要说什么，看见了三叔底严峻的眼睛，又用力地把话咽了回去。

门开了，大少奶奶秀底纤细的身子闪了进来。

"回来啦！您。"秀向着地下的三叔和三婶招呼着，三叔冷冷地点了点头。

秀走到祖母身前去，"又闹什么，勤，不好好跟着太太玩。"从祖母怀里抱过来勤，"走，睡觉去吧！"这样又推开门出去。

福子也从炕上跳下来。

三叔张了嘴。福子忙着又靠着炕沿站直了身子。

"老提早头的话，您真是越老越糊涂，这年头什么人当道，就得说什么人的话。俄国人好也没把您请去当老太太。若不叫我二哥跟俄国人有那样的关系，咱家能闹得这么鸡犬不宁的么！这时候俄国人是共产党，见人就杀脑袋。您要不怕惹祸您就讲，出了事可别找我。要不叫您那成家立业的好儿子，我能出去洗回澡还叫人瞟着吗？这是我借我好哥哥底光了，幸亏死了。不死我还得蹲监狱去也不一定呢。我不认得什么高鼻子蓝眼睛的菩萨。发财，运气，有财命。别人怎没发呢？"

三叔倚着窗子，脸色凛然地向着祖母说，兰滚动着眼睛，瞧着爸爸又瞧着奶奶。

祖母受了委屈地瘪起了嘴，在这性情不好的老儿子和嘴上刻薄的媳妇眼前，她知道什么也不能说，饶不说这排喧还是没完没了。祖母默默地摸起自己的烟袋，用着颤抖的手去拿烟荷包。

铃往炕边走着，手里拿着盒火柴。"铃！"三叔叫了。铃抬起脸来。

"看看你底书，沾一点俄国边中国边的都不要，拿厨房叫厨子给烧了。福子也去，告诉你妈，把你爸爸那些好朋友是好什么的相片和俄国信都给烧了。俄国书也不要，你爸活着也这些年没沾俄国事了，死了更没保存的必要了，你就说我三叔说的，明儿要从家里翻出来的时候，那可不得了，知道不？"

福子得了大赦似地点着头，忽忽地推开门出去。

铃放下手中的火柴盒，预备跟着福子出去。

"铃！"

祖母微微颤地叫着。

铃站着望着祖母底布满了皱纹的脸。祖母顿了顿，望了望地上的三叔：

"等一会过来给我看看眼睛，眼睛磨的难受，把你那洋眼药拿来。"

"啊！"铃答应着，轻轻地推开了祖母屋中的厚且重的门出去，长生随在铃身后。

屋中，仿佛是三婶，在她们姊弟的身后投了轻轻的一啐。

三

从祖母屋中出来，铃走过了黑暗的矮树丛，到自己底屋里去。

到门口，她停住了。望着在黑暗中轻摆着的自己屋中底纱窗帷。她放掉了已经握在门钮上的手，过去关上了那开着的小窗，再从矮树丛穿过，走到院正中去。

院中黑暗的、通着各各的屋门的弯曲的石甬路在夜暗中蜿蜒着，闪着冷漠的白色的光亮，铃踏着它，下意识地走向了大门。待发觉了门已经关好而且上了锁的时候，她失望地驻了足。

她站着，把身子贴紧了大门。外面，一如院里一样的静寂，间或一辆马车迂缓地走过去，车夫用着沉重的声音吆喝着马匹，马底铁掌打在水门汀的地上，响起了有节奏的声音。有时，一个路人匆匆地通过，可以想见他正是怎样在急于赶回他底家，鞋，急促地敲过地面，瞬间便消失在遥远的他处。

铃觉得心上有一个东西落下来了，她旋转了身子，沿着石甬路走回来。

伫立在院中的柳树前，抚摩着那绽开了枯皮的树干，一个希望在她心中滋生出来，但瞬间便消沉下去。她摸索着，沿着那株据说在庭前生了三十年的树干，想找到一茎嫩芽。这一点小小的想头使她焦灼着，她不管枯皮在她灼热底手掌下发沙哑的响声。她摸遍了它。从向阳的地方转向底下，从齐着脚踝的地方一直到手可能达到的高度，终于她找到了，在齐她肩的高度的地方，她摸到了一个浑圆苗实的小叶包。她用快乐的心情握紧了它，突然，她想起了什么，她用劲地捏紧了指间的这一点小生命，压扁，从枝上挖下来而且捏碎了。向着眼前的夜暗，她把手中的一点东西掷出去。

在夜暗中她寻找着那抛出去的东西，她幻想着那可怜的小东西怎样在空中划了弧线，又怎样无声地落在地下。

也许它蹾到土里，再成功一支嫩芽吗？

傻东西，被毁灭了的是不会重生的，你能被掐断了嗓子之后还站起来走路吗？

仿佛做错了什么，又仿佛谁报复了，铃用抚在树干上的手捉着自己飘忽的头发，她想把那柔软的头发掀起来缠在枝上，做一个吊死鬼去吧！这难耐的活囚的生活。

头发虽然长，但终不及能够缠到枝上的长度，铃放下手，双手放在棉袍的口袋里，索然地扬起了头。

一颗星在天边出现了，亮得一眨一眨地。

风吹过来，暮冬的冷透过了薄薄的棉袍，铃轻轻地打着冷颤。于是她开始踱着，绕着那个爸爸发迹后特意建造了的住宅，从连脊的九间正房的前面绕到后面，再绕着东西的配房地那样走着大圈。

走近了西侧的月亮门，她突然想起了小翠，那温柔的可爱的朋友，现在做着什么呢？去看一看她吗？

小翠是她家起家的功臣之一的王福底女儿，王福是爸爸发迹了之后特地从故乡里叫出来的远房的亲戚，这伶俐的乡人在作着爸爸的长随的日子里，在孙家二爷显赫的当年曾替孙家尽了忠，尽了不少的力。但也因为生活在阔老之间，把乡间一点的质朴的本性完全消磨尽了，习得了的只是吃喝和享乐。又因为是仆人，缺少在享乐的第一要件的钱，以着伶俐的本质做着谄媚和欺骗的事情。从孙二爷辞官到事变后二年中的孙家家道中落，王福也遭到了同样的厄运。一来年纪老了缺少活动的精力，第二也因为时代不同了，从前的显官都走死逃亡，失去了活动的门路，因此呆在家里，喝酒和责骂老婆算作正事。逢人便讲说从前那年头。把美丽的女儿看作一棵摇钱树，幻想着一天女儿能嫁给一个有钱的人，借了女儿光来享点晚年的福。

但女儿并不那样想，女儿只想活得安分，活得别出什么差事，安安本本地嫁个人，能养活自己就好。女儿明白穷人到富人家是找不出好来的。

因为父亲和孙家的关系，因为住在孙家的跨院，翠有了熟识这庞大的家族中底人们的机会。孙家的人们也都不讨厌她，太太爱她底一手好针线，孩子们爱她底温柔的性格。但翠与她们之间的关系并不亲密，太太只在要给那个小少爷作一件红肚兜，或者想送给那位牌友一对家做的绣花枕头时才想起了她。孩子们也只是在受了责打后才跑到翠那儿去听她底清丽的安慰的音调。

铃和翠的关系却与众不同，一来年龄相仿，再也因为铃没有架子，使翠觉得能够亲近。铃在家本是孤寂的，除了年老的祖母底爱抚外，她在这奢侈的家里得不到一点什么，继母总是看她如外人，深恐她泄露了自己的什么。叔叔，婶婶，伯伯，只是吃饭时打一声招呼而已。因此十七岁的铃底心里永远郁郁的，于是，拼命地读着书，在日记上记着悲哀的句子，把眼泪印在枕头上。可是从翠那儿她可以得到一点温馨的友情。清贫的生活使得十八岁的翠懂得许多铃不懂的人世的风浪。翠用姐姐的温柔安慰了铃。虽然铃以为是的地方翠听了仿佛是笑话。但铃眷恋于这温柔的女伴。

跨过了月亮门，铃轻轻地走向了翠底房前。翠正呆呆地望着灯，眼里转着晶莹的泪，外屋，醉了的王福正在唠叨着，一边从一堆花生的细皮中寻找着花生米。翠底懦弱的母亲倚着墙坐着，惟一的弟弟默默地整理着破旧的书包。

铃知道又是王福喝醉了拿一家人泄忿。可怜的老实的翠底母亲许又挨了无辜地踢打。想到了美丽的翠底黑暗的将来，铃有点恨自己刚才的无聊了。有书读，有饭吃，还不想多努力上进，瞎感伤什么呢？

铃不想惊动翠，又悄悄地走回来。

院子里静得怕人，往常喧嚣的三婶底屋中今日过早地关了灯。祖母底屋中也黑了。继母底屋中透出来黯淡的光亮，窗帷上映着大的黑影，仿佛继母正在翻动什么。

铃想起来三叔刚才说过的话，院中的稀有的静寂助长了她底恐怖，她想起一切以前脑子所存有的情景，她底心狂跳着，像真的墙外有了停放小型军用车的声音。

仆人们也都安静的。平日的谩骂一声也听不到。风折着枯枝嚓嚓地响，天阴了，星隐藏着，黑暗室闷地垂下来。

一只飞鸟不安地从头上的高空掠过。铃听到了今年的第一声雁唳。

重走到那株柳树前，铃紧紧地用两臂抱住了粗糙的树干。

辽远的地方有朦胧的人声，一只狗狂吠起来了。接着谁家的孩子，委屈地哭着。

铃底脑中无边际地摇晃着一些恐怖的画面，心不能制止地跳动着。

她想起来自己底书。

三叔吩咐烧了，自己也曾听说过因为存留着某种书籍而出事的故事，这故事从幻想中带来真的血泪走出来。故事的情景加上三婶的描绘，使得铃底心怎样也不能从恐怖的网中跳出来。她开始在记忆里搜索着。得烧的正是自己所爱的。另外，有红色书皮或者有着党国字样的也不许，邻家的王瑛把毕业证书上的总理像都剪下去了。

铃心惴惴地回到自己房里，站在书架前翻动着书籍。

一本又一本从书架上丢落在地板上，铃底心里凄楚一点一点地代替了恐怖。仿佛被迫舍弃了爱人时一样的凄楚。铃记起了许多寂寞的黄昏。雨打着玻璃，婶娘的房里正笑得热闹，铃躺在祖母的大硬木椅子上，翻着手中的书，不意地抬起头来的时候，雨不知什么时候停了，有时候看见青的月亮。祖母坐在炕里抹着眼泪，絮叨着死去的爸爸。

书在地板上堆积着，架里逐渐空旷起来。望着空了的书架，铃底心上突然袭来愤恨。这半年三叔底日益专横，使得原对三叔没有好感的铃更加恼恨。她看不起他，那个原来只知道看着爸爸笑脸要点钱去嫖妓的公子，在爸爸不在的时候向下人们发威风的老爷。他懂什么呢？他懂得吃，懂得乐，连吃乐都懂的不到家。但如今他统治了爸爸遗下的这个庞大的家族，他称王了。懦弱的祖母，直性的大伯，小气的继母，那个仿佛跟家里断了线的大伯底儿子祥哥。

不烧去，为什么烧呢，出事的时候反正得找三叔，不管也脱不了。自己拼了，去尝尝狱中的生活也好，反正学校上课是敷衍，家里乱得一团糟。

这样想了，铃真的又把书拣起来摆在书架上。又想了想，把书再拿起来乱掷到床下去。她想起那位嘴上刻薄的三婶，想起来那个和她母亲一模一样机伶的兰妹。

把架上的书略微地整理了，铃倦极了地躺在床上，脑中许多事情涌上来，许多事情被压下去。她想着自己底未来，她想着爱情，许多事情都离开自己很远，她觉得自己宛如坐在纱帐中，书教得她过于敏感了，敏感得甚至觉得一切对她都含有敌意。前途，她曾为自己计划了怎样在高中出来，怎样去投入北平的大学，怎样再从北平到外国去。怎样将来作一个不凡的女人，她是计划学工程的，电气也好。女技师，为国为民，中国不正缺乏这样的人才吗？

但事变粉碎了她底梦，如今连写封信到北平去都得两个月才能邮到，到北平去上学，更是梦想，要学也得尽着这个满洲圈了，但女人学什么呢！第一点钟古文，第二点钟烹饪，第三点钟裁缝。

爱情呢，许多崇高的青年向古城堡中的美女献花的情节在她脑中作祟，她幻想有一天能够接到一个理想青年的花束。但那也得要离开家，家里是只许大伯包人家，三叔嫖妓而不许女孩子讲恋爱的。

一切计划中的道路都被堵塞了的时候，铃觉得被扼住了咽喉似的窒闷。她变得很沉默，很少说话。除了祖母底屋子外，她谁的屋子也不去。放学回来便闷在自己底小屋子里。疼爱孙女的祖母只以为是想爸爸了，继母不给零钱花了等等的琐事，于是偷着给钱，偷着安慰。这慰藉有时使铃流泪，有时使她觉得桎梏，她想死，又想逃，她想着许多女英雄怎样脱开家的故事。

朦胧地又响起了汽车的吼声，躺着的铃再把精神聚集听觉上去。她走下地来，轻轻地推开了一只小窗。

院中有人走路，向来迟归的祥回来了，他摇摇晃晃地走着。仿佛喝醉了酒，年老的更夫在他身后呛咳着，手里提着一只古旧的马灯。

祥进了上房西侧的自己底屋子后，更夫迟缓地旋回身来，他底朦肿的皮外套在地上的马灯的光圈里奇异地移动着，仿佛许多黑蝙蝠飞起又停住，互相扭结着黑色的羽翼。

铃目送着衰老的更夫，遽然幻想到他正走向坟墓。心蓦地凉下来，铃迅速地拉上了手中的窗子。

大门琅琅地响起了铁锁声。一会一切又沉寂下去。铃倚着墙，下意识地望着疏落的书架。一会，她蹲下了，把床底的书掏出来，一本一本地仔细地撕去了封面，插画和出版地，再掷回床下。

拂去了身上的灰尘，把撕下来的书皮包在一起。铃拉灭了灯，钻到被里去。

十一点，孙府上开了早饭。

因为昨夜的辗转，铃今日起得晚了，直到祖母打发张妈去唤她的时候，她才起来，匆忙地梳洗过了，便跑到饭厅里来。

她想起来了，今天正是死去的大伯母底祭日，昨天祖母说过上供的事。她们家有一个这样的习惯，每逢有一点事情的日子，家人便都聚拢来一块吃饭。那一天的菜特别好。

爸爸在世的时候，大家趋奉着爸爸，这一天都争向爸爸敬酒。饭厅里一直是嬉笑不断的。大家之间的感情也都仿佛因为爸爸而彼此之间也亲密了。

爸爸死，大家失了轴心，情感一天一天地疏远，欢乐的相聚的日子也觉得无味了，虽然菜并不减当年。但大家都不愉快，只为了以往是这样，现在不做不好似的才来吃饭。

　　慢慢的便都不来了，先是三叔，跟着三婶，跟着大伯，祥，最后秀也不来了。到祭日的时候，是二伯父底祭日，继母便带了铃和自己底孩子随了祖母后边上了供。到大伯母，大伯带着祥和秀随着祖母上供。供后吃饭，祖母一看到身边空起来的座位便流泪。不知是记起了逝去的人，还是感伤眼前的冷落。这样，要吃饭的人也闹得无心绪。勉强劝慰了祖母，便各自走回屋里去。

　　今日，多么难得的齐全啊！铃隔窗望着，祖母，祖母身边的大伯和三叔，下边的祥，长生，福子。这边的桌上，继母，三婶，秀嫂，兰，还有继母和秀嫂之间空着的自己底座位。

　　大伯母底像在饭厅北头的小桌上摆着，供已经摆好了，炉里燃着檀香。檀香的香气随着烟氤氲地弥漫了整个的饭厅，那强烈的香气从窗的隙缝中挤流到院里来。

　　怎会都来了呢？铃的心转着，仔细地看了看三叔底脸。

　　三叔底脸并没有什么异样，只是严峻得怕人，铃想起三叔昨晚说过的话，心有点不安了。

　　她跑到厨房里去，把昨晚扯下了的书皮交给打杂的后，慢慢地走到饭厅里来。

　　大家都不说话，只有祖母多皱的脸上带着微笑，可别出什么事吧！望着祖母底笑脸，铃自己在心里这样祈求着。

　　铃记得祖母很久没有这样高兴了。

　　铃过去，在大伯母底像片前行过礼后，折回来坐到自己座位上。

　　"开饭吗？"年老的厨子老王进来，望着祖母这样说。

祖母环顾着身边的儿孙，这罕见的情景又惹出来老太太底眼泪，祖母故意笑着，用手帕去印眼角，向老王点点头。

老王算起来是比铃在孙家的年月还长的，在铃未生的前两年，他已经来了。生铃的时候，家里请满月，老王卖力气，一个人做菜成席，赢得了客人特别的称赞，于是老王在孙家打下了永住的根基。

二爷在世，客人多，赏钱厚，好心的二爷为老王积存起来，积到相当的数目的时候，替老王娶了亲。

耿直的老王感激得肝脑涂地，誓言了后半生的对孙家底服役。他对一切事都像自己底事情。常常在买菜的时候，因为一个小钱的争执，和卖菜的闹翻了。

这样，他底同伴怨恨着他，厨房本是最有油水的地方，有老王，你休想从中挖出一个铜子去。米，面，老王也锁起来，把钥匙带在自己底腰带上。

"老王，老太太认你干儿子了吧？"仆人们打趣着老王。

"没认也差不多，那个少爷小姐不叫我声王大爷。那个，铃小姐生下的时候，我给作满月。那客人，嘿，黑压压的，忙得我一天没抬起头来。完了，二爷发赏钱，特别的把我叫到上房去，手里抱着铃小姐，说，都是为你这小东西，把王大爷累了一天，明儿长大了，可别忘了王大爷的好处哇。唉，二爷那才真是好人，说话也——"老王又兴高采烈地讲起了当年。

"二爷那么一说，你就算老太太儿子啦，怪不得你这么省呢！将来老太太把干字一去，你干脆排作四爷得了。"仆人们挤着眼，大家应和着。

老王才明白他们又是在打趣自己了，咕嘟着嘴走出门去。"谁理你们呢，没良心的东西，将来不得好报。"

"你得好报，明儿你家的一块生五个儿子，五子登科。"一个仆人从后头追出来说。

老王真急了，转过身来站着。"怎么的，挑火的来，咱们干。"

看见了老王一急，追出来的人两步跑回去，到屋里，大家拆了房似地哄笑起来。

老王一人站着，没声息了的时候，便气昂昂地走到菜市去。那一天，他在菜市上没好气，说不定就打了人。打的人跟到家里来的时候，大伯说服了给打发回去。说老王：

"老王，你把你那倔脾气收收吧！净惹事。"说的大伯并不严厉，听的老王也不生气，下次，有事大伯还这样说，老王还改不了老脾气。老王，在实质上是一如孙家底家人的。孙家底人也都喜欢他，相信他。只有三婶不愿意要他，因为老王惯常拒绝她正饭以外的勒索。

老王端进菜来，把菜摆到桌上后，去给大伯母底遗像行了礼。

大家开始吃饭。

铃从饭碗底下看了看三叔底脸，三叔底脸难看得很。

老王端进一条长鱼来。

蓦地，三叔站起来，把鱼连盘子掀到老王身上去，跟着骂起来。"老王你找死，我跟你说什么来，谁叫你买鱼，东西这么贵，家里没出项，你当是二爷活着呢。混蛋，二爷活着也不行了，这不是那年头，不是老爷当参议的年头了。你想把我们吃光了你看笑话，你诚心愿意让我们一家人挨饿，你痛快给我滚蛋，要不是看你住这些年了，我非打你个满脸花不可。卷行李去，一会上房算账。"

大家都怔了，老王气昂昂地用抹布擦着身上的油渍，盘子在地下很脆地碎成了四块，鱼躺着，尾巴被砸得歪了。

老王翕动着嘴唇，要说什么。

老祖母知道倔强的老王是不会让过去这无辜地侮辱的，专横的儿子自然更不能听老王底反驳。她想着调停，颤着声音说：

"老王，三爷脾气不好，看过去的二爷面上算了吧！什么都有我。"

"您别老糊涂，"三叔横过来脸，"有您算什么，您会念佛！瞅什么二爷，二爷死了就算完事，谁当道说谁的。二爷活着大伙都得蹲监狱去也不一定，什么都是二爷。我连个厨子也管不了吗？我管不了叫二嫂，二嫂这家怎么管的，谁这年头兴吃一块多钱的鱼。"

老太太被噎得瘪起来嘴，继母放下筷子转身抽啼起来。

"这都是早先的规矩，一顿三块钱菜钱。你二哥早就说过这话，什么俭省都行，有老太太，吃上可不能缺了。"

继母抽啼地诉说着。

"老太太能吃多少，别拿老太太压人，谁看见三块钱都买菜了？"三叔坐回座位上，拎起自己底筷子，冷嘲着。

"人可都得有良心，我底天，你扔下我们受这个罪呀！"

继母放声哭了出来，叫着死去了的丈夫。

"有良心，有良心就知道往自己腰里头装钱，家业是大家的，有你的就有我的，凭什么一月三百五百地养活别人。"三叔翻了翻眼睛，夹起了一块腰花。

"你还反了呢，你，我养活别人，我愿意，我兄弟活着的时候都没管呢？你算谁呀！家业是我跟二先生挣的，你个毛孩子才兴起几年来，你怎么的吧！"就怕别人提到自己养活妍头一家的事，大伯搂起袖子，直向三叔奔过来。

老妈子拥上来挡着，祥站起来扯着自己底爸爸。

勤吓得大哭起来，秀嫂抱起来他。

福子走到自己底妈妈面前去，扯着妈妈的袖子叫妈妈不哭，长生坐着，低下头去，偷着瞪着三叔。

"你兄弟没管，我就管了，话今天找清楚，别可你们两股吞，管他谁挣的，谁叫我姓孙，我是孙三来的，谁能说没我底份。你们再横横，我就上宪兵队报去，说我二哥私通俄国，家业是俄国人给的赃。都归官完事，坐监狱大家去，别叫我一人整天地挨骂遭仄，大家享福。"

三叔索性把一盘腰花都倒在碟里，大吃起来，吃一口叨唠一句。

"你，你，你，你报去，没有亏心事，不怕鬼叫门，算俄国人给的也不行，他妈的，宪兵队也得讲理。"

大伯气得浑身战抖着，大声地吵骂着，抄起手中的碗直向三叔掼来。

大伯伸出来的手臂被祥扯着，三叔一下子从座位上跳起老高来。

"你要打我，你摆哥哥架子，我不怕，本来你们两股受用，我一个人挨憋吗？有话也不许说，你们天下，不是那年头啦！"三叔说着搂起袖子来。

"我管家，我可是凭良心，若是多吃了伙里一个子，也对不起死去他爸爸，他爸爸一腔热血都倒在这个家上了，谁享福谁知道，若不是死鬼这会还不都在山里头……"

继母抹去了眼泪转过身来。

"说你们两股合伙你们不认，说话都一条线，欺侮我行吗？"三叔站起来，怒冲冲地抱起了双手。

"欺侮就算是欺侮，我就欺侮你啦！"大伯又挣着往三叔处奔着。

"大先生，你看我吧！你们想气死我，等我死了你们再打吧！"

祖母颤微微地哭了出来，铃扶着她。

吵骂的两个人暂时住了嘴，继母继续抽啼起来。

王福来了。

"看，这是怎么说的，这，这，这，大爷看我。都是这年头赶的，谁心里也不痛快。都别上火，一家人上那讲理去。走，走，大爷跟我散散心去。老太太也别着急，二奶奶，也平平气，左不过是话赶话呗，哪家还短得了吵架呢？"

王福满面堆笑地向着大家，拱起双手来向大伯作着揖。

"得啦！大爷，我替三爷赔不是，您是老大哥，您就得多原谅点，走吧！我家刚开水，喝壶茶去，喂，老王，你也别闲着。掼身油算什么，大爷还能缺了你穿的。去，去，把大爷喝的龙井给我们小翠送点去，叫她好好地洗洗茶壶，干干净净地泡好茶水，叫你大嫂把红线毯铺上，难得大爷赏光。"

王福推着怒气冲冲的大伯往外走着。回过头来说：

"二奶奶，您也回屋歇会去，有什么事都找我，二爷活着，王福尽过忠。二爷过去也是一样。三爷也消消气，回头我陪您喝两盅。"

怒气冲冲的大伯被推走了，福子也把妈妈拉下地来，铃扶着祖母回了屋。祥和秀也带了勤默默地回到自己底屋里去。

三叔一人据着桌子，不停地翻动着盘中的菜，但并不往嘴里夹，三婶捏着细脚的杯子，无事似地慢慢地啜着酒。

兰解放了地挑着菜中的肉，把肉嚼过了再皱着眉吐在桌子上。

那边的桌上，长生一个人坐着，发着很大的响声在嚼着一块鱼。

饭厅里由极度的骚乱转到静寂，静寂得窒人的空气中，只有长生的略略地嚼着鱼底声音。

各屋里的娘姨都随着自己底主人回去了，只有三婶房中的老李，在饭厅通到厨房的甬道中站着。

"来，老李！"三叔敲着桌子。老李走过来。

"把那桌上的鱼端过来，给三奶奶下酒。"老李踌躇着，瞅着三叔发青的脸。

"听见没有？"三叔急了，把筷子邦地往桌上一放。"别人不听我的，你也不听，不听滚蛋，快端去。"

老李慢慢地过来。

长生把筷子往鱼身上一戳，突然站起来把盘子往地下一推。"我吃是我爸爸挣的，我借我爸爸底光，我是他儿子，我应该享受。别人谁吃谁长疔。"

说完了把门猛摔了下跑出去。

"小兔蛋，你也反了，你要你爸爸，上棺材里找去，我看你们娘们还能美几天。"三叔瞧着窗外的背影骂着，重重地啐了口吐沫。

三婶依旧啜着酒，轻蔑地叫着。"老王！"

三叔瞪着眼睛嚷："老王！"

"老王来啦！"是王福，王福笑眯眯地进来后指着自己底鼻子，"这个老王可比那个中用，您用什么，吩咐吧！"

三叔底气脸松弛下来，淡淡地笑了。

"可当不起，正得你帮忙呢！坐下，李妈，把这菜温温，挑柜里有好吃的再拿上两样来，我跟王先生喝两盅。"三叔说着。

"真是，王先生，兰他爸直性，像今个，不多余惹这个气！……"

三婶翻动着自己好看的眼皮，把一只空杯子送到王福前面："我们这个家，你知道，那有我们这般的日子。大爷吧！外头包个人，哪个月不得个三百五百的，二奶奶吧！管着家，管家那钱可没数，多写上笔花账，什么都有了。就我们难，这会一切的来往交际又都堆到他爸身上了，挨憋受气都他一个人受，家里还不能说他好。摩挲前个不是叫人瞟了半宿，连澡都没洗好，要不叫我们二爷跟俄国人有交待，能担这个心吗？王先生，这会可不比从前了，稍有个风吹草动，就连命都搭上呀！"

王福连连地点着头。

李妈端了整整齐齐的四盘菜进来。

三叔把自己底杯子和王福底都倒满了，王福慌忙地站起来，捧过来杯子，嘴里连连地告着罪。

"所以呀！"三婶继续着："就得王先生帮他忙，有他不知道的事情多指教他, 论亲戚辈份, 您又是老大哥, 也说得着……"三婶说完了, 笑得底下的话断了。

"三奶奶真是, 真是, 这我怎么受得了, 只要三爷用得着我, 我没有不尽力的, 侍候二爷, 侍候三爷, 不都一样吗?"

王福连连地笑着, 脸上作着极其热心的颜色, 频频地摩索着自己底下巴。

"可不是。"三婶笑着, "都是孙家底人, 谁也不能待错了你。"

"喝呀!"三叔端起来酒杯。

铃惦记着长生, 从祖母屋中趄回饭厅来。在房角, 她听见了笑语, 那是王福底狡猾的笑声, 还有三婶底尖锐的。

她不知道为什么特别憎恶王福, 她不能忘记王福跪在爸爸身前求爸爸饶恕他拐走了女人而把女人卖了钱的事情时的卑鄙的情状。她一看见他就讨厌, 仿佛他身上有坏人的毒液。她平常是不屑和他说一句话的。虽然王福很尊敬她。

铃旋回来自己底身子, 她知道长生一定不会还在饭厅里的, 她放弃了走向饭厅的念头, 她也不想回到祖母底屋里去看祖母底泪眼, 她向自己底屋中走着。

王福要是和三叔打成一条线, 这个家就完了。铃不知为什么这样不幸地想着。

她拉开自己底房门, 长生在她床上躺着。"长生!"铃叫着。

"我把三叔骂了。"长生坐起来, 简单地说。

"我说谁吃鱼谁嘴上长疔, 凭什么他谁都欺负, 本来爸爸挣的嘛！"长生脸上一脸的怒容。

"你……"铃瞧着这异母的但跟她感情很好的弟弟不知说什么好。

"给我五毛钱，大姐，我看电影去。真憋气，你看看妈去。哭什么呢？"

铃没出声，慢慢地把手插入口袋里。

四

跟着春天的行进，孙家表面上冲突渐渐少了。大伯不再大声地吵骂，三叔也不立起眼睛来发脾气了。只是，谁都不到饭厅去吃饭，长生们跟着自己底妈妈，兰也跟着自己底父母。早晨上学去的时候，只有铃一人在啜着粥，有时候大少奶奶秀带了小小的勤来。

菜换了，老王叫三叔撵了，新来的蒋师傅是三婶远房的表弟。蒋师傅专管三叔屋中的小吃，大家底饭一回做出来完事。凉了不管温，早了没有，碗也不洗。祖母只好又从乡下叫了个十四岁的孩子来，经管着厨房底杂事。

外面的物价随着日子往上涨，继母把日用的三百五十元交给祖母，声称自己不再管家了，没本事，又不认得多少字，管也管不好。交出来，一来自己省心，二来也省得大家生气。

祖母按日子交给厨子八元买菜。厨房里越来菜越少，旧存的油、盐也都吃得一干二净。但菜一天比一天糟，最后连祖母早饭的菜里也挑不出来肉星了。

三婶却带兰关在房里，从不露面，兰早晨带着夹着肉松的馒头去上学。

谁说到饭不好，蒋师傅就告诉你菜贵，再说三婶就接上来，七三八四地说了一串话。结果大家都噤着嘴。大伯整天躺在姘妇底家里，继母坐在自己底屋里，祥不到深夜不回来，秀有有钱底娘家，娘家的自己底母亲派人给女儿送了吃食来。

只有铃自己吃着没有一点油水的菜，祖母叫她去跟祖母吃，铃又怕祖母底衰老的泪眼。每天糊里糊涂地咽了两碗饭去上学，在学校里混了一天再走回来。铃年末就要结束高中的学程了，但校中的功课并不紧张，教科书大部分都买不到，担任专科的先生也都跑回自己底故乡去。上课就是自习，不然就是日本女先生教烹饪，教的是日本菜，先还因为好奇，觉得有兴味，慢慢地因为口味不合，觉得特别讨厌，上课便敷衍，只要瞒过去先生底眼睛不挨说就好。因此学校里的生活显得异常枯燥，书也无处买，有时候一个人从小书摊上得到了一本纯文艺的刊物，同学便互相传借着，贪婪地吸收着书中的液汁。到对这本书的热恋过去了，闷极了便看张恨水的《金粉世家》，看刘云若的《红杏出墙记》。许多一向说着高调的朋友们都改了行，唱着得过且过，唱着及早行乐。铃也看，那庸俗的故事常惹得她蔑笑，但那些恋爱的场面煽惑了她底正在需要爱情的心，她常常幻想着爱。用幻想的爱盖上了一切心中的不愉。

家里从喧嚣，热闹跌到静寂和阴郁上。饭厅里七零八落，野猫在厨房的窗边麇集着，等候着去攫取盘中的残肴。厨房里打杂的孩子看见了便拿了棍子打，结果猫没打着反倒砸碎玻璃。玻璃碎了也没人管，就那样任风把砂尘从破口的窗中带进来洒在菜和饭上。

饭里夹了砂子更没人吃了，各屋的娘姨在自己太太底檐下支起小炉子来作饭，院中到处抛满了菜根、碎纸，往日的整洁相和现在隔了几世纪一样，兰和长生、福子见了便互相咒骂，刚一进院，情形仿佛进了一个住着几十家人家的大杂院一样。

懦弱的祖母只嗟叹着，整天用手帕擦着泪眼。没有人有闲功夫来理老太太了，各房都自己打算着自己底将来。继母虽然交出来日用，但并没交出来一部分收在继母手里的财产的收入，继母收进来便收在自己底箱子里。大伯管着的地产也不再交出来。三叔据说是在地窖里找到了一本爸爸活着的时候遗失了的银钱出纳账，用那本账和王福勾连着讨回许多家里不知道的账目来。家里的人互相地做着贼，互相地提防着，谁也不肯走出自己底房门一步来。年青的听差都被三叔遣散了，只有年老的忠心的更夫在院中迟缓地移动着脚步，用着不灵活的手打扫着凌乱的院子。他底沉重的姿态加重了院中的萧条。有几处门漆剥落了，今年到了油饰的时候并未整理，孩子在斑剥的柱子上写着骂人的字句。

外面空气渐渐安定下来，许多谣传也渐渐消灭了，各地方早已恢复了旧态，官厅的办公业绩也增高了，孙家的人们也从三叔预言的网子里挣出来。三婶底"等着吧！早晚大家叫抓去"的话也不能使人听了便脸白了。

一安定，因为记着不安定的情景，大家变得更贪婪了，一个小钱都看得比往日一元钱还重。大家都有一个信念，那就是多抓钱，有钱天塌了也好办，互相猜忌的心情越来越浓重，仿佛谁和谁之间都存了一层解不开的怨恨一样。

日子在猜忌里，铃被隔绝于这个家之外了。继母生怕她得知了自己底秘密去告诉奶奶，面子上对铃特别慈爱客气，把铃要的钱送到铃自己底屋里来，暗地里表示了拒绝铃到自己底屋里去的意思。长生有时和福子来找铃，继母自己或者娘姨便在边后尾随着，一听到长生说起来妈底话，便隔窗把两个孩子强叫了出去。

婶娘和秀嫂原来关系就远，看见铃和母亲来往得频繁了更都躲避着铃，三婶是怕铃探知了自己底什么，秀嫂则是怕和铃接近了惹出闲话来。

一家人耍着把戏，糊涂的只有铃和祖母，有时候祖母听见了兰和长生打架骂着些冷嘲的话的时候，问铃是什么意思，铃只有摇着自己底美丽的头，大声地告诉着耳朵渐渐聋了的祖母说不知道。

三叔越来越忙了，整天携了王福出去，王福穿着崭新的湖绉夹袍，面上笑孜孜红扑扑的。外边又传起了种种的传说。

在这些的传说里附带了许多怕人的传言。说要金子银子去盖金銮殿。还要有嫔妃、宫女……

谣传从这一条小巷爬向那一条。很快地传遍了全城，全城都为这可惊的消息骚动了，大人们在街上看前顾后地耳语着，一看见外国人就立刻四散。家里的妈妈用外国人吓着夜哭的孩子。学校里的女学生虽然不信这谣传，但这谣传给了好诙谐的同学一个好的取笑的资料，同学互相叫着名字，在名字下面添上了什么嫔妃，宫女的一些诨号。

这谈笑波及了整个的学校，学校仿佛因为这些生动的笑声活泼了，但笑声过后更显出挹寂，这无聊的消息虽然使得年青的女孩子笑了，但这无聊的消息也加重了女孩子们心上的郁结的愁恨。

年老的更夫迟铃一天把这消息带到家里来，铃前一天虽然听同学说过了，但她并没有告诉祖母。祖母听到了只有惊异地张大了眼睛，张大了模糊的眼睛打量着这年已及笄的孙女。她不怕这些话，她想她不能再活几年了，吃苦也临不到这濒死的老婆子身上。但孙女底处境是危险的。好看的孙女，年青的孙女，祖母心中的古老的故事助长了祖母对老更夫底话的恐怖。她嘱咐着铃不要再到学校去。她叫铃去叫三叔，叫三叔打听这话是不是真的，若真有这事，她要带铃躲到乡下去。

铃安慰着祖母，用可以使祖母相信的语言证明着谣传的无味。但老祖母到底不放心，她叫铃扶起了她，去到三叔底房中去问个究竟。

铃踌躇着，她不知是扶祖母去还是不去好，她脑里旋着三叔和三婶躲避着她的尴尬的模样。她婉言地劝阻着祖母。

老祖母急了，她不愿意她心爱的孙女有一点损伤，她想保全了铃，也就是对死去的儿子的一点可以告慰的地方。她摸起拐杖，自己颤抖抖地推开门出去。

铃无可奈何地随在祖母身后，她知道这几天老抓不着面的三叔是不会在家的，她真怕三婶底刀子似的嘴。

祖母缓慢地走着，院里的杂乱使得在屋里过了一冬的祖母吃了惊，这完全相异于以往的情况唤出来老太太底眼泪，她咒骂着自己底儿子，呼唤着已去了的管院子的听差的名字，待听铃说已经被儿子打发走了的时候，便哭着唤起铃底死去的爸爸来。

铃不愿意这伤感过分地侵害了祖母，她强扶着祖母走回去，她们正靠近饭厅的门。从饭厅的里房有一个小甬道可以走回祖母底屋中去，铃愿意祖母即刻走进屋里，她知道别人看见了祖母底眼泪又得给自己加上罪过。

饭厅里椅子乱扔着。白的桌布上铺满了灰尘，只有靠门底一小块地方稍稍干净一点，那是老更夫为铃扫出来的。

　　过分的伤感使得衰弱的祖母更软弱了，泪纵横地流过了多皱的脸，腿颤抖得再也不能一动了，她跌坐在铃常坐的小椅子上，只剩了叹气的力量。

　　祖母底伤感掀起了铃隐藏在心里的一切难过，她靠近窗子，把脸躲在窗帷后面，用那发灰了的白色窗帷偷印着眼泪。

　　祖母坐着，一会，她站起来了，没叫铃，也没有拿拐杖。铃奇异地望着祖母，她觉得祖母底脸上有一点特别的样子，她过去，祖母推开了她。

　　祖母自己蹒跚地在屋里移动着，背贴着墙，手里摸着能够触及的物件，眼睛发着光亮，奇异地眼里没有了泪。

　　铃底心惴惴地，她不知怎样做才好，她跟随着祖母，她不知道祖母现在想的是什么，她尽着自己底智识想去明白祖母底特异的行动，她想祖母是记起了昔日的事情。

　　祖母在屋里旋转着，从这一个角落移向那一个。一会倦了地坐下，微微地喘着气。

　　"回去吗？奶奶。"铃过去扶着了祖母。

　　祖母瞧着铃底脸，半晌说：

　　"铃去找抹布来。"

　　"您别管了，待会我来收拾。"

　　"不！"祖母执拗地，"我帮着你，你把窗帘和桌布拿下来，明儿叫人去洗。我就擦擦桌上的尘土，累不着的。"

　　祖母说了，铃想再去强迫祖母不做也是不可能的。她飞快跑到厨房去，向打杂的小孩要着抹布。

孩子在团得泥球似的一堆中挑了一个给铃，铃扯开它，抹布上布满了霉点。

"没有干净的啦？"铃问。孩子摇摇头。

"这是干什么的？"

铃指着头上一排三条洗得雪白的布块。

"那呀！那，"孩子附着铃底耳朵，"那是蒋师傅新裁的面袋给三奶奶屋用的。"

"那么大家呢？"

"大家就是这些。"孩子指着刚挑过的一堆泥球。"不要紧，一洗就干净了。"

"我是要擦桌子。"铃想擦桌子一定会另有的。"擦桌子也是这个。我给你洗出两条来。"

孩子拿了两个泥球，扯开来伸到水龙头下面去。

还没瞧见怎样三动两动，孩子的抹布便洗完了，他捏了捏，就那样湿淋淋的递给铃。

"行啦！"铃皱了皱眉，"我自己洗吧！你放在水槽子里。"铃悄悄地走到甬路里，向饭厅看着。

祖母依旧坐在那里，手摸抚着桌子，眼睛望着窗外。

"你去饭厅门口等着，老太太要干什么你就帮忙，不用吵吵地说话，别碰着老太太。"

铃小声地对孩子说。孩子会意了地跑去。

铃把一块抹布在水槽里洗了又洗，洗了又洗，拧干了拿进屋里去。

祖母正指挥着孩子挪动着桌椅，把桌子拉开了，把椅子推到桌下。在祖母底旁边，祖母叫把墙角的那张高椅子贴近。那是死去的爸爸日常用的。

铃把抹布交给祖母，强忍着眼中的泪，搬过一只椅子来去拿下窗帷。

风无忌惮地从厨房中的破窗户直灌到饭厅里来，暮春的潮湿的空气弥漫了整个的屋子。太阳落下去，黑暗一点点地逼近。铃抱了一束脏的窗帷跳下椅子来。

祖母拂拭着爸爸底座椅，细心地连一个小圆孔都擦到了。祖母底身后悬着一只褪了色的壁挂，壁挂上灰暗的人衬着祖母佝偻的身体。

黑暗中，那只被擦着的椅子，发着凌人的光亮。铃向祖母身边走着，她按着了祖母底瘦的手掌。

"奶奶，"铃叫着，眼泪溃了堤的水一样地倾流出来。

五

一切的传说平定下去，老祖母安心了。但另一件事掀动了整个孙家底神经，那就是收回银币的明令。

这个有过相当积蓄的家族，对于由友邦人管理的银行发出来的纸币是抱着敌意的，他们以为那是饵，用来勾取他们底真正的银钱用的。

待把人民手中的钱都收回去，这印着财神爷的花纸便一定一天比一天低落，直到一文不值的程度。好久以前的羌帖，最近遽然低落到不能当钱用的奉票，都给他们吃过了苦头。这次大家都观望着，但观望中包藏着惧怕，那就是真的一旦到了明年六月，有钱也不好用的时候，不更糟了吗？这样藏居自己屋里的继母出来了，各处装着不露声色地但很焦灼地探听着消息。大伯也坐不住了，但大伯比较安心一些，他还有明白的在官厅中做事的儿子可依赖。继母这时觉得铃有用了，铃到底是常在外面走的人，知道的也清楚，见日本人也好说话。可是往常自己对铃底提防阻碍了自己去接近铃底脚步。又真的怕铃从中取了利去，甚至会把自己辛辛苦苦积攒的全部财产奉献给祖母。

外边收回旧纸币银币的声浪一天比一天增高，许多附会的谣言又起了，某家为了私存银币，某家地窖里搜出来银币，而被严罚了的故事一批接着一批地生出来。这许多故事使得少见识的继母焦愁到万分。这一点银钱她是看得比她底性命还重的。丈夫活着的时候，她一切都听从着，唯恐那超人的丈夫弃了她。因为过于小心的结果使得她对一切事情都拿不定主意，一切事情都要在那伟大的丈夫批准了后才去办。由于那伟大的丈夫底庇护，她所过的都是太平的日子，被人尊敬的日子。她只按时候由丈夫手里接过来家用，再把它交给管事的人去办就算完了全部管家的责任。她吃着好吃的东西，穿着华贵的衣裳，从一些阔气的朋友之间学到了怎样打牌，怎样吸烟，怎样在适合她们这样年纪的样式的衣裳上缀上花边。

丈夫辞官，他们由喧嚣的生活转到安静的生活里，可是舒适依旧。有丈夫手创下的澡塘子、饭店、当铺这些挣钱的买卖来供给日用，而且那大批的正在市场旁边的房产，在他们的账本上占了收入的一大页。

朋友们底来往并未因为丈夫辞官而冷落，他们底钱支持了他们以往建筑起来的华贵的门面。她依旧坐汽车出去会女友，慢慢地燃起一支烟卷来计算着手中的牌怎样能做成三番。

突然，事变来了，许多朋友都被炮声轰到内地去，明白世情的丈夫虽然没盲然出走，但也一收往日的排场，闭门念佛，在自己底产业收入里过着安静的生活。这种，家里摈去了往日的浮华，一团和气地过着日子。因为丈夫底宽大，家中没有一点争吵，丈夫在恕道上做到了极峰，哥哥死了嫂子，在外边包人家，丈夫以为是将近老年的人应有的安慰，因此从不说一句反对哥哥的话。三弟浪费，三弟妹尖酸，丈夫也用着世情不够还得磨练的话宽恕着。她有时虽然不能同意丈夫底论据，女人底小性使得她为他们底浪费而心痛，但尊敬丈夫教她容忍了一切。

事变只在他们底身上限制了活动的范围，无形中遣走了往日阔绰的朋友。另外因为丈夫底能干的周转，虽然有的房子被收去，拆了修马路，但实际生活上并未受任何影响，谣言袭来的时候，也由于丈夫底解说和压制，事变没有在她底心上留下了恐怖的痕迹。

但霹雳一声，丈夫逝去了。丈夫逝去，她宛如失去了她底心脏，家庭宛如失去了骨骼。许多意料外的不幸接着来临，最好的房子住了外国人，因为不会说话常常要不来房钱，买卖里少了经营人一天比一天亏累。而且，家里的三爷兴起来了，那只知道玩乐的公子抓住了这大家族丢了主宰的机会抬起了头。用他底以往被压抑在哥哥身下的怨恨对这家庭施行了报复。在无能的哥哥和少见识的嫂子手里强攫着能攫到手的收入，他底刻薄的太太帮助他，他做了这家里的王者。

这一切使得原是出身贫家的继母拣起了以往压在心底的含齿。她开始在每一个小钱上计算着，连给那先房遗留下底铃的零用钱里她都尽可能地省出来一个子。她把全副精神放在钱上，她要竭尽她底智慧为她底两个儿子留下一点什么，为她底两个儿子在这不安定的社会里积存下一点她认为可以保身保命的钱。

大房底无能，老太太底懦弱，加上这每况愈下的家境，这每况愈下的家庭所遭受到的在丈夫底庇护中从未遇见过的险阻。她底视野被圈得更小了。她脑里只有两个儿子——她自己亲生的儿子和能保全儿子将来生活的钱。慢慢地她觉得一切人都对她含了敌意，她用她底智慧躲避着，像一匹夜行的耗子似地把能得到手的油偷回洞里。

什么事都溢出了她底常识外，好好地会不叫用现洋了，有现洋还犯罪，真是没影的事。这没影的事扰惑了她底神经，她不信，她各处去打听，待长生把贴在街上的告示给她揭家来看的时候，她几乎急得失去了意识。她是至死也不相信洋钱会不好用的话的，银子还会比纸票不好吗？

可是那不交处罚的话牵动了她，三叔以前说过的被人瞟着的事混合了她心中底恐怖。她怕一旦警察把钱从她箱子里翻出了的时候，惹动了从前丈夫靠着俄国人发财的话题，这样长生被拉去了，父罪子承，那是受不了的。

她为这事愁得日夜不安，她箱子里历年积存的现洋总在五千以上，这些都是瞒着家人的。就是去换，这沉重的东西也决非她和她底两个娇养的儿子所能拿得动的。一点一点去换怕次数换多了招人注目，一次都换了又怕惹出另外的罪名来。自己去吗？她觉得见人是说不出话来的。长生太小，她又怕有事了连躲都没有工夫。另外可靠的有谁呢？她没有一个亲近的娘家人，连一个娘家底远亲都没有。

在这家族中，比较再亲近一点的只有铃了，铃虽然不是那样有坏人心眼的姑娘，可是因为自己长久地提防着她，自己心里给铃作了个不可靠的记号。而且，隔层肚皮隔层山，到底不是自己养的，怎样也不能和自己一心。

大伯一向虽然没有表面的冲突，一旦知道了自己从公账中剥削出来这些钱存着，也不会轻饶的。祥虽说是一切都躲避着，一切都不管，可是儿子能有不跟爸爸一条心的吗？

三房倒是对这事全明白的，那个馋猫，沾着腥味都不得了！何况有真的鱼送去？钱换不回来还许惹上另外的麻烦，那位三奶奶，鬼似的，鸡蛋里都要找骨头的手。找他们去，那真是等于送礼一样。

还有谁可靠呢？

换钱人选的事在继母心里聚结着，她长久想不到一个万全的方策。一面又怕耽误过了限期。她不安地各处走着，偷窥着家里每一个人的脸和表现在脸上的感情，她想在仆人中找到一个可以胜任的人。结果她只有失望。精明的原来可以办点什么事的人早都去找了另外的好职业。剩下的只有老的更夫和更老的声称是管院子的，其实什么也做不动了的老李。

女仆精明的倒有。三奶奶屋里的老李，又精明又细心而且人挺忠厚，可是三奶奶底边是沾不得的，万一老李透出一点口风，三奶奶就不能轻饶。

大少奶奶屋底老张也不错，那是大少奶奶底陪嫁，轻易不跟家里人说什么，更无由借口去叫她干点什么了。

自己屋里的老太太，是就会看堆的，出大门后都找不着自己底家。

继母日夜地焦虑着。最后，她想破一点工夫笼络铃。铃到底是和长生血缘最近的人，她总不至于昧着心眼害自己底弟弟。

继母想把铃今夏的衣服提早做出来，她可以给铃买一件铃最心爱的材料。这钱还是可以出公账的。

继母想先去看看铃底态度，看见铃提了书包进来后，便到她屋里去。她知道再晚一点铃换完了衣裳就要上奶奶屋了。

她去找铃。推开门的时候，她看见了翠，翠手里拿着书和纸笔，正往铃屋走着。

翠底出现，她拣起了心中久已忘却的王福。王福是最适合于办这事情的。她在记忆里搜寻出许多以往王福忠于自己底丈夫的事件，叫自己对选上的王福安心。可是，最近王福和三房来往得挺频繁的，不行吧？

不，王福穷。王福是最看钱高兴的人，给他一点甜头，再加上以往丈夫提拔他底情意，一定可以的。有钱能使鬼推磨，王福的现状不正是要钱用吗？

在给王福的佣钱上，又计算了好久，她实在舍不得从她辛苦积攒的数目里抽出太多。后来，她恨心地决定了，她要给王福五十块钱，作全部换钱的代价。

六

祖母病了，咳嗽加喘，软弱得几乎不能从坐褥上直起腰来。家人们都忙着自己的事。大伯说是跟姘妇吵嘴了，没好气，整天在院子里骂人。听说老太太病，只告诉老更夫请了一向给祖母诊病的王先生来看看便完事。继母正为自己窝存的几块钱愁得不可开交，连早晚的时候都很少露面。三叔忙得脚不沾地，整天不在家。从王福家里传出来消息说三叔要作官了，有从前跟二爷相好的一个地方事务长官来到本地来接任了差事。因为不忘二爷往日相助的好处，要提拔提拔二爷底弟弟。三婶倒是常来，来了可不是为侍候老太太，看见自己中意的零星陈设便携了去。拿的时候嘴一定要扯上旁人怎样欺侮了他们底故事。还说这回三爷要出头了，屋子里自然要摆设摆设，不然也丢二爷底脸。

能够侍候祖母的只有一个和祖母一样衰老的娘姨，另外就是铃了。铃放学就到祖母屋里，帮助老的娘姨作些杂事。

祖母只剩了流泪和叹息的力量，祖母说她活够了，福也享足了，早死了倒好，不然活着也受罪。她只不放心铃，年纪大了还没定亲，她怕铃底继母不管铃底事。

病弱的老太太看见铃的时候就流泪，絮叨着铃底爸爸。

铃呢？铃只单纯地愿意祖母快好起来。偶尔也相反地愿意祖母死。家里越来越冷酷的空气使得她觉得和祖母之间的感情的连系越发坚固了。她想逃出她底家，逃出那闷人的学校，她想远远地走出去，走到一个陌生的地方去作女工也比作家里的小姐好。

但她扔不下祖母，那残年的少人照顾的老太太。她想她走就等于促成老太太早死一样。

可是祖母底泪眼使得她窒闷，她在祖母底伤感里常常不知所措，她不知是安慰祖母还是安慰自己好。

祖母底病只是不好不坏地继续着，有时突然厉害得几乎喘不过气来，有时一天只咳一次。这样铃底全部心绪都紊乱了，碰一天她在家看着祖母，结果祖母倒一点没咳，她上学了，祖母却又几次咳过去。没有人能来尽心地看着祖母的。铃想索性停在家里，祖母又不愿意为自己耽误了铃底功课。

铃开始想找一个人来替代自己。

谁呢？可能的只有秀嫂，可是秀嫂的勤呢？秀嫂是以为自己底孩子所有的动作都是一件可夸耀的事情，像勤提着棍子去追人打，秀嫂则以为这样小的孩子能拾起棍子来走，实在是件出奇的事，不但不加阻止反倒以为是乐事，有时候甚至玩笑地指示孩子去打某一个人。把这位吵闹的小少爷放在屋里，祖母是一刻也得不到安静的。

而且，秀是最不爱惹事的人，无论什么事情也不愿意有一个人说不好，和大家都保持着平衡的关系。来看祖母，或将因此惹出三婶底闲话，秀是不能这样做的，何况娇贵的秀还得别人侍候着呢。

小翠，铃突然想到小翠，她可以去找她，无论在哪一方面来说，小翠都是看护祖母的最适任者。那温柔的姑娘一定比自己还会体贴病中的祖母的。

铃去找小翠，在一个飘着细雨的暮春的黄昏里。

翠正坐在炕里折衣裳，簇新的男人的夹袍和马褂，和破损了边的炕席显出不调合的色素，偶尔折着的衣襟滑到铺在席上的褥子外面来，擦着粗糙的炕席发出来沙沙的响声。翠底母亲正在外面煎鱼，把一条半尺长的黄花鱼铲起又放下。

里间王福正捏着酒盅，面前摆着半条炸得金黄的鱼。翠底弟弟贵站在桌角，细心地在一个小砚台上磨着墨。

铃走进去。

"呦！大姑娘，这些天也没来，快上屋里坐着，外屋有烟。"

翠底母亲看见了铃，忙忙地站起来，慌不迭地在围裙上擦着双手，由衷地欢迎着。"忙吧！大娘！"

铃笑语着跨进屋里。

那诚朴的妇人把鱼盛在碟里，端进来送到里间的桌上后立刻出来张罗着铃。

王福也在里间探出头来招呼着。小翠赶快包好了衣裳走下地来。贵拘谨地向铃鞠了躬。

"真好些天没来了，大小姐上学忙，那能像我整天闲着呢。"翠笑语着到桌上去拿茶叶罐。

妈妈跑出去烧水。

"快别客气，大娘，我就回去，我来跟您商量点事，我不喝茶。"铃拉着了那诚朴的妇人。

"那有连碗水都不喝的，"翠底母亲笑挣着，"可是，我也老糊涂了，忘啦！老太太好点了？"

"还那样。"铃皱了皱眉。

"老病慢慢将养将养就过去了。"翠宽慰着。

"我就是为奶奶病的事，奶奶屋里的老李太老了，什么也干不了，我妈她们都忙，我想叫翠姐在我上学去的时候去帮助侍候侍候我奶奶。"

铃说着，看着翠底母亲底脸。

"那……"翠母亲迟疑着，目光指着小屋的王福。

"好极了，我早就想叫翠过去侍候老太太去，这几天瞎跑跑忘了，去吧，翠！跟大小姐一块过去吧！"

没等询问，王福爽快地这样答应出来。

王福意外的爽快使得外屋的三人同时一惊。铃望着翠底脸再看翠母亲的，想在那上面找出点线索来。但那极其相似的一张年青的和一张年老的脸都堆着和自己一样的诧异。

想起王福往日底重利，铃携了翠底手说：

"翠姐，你跟我来吧！奶奶不能缺了你的。"

"这说到哪上去了，翠该去侍候侍候奶奶，我现在不行了，什么也干不了，她妈更是废货，翠正该替我们两个去孝敬孝敬老太太。"王福放下手里的筷子站到里间的门口来说：

"去吧！翠，晚上忙就在大小姐那睡吧！"翠仔细地瞧了瞧父亲底脸。

父亲底脸上描满了难得的笑容。

"那么走吧！大小姐。"翠放下了手中的茶碗，跟在铃底后面。

"那我就带翠姐去了，大娘。"向王福和翠底妈妈点头，便携了翠出来。

跨过了月亮门，铃悄悄地问了翠：

"你爸爸今儿怎这样痛快？"

"这几天就挺高兴，我们也不知道是什么事情，我妈不敢问，我也不愿意问。高兴了我妈少挨两次骂比什么都好。"翠小声地说着，慢慢地回过头去看了看那已经被遮在正房后面的自己底家一眼。

"反正不能是什么好事，好事早说出来了！"翠怨恨地说。铃看了看翠底好看的眼睛。

走过西配房，踏着石甬路走向正房东头的祖母底屋去的时候，翠四周瞧了瞧，伏在铃底耳朵上说：

"三爷要作官了，奶奶知道吗？"铃摇着头。

"日本人给找的，我爸爸也跟着跑，我妈不愿意我爸跑这事，说好了倒是好，万一有个舛错，不是对不起老太太和死去的二爷么？这年头的事情上那讲理去。我爸不听反把我妈骂了一顿。"

翠轻轻地故意把身子挪得离铃远一点说。

"奶奶病得……"铃说着，听见后面有人走来，便把底下的话咽了回去。

后头，叫着铃。

"呀！是你，祥哥，今儿怎么这样早？"铃回头过去望着这长久不见了的叔伯哥哥，把诧异的眼光放在祥底苍白的脸上。

"奶奶病怎样了？"祥望着铃身边的翠，躲着铃底问话。"还那样，"铃去分提祥手中提着的包裹。

"铃！"祥叫着，翠知趣地加紧了脚步，一面把院中散扔着的破瓶子拣起来扔到墙角的垃圾筐里去。

"铃！"祥看着铃底脸，

"大伯回来了？"

"不知道。"铃说。

"嫂子呢？"

"也不知道。"铃笑了。"秀嫂大概没出去吧！……今儿怎么这样早。"

"每天这样早，我没回家就是了。"祥不好意思地笑了。"铃！"祥叫着，环顾着四周。"铃！到这里来。"

祥领铃到花圃去，自己先蹲下了，摇着一枝花底嫩叶。铃会意了的蹲下去。

"铃！"祥瞧着花，轻轻地向着铃。"二婶叫你替换现洋去了？"

"什么，钱么？没有。"铃摇着头。

"你知道她叫谁换去不知道。"祥再问。"也不知道。"

祥瞧着铃底脸，铃底脸上是一如她底话一样的茫然。"奶奶底钱呢？"

"奶奶还没提这个。"铃说，检查似地一个字一个字地瞧着祥手中包裹上的包纸。"不过，我想奶奶手里是没多少的，每年给我们压岁，奶奶不都是给现洋吗？这几年也没人给奶奶钱了。"铃叹息起来。

"别替奶奶多心，小姐，我不是为查问奶奶底私账来问你的。"

祥说着，带笑地望着铃底脸。

"什么，我也不是那意思，我说的是实话。"铃脸红了起来。"我也是好意。"祥说："有钱拿到市面上用，可以一元当一元二以上，如果到官办的兑换所去大批的换，恐怕没那么多。如果奶奶有，我想我可以替奶奶去办这事，奶奶不要零找头，便宜我们也比便宜别人好，是不是，铃。"

铃无言地点了头。

"大小姐。"久站在墙角等着的翠叫着，"我先进去了。""好。"铃望着翠，翠底好看的脸在白墙前显得更好看了。

祥把眼睛注在那闪进门去的婀娜的腰肢上，门关了，还不肯收回遥视的目光来。

祥回头，看见铃正在瞧着自己。稍稍窘了一点地站起来。

"铃！这是我给奶奶买的点心，你先给奶奶拿去，我一会就去。"

铃提起来大大小小的一群纸包。

"大伯为换钱的事着急了，今天特意把我找回来的。"祥在铃耳边说，向自己底屋里走去。

铃提着包裹，快乐地拉开祖母底屋门。"奶奶！"铃大声嚷：

"祥哥给您买吃的来了。"

七

意外的祥这几天晚上都留在家里了，吃过晚饭便到祖母底屋中来，祖母为长孙意外的陪伴，瘦得多皱的脸上平添了微笑。铃也不再觉得祖母底泪眼十分地窘苦自己了，祖母底伤感有了翠底巧妙地安慰常是无形中消灭，祥买来的点心和果子也常使祖母发出高兴的声音来。虽然祖母还不能吃长孙特意带回来的细软的食品，但她愿意看祥和铃抢着吃，看翠怎样去排解兄妹间的玩笑的纷争。这些在祖母底心里唤起了甜蜜的回忆，她想起祥和铃小的时候怎样在铃底爸爸前抢着点心的情景，二伯待祥是一如自己底儿子的。小小的铃爬上爸底腿，刚要攫到爸爸手中的点心的时候，祥跑来从后头抢了去。于是铃哭了。祥来安慰她，把自己所得的和铃底全部放在铃怀里，作着怪脸来引铃发笑。这样愉快的情景已经消灭好久了，从祥出去上学，到祥底母亲死，祥从学堂里踏入社会，祥便一天一天地跟家疏远起来，回来便在妻底房里，早晨不吃早饭便出去，也不知他都忙的是什么。

这意外转变了的祥底姿态，使老祖母底心十分高兴。她想她死去后，祥可以代她来照看铃的。

她半正经地抬起了身子，倚在翠特意为她垫好的软枕上，看着祥说：

"祥，我死了，你可看着铃，她没爸没妈，你得格外地照应她呀！"

说完了用手帕擦着不知是安心还是不放心的泪。

"您又说这话，您几天就好了，您底福还没享足哪，明儿铃小姐作了官太太，接您一块享福去呢！"

翠怕老太太底伤感扩大，立刻把话引开去。

"唉！真是机伶的孩子，祥，我还得托你，小翠，你也照看着她。这么好的孩子真是……看着有好主给她找一个，等她爸爸呀……"

祖母说了细细地瞅着翠底花一样的脸，脸上的慈爱是不减于看着铃时的。

"看您，又说我……"

翠半生气地替祖母撑起滑下来的枕头，把头伏在祖母身后，半天不肯抬起来。

祥坐在窗前的软椅上，在逐渐黑起来的暝色中，把目光长久地停在弯曲着的翠底背上。

他觉得那聪明的温柔的女孩子如今是活在他心里了。

他明白他已经无力脱过她一颦一笑的支配了。每天，下班，往常惯在一起走的朋友招呼他出去走走的时候，他用祖母病了的话推脱着，朋友们要来看望祖母，他也推辞着。他怕他们看了翠去，看了翠自己就仿佛损失了什么一样。他不能确切地分析出来翠在他心中占了多大的地位。他下意识地想占有她，幻想着有一天能携翠出走。但和翠之间，却把这些都藏在心里，表示给翠的，只是长久的深情的注视。

几次，朋友们把他不愿意在外面的理由推在他太太身上，他不承认也不否认，他知道他底转变是使得朋友们过于诧异了的，能把原因放在太太身上，不是省了许多另外的麻烦了吗？

祥是最不愿意由自己身上出点什么事的人，最不愿意去管理已经规定了局面的事业，也不愿意去作反抗家庭的角色。

学生时期，他也像一般青年人一样，拼命地吸收了一切懂的和不懂的东西，在懂和不懂的智识里给自己树立了自己底世界观。

从学堂到家里，正遇上事变和二叔底逝去，社会和家庭都踏上了一个多变幻的前途，这多变幻的前途里的主角，是得承受多方的指责的。按理祥是应该承继起二叔底遗业来替自己底爸爸掌管的。但祥从那里面退出了，虽然并不是怎样甘心。

三叔来向他说爸爸怎样在姘妇身上用了过量的钱，他听了，并不向爸爸去说，也不附和三叔底话，二婶来向他说，三叔怎样霸道，怎样私用了大家底钱，他也只是听着就算了。爸爸抱怨他不和自己父亲一心的时候，他依然是垂头不语。这样大家都对他失去了希望，他也自安于自己底小范围里。他并不是否认自己底能力，他很相信他能做出一番事业来，可是他不愿意反抗自己底长上，他想他们都是活不了多久的，他们死了后他才能拾起这个家来，他想他一定比二叔造的家，更堂皇伟大。

于是，他躲避着一切与家人见面的机会，晚上和同事们去坐咖啡店，去听夜戏，偶尔也到妓馆里去坐一会。

这样生活习惯了后，他几乎忘了家里的人，家里的事，他底薪金足够供给他这样的生活，虽然知道家里的人一定互相往自己腰里收钱，但，不动产是动不了的，有了那大批的不动产留下来了，在他已经满足了。

他不满意于他底这样生活，但他也不愿意费力去另开一条新生活的道路，他只那样往前推着日子，随着自己前日的脚步。

衙门里一有了人事更动的消息，许多人为这消息不安着，骚动着，各处探听着去寻出不利自己的风声。祥不管，他原不爱作这样承人色笑的工作，他不愿意照着别人的意见在公事本上作着公文，如果他被辞了，他可以去找一件更好的工作，离开这枯燥的地方，在那里他可以发挥他底才能。就是暂时走不出去，他也不愁没地方去领这一笔生活费的。

因此在同事底不安里他显得特别安宁，他们都为此称赞了他，说他镇静，说他是伟大的人，他为他们的赞语高兴着，他想等一个合适的机会，他可以给他们做出点事情来看看。

这骚动阻止了他们一块夜游的事，许多传言都说政府上司要侦查职员们底私生活，看他们是不是有不稳和轨外的行动。聚会是最招人注目的事，坐咖啡店总不是什么好行为，祥底一块游逛的朋友都自动地停止了这夜间的娱乐，祥过早地在人们惊诧中回了家。

在祖母的房里他仔细地看了翠，这美丽的姑娘在他荒芜了的感情上烙上一个强烈的印象。他想起那天，那细雨的黄昏中，她怎样故意地躲开铃和他，体贴人的给他们留下一个说话的机会。她底收拣破瓶子的整洁态度也给他以好感，他家里的人连铃也在内，他从来没看过他们顺手整理过什么。

进祖母的屋的时候，他觉得她看了他一会，用她底黑得天鹅绒一样的眼睛。

翠对祖母底体贴的看护，显露了美丽的躯体中的玲珑的心。祥直觉得在沙漠中看见了花朵。望着翠，他觉到蓬勃的生命力，总之她给他感觉是新鲜，可爱，这些都带着醉人的香气。

无论什么时候他都想着她，她伴着祖母屋中的红木家具一块出现，有她，那些古旧坚硬的东西都仿佛柔软了。他最爱幻想她怎样在紫呢子的窗帷后面伸出来笑脸，那甜得蜜一样的笑脸。他也想她底家，她底狡猾的爸爸，她底懦弱的母亲。他也想自己底环境，想迷醉于淫荡的姘妇的爸爸，想娇贵的只知道享乐的妻。要想获得翠是得费一番手脚的，对待她底狡猾的爸爸和对自己底妻就是两件撑天的难事，到此，他不再往下想，他自信他有一天能把翠带出去，用自己底智识去教导她，玲珑的翠一定能即刻就理解了，他要自己去创造自己底人。

在逐渐黑上来的暝色中，他把眼光长久地停在翠底弯曲着的背上，在那弯曲的背上做着将来的黄金梦。

铃倚着窗子，在黑起来的暝色中合上了手中的书，头低垂到肘上，像在休息又像在想什么。

　　黑的夜暗里，翠底蓝色的背脊，仿佛夜百合一样地弯在那样，祥贪婪地在那上面停着眼睛，他觉到了那背脊的小小的翕动，他试想着温柔的气息怎样通过了翠底玲珑的心，又怎样从那红的柔润的唇里吐出来，他把自己底双手交叠在胸上，他幻想他把翠拥在怀里听她香喘时的情状。

　　祖母在软枕上发着轻微的鼾声，这小小的声音惊醒了铃，她以为祖母在喘了，她抛下了手中的书走向炕边去。

　　翠正倩笑着给祖母揉着胸，伸出一只手来向铃摇了摇。

　　铃会意地倚着翠底身子坐下来。

　　暂时都沉默着，任夜暗填满了屋子。忽然，谁拉开了屋门，而且拉亮了灯。

　　秀。秀用着奇异的眼光扫视了屋子，斜瞥了丈夫一眼后，长的绸质的旗袍作得窸窸有声地走向祖母底炕前来。

　　翠跳下地来欢迎她，铃也站起来。

　　秀淡淡地回答了铃们底招呼，装着热心地看着祖母底脸。

　　"奶奶好点了吧！铃妹妹。"秀瞧着铃，仿佛翠没有存在一样。

　　"好一点了。"铃点着头。

　　"有什么老李做不了的活，尽管去叫我屋里的张妈，张妈忙不过来，我再从勤姥姥家叫一个来。"

　　秀高傲地看着铃底脸，娇气从淡蓝的旗袍中直射出来。"还好，有翠姑娘帮忙，明儿有事的时候再去叫张妈吧！"铃说，拉起了翠底手。

"怎好尽麻烦翠姑娘呢？"秀淡漠地，仔细看看翠底神情，像是要在翠脸上发现点什么。

"大少奶奶太客气了。"翠平静地抬起自己底脸。

"奶奶睡了，我明天再来看奶奶吧！"秀转过身去向着祥：

"真孝心啊！我还以为大驾没回来呢？勤早就嚷饿了，你吃饭不吃饭哪，再晚我的老妈子也像府上的厨子似的，不侍候这份了呢。"秀伴伴地说完了便推开门出去。

祥想了想也跟在后头走出去。

炕边的铃和翠装作没听见地品评着铃衣裳上的细小的花边。

翠在祥底身后拉灭地中的大灯，把桌角的小绿纱灯扭开来。铃坐在祥坐过的躺椅上，假寐地合上了眼睛，翠轻轻地再走上炕去，把白天洗过了的枕套细心地套在枕上。

铃偷偷地睁开了眼睛，端详着工作着的翠。

淡绿的灯光在翠底椭圆的脸上作了一个柔和的光圈，红润的颊幻成一种杏黄的，黄得黯黯的颜色，黑的绒似的眼睛梦似的带着诱人的光辉。

想起祥底对翠多情的凝视，铃觉得寂寞再从心底升上来，掩过整个的神经。几天来织成的跟家联系的梦，又破碎了，铃把自己比成一个小船，和母体隔绝了消息的漂在大海中的小船，她想着有一天大浪怎样从她底头上淹过，无言地夺去了她底生命，她那样悄悄地死去了，没人怜惜甚至无人知道。

铃以为祥底归来真是为了祖母的，跟祖母亲近也就一如跟自己亲近一样，她觉得家渐渐地可爱起来了，她爱晚上和祥相共的暗夜。

这暗夜也是为了别人存在的关系才如此的时候，铃底敏感的自尊心受伤了，泪静静地溢出来，停在眼角。

翠并没觉到铃底伤感，虽然她觉得铃没有她初来的时候高兴了，但她想那是有钱的小姐底脾气。

她抬起她好看的脸，轻轻地向着铃。

"铃！"她叫着，在她俩单独相处的时候，翠是把铃小姐的小姐取消了的。

铃装着无意地用手中的手帕盖上脸。"唔"地轻轻地答应着。"奶奶手里有现洋吗？"翠关切地小声问。

"怎么？"铃坐直了身子，在手帕角上印去了眼泪。

"有现洋快用了好，现在市价一元可以换到一元三四，将来说是不叫用了呢，若是有洋钱不报官还什么呢！"

翠平静地说，但注意地看着铃底脸。

"有一点吧！"铃想着，她已经早知道了兑换现洋的事，但怕因此又惹起祖母底伤心，或许怕祖母以为她想在祖母手里弄点钱什么的，所以一直没和祖母说，而且她也不把钱的事情放在心上，过了几天就忘了。

"你听谁说的？"铃再问。

"你母亲叫我爸爸给换钱了，大概不少吧！我爸爸那天喝醉了唠叨，说什么有洋钱不用，去换，换吧！我一块顶一块，落得一块赚个三毛四毛的零用。谁叫找我来呢。我想奶奶有点把钱不容易，还不如快用了好，省得将来白费。"翠把套好了的枕头再摆在祖母身边，轻轻地跨下地来。

"怕奶奶舍不得，奶奶也不信这新纸票子。"铃重把头靠在躺椅上，向逐渐走近了的翠长长地叹了口气。

"其实都一样，反正钱是为换东西，能换得来东西的就算好的，我也没有钱，我也不怕不好使，今儿挣的今儿能用就好。明天挣再明天用。有钱的人是不这样想的，是不是，铃。"

翠走过来站在铃身后，抚摩着铃底黑发。

"你真明白，翠姐，你又能干，你又好看，不怪谁都喜欢你。"铃在头上捉着了翠底手，认真地说。

"谁也不会喜欢我的，我要有钱许行，这时候有人喜欢我，也不过瞧我新鲜，玩玩就是了。"

翠明白了铃底话中的意思，叹息着说："有钱的人是没有真心喜欢穷人底姑娘的。我也不愿意有钱的人喜欢我，生的穷命，想过舒服的日子也不行。铃才是真正有福气的人，明儿嫁个大官底少爷，作少奶奶，那时候我去侍候你，给你干点杂活一定比你用别人强。"翠用自己底手抬铃的脸，半玩笑地说。

"我吗？"铃淡笑着，"我明儿去跳海，给龙王爷作媳妇去。"

"这话可不好听，好好的为什么说这话，我还不这样说呢！

人活着得自个找高兴才能高兴。像我，那样的爸爸，就许哪一天喝醉了贪了钱把我卖出去，我妈能管得了吗？我妈有事就会哭，那个弟弟叫人打了都不会还手的人，唉！我还挣着学针线，跟你学念书，我想既活着就叫它有个活的样，到哪时穷人也得自个去挣饭吃，有本事的吃饭，我这就是吃饭的本事。"翠说完自己笑了。"铃，铃成就的福命，怎么还不想活呢。"

"我太没用了，翠姐，不然，不会没人喜欢我的。"铃把手帕再遮在脸上，"你是知道的，家里谁跟我好？你有妈，有弟弟，爸爸虽不好也是亲的，我呢，我一个人……"铃要哭了似的……

"铃！"翠拥住了铃，"何必要谁爱，铃是大姑娘了，铃还有奶奶。铃好好念书明儿自个挣钱去，有本事谁也不靠，铃还怕没好丈夫爱吗？"翠说着自己底脸先红了。

"什么念书，念书就是骗人，出了学堂一样也不好用，还不如在家学点针线，将来还可以开成衣铺去呢。"铃底伤感转成愤怒了。

"这小姐！看……"翠笑着扶着铃底脸，"看！看看看，笑了，笑了！"铃真不自主地笑出来。

"铃！"翠底脸由戏谑转到庄重，"我知道铃底难受，铃自己想开一点就好了，谁都是一个人，谁都得指着自己，像我妈，到我有难的时候能管得了我吗？我还得自己拿主意，我还得自己找我底道路，想法去爱别人自己就不觉得难受了，铃！"

两颗晶莹的泪从翠底诱人的眼睛里坠下来，翠底脸上依旧笼着微笑，坚定的泛爱的微笑。

"铃，不是吗？明白的铃。"

铃轻点着自己底头，泪泄流下来。翠抱住了她。

"铃，我什么时候也忘不了你讲给我的故事，那好看的姑娘怎样为了爱大家勇敢地射死了自己底爱人的故事。我想若是有一个那样的心，就一定不会觉得寂寞和烦闷了。那真是人间最伟大的女人。"

翠望着灯，静静地说。

八

祥跟在秀底身后走出来，自己关上了那扇厚且重的门。

他觉得自己被迫逐到乐园之外了，他感到了甚于亚当被迫出走时的悲哀，亚当身边还有夏娃，他，他孤零的，夏娃留在里面，他还得去追那只缠着蛇的忌妒的恶女神。

他想翠没有注意他是为了秀才走出的，他看见她正和铃看花边，用她好看的眼睛仔细地看着花边。

也许她以为自己有别的事出去了，他想玲珑的翠一定明白他底心，这样，他底心安定下去。他望着前面的秀。

秀走着，仿佛不知道他从后边来了一样。祥不知是追上秀好，还是不追好。

秀底一直硬装不见的态度伤害了他，他想秀太凌人了，他想起她给翠话听时的不得了的样。他把翠想成什么样人呢？那样纯洁无垢的翠。可恶的东西，祥向着秀走过的空中投了一拳。

慢慢地走向自己底屋子，走着，祥仿佛从春天回溯到冬天一样地觉得凉气由指尖渐渐地浸到四肢上来，心里有一种奇异难过的感觉。甬道的灯不知被谁拉灭了，只有甬路尽头的自己底屋亮着。强烈的灯光从有一点褪了色的桃色的窗帷透出来，落在甬路的地毯角上的小花朵上，小花幻成血块凝冻后了的赭色，肮脏得令人呕吐的凝血的紫色。他无端想起了情杀的故事，那一段白天读过的一册小说中的动人的场面。仿佛也就是类似这样的屋子，这样的没灯的屋子，好看的女人在地毯的角上躺下了，红的血从白的胸上涌流出来，染了有花的地毯。

好看的女人是谁呢，若是在这屋里的话。是秀吗，娇贵的秀是不配的。是铃，铃也不是，祥不知怎样对铃存了一个奇特的观念，他想她也只有像秀那样由小姐作少奶奶，过着平凡的生活，慢慢地年岁高了，到了太太的年纪也就讲究打牌和吃饭了。虽然他觉得这时铃多少像是比秀进步点，多明白点什么。他想她也是和自己一样，抛不开这物质上舒适的家的。他并不知道铃在这舒适的家里是过着怎样的生活，说是厨房里的菜不好，他想至少祖母屋里的菜是不会坏的，铃绝不会傻子似的自己去到厨房吃凉饭去。

有时他也想铃明白，想铃好，但他断定铃一定没有像他那样等待机会一试的雄心。他想到她是没有自己那样勇气和智谋的时候，他笑了，他觉得自己伟大得膨胀起来。家里只有铃一个是他认为比较明白的，其余的什么爸爸，什么叔叔，他们就是比自己长一辈的人就是了，他们明白什么呢？

那么，这女主角只有翠了，只有美丽的翠才配。可爱的翠会被压在地毯上在胸前插进一把刀子吗？自己那样狠吗？他底心战栗了一下，那么，别人吗？谁也没资格动翠一根指头的，翠是他自己的。可是，刚才在翠眼前作了丢脸的事情，怎能跟在秀底身后就出来呢？祥皱起了眉，他的自尊被自己灭消了，他恨起秀来，吃饭就吃饭好了，扯什么意外的闲杂呢？

走在前头的秀，已经拉开了自己底屋门，屋里的菜香随着光亮射过来。

祥觉得自己饿了。他希望秀回头招呼他一下，秀并没有，而且连脖子都没动一动，那样昂然地跨进了屋里。

甬路尽了时，祥在自己底门前迟疑着，门开着，他望着屋里。

秀正俯身在看着小床中的勤，他讪讪地走进去。张妈在端着菜，从夹道的小里间里端出来摆在妆台旁边的桌上。菜真的先做出来了的样子。

他也过去看勤，勤睡得正熟，脸红润得苹果似的，他不自禁地用手摸了小脸一下。

秀突然抓起来他底手使劲往下一甩。

"没睡的时候你不管，睡熟了用你来喜欢他，弄醒了你管吗？"说完气呼呼地走到妆台前扯过把椅子来坐下，叫——

"张妈盛饭！"

张妈端了两碗饭进来，摆在秀面前一碗，一碗摆在了秀对面，把椅子拉正了说：

"大少爷吃饭吧！"

祥过去坐下，拿起自己底筷子来。两人都不说话也不抬头，默默地吃着。

秀吃了一碗便推开了，转过身去修着指甲，把指甲油涂上了又擦下去，擦完了再涂上。

祥吃了两人碗，吃完了便去斜歪在床上，用一张晚报挡着了脸。

张妈拿开了碗，回到自己住的小里间去。

祥把报纸拿开一点，用一只眼睛窥看着秀。

床是正对着妆台的，从妆台的镜子里可以看见整个的屋子，从隐在芭蕉树后的门到门旁的花架，从花架到小巧的衣柜，从衣柜到床头的高脚灯，高脚灯下的小方几。小方几亲昵地靠着的乳白的床头。床尾接着勤底小床，勤底小床后面的长椅，椅上一件猩红的旗袍。不得了，又作新衣裳了呦！祥偷偷地伸了伸舌头。

红底旗袍上缀着银的花朵，银的花朵在灯底下闪着光亮。

秀把脸转到镜子正面，用小刷子刷着细得线似的眉毛。

"秀什么地方算美呢，还穿那么漂亮颜色的衣服？"祥问着自己，从镜里端详着秀。

秀正为了要挤出腮间的粉刺，左颊鼓得球似的，眉毛聚集到一起，全脸呈显了一个可笑的姿态。

"什么样子，还照镜子呢。"

祥在心里啐了一口，重用报纸挡严了脸。

秀什么地方好看呢？额平平，没有一点奇突的兴趣。眉太细了而且短，若不是用眉墨添上一截，两条并一条正好。眼睛大，大可不是双眼皮，鼻子平常，嘴倒挺小，用口红一抹樱桃似的，可惜牙又太不齐了，长长短短参参差差。祥从没觉得秀这样不好看过，今天第一次在秀底脸上找出这些毛病来。他想拿开报纸看看，印证印证自己底想像，又怕秀发觉了发威，他不知今晚为什么觉得有点地方对不起秀，他知道秀是不愉的。

他爱秀吗，祥说不出来，他们并不是感情不好的夫妇。可是祥觉得秀跟他中间隔着东西，和秀在一起的时候他觉得枯燥无味，有时觉到甚于一人独在时的寂寞。秀一点不理解他，秀只要求他在陪她的时候漂亮潇洒就好。此外，只有揶揄他，笑他家穷，从没向他温柔地说过什么。

这样，秀并不是不爱祥，也不是十分爱祥。秀只愿意自己底舒适生活长久继续着。从小姐到少奶奶，她的生活上并没受一点拘束。她依旧用五元一小瓶的指甲油，三十元一瓶的香水。夫家钱不够用，可以回到妈妈那儿去取，反正爸爸有的是钱，姑娘不用给谁留着呢？

祥呢？祥只点缀了她底生活，祥携在臂弯里出去的时候并不比别的男人难看，祥给的抚慰也足够娱乐秀玩过牌或者听过戏的神经的。而且，秀骄傲着，祥没有一般公子的荒唐，祥每夜都回家来。下班后一点时间的游逛，秀想那是男人间的应酬。

秀对祥是有着自信的，她想自己底美丽和钱是足以系得住祥的。

她在镜中细看看自己底唇，小小的红得可爱的唇。秀骄傲地笑了，笑后，她想起刚才还跟祥生着气，立刻绷起了脸，回过头来。

祥把报纸紧盖在脸上，秀跑过去给扯下来。

"进屋就装死，有话明说，烦谁就说明白好啦！"祥不作声，又拿过报纸。

秀生气了。

"出去，还回你奶奶屋看大姑娘去，我这不要你。"说着，往床下推着祥。

祥底脸红了一下。秀瞪起了眼睛。

秀原是顺嘴说出来的，她并没想祥会和翠有什么交待，她想祥是不会看上那穷得一文不值的女人的。只是她不喜欢翠，也不是不喜欢，她勿宁说恨翠，她最不爱听不爱发现那个女人比自己好。她如此说翠，是为贬翠底身价而已。

"别胡说，什么乱七八糟的。"

祥生气了的口气，重又抓过报纸来挡着脸，心禁不住地砰砰地跳了起来。

"老盖脸干什么，准有亏心事，明儿我就找你爸爸去。你们家不是要求着娶我来的吗？来了你出去吊膀子，好，凭我，骨头也比你重三分呀！"

秀双手插着腰，威焰万丈地说着，她觉得她底尊贵被伤了。她想准得有什么事了，她想翠一定是爱上了祥底钱，诱惑了祥。

"别胡说，干甚么这么欺负人，谁做什么亏心事了？"

"谁做谁知道，噢，原来是这么回事，怪不得我叫你躲开这地方你不干呢？我早就跟你说了吧！走吧！上天津去吧！家这个样，逼得人连大气都不能出，你底叔叔，你底婶子，临了叫我跟里头受气。外边外边，亦是闹得心里整天不安静。孩子也没地方去，连好幼稚园都没有。走，躲开，眼不见心不烦，有钱那儿都吃饭。左说右说你都不干，心里有病怎么能行呢？明儿我自个去，我孩子不能在这耽误着，将来养成一个大混蛋，跟你们孙家这些脑袋一样。我自个天津一住，孩子外国幼稚园一送，舒舒服服地比什么都美，你们家不管，我自个有钱！指你们家这点家当，连你二叔活着的时候都算上，还不够——"

秀气呼呼地说着，勾起过去的老账来。"行啦！行啦！少奶奶，你有钱，你走，用不着拉别人，我家不好，我家……"祥截断了秀底话，从床上下来，开始脱去自己底衣裳。

"什么行啦！我走，这个你说的，你叫我走，当初你怎么叫我来的，不是你家三媒六聘地娶来的吗？是我自个找你来的吗？要不叫我爸爸，我能嫁你，下一万个雨点也淋不到你身上。你说叫我走，行吗？"秀扯着了祥，"你别脱衣裳，气我一大阵，你想睡觉那可不行！"

"那么，怎么的！"祥止住了脱衣裳的手。

"怎么的，找地方讲理去，你外头吊膀子，回家欺负太太。咱们找人讲明白了你去你的，爱吊谁吊谁，我还不希罕你呢？"秀扯着祥，往门口揪，床头的高脚灯碰翻了。灯泡爆了一个很大的响声。

勤被惊得大哭起来。

"好，你踢灯，你踢我好不好。吓着我孩子，你赔得起吗？"秀揪紧了祥底衣领，怒冲冲地直对着祥底脸。

祥无可奈何地站着，他可以推开她，甚至可以把她按在地上打一顿。他足有压倒她底力量。可是，他不能那样做，他知道秀气极了什么都能说出来。秀最不爱听的就是人说她没有钱、不美，最不爱知道自己驾驭不了丈夫。

勤在床上委曲地大哭着。

"看看孩子，看！"祥皱紧了眉，"这是什么意思呢？"

"我看孩子，你为什么不看，孩子也不是我一个人的。"秀依旧扯着祥。

"好好！你不看我看。"祥借故脱开了秀底手，过去抱起来勤。

"本来得你看，谁叫你把他奶妈打发走了。什么是奶妈性情不好，怕孩子跟她学坏。我看是你那个吝啬的婶娘舍不得工钱了。"

秀说，坐到身边的椅子上。两手叉起来。祥抱着勤走到里间门口去。

秀两步便过去拉着了祥。

"不用叫老妈子，来人也完不了。我们家的人不能像你们府上的，专会挖窗眼，蹩墙缝，生怕有点事情少了自己。太太那样，老妈子也好不了。我不叫她，你叫破了嗓子她也不能来，你明白不？"

"那怎么样，摔的也不收拾，孩子也不叫他睡了？"祥做出了不耐烦的口调。

"就这么样，你烦这样，我就偏这样，有法，你就想去，不然你就听我。"

秀映着自己底眼睛。

"我听你还不行吗？少奶奶。"祥让步了。

"那么你说你整天蹲在奶奶屋里为的什么？"秀逼上来。"为的是陪奶奶。"祥壮着胆子说。

"另外？"

"另外没有。"

"真吗？"

"真。"

"我量你也不敢！"秀推开了祥。一个字一个字地咬着说："告诉你，我明天就走，你爱找谁找谁，我正不爱在你们家挨憋受气了呢。正好，省得我回娘家没话借口。"

说完，拉开里间的门，厉声地叫着："张妈！铺被。"

九

三叔要作官的话，三叔自己在祖母屋里说出来了。

那是一个礼拜天的早晨，铃梳洗过了后，便到祖母底屋里来。祖母还没醒，铃自己倚着窗子，望着外边花圃里的花。

春花萎谢了，夏天的花开着。阳光在那枯了和刚开的花上洒上了同样的温暖的光。光从叶隙间漏下来，在地上画成了一簇亮的斑点。铃想出去摘下那些残花，又懒懒的。她无心绪地倚着窗子。

长生在屋外走，这儿走到那儿，那儿走到这儿，手里提着一只旧了的捕虫网。

一双蝴蝶联翩地飞向花间来。

铃看着长生，长生并没去追逐那两只好看的蝴蝶。长生向大门处瞧着。

门开着，年老的更夫携着一把大的新扫帚，蒋师傅在他身后，提着一筐新鲜的蔬菜；厨房打杂的小孩跟在他们后面，手里捧着一叠新的饭碗。三人前后地走进来，老更夫的脸上露着孩子似的笑容。

蒋师傅和孩子走进厨房去，老更夫在院里唤着年老的听差。另外两个短打扮的人进来了，手里提着肮脏的油漆桶。

长生突然扔下了手中的东西跑回继母底屋里去。

铃听见了祖母醒来了，带了诧异的心情走到祖母身前。"奶奶！"铃叫。

"你怎么没上学去？"祖母揉开朦胧的眼睛，看着身前的铃。"您忘了今儿是星期，昨晚上您不是说来的吗？您说您好了，明儿星期了，还叫我陪您出去走走去。"铃说，挪开祖母底枕头，扶祖母坐起来。

"我，唉！什么也记不着了。"老祖母敲着自己底头，笑了。

铃唤进老张妈来，收拾好了被。祖母坐在地下的小方凳上，看着铃在一只古磁的碗边敲开了两只鸡蛋。

张妈提进来开水，铃为祖母冲好了鸡蛋水。

老张妈向铃递着眼色，铃放下手中的东西要走出去，祖母叫住了她。

"铃！"祖母用花了的眼睛看着窗外，"外头是谁呢？那个，靠着屏风站着的那个？"

铃走到窗前去。

外边，人们正匆忙地整理着院子。靠门站着的是早就被辞了的厨房的买办的小周。小周卷着袖子，提了一桶水走到饭厅去。

"是厨房买东西的小周。"铃说，把拧好了的毛巾放在祖母手里，祖母擦着自己底手。

"他不是早不干了吗？"

"是。"

"干什么来了呢？"祖母沉吟着："铃，你告诉张妈看着他点。那小子手不老实，爱摸东偷西的。别叫他把你爸爸那套吃西餐的家伙拿去。他拿过一回了，叫人看见没走了，才不要他的。"祖母慢慢地啜着鸡蛋水，说着。

"唔！"铃答应着，推开门想走出去。她想去找张妈，问她有什么事。她想她要说的一定是眼前这突然转变的景象。

铃推开门的时候，意外地蒋师傅来请吃早饭了。

蒋师傅问着老张妈：

"老太太起来了？"

"起来了。"张妈拉开了门，铃正往外走。铃为这突然前来的蒋师傅惊得立定了脚跟。

蒋师傅走进屋来。

铃看着他，看着他身上的白围裙和手里崭新的抹布。

"起来啦！您。"蒋师傅向祖母行着礼："三爷说今天晚上请客，请您去看看饭厅收拾得怎么样，还有今天晚上的菜也请您分配分配。"

"请那儿的客？"老祖母摸不着头脑地问。"请的是外国人。"蒋师傅说。

"多会认识的？"祖母追问着。

"也不是那儿的，三爷一会准来告诉您。您先去瞧瞧去吧，我新来，没看见过旧日的排场。找来的那个老周，什么也不干，就知道躲到一边偷酒，别人都不行。您瞧瞧去吧！我先回去看看去。"蒋师傅说完了退出去。

"什么事？铃，咱们看看去。"祖母说，摸起了自己底拐杖。

铃不愿意扶祖母去，铃不愿意在没确知三叔是什么意思之前，叫刚恢复了心绪的祖母再看见那凌乱得叫人伤心的屋子。而且，铃为翠被叫回去的事悒郁着。家里起了一个谣言，是翠和祥的。谣言说是翠为了钱，利用自己底美貌勾引上了祥，祥被翠迷惑连班也不上了，专在祖母底屋里等着翠。把一切不堪入耳的话都加在翠身上。这谣言在老妈子间被加枝添叶地传述着，最后铃听说了。

"真是没影的事，我整天和翠一块都没看见，别人倒都知道了。"

铃说，看着小声地讲述给自己的老张妈，不信地摇着头。

"看，谁也没看见，"老张妈结束了自己底话，"可是，这会的年青人那里有准。"

铃默然了，她晓得跟张妈们辨别是没用的，也许因为自己底辨别，更在那传说的故事里加上了热闹的场面也不一定，但她这样说了：

"可别满处说去了，传出去不好看，叫老太太听了也不好。老太太病刚好一点，别惹她生气。"

"谁满处说去了，不想是和你近便才告诉你的吗？跟老太太说干什么。"老张妈有点愠怒了，磨磨叽叽地叨咕着，"还用说，这事谁不知道，好事不出门，坏事行千里。"

铃只好看着那愚昧的老太太，再什么也说不出来。

秀归宁去了。

秀走，谣言越发扩大了，张妈临走前把砸了灯泡的事加大地传述给了这个家族底下层，大家都注意到祥了，祥那一天没上班也没出来，在自己底屋里躺着。

这更给了听故事的人们好的佐证，大家都以为祥羞了，没脸出来。孩子们麇集在祥窗下，从窗隙窥望着室内，你推我抢地闹得哭喊连天。

在铃担心着怕王家的人知道这传说的时候，王福来了。

王福什么事都没有地样子向着祖母：

"我想叫翠家去两天，她妈给我裁了个大褂，您这若是能离得开，叫她去做完了再来。"

并不知道这些变故的祖母欣然地答应了，而且说定了叫翠完了活计再来，当王福面，由衷地夸奖了翠一番，给了翠三十块钱。

再三地勉强了翠，翠才收了钱去。临行，背着王福，翠扯着铃底衣衫，指着自己底心，轻叹了一口气。

翠底样子令铃迷惑着，她想翠一定知道关于自己底谣传了，翠那样玲珑的人是难得瞒过她的。何况这又是切关她自己底事呢？

一整天，铃底心不能从翠底身上挪开，她为那无辜的女孩子可惜着，由衷地盼望着她家可别知道。

晚上，祖母给铃十块钱，嘱铃背着别人给翠，铃欣然地领了命跑向翠家去。

翠正在房后的地方整理着柴火，眼睛有些肿了。

"翠！"铃叫，轻轻地，"奶奶给你底钱，给你自己的。"翠并没来接。

"谢谢奶奶吧！你，"

铃把钱掖到翠怀里："你怎么了，你爸爸说你了？"这样匆匆地问着。

"说我我也没法，没有亏心的事不怕鬼叫门，谁什么样慢慢地都看得出来。"

翠出乎铃意外地那样坚定，那样沉着地说，并没看铃底脸，手中依旧捆着柴捆。

"那么——"铃不知说什么好了。

"回去谢谢奶奶吧！等我爸爸气消了，我再侍候奶奶去。"翠停止了工作，抬起身子来，好看的眼睛湿汪汪的。

翠去了后，祥仍旧来，依旧坐在那只大躺椅上。这次没有人在暝色变黑了的时候，来替他们拉亮灯了。铃也呆然地倚着窗子向外望，有时无聊地过去捻亮了灯，有时则是老祖母黑得不耐了的时候，叫铃去捻亮灯。

翠走后，祖母底屋里重新静寂起来，祥不出声，铃也极少说话，别的人进来的时候也是转一圈便走。蒋师傅是几月没来的人了。

在蒋师傅身后，三叔来了。多么难得的三叔底笑脸哟！

三叔穿着崭新的黑衣服，白衬衫白得照眼，头新剪的，梳得光而又光的。

"妈！您到饭厅去瞧瞧，有什么不对的地方好再收拾。您不知道，"三叔用着少有的温和又高兴的声调，"那个小田，日本人，从前做过这儿所长的，跟我二哥常在一起的那个，那回他买卖赔了，我二哥一下就借他二十万，他才翻过身来的那个小矮个，会说点咱们话的人，这回升这儿的税捐局，不，是副局长，实质就是局长了。那天看见我了，一听说我二哥死了，在大街上就哭出声来了。嘿，这会他可不得了啦，坐着头号的自用汽车，带着马弁，看见我叫汽车站着，特意下来跟我说话，不然，咱们那敢招呼他。妈，他说给我找个事，我带王福也去见了他几趟。他这两天还要到家里来瞧您，您起来看看去，他要来，咱们一家可就好了，妈。"三叔说着，过来扶着祖母底枕头。

"谁呢？"祖母在陈腐的记忆里寻找着，一面慢慢地坐直了身子。

"谁呢？"老太太底眼睛迷蒙地望着远处："啊！是啦！是那个，那个太太还给铃作过小洋衣裳的是不是？"老太太有所得地望着老儿子底脸。老儿子底脸修饰得这样整齐呀。

　　"是，就是他。"三叔忙忙地接着说，"我扶您起来呀！"

　　"那可是好人，真忠厚，日本人里属第一，太太一见我就行大礼，一个接一个的，好人总有好报！"老太太并没理会儿子来扶自己，脚不在意地在地上找着拖鞋，手扶着炕沿，自己轻轻地唠叨着。

　　找到了鞋，待要站起来的时候想起了什么地叫着："翠！小翠！"

　　"奶奶！"铃走过来，把祖母底拐杖放在祖母底手里。

　　"铃啊！这回就好了，你小田大爷一来，谁也不敢欺负咱们了，那个巡警要再横，我就给他一拐杖。你，你，你也托他给找个人家吧！给，——"

　　老祖母不知是玩笑还是真心地瞧着铃底脸，说："你若有主，我死也放心。别人，别人我都不惦记着。你爸爸跟他好得很呢！你不知道，那个矮个专爱吃大虾，吃大虾。"

　　祖母在回忆中找到了自己想说的故事，非常高兴地继续着讲，脸上平添了几月没有的笑容。"您别说了，快瞧瞧去吧！菜早就做得了，就等您去吃早饭，我大哥也找回来了，二嫂也过去了，就等着您呢，您快走吧！"三叔不耐祖母底唠叨，催促着。

　　"饭厅都收拾了？"祖母不信地叮问着，"都收拾干净了？是吗？"

　　"是！"三叔简单地点着头。

　　"是真的吗？三，真是真的？像你二哥活着时候那样，收拾得跟你二哥活着的时候一模一样？"两颗大的泪从祖母多皱的眼里坠下来，祖母用着颤抖的手在三叔底身上摸索着，仿佛想拉三叔底手。

　　"是，妈，看您。"三叔握着祖母底手，双眉聚到一起。

"是就好，是就好。"祖母赶忙去擦自己底泪，把拐杖挪出一点去，预备走了。

铃过去扶着祖母，祖母底伤感传给了她，她强忍着欲坠下来的泪。她想起慈爱的父亲来。

三叔走在最前，铃扶着祖母在后边，三叔开了门出去。铃想是走小甬道到饭厅里去。她不愿意祖母刚起来就走好些路，但祖母随着三叔开了门走出去。

初夏的朝阳温和地照着，雨后的叶子绿得滴油，花圃里的花都开了，芍药的粉花瓣在各角隅堆积着，混合着枯的树叶和草。

柳摆着轻柔的枝，叶子披下来了。铃想起了过去的一个晚上她曾挖下了一个柳底小叶苞的事，她想过去看看那地方有没有另一个叶子生出来，她挖过的地方她相信她是记得挺清楚的。

听差们在院子里打扫着，连厨房的打杂小孩也出来帮着忙，老更夫蹲在花径间，替一株紫红的月季扭掉枝上的黄叶。

这情景兴奋了老祖母，老祖母多皱的脸上发着光，嘴唇蠕动着，泪和涎水一块流下来，她想说什么，结果只能用着松弛了的嘴底筋肉作着啧啧的声音。

三叔向着工作的人们："快！快，一会赏酒。越漂亮干净越好"地嚷着，随即扯了祖母底拐杖走向饭厅去。

所有的人都在，只少大伯。继母仿佛刚哭过，眼睛红肿着。三婶穿着漂亮的透纱旗袍。头发梳得镜子似的，左耳后戴了一朵大的白纱花。

铃扶着祖母坐了。三叔向着不知几时来到院子里的王福嚷：

"王大哥，您看看我大哥去，说家有事，请他回来一趟。"

"好！"王福笑应着去了。

大家都坐候着，祥手里拿着报，脸苍白得厉害。长生默默地挨着祥，不住地看着祥底脸，福子拉起了铃底手，用一小段粉笔在铃底手指上画了一个可笑的鬼脸。兰头上系着大蝴蝶，穿着短短的裙子。

继母望着窗外，偷印去眼中的泪。

老祖母左顾右盼，痉挛的手在雪白的桌布上轻轻地抖动着。屋子里的陈设都复旧了，门旁的花架子上，摆了一盆开了很大的红色花朵的花。往日白得发灰的纱帘说是洗去还没得。

逐渐灼热的阳光透过了毫无遮拦的玻璃，直射到屋里的每个角隅来。连椅腿上的灰尘都拂去了，特为小孩子预备的高脚椅寂寞地守着墙角。奶奶想起了勤。

"勤呢？"祖母向着祥。祥没听见祖母底话。

"回姥姥家去了，"兰抢着说，"秀嫂跟祥哥——"三婶瞪着兰，兰把底下的话停止了。

"多咱走的？"老祖母问着铃。

"好几天了。"铃恹恹地，这屋里稀有的整洁令她感到了窒闷，她一点也找不出快乐的情绪来。她觉得大家都挺僵挺疏远，一点也不像爸爸活着的时候那样融洽，她倒宁愿像昨天那样凌乱肮脏，她以为那正是她家目前的本色。明亮的太阳特别使得她底视觉难受，在光亮的白日下，她在这所有的近亲底脸上，看到的只是灰败得近于骷髅的颜色，连小小的福子都在内。三叔更瘦得不好看，大的眼眶中圈着灰色的眼圈。

都沉默着，三叔脸上褪去了刚才的兴奋，陷入深沉的思索里。

继母不断地偷印着泪，躲避着别人的目光，显然地她是忆起逝去的丈夫了。

仆妇在饭厅到厨房的小甬道里站着，小声地交换着对主人家所以突变的忖度，蒋师傅在厨房里，间断地敲着铁勺。

大伯回来了。

大伯刚起来的样子，脸上留着朦胧的睡意，跋着鞋。待看见大家都在的时候，有一点讪了似地走到自己底座位前坐下。

王福也跟着坐下了，傍着大伯。

仆妇们送上菜来，三叔递了一个眼神给王福。王福放下了自己底筷子，向老祖母拱起了手："给您道喜，老太太，大爷，二奶奶！"王福底笑眼在每个人的脸上一转。

"三爷任了市内税捐局的总务科长了，全市买卖都归三爷一个人管，局长是二爷生前的至交，这肥缺抢都抢不上，轻轻地就落到三爷底手里，这真是善门自有天降福。跟自个家里的事一样，将来钱不用提，谁不得另眼看待孙府，比二爷活着的时候只有强不能差。老太太，大爷，二奶奶，三爷，三奶奶，大富贵在后头呢，连我王福也跟着沾光不少。真是喜从天来！"王福笑得脸上开了花似的，重又向大伯拱起来手："您说是不是？大爷。"

"唔！唔！"大伯含糊地应着，脸上想作出来一个笑样，结果只动动两腮的筋肉便完了。

仆妇们端上菜来。

三婶笑指着桌上的菜，让着王福：

"请吧！王大哥。"

"生受，生受！"王福侧了侧身子，举起筷子来。孩子们巴不得吃的，看见三婶开始吃了。立刻匆忙地吃起来，祖母也叫铃给自己夹了一块松花。

吃饭间，王福笑讲着昔日的盛宴，大伯只唯唯地应着。直性的大伯，为这稀有的景象震撼了，竭力地在自己底想象里寻找着三弟何以如此腾达的原因。

继母底伤感继续着，应景地举着自己底筷子。

祥锁着眉，吃了一点便推开了碗走开，在门口，瞧了自己底爸爸一眼。

真正高兴的只有祖母和三婶，祖母只以为这家再生了，昔日的荣华又返回来。笑孜孜地看着擦得发光的桌椅。

三婶则另有自己高兴的地方，她想象着将来怎样再舒适地装饰自己底屋子，怎样阔绰地打扮自己，怎样在丈夫底官位下，攫过来孙家底全部财产。

在大伯推开了手中的饭碗的时候，三叔发话了：

"我有点事跟大哥二嫂商量商量。这回我出去有这么点小差事，钱虽然还没挣回来不是，我是准能比得上二哥的。比得上二哥，二哥那份交际连老太太都知道，一出手千八百的不当事。我倒不是要钱，可也得给我提出来点，原来二哥没死一月有我二百元月费，二哥死，二嫂西支东支，一回二百也没给过我。我知道二哥去世，家里紧，我可没逼着二嫂要过。这回，我可是得要了，不用说别的，同事们一块凑个牌局吧！腰里没三百五百的就不行，我想大哥二嫂也不能看我出去丢脸。反正家里的事谁也瞒不了谁。大哥手里的地产一年进多少，二嫂手里的房产、买卖进多少，都有一定的数目。"三叔一个字一个字地说了后，便一劲地吃着饭。

继母望了望大伯，泪断了线的珍珠似地乱坠下来。

大伯长长地吁了口气，抬起头来瞧着天花板。

三叔再继续着。

"还有，我既然干这样差事了，家里的房照地照将来也免不了受调查。这会，请大哥和二嫂都先交给我，合计合计怎样少报点，不也可以省出千八百的税金来吗？"

三叔瞧着老祖母底脸。

"外头是得点排场的。"王福笑着说，点着自己底头。

"王大哥底话真是对，可真是得点排场。"三婶附合着王福，笑着去摸头上的纱花。

望着三叔和王福，再望着满脸得意的三婶，继母觉得从头上突然凉到脚下，仿佛一切生路都被堵塞了，黑暗包围了自己。看着幼小的长生和福子，继母失声地哭了出来。

从那天三叔请了客后，孙府上又重新地洗刷了一次。三叔作官了，脱去了平常的洋服，穿上了草绿的制服，每天按时候坐车到班上去。

局里的大汽车来接三叔，每天在大门口按着响亮的喇叭。汽车擦得贼亮，开汽车的是日本人，威武得很。

家里久已不用的车显得更破旧难看了，三叔找来人把它推出去卖了。说有钱坐新的，旧的看着也不顺眼。卖的钱三叔收起来了，家里谁也没看见。

到继母知道车卖妥车价也拿回来的时候，已经是离开车推出去的日子十几天了。

继母心痛着，她是预备把那辆车传给儿子的。那车原也买来不久，买后不多时丈夫死了便堆在车棚里。孩子们进去淘气拉坏了垫子，砸碎了玻璃，实质上是没损坏一点的。继母想将来长生大了，找一个车匠一修理就满好。美国车，现在说是没地方买了。可是，现在什么都晚了。

继母后悔她早没想到卖车的事情上来。

她想去问三叔讨还一部分车价，她想至少那也得上千。但，三叔目前的威武慑住了她。她自己嗟叹着，心痛那逝去了的车子。

车棚空旷起来了，院中拆除了的小炉子都送到里边去，院中很干净整齐了。衬上新开的花，新涂的油漆，擦得晶亮的玻璃，表面上孙家又恢复了往日的景象。

客厅也收拾出来了，花架上摆着开着的花，长青树的绿叶上的尘土拂去了，露着油绿得漆布一样的原叶。花瓶里插着花白相间的花球。在红绿的交映里，古老的客厅活泼起来了。那只小田特意送给二爷的武士，曾被福子砸掉一只脚的磁武士，也由三婶细心地黏好，摆在客厅入口的方几上。

三叔说他们底日本长官要来家里了，来给老太太请安。

这消息惊震了这整个的家庭，所有的人都兴奋起来了，大家动手整理着院子，房屋。在猜想着客人能到的地方，挂上了收在柜里的壁饰。所有的人都渴望着一见这掌握大权而又据说可亲的人物。

是谁呢？祖母又忘掉那既不姓张又不姓李的古怪姓字了。但她想他一定是好人，她记得三叔说过这样的一个好人。不管他是谁，他底光临总是可欣喜的事。祖母想三叔的官一定作得不错。她为老儿子的回头特别地高兴着，她兴奋地叫铃帮助张妈收拾了屋子，在红的躺椅上，摆上了织锦的软垫。

大家都趋奉着三叔，瞧着三叔的笑脸，一切隔阂，怨恨，仿佛都被这一个闯入的消息赶散了。三叔也一改以往凌人的态度，对大家摆出来笑脸。

全家都到饭厅里来吃饭，菜仿佛也随着大家的心情变了。继母把菜钱以外的日用也交出了，全家一团和气。

日子在期待里过，大家都捧着一个希望，三婶每天打扮得花枝招展的，预备迎接这尊贵的客人。

一天接着一天，一天比一天热了。大家期待的心却正和温度的上升成反比，一天，一天地低落下来。

尊贵的客人终于没有来，三叔每天按时到班上去。

三叔这样按时的出入，给了一个极不好的印象，在孙家的人底记忆里，作大事情的人是不用出去的。二爷原来就无所谓上班，爱去就去坐一会，不爱去一个电话回事的就全来了，来了还不说，在门房里等着，多会受传才敢进去，这可好，每天跑，一分钟也不敢晚。

三叔自己说，年头不同了，现在大官都按时候去，何况咱们。

说是大官按时候上班，谁看见了。

只是一样事情还令大家惊异着。那就是王福。王福在三叔没接事前陪着三叔跑了一大阵，三叔事成，王福反倒留在家里，而且王福出乎大家意料外的坦然，没有一点怨恨三叔的意思表现出来。

大家都把尊敬的眼光挪在王福身上了，王福穿着丝质的长衫，里里外外地忙得不得了。仆人们猜想着王福一定找到好差事了。大家追在他身后，求他携带携带自己。

王福笑着，拍着自己底大腿。"得啦！哥们。我那来的好事，有好事能不说出来，请大家顿喜酒不也是回乐事吗。这么些年了，我也该请请诸位了。怎奈我并不是有事，左不过是闲不了，多溜两回街就是了。"

"别瞒着，也沾不着你什么，何必呢。"蒋师傅说着，拍着王福底肩膀。

"唉！老弟，别人不知道你还不知道么？三爷的事都在你心里。真是没事，我一点也不说谎。"王福认真地说。

"那三爷是什么意思？"年老的更夫问着，抱着轻蔑的怀疑的态度。

"三爷倒是挺好，叫我去，可话又说回来了，年头不同了，去也没意思。三爷说连局长都不带人，自己更不好带了。就是带去，也只有端茶倒水。我早都疏散惯了，跟二爷的时候，那个人不是争着给我倒茶。这么大年纪了，反倒再去给人端茶，我是万一也不能去的。诸位想想这个对不对？"

王福笑语着，环顾着捧着自己的听众。

"那三爷就这么白白地算了！"不知是谁问的，问后许是怕因为这句话惹出了无辜的风波，很快地闭了嘴。

"话又说远了，看去世二爷待我那份情意，侍候三爷几天也是应当的。我上三爷的局里去了，三爷屋里三人，三张大桌上，桌上晶亮的玻璃板，底下丝绒垫，真像办公的样。那边连着的屋子里，长桌子连排，黑压压地坐满了人，那些都是归三爷管的。一看就是不小的差事。"

王福描绘着，用着有声有色的口调。

听的人都索然地别转头去，大家认定了小职员才按时候跑的铁律，王福底话反倒惹起了他们底蔑笑。

天热得很利害了，热得人头昏眼胀的。也许因为热，很少有人对院子加上什么整理了。前几天老看在院里走着的大伯重新不见了，大伯又躺到姘妇家里去。

大伯原想是老弟升官了，家里还来什么日本官，这就是将来走在这条街上，人们一说那是某某人的哥哥，而加以尊敬的。尤其老弟是干的人抢不到的肥缺，准得比二爷的钱来得还凶，简直就像流水似地往家里灌。

钱灌进来，就得商量处置的方法，他可以建议买地。土地现在最贱，土地出的钱也最实在。就是粮卖不了的年头，自个也不怕没吃的，买地真是最好的事。大伯暗暗地计算着要在现有的田亩之外添了一倍的时候，该有多少石粮被收获出来。

三叔刚接任，就没带出来赚大钱的形象，上了七八天班了，家里还连一个送礼的都没有。月底，干领了一包薪水，不管他薪水是一千，是八百，赚有数的钱终究没出息。

　　而且，那个要来的什么长呢？那长也不过是三叔说出来吓人，这年头是谁的，没看看人家什么身份，能平白地就上咱们家来吗？这可比不上二爷，二爷多大的排场。

　　这样，大伯底热意全消了。

　　祥呢，祥为失去了和翠相见的机会不欢着。他不知道翠为什么离开祖母底屋子。他想是祖母好了怕费钱把翠打发回去的，他把一腔怨恨都放在祖母身上。又怨恨着铃，他想铃一定助成这件事，就是不然，铃也没在祖母前说过留翠的话。不然，翠决不会走的，他想翠是眷恋自己，并且明白自己对她底热爱的。

　　惹怒了秀的事情也在心上做成了一个不快的郁结，他怕秀底父亲听从了秀说的自己底坏话。秀没兄弟，只有两个妹妹，祥是把秀家财产的三分之一划到自己名下的。他怕由于秀而惹怒了老丈人，在秀家财产名录上削去自己底名字。

　　因此三叔作官，家里重圆，他只无心地填上了他的座位。他没有一点意见，既不捧也不冷淡，坐在喧笑的众人间，想着自己底事。他明白一切官厅中的现在情形。他准确地知道，三叔底官位也不过是听了好听和比自己多拿几个钱而已，所谓实惠那是没有的。

　　在大家趋奉三叔，作得令祥肉麻的时候，祥无言地抬起了头，心里蔑笑着，嘴角稍稍地歪一点，表示自己心里是明白的。

　　他依旧回到祖母屋里来，在躺椅上想着小翠，盼望小翠有一天能如一个奇迹似地出现。到祖母底屋子就是回忆也令他厌倦的时候，他不再进来了，到暝色掩过窗纱，黑暗罩上了大地的时候，从他自己底床上起来，在月亮门前徘徊着。

几次想跨过月亮门去，他怕惹怒了王福，而阻碍了将来的道路。一次他底徘徊被三婶遇见，而且在他身上投了奇怪注视后，他不再回家了，他又把下班后的时间消磨在咖啡店里。

继母则为交出了菜钱以外的日用后悔着，她想交出了可以赢得三叔一点高兴，放松了对另外存在她手里的进款的逼出。三叔作的是日本差事，她希望他因为高兴而忘掉二爷作过俄国事情的事。她想只要他心里高兴，即使有什么为了以往曾吃过俄国人饭的事情发生变故，他还可以给说情的。她还想日用交出了，就等于给了三爷实惠，虽然钱数不多，她想他也是不肯舍的，不肯舍自然就得想法保护，能保护这一小部分，别的也沾了光了。三叔曾说过的被追过的故事在她心上强烈地打了烙印，她坚决地相信吃过俄国人饭的早晚都得摊上点事。

但三叔这样的作官法动摇了她底信念，她猜想他是税局里的记账员，像原来家里的管账先生一样，一定要在一定的时候去开开锁着现钱的抽屉，晚了别人就不能办事情了似的。不然，何必非得每天按时候去不可呢。

这样，三叔又该在家里的钱上找准了，她后悔把日用交出失去了把握着收入的最好关键。她开始在心里琢磨着，怎样在学生底月费里，怎样在一家人的月费里，填上了用钱的数目。她又怕惹怒三叔，不管他事情作得多小，总归是官面的事情。她怕惹怒了他，他勾引了外面人来给她和她底孩子带来不幸。

那个给三叔找事的日本人是谁呢，她曾多方面地探询过。也曾装着无意地问过三婶，可是都没得到结果。三婶不知道是真的不知还是不说，说她还不清楚。继母自己猜想是小田，她知道只有小田跟丈夫过往的关系最密，可是小田在丈夫死前的半年回国了，一直没有回来的消息。如果他回来，他是能到自己家来的。

又想也许是他，如果是他，就好了。她计划着怎样去找他，怎样述说丈夫死后的一切不幸。求他帮忙，给他点什么也不要紧，能靠上他，她以后便一切都可以高枕无忧了，她可以安心地培养她底两个孩子，儿子成人就一切都不成问题了。

老祖母单纯地为儿子升官家里重和的事情欢欣着。三叔这样按时出入，一扫往日的专横骄懒的事，使得老太太有说不出来的高兴。她想她底儿子从此好了，事情不怕小，慢慢就会作大的。钱，她并不希望挣多少，她想只要兄弟们和美，这点家产足够他们底下半世的。

铃一如往日地觉得烦闷，这重兴的喧嚣景象，使她苦苦地忆起了爸爸。她完全不知怎样去排遣烦极的心绪，听差仆妇们穿梭地出入，加给她不能言说的难过，她宁愿像前些日子那样萧索，她明白三叔是作不出好事来的。

长生们就只有跟着大家起哄，瞧别人都笑的时候跟着笑，大人烦了时，便躲到一边去自己玩。

三婶在众人注目里渐渐地弛缓了紧张的神经，她不再换着旗袍，不再戴花，重新躺在屋子里，呼唤着蒋师傅给做道点心。

这态度更令家人趋奉的热意骤减，客厅里不再有人去收拾了。大伯整天在姘妇家里，祥又是一天不露面，为了失去的一部分钱，继母拼命地吝啬着，今年例外地没给铃们添置夏衣。

夏底郁闷整个握着这没有心脏的家族，房柱的油漆，因为原料不好和涂得太粗陋，很多地方鼓着油泡，蒸腾着难闻的臭油的气味，花圃里的苇帘塌下来了，压折了花，花便萎死在帘下。没有帘子的地方，被太阳晒得憔悴得挺不起茎来。

突然，一天三叔午间回来了，说小田先生就来，来吃晚饭，还要给二爷的灵上供。

立刻，整个的家都骚动了，仆妇们都急于一见这统领全城商家的头目，好像见了他就可以沾光似的。年头久的便给讲述着当年小田先生底轶事，手里忙着工作嘴里喊喳起没完。

打杂的小孩飞跑着去找大爷。三叔给铃和祥分别打了电话。

继母自己在房里踌躇着，这突然的消息令她几乎欢喜得跳起来，一会她重又陷入沉思里，她想怎样才能避开众人找一个单独向小田诉苦的机会，有几所被韩人包租去的房屋她想托小田要回来，这份房租便可以不交家里了，以往那几所房租是最不好要的。她想她要穿得越朴素越好，这样可以证明她现在在家里是怎样地不像以往的那样的被重视。还有，她不想叫上学去的长生们回来，这样可以显出来她底孩子勤学，小田才能愿意帮她培养他们的。客厅里得不着机会，她可以请他到她屋里，她想给丈夫的供一定要陈设在丈夫底照相前的。望着墙上的丈夫底照像，泪无由地坠下来，她把一只方几搬过去，端正地放在照相之下。

门外有了汽车声，她推开了一只窗子。

啊！小田进来了，小矮个，黑衣服上缀着白底花朵，头上白发多了啊！眼镜换了，换了没边的，后边一个短衣的人拿着一只鲜花环。

三叔匆匆地接出门来，三婶跟在后面，一面整理着底襟的钮扣。

去招呼大爷的打杂小孩没回来，铃和祥也没回来。

泪蒙上了继母的双眼，一切决心都飞走了似的，她觉得失去了去见小田底勇气。她想起有好些地方自己做错了地不能说出口去，她疑惑到三叔早已在小田面前揭过她底短处。

过一会，她决绝地站起来，拉直了身上的黑布长衣，走向客厅去。

客厅门后，仆妇们堆聚着，手里尚拿着抹布。到门口，正要跨进屋去的时候，她向屋里张了张，那里只有三爷夫妇。她抽回自己底脚，折向老太太屋里，她预备扶了老太太一块进来。

三叔厌倦自己底官职了。

多么无味的生活呀！早晨忙着起来，忙着赶了去。去了坐在大桌子边，等人家有地理上不熟的地方来问，费大劲给解释半天，从那起到那止，从那起到那止是归某某商号的时候，也不过换来个鞠躬礼外带谢谢而已。你的什么公事管不着，到时候可得盖图章签字。难为小田会想，找自己这么个地理鬼来真是合适。

长日坐着三叔觉得腰受不了，钱拿来不够开销，而且许多开心的地方都拘着不好去了。下级的日本科员见了非常恭敬客气，商量事的时候是日本话，坐到桌头上干听着没办法，问到自己时也只有点头。这样三叔想辞了不做，但又怕因为辞官惹出另外的事。又因为自己想借着官差总揽家事，所以只好忍着。每天坐到桌子边就像坐到刑场里一样。

晚上的应酬更令三叔苦恼，先因为图融洽，图自己地位稳固，好做手脚，三叔聚了许多职员到家里来，吃饭，玩牌，他预备联络好了他们在税局里发笔大财，结果一月过去了，连自己底蓄志都未能表达出来。税局里是账目清明，上下严正，连一个插足的隙地都没有的。

那些年青的职员并不明白三叔底心，孙家底舒适的客厅和美味的菜纠缠着他们，独身的人下班后自然而然地就聚拢来了。于是孙家底客厅里不时地充满了异国情调的语言和嬉笑。

三叔在他们之中选了一个地位较高性情活泼的人来教他日本语，特别对他表示了亲近。他想功到自然成，长了他可以利用这浮华的中野来蛊惑其他人的。

中野每天来，来了吃酒，醉了便睡在那里。三叔用了最大的忍耐忍耐着他底客底骚扰。另一方面，他也因之获得了家人和邻里之间的人们底尊敬，为了和日本人接近，家里和邻居都惧怕着他。有被欺负了或者因为话说不明白而被误解了的事便来求他。轻易可以解决的事，三叔便托中野去跟管内的日本警官把话说清楚了而完事。比较重大的，三叔自己威吓着，要胁着，给放置起来不管。到那家求情的人送足了礼，才托中野出去问明白了究竟，想法解决了。最大的事件也不过因为房捐送晚了，当家的被拖到警署里去了。无知的家人就以为性命攸关，立刻就会要了命去似的。

这样三叔在这弃了可惜，不弃无味中度着自己底总务科长的生活。家里因为时常待客，日用和菜钱都不敷用了，二奶奶处怎样也再挤不出钱来。地产为了经理上的麻烦，他不想染指而且也怕惹翻了那位炮仗似的大爷，怕他糊糊涂涂地真上小局子告状去。另外一些二哥遗下来的二奶奶不知道的账目，他已经和王福都要进来用光了。能转念头的只有两处烧锅和一处当铺。但这三处是非有二哥底一向的图章是不能支钱的。他早已遣王福利用自己底地位去想法获得这买卖的支配权，疏通费一百五十交王福多次了，但王福并没将好音带回来。

班上寂寞，一向无羁绊的生活被套上了枷，钱不足用，不能驱逐的吵闹的客人，在在都使三叔悒闷、难过。一个热闷得窒息人的午间，三叔过早赶回了家。

三婶躺在凉席上，懒懒地吸着烟。头发散乱披着，脸上的脂粉被汗剥落了，露出本来的皮肤，斑斑点点像生了黄色的斑。

颊上，眼旁，额上都爬满了细小的皱纹。

一向认为好看的自己底妻，三叔今天骤然觉得丑了。这丑的三婶的姿态加重了三叔心上的不悦，他脱去了所有的衣服，只留一条短裤，一言没发地躺到凉席上去。

一向被娇宠着的三婶，淡淡地撩了丈夫一眼。

两人都沉默着，三叔望着凸花的天棚，许久以前打过交待的女人在他脑中旋转起来。穿着红色的衣衫的姗姗出现，穿着白色衣裳怎样向他娇嗔了，蓝色的怎样在座间偷搔了他底手，那都是漂亮得可人的东西。他计算着他和她们已经疏远多久了，他想怎样支开家中的客人，脱出晚间的时候去会会她们。他想到钱上了，许多蛇似的东西蜿蜒地爬进脑中来，他觉得眼前一阵昏黑，心像刀搅一样地难过起来。

三婶撩了下眼皮，扔掉手中的烟蒂。"昨天说的东西呢？"三婶问。

"什么？"三叔脑中想着自己的事，漫应着。"东西！"三婶急了。

三叔想起昨天三婶要的戒指来。三婶星期日要去参加一个同事的婚仪，嫌手中的戒指样式都旧了，要求三叔给买一只新的梭子形的。

想到昨天含糊地应了的事，三叔闭起了自己的眼睛，心里憎恶地骂着，什么东西，就知道东西，钱。

但他没有说什么。

"难为你还作官，还是有钱人家的老爷，连个戒指都买不起，我为的是什么呢？嫁汉随汉，穿衣吃饭，不为的是吃穿，谁找个男的来管着干什么呢？处处得受你的拘着，处处得听你管，完了要东西没有。"

三婶气愤愤地说了，把脸转向了墙壁。三叔颦起了自己的双眉，动了动嘴唇。

墙上挂着一张三叔夫妻四年前的合影，相片上，两人都笑着。三婶记起来那是从二爷手里领出来月费后，去洗了澡后照的。那时候钱就被拘着，月间有限的钱，连玩牌时都不能玩痛快，以至自己时常在女伴间被窘。这几年虽然比较宽裕了一点，但终究没随过意，而且背着别人得来的钱，三婶也觉得花的不痛快。她愿意在用钱的时候显示给人，特别是显示给她认为最吝啬的二嫂，好一吐心中一向的被窘的积怨。

一样孙家的人，不能用孙家底钱，真是没理。多么脓包的丈夫呀！三婶恨得牙痒痒地坐了起来。

"我就倒霉，偏摊上你这么个窝囊废，人家怎么都能要钱有钱，要东西有东西呢。自己用不算，还去填窟窿。不都是姓孙吗？不都是顶着孙字来的吗？怎么就单单地少我这份呢？"

三婶没有好声地说着，使劲地划着了一根洋火。

"怎么就单少你的了，你什么没有？"三叔转过脸来问，说完依旧瞧着天棚。

"我要的那样戒指我就没有，告诉你实话吧！反正我没儿子，我也不指望给后代留多少家财。何况这年头今儿不知道明天，现银子不能当钱用，留下金山将来就许当黄土堆。还不如自个吃点乐点图个痛快。姑娘我也不管，能供给得起书就叫她念，供不起的时候找个主去她的。嫁得着汉子就吃得了饭，饿不死就行。我不能像你们当家奶奶似的，一个小钱都捏出汗来。今儿乐今天得，明天再说明天的。"三婶仰天喷了一口烟，磕去了烟头的灰尾巴。

"你好，我们家人都不好，你可也姓孙了，你……"三叔想继续着抱怨下去，他想起了三婶有名的话说得噎人的嘴的时候，他忍住了底下的话。而且他也不敢过分地惹怒了她，她是他底罗盘，她是他底指针。一到他觉得无法的时候，她就指给他该走的路，给他一个走路的方针。一向联络王福，压抑家人，都是三婶做好的策略。想到还没到手的大批的家资，三叔忍住了自己底话。

"本来我好，好说不好也不行，你们家这几块料我早就看透了。整篓撒油满地捡芝麻，小处死紧，大处看不见。指着孙家过一世的享福日子，别想。二爷一死就算丢了心，家人不拿，也得落到外人手里。趁早，谁有本事谁花，什么叫人情，道理，明儿老太太一死，谁还认得谁。老太太也就是一年中的事，一咳嗽成一堆，还两天半就犯咳嗽病，没好。先下手为强，谁得算谁的，这年月上哪讲理去？我娘家没有，我不能像大少奶奶，你没有我有，我躲开你。我就是认定了，我嫁了你，就吃你，你叫我在人前丢脸，一百个不行。要不咱们就换换姓，别姓这个孙字。你们孙家不是有钱吗？我底男人不是作官呢么？戒指我算要定了，有也得有，没有也得有。"

三婶理直气壮地说，眼睛故意望着别处。"东西你要多少都有，可也得我有哇。"三叔想起了一再迟延的王福，他需要太太教给他一个有效的催促的方法了，这样纳下气来说。

"你没有，你熊货，那么些个人，能吃你喝你不能帮你弄钱？还是你自己不会调动，人家怎么就能指着个会说点……三百五百地进呢？"

三婶昂起了头，磕落烟尾巴。

"不都是得你教我吗？"三叔勉强剥去心上的不愉，凑到三婶眼前来，攀着三婶的肩膀。

"躲开点，别这么拉拉扯扯的。"三婶推着三叔。

"看，我的都是你的，我有就是你有，你不帮我谁帮我？"三叔凑近来，索性用脸去贴三婶底肩。

"别发贱！"三婶推开了三叔，脸上露出来得意的微笑，"还是得找我不是，去，你去把那位王先生给我叫来，看我有没有方法治他。"

"好，听你的。"三叔点着头，披了大褂，拖着鞋。"我去吗？叫老妈子去吧！"三叔停在门口。

"老背人，老怕人知道，这怎么又不怕了。叫老妈子去，就该传得谁都知道了。别脚懒，痛快去，看没人再说，叫王福偷偷的来。"三婶扔掉了手中的烟，伸了一个懒腰。

三叔拖了鞋慢慢地出去。

在月亮门那儿，三叔看见小翠了。翠劈着劈柴，预备晚饭的燃料。

她正背向着三叔。包在月白色的小布褂里浑圆的肩，因为这费力的工作凸出来，凸成那样苗实又美丽的斜坡。凸出来的肩下底婀娜的腰，轻轻动着，动着的腰下是圆美的臀。将下的夕阳在她身上投下了金黄的光亮，金黄的光亮衬着她裸露着的修长的颈。

三叔底心里骤然一亮，他仿佛饿极了的狗看见了鲜肉一样，他嗅到了她底新鲜诱人的气息。

翠听见有人来，回转了身子。

在翠底凝视里，三叔觉得自己飘浮起来，心飘飘地想飞上天去。他把眼睛注在她底黑发上，丢失了注视她底面庞的勇气。

"有事情吗？三爷。"

发觉了三叔底贪婪地注视，翠问了。立刻低下头去，抱起了劈好的劈柴。

"唔，唔，王大哥在家吗？"三叔迷茫地随在走向屋子的翠底身后，慌乱地问。

从被爸爸从孙家叫回来的时候起，翠加倍地蔑视了孙家底男人，倒不是为自己名誉的被污。因为接触的时候多了，她看透了他们底无能与无情。她赞同铃底话，认为他们就是玩女人也还没玩得到家的。

眼前的三叔底不自然的情态，她底伶俐立刻就发觉了。

"我爸爸出去了。"她严正地说，下垂着眼睛。说完了立刻跨进屋去。

遗在屋外的三叔停立着，望着消失了的她底背影，重重地咽了口吐沫。

他想起怎样在老太太底屋里初见她，怎样为她小小的美丽所惊异，长成了的她更令人魂销了。

望着随在她身后关紧了的门扉，三叔不舍地揉搓自己底双手。

他垫起了一点脚，向屋里望去，透过小板墙上露出来的一点窗棂，他只能看到灰白的墙和贴在墙上旧了的年画。

他想跟踪她进去，他还一次没到过王福底屋里来过。他想她是睡在里间的，他无缘由地想看一看她底睡的地方。

他整理整理自己底衣裳，顺了头发，走向关着的小板门前来。

正当他要推开门的时候，翠底妈妈在里边拉开了它。"请进来吧！三爷。"

翠底妈妈说。这朴实的妇人是不惯和男人说话的，虽然孩子都很大了，到都市里也有年了。但她诚朴的性格使得她依旧保持着乡间女人的羞涩。

刚才和三叔几乎互相碰着的相对，更使她不好意思，她底脸不自然的烧红了。

她向后退了几步，三叔跨进门里来。"王大哥呢，没在家？"

三叔笑语着，端相着翠底妈妈的脸。

在那憔悴了的面孔上，他看到了女儿底美丽的脸。他想，就是这半老的女人打扮起来，也是胜于自己底妻的。

王福真有福气，他想着她年青时的漂亮的模样。还有，三叔想她一定胜于自己底女儿，女儿底好看的脸上有一股夺人的冷气，他想她一定是婉媚的，刚才她底羞涩令他相信她年青时候一定是爱娇的。

他垂涎地往心咽了一口吐沫。

"他，"女人低声地说，"他不是和谁去喝酒，没说多咱回来。"

　　女儿授意叫她驱逐眼前的男人的话，她只这样笨拙地说出了。她想说丈夫不知什么时候回来，他是决不好意思到屋里去等着的。

　　三叔并没注意到女人在说什么，他把全副精神都灌到屋里，他们站着的地方，恰好在里间的窗前。在炕上，铺着花的床单的一块四方的垫子上，放着一件半成了的淡粉的布褂，布褂边，摆着针线篮子，屋里并没有翠。

　　"他，他出去喝酒。"女人重复地说着，稍稍地提高了一点声音。

　　"噢，噢！"三叔不自然地收回来自己底注视，匆匆地应着："王大哥不在是不是。"

　　"那么，我待会再来吧！"

　　三叔犹疑了一会，他想起了一个主意，他要找王福去。

　　三叔向女人摆了摆手，跨出月亮门来。

　　三叔去找王福，在五香居里找到了，有王福，还有烧锅里的管院子掌柜的。

　　两人都带着酡红的脸，还在那儿边谈边喝。这左近的人都认得孙家的人们。三叔一来，堂倌便领他直奔向王福所在的单间来，三叔和王福是惯常在这儿相聚的，王福也可以吃了饭写在孙家底账上。

　　屋内的人并没理会到三叔，但三叔从透花的隔扇望见了他们。

三叔脑里起了一个奇异的思想，他想起管院子的张贵是有一个年青力壮的儿子的。他悄悄地仁了足，倾听着他们底谈话。

屋内的谈话已经到了尾声了，两人的声音都很迟缓，没有初谈时的兴奋。一个人给另一个斟酒，王福底声音：

"总之，一切都得掌柜的照应，三爷那儿全有我，出事我担着。"

"那是，那是。"张掌柜唯唯地应着，呷了一口酒，"什么事都一样，瞒上不瞒下。东家的除外，王先生的是绝没错，包在我身上。有我一斗少不了你十升。"张掌柜的说完笑了。王福也随着哈哈地笑了起来。

隔扇外边的三叔也笑了，他想王福到底没负所托，真的替自己办完了大事。继之，他在张贵底话里找出来破绽。张管院子不管钱，而且这移交的大事也绝非张底一言半语所决定的，他想起张底上面还有着三个经理，其中的一个是位倔强得厉害的老头。

三叔沉吟着，忖度着所商量的事。

"一斗，十升，"他突然醒悟了，管院子正是管理粮米出入的。王福一定是要张在卖粮人奉送的粮份子里替自己找点出项。

自己怎么会没想到这上面去呢，这只要勾通好了管院子的人，一天石八斗的是很容易剩出来的。王福真是鬼，稍一疏忽他就找缝钻了进去。

三叔底愤怒无边地袭上来，许多为王福弄得丢了不甘忍受了吃亏的事都翻转上来，他想进去直劈王福两个嘴巴。他无意中触了隔扇一下。

屋里的人发觉了，王福站起来，来掀帘子。三叔走进去。

两人都起来欢迎他，王福喊堂倌拿碗箸来，三叔不说什么，皱了眉坐在那里。

张贵倒了酒，恭恭敬敬地放在三叔面前。

三叔叫堂倌换新菜来。

菜来，三叔向张掌柜的举起了杯：

"张掌柜的，论理东家不该说这话，可是咱们哥们说了也没什么关系。掌柜的若看出来有出息的事，也算我一份。"

说完，三叔干笑了笑。

两人对望了一下，很快地对望了一下。张掌柜低了自己底头。

"三东家哪来的这话，有出息的事我们看出来也是东家的，东家挣钱我们跟着享福。"张掌柜的说，勉强压抑着内心的慌乱，带笑地望着三叔底脸。

"哼——"三叔哼着，没有另外的话，检查官一样地望着两人底脸。

张贵被哼得手足无措了，他去看王福，王福无事似地啜着酒，张贵底心恐缩地跳了起来。他想王福一定是三叔主使出来试探大家心的，看谁有坏事就把谁撵出去，省得将来三叔接办的时候棘手。

虽然是和王福作鬼，小得东家看不到眼的小弊病，可是也是对孙家不忠，张贵想起三叔是有名不认亲的人，反脸就不讲情理的。

他想他这次一定得被撵了，不但被撵，还许当小偷捉到警察署里去。

他用慌恐的眼睛去窥视王福，在王福脸上他看到了一点莫名其妙的表情，他的心闹得更没底了。

他看见王福让菜，便也跟着让菜，看王福喝酒也跟着喝酒。他悔恨自己的莽撞，自己的沉不住气了。

王福在桌下暗暗地踏了他一脚，他慌乱的心境不能理解王福传递给他的心意，他想他是叫自己安心的。

他悄悄地向王福一点头。

王福端起酒杯来，笑向着三叔：

"以为您不能这么早下班呢。不然也就请您去了。张掌柜的老实人，一心想给您帮忙，找我，叫我带他见您来。他不知道您什么时候有空，抓柜上的闲时候就出来了。来了，我想也不好叫他白等着，就在这喝两杯酒。这会儿，三爷来了，张掌柜的直接跟三爷说说吧！"

王福上边说着话，底下踢着张贵底鞋。

张贵自己拿不定主意，他不知道王福是叫他说什么，他想也说照王福那样份子给三叔，他想那不行。一来他是东家，二来这是偷着，一定得多多给点才行。他又怕说这样的话惹怒了三叔，他想三叔总是孙家的人，孙家的人一定不爱孙家该得的权利跑出去。他急得额上冒出汗，手里端着酒杯，嘴只一劲地唔唔——地做出声音。

这样，急坏了身边的王福，他是示意叫他随便说两句好听的话来给三叔听的，他可以给他编谎语润色，使得三叔看不出他俩是蓄意到这里来商量欺骗他的。

张贵的慌乱证实了他们底行为，王福心里气急了，他在桌下重重地踩了张贵一脚，然后，用脚推开张贵的脚。

王福企图用喝酒来遮过张贵的慌乱，他向三叔笑举着杯，瞧了瞧壁上的时计，再瞧了张贵一眼：

"三爷今儿真早，还没用午饭呢吗？您少喝点！"

那边张贵却错会了意，他以为王福叫他出去，他感觉出来他是往门那边推了他的。

他站起来，瞧着王福底脸。

王福气得低下头去。

张贵向三叔拱了拱手，嗫嚅地说：

"都仗三东家栽培，有我没办到的事，您叫王先生告诉我。我出来不少时候了，想回去看看，看有什么事别人不知道的——"

张贵偷望着王福。王福不耐的脸色。

张贵收束了自己的话，再拱起手。

"再坐一会，没什么事吧！"三叔淡淡地留着。"不了，您和王先生多谈会吧！"

张贵脱逃一样地走出来，王福在后面送着他。

送张贵回来，王福在门口停止了，堂倌向他说了什么，王福恍然地点着头。

王福进来，三叔一人倒着酒。王福赶快接过酒壶来，倾尽了三叔杯中的残酒。为三叔斟上热的。

三叔依旧不说话，看着王福的脸。王福轻叹了一口气：

"唉！真是，这群买卖人真难办。耗子似的，胆又小又贪。事也看不清楚，一句话不定说几遍才能明白。明白了还不行，还得前思后想，想够了还不定能办不能办。像您看见的这个，也是堂堂的大管院子掌柜的，您看见了吧！遇事那个缩头缩脑的样。"

"他心里有鬼焉能不缩头缩脑的。"三叔没好气地说。

"看您，这是哪的话，他心里有鬼怕咱们干什么，咱们办的是事情。有鬼有他的。凭您，谁敢哪！"

王福奉承着。

"他不敢你还不敢。"三叔森然地笑了，喝了一大口酒。

"您若说这话，您可太辜负王福底心了。我知道您是说着玩的。可也真对不起您，这些天了，也难怪您着急。可是，三爷，您是明白人，您也得明白我底难处。我先跟二爷，这会跟您，买卖人脑筋慢，您也得给留一个想想的功夫呀。"王福笑语着，再替三叔斟上酒。

三叔不说话，在他心中现在是愤恨压倒了一切。

"您别惦记着，一两天内准有好报。"王福瞧着三叔发青的脸，心里盘算着。他明白这位公子是只好顺着的，逆他一点也不行。顺了他，哄得他高兴了，天大的事情也可以化为乌有。

"一两天内……"

"还一两天呢，从我没接事就说起，这多少日子了，这，"三叔呷了一口酒，把杯重重地放在桌上。

"爷，您真是，唉，人若都像您这样宽宏大量的就什么都好办了。人不是不一样么？尤其是买卖人，一家吃嚼都担在肩膀上，什么都得合计个八天十天，非得一个小窟窿都不漏才能放心，不用说他们，就是我，我也是得三番五次地想了才敢做，一家的性命都在一个人手里，哪是闹着玩的？"

王福作着诚恳但无可奈何的神气，这样半诉苦地说。

　　说到家，三叔想到翠，当那新鲜的脸庞闯到他意识里来的时候，他觉得身子麻了一下，心微微地痉挛起来。他想起他今天是不该跟王福生气的。意外地发觉了妻底丑态的今日的心情，怎样也不能从那浑圆苗实的肉体上挪开。他单纯地想着怎样获得她，怎样把她拥在怀里，他想她有十七岁了，也许是十八岁，他刚看见她的时候她不过十岁。以后，她成长起来了，为泼辣的妻和妖娆的女人们绕着的他虽然也惊叹她那随着日月增进的美丽，但他对她像过路的花，看过就完了。

　　前些日子，他听见了她和祥的故事，听的时候他觉得无聊，想祥能娶她作二姨奶奶也未尝不好。但现在他不那样，他想占有她，他有官职，他有就要到手的钱，他正少这样一个娇滴滴的姨太太。

　　他恨起祥来，他觉到了从未在他体内发生过的忌妒。

　　他看着王福，不晓得怎样收束刚才的愤怒，他为这一点小事焦灼着，他想笑一笑，结果只动了动脸上的筋肉。

　　狡猾的王福已经看出了他情绪的转变，以为他又有了另外需要自己相助的秘密的事情。关于买卖中三爷支钱的事，他早已作好了。这原是轻易就可以办到的事情，他说孙府上的当家人换了三爷了。三爷又正管着商家的事，支钱得有三爷底图章，不然得罪了他，可不好办，人家全家都认可归他了，外人帮助分什么呢？这样连劝带吓的早已成了功。商人们原怕事，又都知道三爷一向无赖，真的仗了势力明来勒索也受不了。反正都姓孙，钱只要交到孙府就完了。

　　但王福却迟延着不肯把这消息带回，他知道三叔是不会看清楚这底蕴的。他拖延着，一方面可以从三叔手里领疏通费，另一方面他可以借故白吃五香居。就是单单地为拉长和买卖里的下级人员相处，这样拖延对他也是有利的。

他想三叔若是真明白了，他疑惑他和张贵说的话全被他偷听了去，他就说出点实在的来。省得太僵了，堵塞了以后的门路。

他看见三叔收起了愤怒，他也收起了预备好了的一点实话。王福再为三叔倒上酒。

三叔喝口酒，抓抓自己底头皮。

"贵十几了？"三叔不着边的问。"挺老实，念书念得挺不错吧！"

对这不着边的话，王福一惊，但明白了他一定是有求于自己的时候，三叔一向在说什么事的时候总是这样起始的，他安心地笑着。

"什么念的好，没降级就是了，熊蛋，见人连话都没有。"王福说着，夹了一块虾放在嘴里。

"我看也不错，——"三叔把声调拉得慢慢的，"姑娘呢，有婆家了？"说到姑娘的时候，三叔底脸红起来，他故意喝了一口酒。

王福仔细地瞧了瞧三叔。

"没有，穷人家咱们不能给。富人家又不要咱们。高不成低不就地等着呢，今年十八九了，快二十的人了，我这种景况您是明白的，那养得起多大的姑娘。您看着，有合适的给提提，您也积一份德，不都说是保一个媒，多活十年吗？将来您有福有寿，我王福也跟着沾光。"

王福说了哈哈地笑了起来，他想起了点什么，这样故意用话挑逗着。

三叔底脸继续红着，他怕王福知道了他底本意，他又愿意他知道，他不知道怎样才能把话题转到自己身上。

"叫什么名字来的？"三叔问。

"叫翠，名字就土气。"王福说，他有一点明白了。

许多话在三叔心里转，他抽不出一个头来把话引出来，他按铃，叫堂倌再换一批新菜来。

王福假意地阻止着，但三叔不听，他硬叫了王福爱吃的菜。

等菜的时候，三叔倚在沙发上，眼睛红红地望着王福。

"你说，王大哥，我这个人怎么样？"

"这话，这话可早就在我心里，那有作大事情的人没几房太太的。凭您这份人材，这份家当，别说一个，三个两个也是应当的。这话可又说回来了，这事您自己不说，别人可不好提。您既有这份意思包在我身上，您要什么样的吧！别看我土气，这事可准保办得妥当。"

王福奉承地瞧着三叔底脸，用手"拍拍！"地拍着自己底大腿。

看出自己底话真发生了效力，三叔坐起来，兴奋地盯住了王福。

"人，得好人家的。"

"那自然，咱们办人也是为的过日子。娶个唱戏的什么的，一天哼哼呀呀地也不像样子。"

王福附和着说。

新菜来了，堂倌把桌面收拾好了，摆好了菜退出去。

两人重入了座，三叔替王福倒上了酒。

"这么说，您有人了吧！"王福笑望着三叔底脸。

"这那有的事情！"三叔底脸再飞红起来，羞红加酒红，红得关公一样。

"要不是看中谁了？"王福再问。

三叔不承认也不否认，捞着一盏汤里的稀少的冬菇。"你姑娘你想给个什么样人家？"三叔岔开刚才的话。

"像您这样的人家自然是高攀不上的。"王福擦了擦嘴。

"那，那，那也看怎么说。"三叔吞吐着，终于把整句话说了出来。

王福底心下雪亮了。

先他还疑惑到祥，在孙家传起了翠和祥的故事的时候，他并没有相信，他很明白翠是怎样的人。尤其有铃相伴，祥在的时候铃总在，顾前管后的祥是绝不会在人前做出和别人有关系的事来的。他所以愿意叫翠到孙府上去侍候老太太，因为那时他正为一点秘密的账目和三叔奔跑着，铃常去找翠，他怕铃万一发觉了对他不好。所以他愿意翠去，借此杜绝铃底足迹。

谣传发生的时候，恰好他底事完了，他便把翠叫了回来。他是一点也看不到祥的，他明白他就是只鹦鹉，能说不能作，到头来也得听人摆弄。

他疑惑到祥，但想到三叔和祥底隔阂的时候，他判定自己底疑惑错了。

那么是三叔自己吗？王福自己笑了，三叔就是有意也是惹不起家里的母夜叉的，何况一向三爷就是宠着三奶奶的呢。

如果真的是三爷吗？

王福踌躇着。王福倒没有以为姑娘给人作姨太太是不好的事，他早就有这样心思，他原把美丽的姑娘看作摇钱树，想借她换回点晚年的清福来。

他在核算着，假如真的三叔有意了，对他有怎样的好处呢？愈接近孙家，愈觉得孙家的可口，二爷活着的时候，王福只敬佩二爷底精明、能干。而且那时候王福正学着乖，对孙家，他以他的聪明做了最好的奴隶。二爷去世，王福底世情也学到了毕业的程度，因为当家的二奶奶底小性，王福底月费削去了，王福早已不把那一点有限的钱看到眼里。他很明白这失去了心脏的家族是怎么回事，他拉拢了那只知玩乐的三爷，用自己底比孙家人对孙家事都清楚的一点记忆，用那位只知消费的公子底名义，作了许多二爷在世不肯开罪人去要账的事，在这里他得到了半数以上的实惠。

得到一点也就更想多的，这一点不费力就得来的享受使得王福底心痒痒的，骨头虽香到底还不如肉，但肉是不能轻易就捞到手的，想捞一定得付一点代价。

如果把翠付给三爷呢？

他可以利用翠去操纵他，他明白三叔是最好操纵的人物。外边他可以作他底管事，按时把钱送上来，供给他玩得高兴就好。这样至少两个烧锅一个当铺底实权就落在王福手里。两个烧锅，啊！王福暗暗地咽了口吐沫，一个烧锅一年最坏剩十万吧！天，多么庞大的数目呀。

孙府上呢？他很容易就可以对付了他们。二奶奶发觉了烧锅的事，一定得来找自己想法子的，因为她所知道和所能依赖的人只有自己。那么，今天给她一点，明儿给她两句好话，她就得完完全全地听自己调动了。大爷处，不动他地产他就不能来火。慢慢地想法子，老头子最信他底姘妇，把那位淫荡的女人拉拢好了就什么都好，女人就怕钱，有钱就好办。慢慢地等老头子一伸腿就把整个的地产利用三爷底名义攫过来。攫过来之后，祥也就只有白瞪眼了。还有，听说那骚娘们是有点特别本事，……王福在心里算起来。房产呢，先不动最好，事不能作到绝处，何况二爷活着的时候待王福不错，王福不能欺负孤儿寡妇，房产是得给二奶奶先留一步的。

王福只管想着自己底事，旁边三叔却慌了。他尽可能地在王福没有表情的脸上发掘他底心意，他怕他是恼怒了。

三叔底心忐忑着。拿起筷子夹不着菜，端起酒杯来忘了自己是在喝酒。

他听见王福轻叹了。

"怎么不喝了，王大哥？"三叔急急地问。

"我替您核算了半天，我明白您底意思了。"王福苦着脸说。"什么？你明白了？你真明白我意思了？"三叔乐得跳起来，揪着王福底袖子。

"王大哥，你是明白吗？你是真明白吗？"王福点点头，附在三叔底耳边。

"您是说的翠吧！"

"唔！唔！唔！"三叔不知怎样好，在自己底座位上左右转着。

"那，那，那您的意思呢？"

"我倒是……"王福含糊地，"谁，行吗？"王福竖起了三个指头。

"谁，三奶奶？"三叔问："她吗？"三叔跨踏了。

妻从他头上重重地压了下来，他底一切希望都被压扁了。"她，她管不住。"三叔勉强这样强硬地说。

"我姑娘，您可得知道，可最烦这回事，她是准不愿意，若说叫她过门再受气，那可更——"王福一个字一个字地说着，不放松地望着三叔底脸。

"那王大哥是没问题了？"三叔躲开别的，先盯问着。

"我是，反正得看孩子，一辈子的事也得她自己乐意。"王福用手指敲了敲桌子。

"您若是没问题就成了。"三叔放心了地微笑着，"别的事您都帮我办了，这回就全听您的，您不是和我一样吗？"三叔拱了拱手，满面诚意。

"那么？"王福皱起了眉。

"您别这么那么的了，难道说您还真叫我这就行大礼吗？"三叔笑语着，屈着身子离开了自己底座位。

"别别别别，"王福急挽着，"这，这怎么说的，我，我不是——"王福为自己急出来的口吃笑了起来。

"我是想三奶奶这关怎么过。"

"您有好主意快说吧！"三叔恳请着。"简单的还是瞒着好。"

"对！一瞒百了，比什么都痛快。"三叔拍着自己底腿。

"瞒，一来为三奶奶，二来家里也省得出闲话，不管怎么的，七嘴八舌地讲究起来总不好，您说是不是？"王福郑重地。

"还是您想的到。"三叔恭维着。脸笑得开了花。"还有——"

"还有什么，您还有什么条件吗？我底事就等于您底事，将来您替我一切都支撑着，您管不是比我自己管的都妥当吗？"

三叔生怕再出什么变故，立刻拣出来王福最爱听的说了。"我那孩子有这点硬骨头，就许不干，她妈也得跟着费话。"

王福为难地说。

"有您一句话不就全行了吗！"三叔把椅子拉得靠紧了王福，脸逼近了脸问。

"我——唉。"王福叹息起来。

"您别难为我，我说什么好呢？"三叔苦着脸，用着可怜的祈求的声调。

"那么——"

王福想了一会，忽然喜形于色地拉过来三叔，把嘴贴在三叔的耳朵上。

听着话的三叔底脸色，慢慢地由焦灼转到安静，由安静转到兴奋。

"是，是，我明白，我准照办。"三叔望着王福底脸，肯定地说。

王福在他眼里一分钟比一分钟地伟大起来。

十 三

翠失踪了。

铃去找翠，翠底母亲坐在炕边擦泪，弟弟在墙角低头不语，王福唉声叹气地啜着酒，屋子里阴惨惨的。

"翠呢？大娘。"铃问着，看着翠妈底脸。翠妈越发抽啼起来。

"翠姐呢？"铃再问。

王福过来挨近铃。对着铃底脸：

"唉！大姑娘，还找你翠姐呢？翠要再在家待上两天说不定遭上什么事呢？"王福摇了摇头。

"到底怎么回事？"铃急了，抢着问。

"她呀！她，大姑娘你可别传到前院去。一个什么人看上她了，非得娶她不可。那不等于要咱们命一样吗？三爷把这信透给我了，我想咱们惹不起还躲不起吗？把你翠姐送乡下去了，躲个三月四月地再回来，就完了。"

王福轻轻地，轻轻地说完后，还看着铃底脸。铃讨厌他那样紧挨着，听完了便别过脸去。王福依旧走回原处去啜着酒。

许多绳索从四面八方投到铃身上来，铃觉到了被缠得快窒息了的郁闷。

翠妈依旧啜泣着，悲哀的抽噎声一丝丝地刺向铃心上。铃觉得像丢失了一件最心爱的东西一样的难过，她无缘无故地感到王福底屋子逐渐增大，空旷起来。

"上那儿去了？大娘。"

铃拉着翠妈底衣裳，再恳切地问。

"谁知道她爸爸把她送那去了，我要去看看，他又说忙什么，三天五天地屈不着你姑娘。"

翠妈住了泪，望着铃底脸："大姑娘，你是明白人，你给评评这个理。外国人要娶你翠姐，咱们说早就定了人家不就完了吗？有主的姑娘他怎么也不能要。我这么说他就骂我混蛋，坐在家里就会吃饭。这会人家说东你不能说西。你说有主就能行了，非送走不可，这要有点舛错可怎么好。"

翠妈底泪零散了的珍珠似的乱进出来。

"谁呢？"铃问，没向着翠妈也没向着王福。

"看，是什么名字来的，挺古怪的四个字，我怎么就想不起来了？"

王福捶着自己底头，苦苦地追忆着。

良久，铃在侧面偷窥着王福底脸，王福底脸上是没有如他话所形容的那样悲哀的情绪的，铃觉到一点蹊跷。她猜想是祥对翠又有进一步地举动了，王福为避开他，把翠藏起来的。祥能吗？

铃记起祥许多夜没有回来了。连家里哄传起秀要到天津去了的时候，祥都没有早回来。

翠失踪的前一日，三叔不见了。

到下班的时候，车子去接，说因为病早就回来了。

这真是一个使整个孙家骚动的消息。大家都聚到客厅来，用着各人底智慧，忖度真正的原因。大半的意见都认为是被捕，许多谣传和三叔前日自己说过的话，作了这个忖度的骨干。老祖母怕了，她唤人去追回铃和祥，还叫人去找回来大伯。

三婶并没有到客厅里来。

兰自己跑过来，还没卸下背上的书包，也不进来，在屋门口，转动着眼睛看了这个再看那个。

从祖母到二伯母，到二伯母身边的长生，长生椅边的福子。福子向兰睒了下眼睛，蔑视地睒了下眼睛。兰报复地作了个大鬼脸。

窗前，听差和仆妇们立着，小声地讲论着。"兰，去叫你妈去！"老祖母说。

"我妈头痛了！"兰说，在门上贴着自己底小身子。

"去问问你妈去吧！你爸爸丢啦！"长生大人似地向兰一扬脸，用着冷淡的口调。

"你爸爸才丢了呢！"兰生气地反驳着。"我妈说我爸爸上外城办公事去了。"

"办公事衙门里还说不知道。"长生偷瞧了自己底妈妈一眼，妈妈正陷在沉思里，眼睛注视在窗前一株谢了的珍珠梅上。

长生说，向兰一努嘴。

"衙门还非得告诉你，你在家是少爷，衙门里谁认得你是什么东西。"

兰鼓起嘴来骂了。

"你是好东西，你是大大的好东西！"福子帮上来，把中指伸长，其余的四指弯曲起来，做成了一个王八的模样。

"二娘，你不瞧你们福子骂人。"兰高嚷起来。

继母收回驰走了的神经，回头呵止着福子。

大伯回来了，趿着鞋，非常不悦又疲倦的样子，进屋，呵欠了一下，他为被人把他从热闹的牌局上叫下来不高兴着。

祖母说三爷不见了。

"什么？"大伯淡淡地，"三爷不见了，他那鬼灵精似的还能出事。不定自己捣什么鬼了呢？去吧！"大伯向着聚在窗前的仆人："去，该干什么干什么去，都堆在这干什么。三爷没事，不用借因子偷懒。"

人慢慢地散开去。

"没事，您放心吧！三奶奶不着急就准没什么大事，再说，平常三爷跟日本人常来往，若有什么不好的信，还不早就透出来了？"

大伯把投在沙发里的身子伸起来，又推开门出去。

屋里，祖母瞧着壁上的古时针，想起了一千样转危为安的过去事，大伯底话在她心上发生了安定的效力，她看着钟，她想她底铃快回来了。

祖母去了，继母一人留在客厅里，她把身子深深地埋在椅子中，用一只手托着腮。

她尽全力在她脑中发掘着三叔所以失踪了的事。

长生福子不耐这突然冷落下来的屋子，一前一后地跑出去。继母并没有注意到他们的出走，她完全陷入自己底思索里。如果三叔若真的被捕了，那倒安静了。她可以免去许多惧怕和勒索了，她一点也不希望因为他的官位而获得什么，虽然一切旧账都因他底做官而容易讨还了，房租也易于收进了。但易于讨还的和容易收进的都被三叔强挪到自己怀里，她失去了整个受领的权利。她现在能收到的只凭住户的一点好心，特意送给她或者是自己捷足在三叔没去要之前自己要了回来。

如果三叔这时被捕了，秋天烧锅里开分的时候她便可以很顺利地收进这笔最大的进款了。

三叔被捕，在她毋宁说是希望着的事。

可是三婶底不动声色，动摇了她底这种信念。若是真的有事，三婶不会不急的。

如今的事上哪说理去呢？

外国人也是不可靠的，她想起上次小田来，她怎样向他诉说了自己底窘苦，求他援助。小田只笑着，劝她怎样去谋家里和美的话。这话她自己也知道而且会说得很好的，说是说，实际的利害是实际的利害。她从小田那儿得到的只有绝望。这样，她更坚信着人只有一条稳当的路，靠自己。别人都是白扯的。

三叔这次是自己捣鬼，是自己另去谋别的事，她想她一定得好好地跟他干一回。她可以借他不在的机会去房户处通知了，说他失踪了，房钱非交她不行，如果别人用三叔底名义去要了去的时候，那房户就是被骗了，她是要去要第二回的。

烧锅里呢？她明天可以去找经理，把这暗示给他，才巩固自己底脚步。不管三叔是真的出事与否，她是要认定他失踪了去做的。她想，这样，她可以和她底儿子不再受什么骚扰了，她可以安心地培养他们。

想旋回头去看身边的孩子。

他们不知在什么时候跑出去了，她身边只有一只被推得歪斜着的椅子。

她无原由地觉到孤寂，一种凄凉的寞寂，她想起她底伟大的丈夫，就是每天受他底斥责也还是有他活着好。

她再望着那株谢了的珍珠梅花。她把眼睛长久地停在那萎黄了的小花朵上。

三婶屋的老李把翠失踪的故事带到前院来，她说她怎样两三天去抱柴火给三奶奶煮粥的时候都没遇见翠，她去扒窗户，翠妈坐着哭，王福坐着叹气。屋里连翠底影儿都没有。她偷着问王福，王福说什么谁要他的姑娘，不给不行。王福不叫她说，怕传出去惹事，这年月是只好躲着的。

这消息立刻就大家都知道了，人们把翠失踪事和三叔的连在一起，说因为透露消息给王福，三叔把人得罪了，结果翠和三叔都没得了好。

老张妈把这消息带到祖母屋里的时候，铃正和祖母摸着纸牌。

祖母听说了立刻放下了手中牌仔细地问着。老张妈把听得的故事加大地传述着。

"是么？铃。"祖母向着铃，"可坑了那孩子了，真是要活计有活计，要人样有人样，怎么摊上这样事呢？去，张妈，你去把王福给我找来，他怎么不快想法子呢？用钱我这有，把那么大的姑娘可送哪去了呢？"祖母说着，不胜焦灼地搓着自己底手。

张妈去了，铃扔下手里的牌，走到躺椅前躺下。

两天来翠底事就纠缠在她心上，她为这丢失了的女伴担心着，她怕真的有什么事已经落在她头上了，她并没有躲开。

三叔不见，铃想三叔一定是又弄到一笔钱，去住在那个妓馆里了，像爸爸没死的时候他做过的一样。

她想着翠，翠底被迫离家的事激动了她，她知道翠比她有主意，看事比她看得清楚。她遇事会比翠还惨的。她想她底继母快收拾她了，她不久就要离开学校，继母一定要嫁她出去，那个她家早已蓄意的乘龙婿，那个家资百万的公子，她是一看他就恶心的。

她想她该给自己想个法子了，走吗？多么大的问题呀！铃抱起了自己底头。

老张回来，她说王福出去了，翠妈说也不知道他上哪儿去了，每天都得半夜才回来。

老张妈底回报更使得祖母焦灼，她骂王福混蛋，她叫铃去唤祥，她要叫祥去找王福，老祖母说：

"那有这样没良心的，自己姑娘底事不管，上那死去了呢？"铃说怕祥没回来，铃知道祥是没地方找王福去的。

老张妈证实祥回来了，她说她看见大少奶奶底门开着。

祖母催促着铃，叫铃找祥去。

铃去了。

祥果然在家，在床上躺着。

"翠不见了。"铃说，望着祥底生满了酒刺的贫血的脸。

祥点点头。

翠底事在铃来之前他已听说了。他刚去接秀，他想这样和秀隔离着是不好的，他还没有到摆脱开秀的时候，他还没得到翠，他还没得到可以奋飞的机会。

秀不肯回来，秀说他家一日不安静她一日不回来，秀懒怠看他们那些你争我抢的样，什么大不了的事，争抢的全部也不过有限的钱。

秀还说，如果祥要和她走，那是可以的。

但祥不能离开家，附属于家的有一个系着他底东西，他不能忘去翠，他忘不了她底笑，她底娇嗔。他想她底玲珑的心一定早已理解他对她底情愫了，她也和他一样，碍于眼前的一切障碍，没得向着他表示的机会。

如今翠去了。

翠！留给祥一段美丽的回忆去了，一段纯洁，馨香得晚香玉一样的清新的回忆。祥觉得自己底心从体腔内飞出去了，他觉到无比的空洞。听的一霎那间，他疑惑自己底脉络都停止了，它们没有把血带回他心里去，他底心干缩得到了消失的程度。

过一会，他把自己摆在床上，抱着软的枕头，他唤着翠，对它诉说了自己底心意和歉疚，把泪印在它的身上。

泪流尽了，他觉到了更甚的空虚，他推开枕头，他想它太蠢了，不能代表翠，翠是玲珑得，玲珑得跟那只八面透光的小挂镜一样的。

一切希望都逝去了后，祥觉到自己底无用了，他推翻了全部的自信，他咒骂着自己。他记起他是有不少次可以向翠诉说一点什么的机会的，但他都轻轻地放过去，空留下痛心的悔恨。

他捶着自己，撕扯着自己底头发，揪着自己领带想把自己勒死。他像虐待另一个人似的鞭挞了自己。

一切兴奋都安定后，他不动地躺下来，一切思索都停止了，一切忆念都消逝了，他僵直地卧着。

铃惊动了他，他恨她来的奇突，他闭上了眼睛。

铃看着祥，祥底奇异的冷淡伤了她底心，她感到了过分的孤独，她确切地觉得了自己在这家中的地位，她想她是这家里的赘瘤。去了她，大家都会舒口气的。

翠底坚定的姿态在她脑中旋转起来，她想起学校，想起朋友，想起家里的每一个人来。

"走！"在她脑中逐渐加大加强起来。

她想祥怎样在淡绿的灯光下向翠展开了多情的凝视的场面，她想祥一定是甚于自己的伤心的。但她蔑视他，她想起祥底许多懦弱的，顾前惧后的举动，他这样人只好承受这打击的。

自己呢？许多因循，许多得过且过，许多自暴自弃占去了大部的时候。因为祥，因为失去了的翠，铃觉到了从未觉到的警惕，铃看见了许多自己欺骗了自己的弱点。

铃知道自己该给自己开辟路途了。

她再去望祥，祥依旧闭着眼睛，大底眼珠塌陷在深的眼眶里，两颊瘦得尖削的。嘴唇白的，白得污染了的白纸一样，颚上，血管透过了青色的皮肤，奇怪地蜿蜒着。

铃底心骤然恐惧地跳起来，她看祥只如一架尚未完全干缩得只剩骨头的骷髅，她过分地想到他底气息一定是很微弱了。

她唤着他。

祥不耐烦地睁开眼睛。"奶奶叫你。"铃说。

"叫我干什么？"

"叫你去帮王福找小翠。"

"上那儿找去，大海捞针，我不去。"

铃望了祥一眼，她觉到了初次在祥身上感到的憎恶。铃无言地走出祥屋来。

院子里灌满了夕阳的最后的光亮，花朵上，叶子上，都留着可爱的金色的微光。许多花都活泼地伸直了腰，轻俏地摇动着美丽的躯体。闷热退去了。北地特有的凉爽晚风迎人吹过来。

铃停在房角处，用手做成了一个圆筒看着夕阳。大的红的将落的太阳给她一个温暖的感觉。她看着它一点点地沉没，终于不见。但她并没有感伤，她知道它明天还要来，更光明，更伟大。

她想起追太阳的人的故事，她一向是佩服那坚定的志愿的。她想她也要去追太阳，她要把自己底生活看作太阳，她要去追赶它，她明白它是不会反来就她的。

她带着坚定的心走向祖母的屋里。

从房角，她绕着后面过去。在祖母的后窗下，她听到了急促地哭诉，她从那枚开着的纱窗里望进去。

继母气极地哭诉着：她听见继母说三叔怎样叫王福拿去了烧锅中今年所有的红利。

铃底心一惊，她看见继母底铁青的脸上挂着抑制不住的泪。祖母要说什么，三婶突然疯了似地推开门闯进来。

进来就扯着了祖母，三婶头发披散着，脸上沙尘混着眼泪。"好哇！老太太，你做的好事，你给你儿子拿钱叫你儿子外头去娶姨奶奶，瞒着我，瞒着我就完了吗？"三婶哭着，过来撕扯着老太太。

老祖母被闹得摸不着头脑。挣脱着三婶的手，气急败坏地问：

"什么事呀！三，怎么的啦！"

"别装傻，你办的事你不知道，"三婶嚷着，放开了祖母，脚踩着地板。

"我看见王福小舅子了，那个在当铺里站柜台的混蛋，看见我躲，躲什么，准有亏心事。叫我给揪着了，连嚷带骂，两个嘴巴就全说了，说我没儿子，老太太主意叫再办个人，怕儿子绝后，你看我就不能生养了吗？你看准我生不出儿子来。我非跟你拼了不可。"

三婶哭着，只向祖母闯过来。

地下的继母先听着、忙着，想了想突然跌坐在地板上痛哭起来。

窗外的铃吓得手凉了，她叫着奶奶，拼命地砸那只纱窗。

1941 年 4 月尾二次离日本前

侏 儒

初刊北京《中国文艺》第 5 卷第 2 期
1941 年 10 月

外面有一个人在叫我，我出去了，那是房东处唯一的小徒弟，房东开着油漆店，专为雇主刷新屋子的。

他很矮小，看去也不过十一二岁的光景，头大得很，怪可笑地摆在他狭小的双肩上。肚子大得凸出来，腿因之更显得细小可怜了。虽然我见过他不止一次，我却从没有仔细地瞧过他底脸，趁着和他对面的机会，我仔细地打量了他。

脸和全身相反地生得很可爱，红红的唇，小小的牙齿，鼻子也很端正。但脸上的表情却痴呆的，相仿于白痴脸上那种木然的傻样。

他全身都沾满了各色油漆的斑点，连头发上也疏落地粘着。"你是找我的吗？"我问他，看着他仿佛完全不动的眼睛。他瞧着我，瞧了有一分钟之久，半晌，才含糊地应了一声，随即用手指着房东的住处。

我发现他底眼睛很大，而且黑白分明。我伫立着接受他底凝视，我又觉得他似乎没在看我，像把眼睛停在我身上，而心想到了另外一件事情一样。

我底邻居们都从房东那儿学得了对他的歧视，大家奚落他，无事时拿他开心，叫他"木头疙瘩"。据说是他比傻子还不中用，有的已经搬进来三年的住户，都没听见他说过一句话，说他平日就会偷嘴吃，什么都做不了的。

我却没从他脸上找到他们跟我说过的他底丑样，相反地我倒觉得他很好看。我想他若是洗净了脸上的泥垢，穿上干净的衣裤，一定比房东的胖少爷还体面的。

我跟在他后面向房东的屋子走，几次他都落下来，站在侧面瞧我，像瞧一个怪物似的细细地瞧。

我心里充满了不能言说的狐疑，我觉得奇怪又好玩，我想他是不傻的，要是傻，也一定是跟大家公认的傻不一样的傻法。想着，我慢慢地挨近了他。

这时候，我们院中的最爱说笑的李大嫂跨进大门来，一手提着系在一起的几个茄子，另一只手里握了一个小小的油瓶。

"买菜去啦？"我招呼她。

"是，还没做晚饭哪！"她回答我。

接着，她把左手里的几个茄子使劲往我身边的小徒弟头上一抡，嘴里笑骂着：

"你这个傻王八蛋，你也知道大女学生好，跟我走你怎么不这样往近靠呢。"说着，哈哈地笑着，又找补着：

"您可别见怪，他大婶。"

我只好笑着，瞧着她带着她响亮的笑声从我们身边走过去。他底头上留下了两个茄子的小小的紫色的刺，他并不拂掉它们，连用手摸摸额角都不。像完全没有被茄子打过一样。

我倒十分过意不去，原来是我挨近他的，他倒挨了无辜的抡，虽然茄子不是什么坚硬的东西，但那样大的圆球，总是有相当分量的。

我怜惜地为他拂去额上的茄刺，就便替他掸掸额上的积土。

他也往我身边靠着，但又怔忡的，用疑惑的眼睛细瞧我底脸，嘴里发着含糊的声音，迟疑地承受着我底怜恤的抚摸。

我扬起我底手帕，预备用力地甩甩从他发上沾下来的土。就在我扬起手的那一瞬间，他一只野兔那样敏捷地从我胁下跳出去。

我惊愕着，我不知道他为什么那样，瞧他在墙角保护似地蜷曲着他有着大肚子的小身子，想他也许以为我也是要打他才跑开的。真无怪大家都说他傻，实在是不懂事，我觉得又可气又好笑，又觉得他傻得可怜，这样蜷曲着，头固然是不要紧了，可是腰和屁股不都还可以任人自由地踢么？

我过去，拉起他底头，他不抵抗，只用力地闭紧了他底眼睛。

我只好不耐烦地叹着，等着他自动地站起来，他一定是被责打得失去他可怜的辨别力了，不能明白什么是爱抚和责打在动作上的区别。

我们这样可笑的相对地蹲着，半晌，他偷偷裂开一只眼睛，一瞧见我，又急急地闭上。我消去了适才觉得好笑的心情，心里只有怜恤和奇怪。我尚不十分清楚他底生活，只知道他底工作是给其余的工人提油桶而已。我搬到这里来也不过刚一个礼拜，我想他或许是受雇于房东家来作杂活，因为过度的贫穷，所以不得不在这忍受着凶悍的女主人的苛苦的待遇。也许已经是无家可归了，无从脱离这长年伴着油漆的日子。

房东太太一脸横肉，厉害是远近知名的。

他一直蹲着不动，我装着不在意地把脸转过去，我一转开脸，他便睁开眼睛瞧着我，像一只洞里的老鼠瞧着洞外的猫一样。

我不知用什么方法才能消去他对我底惧怕，我想抚摸他，又怕他在我抬手之间逃去，拉他，又怕他误认为打。我想这样继续蹲下去一定是对他不好的，他主人既然打发他出来办事，一定愿意他快办好了回去。晚了，凶悍的房东太太能轻轻地放过他吗。

我想我还是继续保持着不动手的姿势好，我竭力在我脸上作出最和善的样子，但我不正面看他。

果然他像安心了，慢慢地站起来，脊梁贴着墙，眼睛不眨地看着我，而且一点一点地挪开他底身子。

他从我身边走过去，轻轻地，轻得像一只猫，我依旧蹲着，像完全没看见他一样，但我偷偷地用眼睛追随着他。

他转到我背后去，我直觉到他底眼睛凝固地瞧着我底背，很久没有移开。过一会，我听见他走了，慢又轻地走去。

正在我要旋回身子来的时候，我听见一声霹雳似的吆喝，夹杂着肉击撞着肉的清脆的响声。

我立刻站起来，转过身去看。

他底肥大的女主人站在他底面前，他正一如刚才我见过的那样蜷曲地蹲下去，闭着眼，左颊上红红的。

我瞧着房东太太底横脸，不知是为他说情还是装着没看见他好。我们底所有的邻居都是不以为他底被责打为意的，甚至有人还说："打！该！打死也不多。"这样助虐的话。有时实在瞧着他被打得太厉害了的时候，便都躲避地走开，让他们主仆去自己了他们底账。

幸而房东太太注意到了我，她走向我，而且向我微笑着。平日我是很少和她说话的，她笑，我无端地心慌，她不至于赖我留着她底小徒弟，耽误了她家的工作而对我大发威风吧。

她依旧微笑着。带着有话不好意思开口的样子。她尴尬的情态更使我狐疑，我还没跟她打过一次交待，不知她究竟是怎样的人，只听大家都说她厉害而已。

那孩子还在蹲着，闭着他底眼睛。我想以往他底女主人一定不是打他一下就住手的，他之所以闭着眼睛是在等候着接连而来的责打的吧。

她开口了，用着柔和的声调，她说了很多恭维我的话，说我比男人强，又骂她底丈夫——我们底老房东不中用，末了才说出要请我去为她家的工人们填写一份户籍警察要的职历表，她底丈夫虽然读过几年书，但对于这种新式的表格却怎么也弄不清楚。最后她吞吐地说，她曾一度去求街口的测字先生，她说那可恶的先生竟跟她索价五毛钱之多，她又表示她倒不是在乎钱，她怕那先生也写不好，接着她又恭维着我。

她啰嗦了这半天，只是想求我白替她写几张职历就是了，这原不是什么麻烦事，我立刻爽快地答应了她。

我底爽快令她意外地高兴，她张着手像想拍拍我底肩，又像要拉拉我底手，可是又怕这种在他们之间的表示亲热的方法冒犯了我，把手那样又举又放地伸着。

我底心完全安定下去，我说请她先回去，我锁上门就来。她笑着，她说她不忙，她愿意站在那儿等着我。

我底心却不是专为回家锁门去才支开她，我想她先走了，那个可怜的孩子也可以找个机会偷偷地回去。我想他一定是女主人打发来请我的，这么久没回去，就是不厉害的人也会生气的。

我锁好了我底小小的房门出来，房东太太正对着我底门笑眯眯地站着，我底眼睛越开了她底肥硕的身子去找寻那可怜的孩子，他又在慢又慢地站了起来，一点一点地挪开他底身子。

他底女主人把全副的注意力放在我身上，说着恭维的话。

我也转回我底眼睛来，怕惊了那正预备逃开的小东西。不知道为什么，我觉得我在可怜中有点喜欢他底意思。

房东太太求我作的事情并不难，我很快地就写好了他们夫妻及三个大徒弟的履历。

在我放下笔的时候，房东太太忽然像想到了一样遗忘了的事情似地问我。

"那个杂种有没有都不要紧吧！"

"哪个？"

我不明白她说的杂种是指人还是东西。

"那个傻子，叫他去请您都说不明白的傻鬼。"女主人有些愠然了。

"他不是在您这儿住么？"

"不在这上哪，谁能收留他那样的傻子。"我不明白房东太太的话是蔑视那孩子还是显示自己的宽大。

"若是在这住还是写上好吧！"我说，重新铺开那张已折好了的纸。

"他可姓什么呢？"房东太太不耐烦地沉吟着。

"当然是姓刘了。"一个在我们说话之间走进来的二十多岁的青年工人，这样顽皮地插着嘴。

"什么？姓刘？你知道，你跟那骚狐狸有过交往是怎么的？你说姓刘，我看他姓张。"房东太太立愣着眼睛，脸逼向那个说话的张姓的工人的脸上去，咬着牙说。

青年工人忙着躲开她底逼视，转到她身后，自己解嘲地伸了伸舌头。

"姓刘，好哇，他要能姓刘是个野种都能姓刘了。连掌柜的自己都不说他姓刘，你倒说了，他妈叫你搂了几回，死了你还替她护着她底野种儿子。"房东太太怒犹未已，这样接着责问。工人早已跑到里间去，但却在里间大声地接着说：

"前十六年我才六岁，就是叫她搂了也没关系，一个二十岁的姑娘搂搂六岁的孩子，谁也说不出什么来。"

"好姑娘，什么姑娘。得啦，歇着你那张臭嘴吧！"在斗嘴上，房东太太是失败了，但她底威严压倒了她底敌手，里间没再发出声音来。

我直如坠到五里雾中，完全忖度不出他们所说的话中的故事。又不好问盛怒中的房东太太。我一次又一次地在墨盒中润着我底笔，留神地瞧着门，看那个可怜的小傻子是不是已经回来了。

这时，房东回来了，他站在玻璃门的外面。正在推门的时候，我瞧着他肥满的脸，我觉得这脸型很熟，仿佛像一个我见过的人，那整齐的牙和轮廓很好看的呆然的眼。我猛然记起那孩子正是有着一个这样的脸的。那么说，孩子是房东的另一个姘妇所生的吗？

房东太太回头，瞧见了正是房东进来的时候，她一阵风似地扫了过去，指着房东的鼻子。

"都是你，你这个老混蛋，作的损阴丧德的事情，叫我跟在里头为难。你说，你说吧，人家女先生等了这半天了，你说那个野种姓什么。"

房东瞧着我，颇窘地笑了笑，又向我点头。

"姓什么就姓什么，什么不一样，你看着写吧。"房东瞧着怒气冲冲的太太，小声地说。瞧太太一立眼睛，赶紧接着，"要不就姓王。"

"倒是你记得真，可不是得姓王，婊子的杂种可不是得跟着他妈姓。"

房东太太舍了老房东，重走到我坐着的横的条案前来。

"我也不怕您笑话，"她说，狠狠地向地上唾了口吐沫。"那个傻王八蛋您知道是从哪来的，是我们那位爷办的好德行事，在外头姘上了个野鸡，租房子过起日子来啦。瞒得一丝不透风，钱花的可就别提了。天老爷有眼，可巧两人上街叫我遇见，我这才知道。那婊子赘着个大肚子，我叫他散，他倒挺好说话，我说散就散。谁知道冤我，不但没散反倒搬了个大房子，想是一躲开我就完了。真是神佛保佑，二回又叫我给抓着了，孩子满地跑，肚子又鼓了。好哇，拿我底钱他们过享福日子，我不管青红皂白，给她一捶打。那骚娘们不禁打，小产死了。死了就算了。咳，也是我心软，搁不住那老混蛋又哭又求，答应把那杂种领回家来。您说，这十五六年的光景，我在他身上白搭了多少钱，那钱用什么好学徒的没有。这还得听着别人不干不净的闲话，我为的是什么，女先生？"

房东太太怪委屈地述说着，像是她在那孩子身上费了天大的心，而别人完全没理会到她底贤德似的。

"啊——"我不知道是不是称赞她底贤德好。"写什么，就写姓王吗？"我只好把话转到那份职历上去。

"王野种，要不就王傻子，十六，从一会走路就拿油漆桶，一直到这会还拿油漆桶。"

我在那张纸上分别地填写好了王傻子，十六岁，提桶小工等等的字样。然后放下了我底笔。

她拿过那张纸去，横竖地看了好一会，才满意地收在一只装着账簿的抽屉里，开始向我道着谢。

辞了她，我走向我底家，房东随在她身后，也笨拙地谢了我。

那晚上，我遇着李大嫂，向她说起房东太太说过的故事。李大嫂说："她见谁跟谁说，可谁也没说过她好。那女的真是好人家的姑娘，张老太太看见过，说长的爱人着呢。就是穷，没爸没妈的。"李大嫂又把身子凑向我眼前来，"那孩子全是叫她打傻的，她那样打法，铁人也能打扁了。"李大嫂小声地说。

"那房东怎么不管？"

"还管，房东那熊样，哪是她底对手。起头房东倒是挺疼那孩子。越疼她越打，冬天三天两天不给饭吃。饿的孩子连街上的果皮都吃，房东也就不敢伸手了。可是人家也倒是真能干，咱们住的房子不都是她经手买进来的。这钱要放到房东手里，早不定又靠给哪个娘们了。"

在房东和那孩子之间，我想着一个美丽的女人怎样悲惨地结束了还在青春期的生命。她一定是温柔又美好的，美好得一如小说中描绘的佳人。她底孩子若是正常地养育起来，不定多么可爱呢吧！

想着那蜷缩到墙角去的用着细细的腿支撑着可笑的大肚子的孩子，我仿佛看见一颗亮的星坠下来，坠下来变成一块石头，一块被大家恶意地践踏得成了一个四不像的东西。

又过两天，我通过房东家的后门，正碰着房东太太像抛掷一样不用的东西一样地抛出那孩子来。孩子的身上粘着未干的蓝色的油漆，房东太太的脚下，有一只倾倒了的蓝色的油漆桶。

她掷他出来，就立刻砰地关上了门。

那时已经是薄暮了，北地的秋末的薄暮是比暖地的初冬还凄冷的，那孩子穿着一件撕了许多口子的罩衫，赤脚趿着一双大人穿旧了的鞋。

他不动地蹲在他被掷到的地方，用细棱棱的小手指盖着他又青又紫的脸，奇怪的是他脸上并没有眼泪。

瞧着他底伤，我觉得挺难受，我手里正拿着一包刚买来的饼干，我拿两块放在他抖动着的膝上。

他偷偷地从指缝间望着我，像上次望过我时的姿势一样。

我再放两块在他底膝上。

撕下了一条包饼干的细纸，我转到他底左面，为他擦着左臂上的一条渗出血来的伤痕。这次，他没有挪开他底手臂。

突然他用右手抓起一块饼干，迅速地放到嘴里，吞食一样地硬咽下去。咽完，依旧用小手捂着脸。

一会，又迅速地抓起来一块。又一块。

又一块。

我再拿四块放在他膝上。

房东院子里有声音，怕房东太太出米，我拿起一把饼干扔在他前面，便走回自己家去。

那之后，他不像怕别人一样地怕我了，在路上遇见我的时候，用黑白分明的眼睛凝固地看着我。抚摸他，虽然还怔忡着，但不逃开了。

我不知道那一晚上的饼干他都吃了没有，我想问问他，可是不敢断定他真的是不是会说话。

随后在晚上，他到我底窗前来，隔着玻璃偷望着我。第一次，我叫他吓了一跳。他把他底脸贴在玻璃上，因为身量矮，只看见那样一个苍白的脸。灯亮的时候不觉得，一熄灯，突然看见的时候，我下意识地联想到鬼身上。那时，我新婚不久的丈夫正为了件公事到远地方去，我们底小家里是只有我一个人的。

等我看清楚了是他，我觉得很高兴，我想他之来，一定觉到了我所给与他的同情。至少，他也一定明白了有一个人是不跟别人一样打骂他的。

第二天，我把当日吃的饺子放几个在他贴过脸的地方，早早地熄了灯等候他底前来。

直到我睡，他并没有来。那一夜我转侧着，我怕他被打得动不得了。可是天亮我出去，饺子已经没有了，放饺子的地方很干净，不像饺子被猫或其他的动物偷食了的样子。

一连几天，我都挑着那只他曾贴过脸的玻璃上的帘子，而且在同样的地方放下我当日吃着的食物。

他有时来，来了我便隔窗看见他耗子一样蹑足地走到窗下，随即不动地看着屋里，末后才迅速地吞下碗里的食物。有一天，我忘了他将窗帘全部掩好，那一天我正患着感冒，头痛得早早便睡了。

朦胧中听见他来了，他似乎在窗前停了好久。

但第二天我去拿那只专给他盛着食物的碗时，碗里的东西一点没动，碗边却和往日一样印着他底有着油漆味的小小的手印。

第一次他已是十六岁的大孩子的意识在我脑中浮起来，他纵然傻，感觉也不是一点也没有的。我觉得在他底小心灵里，对我一定有一种另外的感情了，我想他底原质一定是挺聪明的。

因为头痛，我草草地料理了家事便躺在床上，意外地他白天来了，且推开房门走了进来。

我不知怎样作好，我早就有意叫他到屋里来，但怕惊了他。我一直没想出用什么合适的方法才能叫他明白我底意思，我想他要能上我屋里来，至少也可以暖一暖他底小身子的。

今天难得他自己来了，我闭上眼睛，装着睡，我听见他倚着墙慢慢地挨近床来。

我闭着眼睛直感到他一步一步地离我近了，他身上积年的油漆味刺激着我底鼻子。

我一直闭着眼睛，几次想睁开，都强抑制下去。他已经来到我底床前了，就在我放拖鞋的地方蹲下去。一会，一只冰凉的小手放在我裸在被外的右手上，那样凉，而且颤抖着。

我有一点心跳，但没改变我睡觉的姿态。我不知道我的小侏儒要玩什么把戏，我任他底小手放在我底右手上，那冰凉的小手一点点地暖过来了。

一会又一只小手拉着了我底右手，我底小侏儒站起来，而且把我底右手拉到了他底胯下。

我听见他在喘，而且在我底右手上磨动着他底腿。

这时我们有男女之别的观念在我心里清楚地翻上来，我张开了眼睛。

他正可笑地摇摆着他底小身子，脸上流溢着一种异样的但欣悦的光辉，黑白分明的大眼睛湿润的像汪着泪水，小小的唇边流下来浊重的唾液，鼻上有一块刚被责打过的渗着鲜血的伤痕。

我底心骤烈地跳了起来，脸不由得热了，我抽出我底手，重重地在他肩上打了一下。

他叫了一声，像一只误触着机关的耗子那样地叫着逃开去，推开门跑了。

我坐起来，他已经逃过我在窗子里所能看见的地方。我激动的羞恶的情绪一平复下去，开始后悔那样轻率地打了他。我想他也许像往日那样蜷曲在什么地方，我扣好了我底睡衣，一分钟都不愿意耽搁地追出去。

外边吹着风，风中卷着枯了的叶子。我觉得冷，但心里激动的，我只一意地想找到他，像往日一样地为他擦着伤处的血渍。我想他一定是刚挨完打，找我去为得到一点抚慰。至于他的下流的行动，那是因为他傻，不，那正是他底真情，他跟那些荒唐的年青的工人是学不出第二样表示爱的方法来的。也许他们那样糟蹋过他。

越想越觉得对不起他，我悔恨得几乎哭出声来，我走过房东的前门和后门，两处都静悄悄的。工人们一定去做工去了，他一定是在做工时受了责打，特意地跑回来的。

我站着，任风从我宽大的睡衣缝里吹到身上，我想喊他，我叫他什么呢？什么是他底真名字呢？

我底泪从脸上流下来，流落在我赤着的脚上。好久，我无奈地转回屋里去。

在床上，我底眼睛盯着窗户，窗外一直没人通过，我软弱地哭着，冷得在被里颤抖着。

下午，我底丈夫回来了，我们分离两星期了，他抱着我底时候，为我底热度所惊。

"就是感冒吗？你不骗我。"他贴着我灼热的颊问。

我点着头，再四地承认只有一点感冒。他不放心，终于去接了大夫来。

晚上，吃了药，他去放下窗帘的时候，我求他留下那只一向留着的帘子，而且请他装一碗菜饭放在窗台上。

他问我为什么，我说留给我底爱人。

"爱人，"他惊异地睁大了眼睛，"爱人就把菜饭摆到窗台上吗？爱人与窗帘有什么关系呢？"

我坚决地请他听我，他笑着依从了我，但说："你好了的时候，可得给我讲明白为什么。"

我请他为我垫好了枕头，半倚在他身上，注视着窗户，焦灼地等待着我底可怜的孩子。

他真的来了，我喜欢得不知怎样好，我没加思索地喊出来："傻子！"这是我们相识以来的第一句话。

他站着了，样子好像比平常明了似的，靠着我底窗户，透过窗户瞧着床上的我和我底丈夫。两只手捧着自己的肚子。

我坐直了，我要下地去拉他进来，我底丈夫捺着了我。

"你疯了，蒨，再招风就找死了。我替你去拉他去，他就是你底爱人吗？"

我点着头，我推他快去。

他穿鞋的时候，再看窗外，我底小侏儒已经不见了。我急得揉着我底发，抱怨着我底丈夫。

"瞧你，这样慢，走了，已经走了，快呀！"

"这样的爱人我倒是可以替你去追的，你可得听话，不准起来。"我底丈夫笑语着，推开门出去。

我等着，急得无可奈何，手来回地掖着盖在身上的被。

我底丈夫回来了，一个人，发上沾了一层土。

"你底爱人真厉害，拣了块砖头往我头上扔，亏我蹲得快，不然头非打坏了不可。"

"为什么？"我急得瞧着他底嘴。

"他挨着墙根跑，我很容易地就追上了他。我正要拉他，他回手给了我这么一下子，完了就钻到房东门里去了。"我底丈夫用手巾擦着头，半开玩笑的："这小情敌倒真有胆量。"

听说他回到房东的门里去，我觉得安心了一点，我询问我底丈夫看见他身上和脸上有没有新伤。他告诉我没有。我想他只要今天不再挨打就好，我知道他若是有感情，今天我一定叫他太难过了。若是他今晚没挨打，我心里还稍好一点。

我告诉了丈夫我和他之间过去的一切。听了后，我底丈夫说："我们想法把他送到感化院去，也许他慢慢会好起来的。"

"你愿意做这样事吗？真的。"

"为什么不真，我也可以像你那样爱他的。"我底丈夫笑着吻我。

我们计划怎样脱开房东家人的注视把他偷出来，感化院中的管理人跟我底丈夫是很好的朋友，那一面想来是无问题的。

一想到可怜的他就要脱离他这畜牲似的生活时，我便禁不住的笑，那夜我很安适地睡了一夜。

翌日，我底热退了好些，我起来，穿好了衣服，我底丈夫伴我到医院去，我先出来穿出了大门，预备叫一部车子，我底丈夫在后面锁着我们底房门。

我底小侏儒正好走出来，提着两只大的油漆桶。

我多么高兴啊！瞧见他，我欣快地向他走去，一边柔声叫着傻子。

他怔怔地瞧着我，眼睛湿润的。

我从来没看见他有过泪，他底湿润的眼沉重地打在我底心上，我抚着他底头，蹲下去，用手抬起他底脸。

他后退着，像是要躲开我底抚慰。我底泪转在眼里，我拉着他底小小的袖子，用另一手抚着他带有血渍的鼻子。

突然，他尖锐地叫起来，后边有人的呐喊声。他丢了手中的桶，继续发着我听不懂的声音，用力往一边扯着我。

我一惊，很快地回转来我底身子。

我后面，一只红了眼睛的大狗正咻咻地跑过来。我底心跳着，本能地把身子贴在大的门扇上。他二次去提他底油漆桶，我急忙去抓他底手臂。

这·瞬间，那大黑狗扑倒了他。

后边很多穿着黄衣的卫生夫呐喊着跑上来，把一个大网甩向狗身上。

我想起昨天听说的那个两次出现在我们街上的疯狗。我底心猛烈地跳起来，我去看我底小侏儒。他已经被拖开了，拖在那一面。眼前的人们正注视着已经罩在网下的狗。一个黄衣人狠狠地用棒子逼着我，嘴里大声地吆喝着。

"去！门里去，这还好看，拿性命当儿戏吗？"

我只好退到门里去，门立刻被关上了，我底丈夫正跑过来，还有其他的邻人们。

他们问我是不是那只疯狗，他们都庆贺着我底没有被害。

我底心被撕扯着，我只能用力揪着我丈夫底手，我竭力地从门外嘈杂的声音里找寻我底小侏儒的声音。刚才，我没能看清楚他究竟是不是已经被疯狗咬了，他半斜蹲着的后影很安静，他并没有哭。

他是从不哭的，他一定是被咬了，我清清楚楚地看见狗扑倒了他。

我不能忍耐地脱开了我丈夫的手，我去拉门，里边的人阻止我，外边的黄衣人骂起来了。

"混蛋，不要命吗？"

我底丈夫拖着我，我顺着他底腿躺下去，把脸贴在泥土上，从大门的底缝里看着外面。

我只能看见许多一样的腿，许多来回奔跑的一样的腿。

"蒨，你别急，"我底丈夫使劲地拉起来我，"我替你看去，你现在着急没用，走，你回屋里等我去。"

我被他拖回到我们底家里，我听见了两声悲惨的狗叫。

他跑出去，把门在外面锁了，隔着玻璃看着我："等着，我去替你办去，我什么都帮助你。我明白你底意思。"说完他很快地走过去。

"你开开，开开门。"

我捶着窗户，他隔着玻璃说话的姿态使我更想我底小侏儒。他很快地走了，走到我看不见的大门那边去。

把脸贴在那块小傻子第一次贴着的玻璃上，我啮着自己底唇，双手互握着，眼瞪瞪地瞧着外面，我听见人们安静了似的。那只大狗已经打死了没有呢。

眼睛疼了，心上的战栗传到手上，我从这·只窗棂摸到那一只，我喊着我丈夫的名字，我要他来为我开开门。

他来了，安静静地走回来。

"小傻子被咬了一点，不要紧，抬到医院去了。"他说，瞧着我底脸。

"真的？"

"真。"

"走了没有？"

"走了。"

"那我们上医院去吧，我心里难过。"我说，扶着他底手臂。"你再休息一会。"他推我到床上躺下，替我脱去了鞋子。

"他大婶，看热闹去吧！"李大嫂在窗外招呼我，走向窗前来。

"呦，他大叔昨儿回来的吧！"这样招呼着我底丈夫。

"房东的小傻子叫疯狗咬了，咬到肚子上，当时就死了。老房东抹眼泪，还没拉走呢。别人说您也在门口来的，没受着惊吗？"李人嫂说完，看着我。

"你，你，"拉起丈夫的手，我觉得胸口的血逆泛上来，眼前黑了一片。

女 难

初刊"新京"（长春）《大同报》
1941 年 10 月 29 日

从大剧场出来，雨早已停了，初夏的凉爽的风吹拂着，枝上残余的樱一瓣一瓣地飘落下来。

沿着花路航数着花下的灯，一二，三五地愉快跳着，因为戏还没散，花路上只有先出来的我和航，沿街专预备卖给看戏的人的土产的铺子，都静悄悄的，有的甚至为了节电，闭了那支最亮的门灯。

拂开了吹到眉际的发，脑中再现出了周围的花枝招展的为台上西洋风的双人舞所迷醉的姑娘们底酡红的双颊，那个扮着中古时期的骑士的舞星是赢得了多少热烈的掌声呀！

男人也许会喜欢她底吧，男人对她底艺术该加以怎样的赞赏呢？我想不出来，因为我底座位周围是坐满了女性，而且多一半是年青的姑娘，只有很远，差不多三排前的样子，有一位中年的很高的男性，但他手里是抱着一个穿着白衣服的小女孩的。

"妈！"航突然在很远的前方嚷起来，她正降下了石甬路，奔向一个有着很暗但很大的门灯的屋子去。

屋子的窗里装着暗红的灯，灯下的小牌子上写着吃茶卜轻食事，航要求我带她进去吃一杯冰淇淋。

我踌躇着，我想这宁肯说是一个小酒排间倒合适的，这样的人家是不欢迎女人的。

"妈去呀！"航催促着我，我不再踌躇地掀开了那桃红的垂着很长的流苏的门帷，我想这时候喝酒还稍早一点，里边一定相当清静的。

屋子并不大，巧妙地用许多新京树隔离着座位，房正中吊着一支八角的琉璃灯，门口，一对黄鹤在唱着。

我们在最边上的一只桌子前坐下了，我为航解开了白纱的帽子。

并没有人来招呼我们，我得去找她们了。

从我底座位上站起来，透过了修得圆的光的树顶，女侍正在端菜口的屏风前坐着，有的在修饰着脸，有的在和一个白衣服的厨子打着俏，那厨子一脸络腮胡子，正作着鬼脸。

我故意地推动我底椅子，使它擦着地板擦出声音来。

谁嫩嫩地抬起了头，我向她摇着手。

她带理不理地瞧了我一眼，又低下头去，而且打开了手中的粉盒。

我坐下来，按着桌上的铃。

一个人走过来，慢又慢的，脚在光滑的地上画着弧步。

我告诉她，两杯冰淇淋，一份火腿面包。

她看着我，看着航。

航不安了，向着我："妈她看我干什么？"

"她看你好看。"我为航擦着小手。

听着我们底对话，眼前的女人睁大了眼睛，她再一次打量我，随即，

"对不起，您是满洲人，是朝鲜人呢。"

"我是满洲人。"我说，用着我底不流畅的日语。

"啊拉！满洲人啊！"坐着的女人们一窝蜂地拥过来，前后地围着我坐的桌子，一个人几乎打翻了桌灯。

"满洲好地方啊！"

"满洲钱多着呢？"

我吃着面包，她们底眼睛跟着我底嘴起落着，我觉得不自在起来。

"满洲男人多吧！"

"听说满洲男人从来不打人是吗？"

"听说满洲的丈夫都听妻子话的。"

"满洲的男人都是钟情的。"

"满洲的男人……"

对这些飞矢似的问话，我只好点着头，另外我还能说什么呢？

"希望到满洲去哟！"一个人长叹息着。我瞧了她一眼。

那是一张盖着很多粉的，瘦得出奇的脸，我想她至少有三十岁了，她用了一条红得扎眼的丝带，束着她底发。

"到满洲去，政府不也正奖励着大陆新娘呢么？"又一个人，说的人扯动着自己底小白围裙。

"罢了哟！"另一个拍着她底肩，"奖励也不要你瞧，腿细得跟柴似的，还有你穿过モンペ①吗？"

---

① モンペ：（日本农村妇女劳动时穿的）裤子。

"腿细，不要紧约，多吃点饭就粗了，モンペ算什么？谁都会穿，大陆的人也是需要娱乐的，我会跳舞，你看。"

于是她叉开了双腿，摆动着臃肿的身子，头上的花蝴蝶一颤一颤地。

航笑了，拍着她底小手说："妈，她像一个大蛤蟆。"

"看，那位小姐笑了，我跳的好是不是？"舞着人得意了，又挥起了臂，我赶快低下头去把眼睛放在面包上。

有人推开了门。

那人推开了门，那是一个戴着角帽的青年学生，女人们立刻见了肉的狗似的抢过去，在拉门，在说着"您见啦！"在拉着椅子，在送着菜单。

那是一位看去很老实的瘦瘦的小矮子，他为这些过份的招待而手足无措了，绯红脸，局促地坐在椅子上。

他嗫嚅地要了杯苏打水。

"您不喝酒么？我们这儿的啤酒是有名的，而且，您自己不用倒，我管。"一个人指着自己的满生着雀斑的鼻子，爱娇地笑了，她比较年青一点，但也不止二十岁吧！

谁过去开了留声机，一个女人魅惑地唱着，"献给你哟！这红的唇……"

她们围着他，几个人轻声地合着唱片。一个高个的突然过去揭下来学生的帽子。

说，"热死人了哟？"

学生露着无力的脸色，她们故意哄笑着，有两个人互相地撕扯着，几乎倒在学生底身上。

"不喝酒真是傻子哟。"一个人撇着涂得猩红的嘴，跟着，逼光了嗓子唱着"再饮一杯吧！你。"

"喝一点吧！"

"下酒菜好着呢！"

"我陪你哟！"

又三个年青的逼过去，头几乎碰着了那低着头正拼命地吸着蔗管中的苏打水的学生头。

从人隙中望过去，灯在学生的高高的骨上描了一圈光明的边缘，黑制服的口袋里插着一本宝塚指南。

我打着铃，我拿出钱来。

一个人急忽忽地跑过来，在一张纸片上写了些什么，随即扯了一张给我，她立刻走过去。

那上面开着。

冰淇淋，二．六毛

我顿了顿，我是还有面包钱要付的。

我站了足有两分钟，那边依旧互相地自己笑谑着，唱着恋情的歌，学生的苏打水已经剩了底下的一层了，他正掏出手帕来擦着汗。

我再敲着铃。

先来的人不耐烦地再过来，说"六毛！"又抬起头来想一想，"噢！面包卖完了，对不起，受付在门口。"

我想笑，我又仿佛要哭，我索六毛的帐单来。替航拿起帽子。

航已经站在地下，莫名其妙地瞧着那人堆，转过头来拉起了我底手。

"妈！她们干什么？"

"她们要叫那个穿黑衣服的人喝酒！"

"干么叫人喝酒呢？酒多辣呀！"航扬起小头来皱着眉。

蹲下去，替航紧着帽带，我说：

"她们要跟他作朋友。"

"那他怎么不说话呢？"航更糊涂了。

"走吧！航，他是不爱说话的人呢。"我站直了身子。

展眼间，桌下一只红鞋的脚正去勾攫那只黑长的裤腿，黑的畏缩的一点点地挪移着。

拉了航出来。

收账的人瞌睡着，头一下一下地差点撞在台子上。

在一支红的纸盘里，我放下了那枚淡绿的账单和一元的纸币。

收账的睁开了红透的眼睛，他无精打采地抽开了钱箱，数了四毛钱给我，再拿起一条手帕来擦着粉痕斑斑的脸。

再掀起来桃红的门帷，随着我们出来的是又一支女人唱的挑逗的歌子。

夜风仿佛温柔了，花枝不再絮语着，天上的星繁密的，一组小星圈了一颗亮的。

我底心无端地塞满了抑郁。

再走上花的角路，我下意识地拾起一瓣残樱来。

圆的花瓣角上，聚着两只蚂蚁，蚂蚁亲腻地靠着。

烦躁地揉搓了，抛开去，自己又卑鄙着自己的暴行，想去再找回那两只蚂蚁来。

但愿它们不死。

蹲下来，地上洒满了花影，花影中到处粉白的花瓣。

一对穿得花得耀眼的姑娘从我底身边掠过去，一个在我底脸上投了奇异的一眼。

空中飘散过来浓郁的化妆品的香气。

前面，女车长清脆地叫着："神户，神户，神户行的电车要开啦！"

"航！快走，我们去赶这趟车吧！"

拉着航底手，我以加速的步子走进了写着阪急宝塚驿的门。

黄昏之献

初刊北京《新轮》
第 4 卷第 3 期 (1942 年 3 月) 第 78-83 页

征男友

"某女士新孀，年轻貌美，富有资财，愿征门第高贵未婚体健之中年男士为友，愿者请至〇〇胡同二号张宅面洽。"

这真是一条诱人的广告，而且面洽。这种征男友的事十有八九都是"来函请愿"的，面洽简直是万分之一的俏事。一定是那位新孀的女士太寂寞了，急需一双健壮的胳膊来扶持她，伴着她排遣那幽香得像夜百合一样的日子。

诗人李黎明索性放下了报纸，闭上了眼睛，在那小小的广告上做着天上人间的梦。他想起了许多大诗人怎样在结婚之外的爱上，产生了永垂不朽的杰作，为后人留下了吟咏回味的馨香的事件。他想他所以直到现在还没有特别值得人赞颂的作品发表的最大的原因，就是因为没有这种精神上的刺激，以至他底诗思未能泛滥出来而成功一篇惊人的著作。

这真是一个再好也没有的机会，他不能放过它去。年轻貌美又有钱的小孀妇，嘿！李黎明忍不住地咽了口吐沫，他想，就像一只刚摘下来的小白梨一样，清新悦目，而又适口，一定是一只悦目又适口的梨子呀。

想着，李先生扔下手中的报纸，去镜台前端相自己的面貌。镜台因为多日未用的关系，挂满了尘埃，尘埃中显得李先生底脸更萎黄了，萎黄得有如一片垃圾箱里的白菜叶。黄，原是黄种人的特色，本来算不得难看，但萎黄却有点讨厌。李先生用双手努力地揉搓着双颊，希望双颊能因揉搓而红润起来。

到双掌下的双颊因为揉搓而燥热的时候，镜中的脸依旧。李先生把不愉迁移到女仆身上，他重重地敲了一下桌子，嘴里边骂着：

"混蛋，一天竟作什么了，连镜子也不擦擦。"

在厨房中忙着晚饭的女仆，为这意外的声音所惊震，慌不迭地扎煞着两只湿手跑了进来。待瞧出了主人在镜台前发怒，方记起来今日正是归宁三月的太太回家的日子，镜台也委实太脏了，立刻赔着笑脸说：

"待会，我侍候您上了车站，就来收拾，太太回来之前准能收拾干净的，您放心。"说完，又转身欲走。

"我就不用了吗？"李先生怒吼着，用手中的梳子敲着那块为尘埃所封的镜子，"你瞧瞧，这还叫镜子吗？好人也照成鬼了。"

女仆仔细地瞧了主人一眼后，去厨房里拖出一条抹布，横横竖竖地擦了一阵，一声不响地又走回了厨房。

镜面骤然一亮，李先生疾忙把脸凑上去，审视那仿佛久已忘却了的脸。

五官生得很是地方，眼睛尤其黑大，想当年的太太就是为这一双黑又大的眼睛赢得，今天又要藉它去捕获新鲜的情人的时候，不禁对眼睛又加了一份爱怜。抓起了身边的湿毛巾，细细地把眼睛擦了过后，又学着太太日常化妆时的样，在睫毛上小心地涂上了一点发膏，脸色在亮的镜面中，不但黄，又且露青，双颊也太瘦削了。身量高，没有相称于高度的肌肉，在镜中愈显瘦长，想起来平日为朋友们取笑而题的诨号——细腿鹤——自己也觉有点儿相似，心里一阵懊丧，不自主地把身子投向沙发里，无可奈何地闭上眼睛。

十分钟过去，李先生得救了，他记起了自己底诗，自古以来，才子佳人就成对，女人从来与文学有不解缘，何况年青貌美有钱而又孀居的女人呢？她日常一定是以读书报为消遣的，说不定她早已看见了自己的著作，想及此，李先生立刻跑到书桌前去开那只存着稿件的抽屉，抽屉中发表过的作品虽不少，但最近却没有，发表的地方都是报纸的副页。经过几度的斟酌，挑选，才选定了唯一的登在杂志上的一支恋歌，那是追求太太时，经七昼夜的吟咏才完成的杰作。当年，列为给太太的聘物之一，几经珍重地考虑后，才寄给一本文艺杂志。刊出后，为刊登地位的不好，还曾骂过主编。如今，倒是心平气和，反倒因为那是作品中唯一刊在杂志上的一首，对它抱着非常的热爱，闲着，常常在那上面回想到过去的一件仿佛梦一样的甜蜜又渺茫的事，在那件事里掘着安慰，用那安慰陪伴着和太太已趋平淡的生活。

拣出来那一首珍藏已久的《青春之献》，又特意选出来一首前两月刊过的小诗。用白纸包好，在外边束上了一条从太太妆盒里翻出来的紫色的丝带，丝带的颜色很鲜艳，而且带着轻微的香气。他想这样一定会投美丽的女人底爱好，紫原是热情的颜色，西洋人不是爱把一束紫罗兰送给一位倾慕已久的女郎吗？

他想着怎样去叫门，怎样送上名片，怎样去到客厅里，怎样使女主人为这诗人的名望所惊，来不及换衣裳便迎了出来，也许她会穿一件白色的长睡衣，有钱的女人是明白怎样把自己打扮得更动人的。白色睡衣上的一张红润的脸，额上云发下垂，也许她刚哭完，正在怨恨着这过不完的寂寞的日子，珠泪还停在眼角，嘴角掩着惊喜的笑容，梨花一枝春带雨，当年的杨贵妃也不过如此凄艳吧！

　　自己呢？潇洒地走上去，恰合风度地致了打扰的歉语，然后在离她不远的沙发中坐下，和她款款地谈起诗人与作者，为她读着《青春之献》，如果她兴致好，陪着她晚餐，她一定要到厨房去为这尊贵的客人烧两样可口的小菜，这时，可以停在她精巧细致的小客厅里，欣赏着她为自己搬来的像册，看她怎样从一个可爱的女孩长成娇艳的少女，怎样由少女变成美丽的少妇，想到由少女到少妇的过程上，李先生觉到了莫名其妙的嫉妒，仿佛她底丈夫从自己怀中夺去她一样。想到她的新孀，才放心地叹了口气。

　　也许她穿了一件天蓝色的长旗袍，这是素净又动人的色调。

　　自己呢，迎上去，为适合她底中国服装，稍稍地弯一弯腰就好，或者像罗勃泰勒在银幕上的一笑也好。

　　时间呢，和她会完就快午夜了，走出她底门来，她立在窗口目送着，殷勤地摇动着双手，叮咛着来日的聚会。自己哼着梦中情侣那愉悦的调子，把鞋底清脆地打在柏油路上，走向自己的家。那么，现在是什么时候了呢？李先生迅速地抬起了自己的手腕。

　　时间并不晚，刚刚三点过一点儿，正是拜访人的最合适的时间。他大声叫着女仆，要她为他打一盆清洁的水来。

　　女仆进来了，端着菜和饭。

　　把菜摆在桌上，女仆来请他，并且说，因为怕先生耽误了接车，只随便做了一点菜，请先生少用一点，等太太回来再一道吃些。

　　女仆的话赶走了李先生的全部的烟士披理纯，她鲁莽地糟蹋了他一只绝好的诗。李先生瞪起了眼睛，许久才从愤恨中找出一句话来，厉声地问着女仆：

　　"今天几号了？"

"不是二十吗？您头三天就关照我，说太太今晚五点的火车回来，叫我提前做晚饭……"女仆清清楚楚地一个字一个字地说，瞧着主人底瘦脸。

女仆平常就看不起这整天坐在书桌前搔首修笔，左一张右一张地瞎写，什么事情也不作的主人，念书原为作官，没听说念书是为做什么湿人，干人。就是湿人也不要紧，能赚回来钱就好。可没见过这样的念大书的人，若不是老爷给留下这一点房产，用老妈子，自己还不定给人当下几等的听差去呢。

女仆的话把李先生清清楚楚地给安排了一个地位，那就是快吃饭，到车站上去，去接那位味同嚼蜡的太太。

"行啦！"李先生吆喝着女仆，"去给我打盆水去，我还不比你知道。"说着，走近过来，径自拿起来饭碗，闷闷地吃起来。

他已想得了一个主意。他想无论如何也不能失去这千载难逢的好机会，要迟到明天，就会被捷足先登的人抢了去。至于太太前，随便撒个什么谎都可以混过去，若为太太喜欢，说赵伯父给找着了一个差事，前五天定下了会见的时间，虽然知道了太太也在那时候归来，但已无法推托就可以一点痕迹不露。那么只要早一点回家就好了，忍痛牺牲她那儿的晚饭吧！并且第一次去就吃饭也不好，太没有礼貌，徐图后会不也是一样吗？

想着，李先生很快地吃完了饭，到镜台前去擦脸。

暮色中，双颊仿佛丰满了，脸也是一种文学家才有的那样高雅的苍白色。李先生底心中不自主地涌上来高兴。他仔细地擦拭了脸，为了使那苍白的肤色更显得柔和细致，涂了一层清香的润面膏。睫毛也仔细地收拾好，在两颊的阴影下，极薄极薄仿佛天生一样地少少用了一点胭脂。头发纵横地梳了多少次，才决定梳了一种前边稍稍隆起的样式。这在李先生想是既不过于随便（使人看成浅薄）又不过于古板（使人疑惑守旧）的绅士的头发型。

化完了妆，换上了白色的衬衫，穿好了上衣，前前后后地照过镜子后，才满意地拿起那束系着紫色丝带的"诗页"。

很快的，李先生便在○○胡同的头上寻着了二号，那是一个古老的府第的外门，很高大，门漆已经有一半剥落了，露着污秽的木头。门拴着，门框上有一只铁丝做的拉铃的拉手。

门给了兴奋的李先生以萧条之感。他觉到了轻微的失望，但想及这样空漠的门内寂寞的日子时，觉得正是给萌芽的爱情一个好的推动力的时候，又禁不住高兴。他摸着袋中紫色的带子，强抑制着跳动的心，一只手去拉那铁丝的拉铃。

铃音带着软弱的回音返回到门上的时候，李先生听到一阵急促的细碎的脚步声。一会，有两个人走近了，一齐停止了脚步。

约有一分钟，门没有开，门里也没声音。

李先生有一点惶惑，他开始想到了也许是一个圈套。他想往后退一步看看再说。

这之间，一个人拉开门走出来，又随手带上门，把身子贴在那古旧的门板上。

和来人一照面的瞬间，李先生骤然觉得眼前一亮。那是一个好看的女人，的确是一个好看的女人，暮色中，两只美丽的眼睛星一样地闪烁着。

李先生轻轻地咬着自己底嘴唇。

女人穿着蓝的布衫，头上系着白色的纱结。看去最多不过十五六岁的模样。

她骄傲又顽皮地望着他，暂时用凝视代替了语言。

因为摸不清开门者的身份，李先生一时想不出合适的话来说。也用眼光代替了语言，他聪明地想到了那是女主人底淘气的小妹妹。

"您找谁？"女孩子问，一面回身拽着门环，门内好像正有人要出来，正在拉那扇门，女孩子用力拽着不使门开开来，一面凝固地看着来访者的脸。

"我是——"李先生不自主地顿了一顿。

"您是应征来的吧？"女孩子脸上闪过一丝笑，爽快地接过来李先生底话。

"那么，您等一等。"女孩子反身进去，立刻关紧了大门。跟着各插各插，一阵细碎的脚步声。

脚步声远了，李先生才记起方才为女孩子的大方所震慑，忘记送名片。但人已经走远了，李先生懊丧地皱起了眉头，用手击了一下额头。

女孩子底闪动的眼睛仍在眼前，姐姐更不知要怎样美丽呢。李先生觉得从心底泛上甜香来。

这时候，有人在院内大声地喊了起来：

"请进，请进来呀！"正是一个女孩的娇脆的语调，那声音震开了眼前的空气，在耳内做了一个极好听的记号后，余音袅袅地飘散开去。

李先生提起精神，试用手一推那扇大门。

应手而开，眼前展开了一个宽大的庭院的横切面。迎面一架藤萝，正在早春的暮色中，挥散着特有的香气，青的叶子间，已经疏星似地有了小小的蓓蕾，藤萝架后，青色的暮霭流动着，在花间树梢储聚着轻盈得纱一样的流质，树后，稍稍看见一点房背，晚鸦正从头上飞鸣过去。

李先生礼貌地停着了脚步，而且从头上拿下来帽子。他等待着下人来领他进客厅去。

等了一会，没有人来。再等一会。

身后的垂柳后面，突然忍不住地爆发了一声脆笑，李先生疾忙回过头去。

那开门的女孩子忍着笑从一株垂柳后面走出来，一本正经地绷起来脸，指着藤萝架左的地方说：

"您往西一走，就会有人接您来的，请吧！"

说话间，树后一个曼长的白影一闪，小姑娘立刻追踪了去。像到了童话中的果园里一样，李先生觉得迷惑又甜蜜，那女孩子的美丽的眼睛紧紧地系了他，虽然觉到了有些蹊跷，但也不愿在未明真相之前离去。那曼长的白影更加重了他底兴趣。他想那是女主人偷偷地来瞧这闯入迷宫中的勇敢的王子，为给来者一个意外的喜欢，正回去赶着装扮，他幻想她怎样在柳前出现，穿着天蓝的长衣，伴着那白纱结的姑娘。

他迫不及待地按着所指点的方向走去。

转过一排垂柳，一间敞敞的小屋子，矗立在青色的暮霭中，屋子破得如一件乞丐的上衣，到处有塞着青草的漏洞。更使李先生惊异的是门前席上的一排人。

　　那是排孩子，一排营养不足而又污秽的孩子，一半光着脊梁，有两个穿着鲜艳的过大的女孩的旧布衣服，席头，一个妇人坐着，双手交织着，头枕在臂上。孩子们是五个，也许是六个。都躺着，听着有人走过来，便都机警地坐起来，一个嘴里连续地叫着好心的姑姑。

　　妇人放下来交织的双手，抬起了污秽的脸，看见了面前的李先生，便扑登地跪在脚下呜咽起来。

　　孩子们也学着母亲的样子，先还有两个迟疑着，终于都跪在后边，喃喃地哭诉起来。

　　这真是天外飞来的奇事，李先生一时惊得血都凝冻了似的半晌没有知觉，过一会，才气急败坏地说：

　　"这……这……这是什么意思？"

　　"您帮忙吧！"妇人哭泣着，泪纵横地流过了积满尘土的脸，"跑匪跑出来的，家全烧空了，孩子底爸爸不知死活，这么一群要吃没有，要穿没有，等着死了，您有钱，不在乎几块钱的。"

　　妇人不惯于说这种乞求的话，话断续了几次才说完，泪点点地流下来，前襟都濡湿了。

　　大一点的孩子也哭着，小的则瞧着，惊异地瞧着。

　　"一盆冷水当头浇"，李先生这才明白了这句话所形容的立刻清醒了的心地。他已明白了他现在是处在一个怎样的氛围中，这真是弥天大谎，这可有罪。他强抑着愤怒，愤愤地转向来路上。

　　"您帮忙吧！"妇人越发哭得凄惨起来，"那好心的小姐叫我等了一天了，说准有人来，果然您来了。您不帮我，怎么好呢，这么些要吃的小鬼。"妇人哭着追上来，孩子看见妈妈一走，立刻哭嚷成一片。

一切都抵不过李先生心中为被骗所激起的愤怒，他无心理会那妇人的哀诉，她底哭声更助长了他的暴躁，他举起他底胳膊，预备劈那个可恶的妇人一下。

在他回身的时候，他听见了五个可爱的字"好心的小姐"。他停住了喝问着：

"什么好心的小姐，小姐在那儿。"

"就是这园子里的小姐，小姐是我们地主的小姐，我们种的地，就是租的她家的，一闹匪，满想求求老爷看这几年的情分给找个安身的地方，没想老爷反倒撵我们出来，小姐好心叫我们上这所园子里来，这儿老爷刚买，就要收拾住了，一收拾，我们就没地方去了？……您……"妇人逼上来，"您用女工不用，我什么都能做，只要您给饭吃就行……"

"那么，你知道不知道登报的事……"李先生问。

"什么登报，什么是登报，可是那，也是一学就会的，我什么都做得了，先生。"妇人仿佛抓到了一线救星似的紧问着，她误解登报为一种工作了。

"不是问你，混……那位小姐呢？"

"她刚才还在这，也许回公馆去了……"妇人四外看着，两个小孩奔过来围在她底腿下，她推开了孩子，惶惑地回答着。

"真是倒霉，"李先生重重地吐了口吐沫，看了看妇人的脸，一个为生活熬煎得憔悴了但并不难看的脸，一面把手插入口袋里。

手触着一个光滑的物体，李先生想起了那紫色的丝带，愤怒地重又转过来，他反身走向来路。

"您……您……您……"妇人绝望地哭出声来。

　　李先生不耐地把手插到丝带的底下，摸出一枚角子来向地下一掷，大踏步地走向大门去。

　　妇人疾忙去拾那扔下来的东西，孩子们也围上来。待瞧清楚了妈妈手中的小圆银角不是可吃的东西的时候，最小的忍不住哇的一声哭了出来。

　　李先生已走近了门前，他用力地拉开了门，照着那古旧的门板重重地踹了两脚。

　　"为什么踹我家门，"一个好听的声音冷冷地说。

　　李先生惊得一退，才看见门底大柱后面，一个白衣的姑娘在站着，手中捧了一堆冒热气的包子。

　　"因为这门里的人说谎。"李先生也盛气地答。他觉得她很像刚才的女孩，举动又不对，她像比她稍稍大一点。

　　"谁说谎，"女孩子说："你自己没弄清楚，怎么赖人说谎？说是说谎也比人面兽心的人强，你看。"她指着头上的一张白色的纸说，说完，立刻闪进门里去，发着很大声音栓上了门。

　　那张白色的纸贴在门柱的后面，在一个非常不显眼的地方。若不细心地在门前走上几遍，是绝看不见的。

　　白纸上写着很娟秀的字，在逐渐黑下来的暝色中，李先生把眼睛凑上去，很久才辨认清楚。

　　　启者，所征男友已内定，主人有事外出，来人祈恕不招待之罪，

　　　　　　匆匆致谢，此启。

　　　　　　　　　张刘淑贞谨上

一切杂乱的思潮都因为这几个寥寥的字句引上来，李先生的一腔愤怒一半变了无可奈何。他穿行着那条胡同，希望立刻遇见一部车子好赶到车站去，时间是六点前十五分，倒霉的胡同偏偏在城角上，他不晓得他心里是一种什么样的情绪，他只想只要别误了接太太的车就好。太太这一回来，最少也能拿回两千块钱，丈母娘一向疼姑娘，何况在买卖正兴旺的年头呢。

两千块钱李先生至少可以沾五百，五百已经足够跟大星舞场的小红坐三夜台子了，说不定从小红身上补回今天的损失，写一篇惊人的著作。

真是可恨，李先生不由地又咬紧牙关骂起来，"那两个小丫头，多会我也得收拾收拾她们，叫她们做好了圈套骗人！"虽是骂，脑中却怀恋地想起那双星子一样的眼睛，可恨的星子一样的眼睛……

一辆车擦肩而过，李先生警觉了似的忙转过身子。

"洋车！"李先生追上去，抢锦标一样飞快地登上了车座。"车站！"

"您给八毛，"车夫吊起来车把，慢慢地说。

"走吧！还少得了你的车钱。"李先生瞪起了眼睛。

"是是是——"车夫往前跑起来，李先生伸出胳臂来瞧了瞧。

"行啦！完啦！这算完啦！"李先生敲着车座，跺脚说，腕上的表已经六点前五分了。

"怎么，先生？"拉车的回了头。

"○○胡同，快。"李先生说，仰天叹了口气。

春到人间

初刊北京《国民杂志》
第 2 卷第 4 期 (1942 年 4 月) 第 61-64 页

小陈提议干话剧。当然，这是一个最好的消遣方法，其余的两位公子都立刻赞成了。张强还特别说了一句："小陈，真有你的。"

原则通过，继续讨论的事情是演员。是呀！话剧要的就是演员，演员实在是话剧的开宗明义第一章，当然得事先预备完全，配搭齐整，才能谈到其他的。

"随便找几个人吧！大家都有朋友。"李义说。

"不！"小陈反驳着，"你们两位的女朋友，那些小姐就会穿衣裳，吃大菜，演话剧得会表情，明白吗？得会表情。"

"就你明白？"李义急了，"我看慧珠就比任何女人都聪明。聪明人不会表情，没听说过。"

"慧珠当然例外。"小陈立刻解释，"像慧珠那样漂亮的小姐有几个，不过……"他是很摸得准这位少爷的脾气的，他瞧着李义的黑眉毛，故意把句子扯得很长。

"不过，女人是新鲜的好。"小陈说了，响亮地大笑起来，立刻又继续着，"譬如登一个广告吧，投考的人可就不等一样了，有大家小姐，有小家碧玉，有女招待，有舞女，有……有，还许有风流寡妇，想想吧！其中滋味无穷啊！"

小陈再次笑起来，直到笑得红透了双颊。

"对！"张强说，随着小陈底描绘，在脑中制造了一个五光十色的景象，他放声地笑了起来。

李义闭着嘴，想起慧珠对自己的轻视，想着小家碧玉的纯情，也不由得高兴起来。

"那么，得登广告了。"李义说。

"小陈包办得了，我出广告费。"张强说，立刻数了五十元拍在桌上，表示出从来没有的慷慨。

"还是我出吧！"李义也从皮包里往外掏钱。

"咱们先得预备一个考试的地方，既招考就得考试，对不对，所以你们两位先别急，若是在李府上，就老张出钱，若是在张府呢？当然是小李。"小陈说，故意连那叠钞票溜都不溜一眼，虽然他是那样渴望着把它们捡起揣在怀里，那些是足够他拿来买一双皮鞋的。

"我家当然不行，你们都知道老头子的厉害，还有我家那位，钱要通融通融还是小事。"李义说，皱着黑眉。

"那我家吧！"张强痛快地说，"我可以把老太太送出去打一天牌，剩下就是咱们的世界了。"

"我要是有你那样的自由，"李义叹了口气，"我……"

"你怎么样？"张强问。

"我将快活得一如云雀。"李义说，觉得自己话说得很俏皮，又微微地笑了起来。

"好，决定张府，事实上也是张府方便。咱们再说团名及团长，什么名字好呢？"小陈郑重得很。

"当然得漂亮的，就像云雀就是一个非常漂亮的字眼。"李义说，觉得自己很是不凡。

"云雀就会叫，而且不合理，你听说过有叫云雀的剧团吗？"张强反问着。

"云雀剧团，我觉得新鲜无比。"李义说完，抿着嘴唇。

"好了！先生，咱们是要办一件大事业的，不能斗口。"小陈说，看着两个争斗着的脸，"就是云雀也没关系，好在咱们是醉翁之意不在酒，何况，"小陈讨好地看着李义底脸，"云雀又是一个响亮的字眼。"

小陈知道李义在花钱上是能当仁不让的。他特别愿意捧他。

"好吧！云雀就云雀，不过，团长得是我的。"张强坚决地说。

"当然，在您府上一切都得您照应帮忙，您是义不容辞的。"小陈又赶紧给老张上油。

"那我呢？"李义问。

"你是导演。"小陈说，"就拿这间大客厅说吧，团长和导演坐长沙发上，投考者坐在旁边的小沙发上，团团围住，说话也方便。若是愿意让哪位小姐表演一幕爱情场面，导演或团长可以随便把手就搭在，啧！就搭在那温暖的香肩上。"小陈说着，耸肩笑了起来。

那两位也兴奋地大笑起来。"如果有男士来投考呢？"李义突然问。

"那好办，"小陈颇有把握地说，"报名后就给他一个已经满额恕不接待的通告，不就得了吗？左不过是四分邮票一张明信片的事。"

"那咱们得登一个特大广告，省得有人看不见，街上也可以贴点壁报，越火热越好。"张强高兴得手舞足蹈。"大广告可就得……"小陈沉吟着。

"钱没关系。"李义立刻数出来五十元，压在张强的钱上面。蓝的纸币在小陈眼前变成诱惑的蓝圈，蓝圈上斜跨着妙龄的少女。李义真让人感动，钱就那么放在桌子上，自然张强不好意思把钱拿回去了。这样去了广告费，小陈底新鞋是准剩了。

商议结果张强和李义把登广告贴壁报的事情都委给小陈。张强担任布置试场，李义用银纸包那四个大字——云雀剧团。考试期定在下个星期六。这样，三个人分离了，李义临行，背着张强又送了小陈三十元，希望他能在试前先替他物色一个漂亮的女人，他要带她去气气慧珠。

第二天，小陈带了广告底子来见张强，当然也约来了李义。是这样的一份广告。

启者

敝团为提倡生活艺术化，提倡话剧人生化起见，特组织云雀剧团。拟于短期内在各大埠作艺术公演，兹为搜罗人材起见，特公开征求同志演员，一经考试录取后，供食宿外月赠六十元，特别演出时另致薄酬。

报名期　××月××日
考试日期　××月××日
考试地址　××胡同××号张宅

这一篇文字，三人都异常满意，立刻同意登出。

"供食宿不麻烦吗？家里是不行的呀。另外找房子吗？"张强问。

"唉！"小陈长长地叹了口气，"老张你是怎么的，广告是登得越大方越好呀！将来的事再说，譬如你看一位王同志演戏不错，你爱上什么地方排演就上什么地方排演去，旅馆不是有的是吗？"

"真是，我简直糊涂。"张强自己敲了一下脑袋。

一切都筹备就绪，就等考试了。这使人兴奋的一天终于来了。清早，张强就吩咐听差把李义做的银字悬挂在门口，而且在下边贴了一张"云雀剧团考试场"的粉红色的字条。

三人都打扮得异常整齐，小陈借了李义一套浅灰色的西装，张强是银灰的，李义是米色的。张强特别显得既在家里又阔绰，穿了一双缕银线的拖鞋。

试场在小客厅外间。门口迎面横拦了一张桌子，桌上摆着十五个女人的投考名片。张强叫家里的账房先生坐在桌子前点名。他们三人则躲在雕花的楠木隔扇后面看，中意的留着，领到大客厅里去谈话。

时间一点点地溜过去，门铃一阵接着一阵响，三人都有一点心跳，不出己地梳梳头发整理领带，小陈特别往上提了提过长的裤脚，为的是显出崭新的皮鞋。可是，又怕其余的两人看到他，急急地看了同伴一眼。他们都太兴奋了，没有时间注意这些末节，小陈心里一块石头落了地。

为了避免谈话，他们预备了一张写着投考者芳名的纸片，中意的便划上一个圈，不中意的便打上 ×。

门开了，真有人来了，三个人互相瞥视了一眼后，立刻聚精会神地向外间看去。

他们听见账房先生低哑的声调叫着一个美丽的名字：

"玛丽亚！"

这是一个平常的女人，既不好看也不难看，若再少十岁，她也许是个会利用青春的姑娘，但，如今青春对她只是一个梦中的过客，她眉宇间微含倦意，神情抑郁得很。

内间的人互相看了一眼，并未移动纸上的笔，意思是等等再看。

第二个人来的时候，李义第一个憎恶地低了头，那是一位把粉擦得妖怪似的足有四十岁的老东西。

第三个比第二个更老，老得仿佛脱了牙齿，她却穿了一件枣红的长衣。真不要脸。

第四个人来的时候，李义再也忍不住地向小陈挥起了握得紧紧的拳头。张强跌坐在长椅上叹气，小陈已经急得冒汗了。

第四位是一位胖子，胖得恰如银幕上的殷秀岑，更叫人呕心地是她偏微微娇喘，做出弱不胜衣的样子。

"你都招了些什么人来呀！"李义使劲地向小陈看，嘴里咒骂着。

小陈把脸凑得几乎贴在隔扇上，嘴里急叫着："来了，来了。"

那两个人赶快贴近来看，三个人都同时觉得眼前一亮。那正是一位妙龄的姑娘，长卷发下有婀娜的腰，身上裹着闪亮的长旗袍，手上嵌着亮的戒指，带着云雀似的笑声。没再细看，三人几乎是同时在那芳名上圈了大的圈。

第六位更使人神荡魂移，她是怎样地笑啊！那样扭转大红的身躯，在那衰老的账房身上投下了花一样的诱惑的轻笑。张强特别在她名字间点了一个黑点作为暗记，他觉得她是他见过的仅有的魅惑的女人。他用眼睛追随着她，看她走过桌子到备好的长椅子前挨着闪亮的姑娘坐下后，立刻和她寒暄起来，寒暄中她不断地笑，那样在长长的眉下轻斜起双眼的魅惑地笑。张强觉得一切思想意识都从身里飞出去，脑中只有那魅惑的轻笑，他愿意立刻就打断以后的无味的询问，他急于把她带出去。

他转过脸去看小陈，小陈正目不转睛地看着外面，纸上在那笑着的女人后面已经有三个名字被圈上了。外面，一个穿着淡蓝的旗衫的小姑娘，带着天真的惊奇注视着屋里的装饰，她底眼里流露着那样近于渴望的羡慕，这是小家碧玉了，李义想。他看见小陈正在看着那蓝衣上的秀脸，仿佛在一口口的咽着吐沫。

李义把眼睛停在那一排的三位女士身上，最左是穿着闪亮袍子的姑娘，中间是张强的意中人，右面的一位，头上簪着玫瑰色的纱花，穿着月色的旗袍，样子端庄稳重，但也不时低眸浅笑，李义只觉得耳旋目迷，她们任何一个都比慧珠好，他困惑得不能即刻决定主意。

最后一个女人问完后，张强迫不及待地推小陈出去。他只要那位申若兰，别的一概不管，随小陈怎样处置都好。李义正在目迷五色，除了先来的两位，最后来的仿佛孪生的一对绿衣姑娘也使他有动于中，他不知怎样方好，他去向小陈求教。

"没关系！"小陈说，"至少你可以带两位走，请她们去吃晚饭，顺便约上慧珠。"

"就是两个，"李义说，"也不能决定是哪两个呀！"

"那朵玫瑰花和那个苹果绿好了。"小陈立即替李义决定，而且走到外边去。

他心里已经替自己选择了一个，就是那个淡蓝的小家碧玉。和她恋恋爱，小陈觉得在哪方面都可以绰绰有余，她一定不至于像慧珠那样，一见小陈就憎恶地暗叫着穷鬼。

他在外边用特别温柔的调子叫出被选定的四个名字，说请她们留一会，其余的诸位，请回去候信。他抱歉他不能即时决定，因为她们都是太好了，他得等到总团长回来的时候，才能决定。

在一阵莺声燕语的道别后，他目送着那一群姑娘们穿花走去，他代张强遣开了账房先生，向他道了谢。

接着他去请导演和团长出来，说他们愿意和指定留下的小姐们分别地谈一次话。

李义带着两位漂亮的小姐走后，张强也赔着会笑的姑娘到内客厅去，剩下小陈和那淡蓝色的——王玫。

她是那样娇羞，甚至不敢抬起她好看的脸，看看身边的小陈，她抚摸着自己的衣角，等待着这位副导演的考试。

小陈瞧着自己底收获，心里充满了不能形容的愉快，几天来的疲乏都在那晶莹的双眼里消失了。他看着她，仿佛看着一只笼中的翠鸟，他耐心地等待着她说话，他想象那声音是一阕美丽的诗歌。

午后的春阳从西窗射进来，给人那样一种甜美的感觉，屋内也因阳光的照射而更显得富丽。心那样懒洋洋的，仿佛喝了一点酒，慵懒和甜蜜混合，这混合中有初恋的兴奋。

王玫坐着，她不知道这位导演先生还要问她什么话。这屋里的东西使得她感觉到压迫，她不明白这些奇形怪状的椅子有什么好看。她和他同坐的那只长沙发，更使她心跳。昨天，她看见申若兰被一个老头压在这样一条长椅子上，虽然申在笑，但她却感到未曾有过的恐惧。

今天，申带她来，一如每天带她到各大旅馆去一样，申说她可以在这抓几只傻鸟，如果小玫的运气好，她也许可以碰上一位身价百万的夫婿。

申待她好，半月前她用五十元救了垂危的妈妈的性命，那以后，妈妈把小玫托给这位大姐姐，申说这样是为了生活，何其奇怪的生活呀！

每天回去，妈妈都担心是不是小玫已经遭到了一种变化，过后，妈妈谢谢神佛之后，就哭泣，而且请求小玫的饶恕。

玫自己迷惑着，不知自己是怎样一回事，她听从申的心意打扮自己，伴她出去，看她和男人轻笑，晚上，从她手中取来第二天的日用。她待她一如自己的骨肉，也常和玫一样地躺在妈妈怀里流泪，小玫不知道她为什么哭，她看去是那样有钱而阔绰。虽然她家里只有她自己。

她知道她现在正在里院，她看见她被那位穿拖鞋的青年扶挽进去。距回去的时候还早，可是她又想不起什么话和身边的人说。往日，遇见申留她和一个男人同在时，他摸索她，强给与吻，嘴里说着疯话，今天却遇见了一位怎样安静的先生啊！

她不由得抬起头来望一望他。

他正在看着她，用他贪婪的眼光，以往被有钱姑娘们蔑视的热情他都预备倾注到她身上。他想怎样先带她去公园，再看一次电影，随后他可以把她领到任何一个地方去。既不需要太多钱，也用不了使人焦灼的太长的时光，他便可以整个获有她，把她整日拥在怀里。她看去是那样新鲜，他断定她是处女。

唯恐惊了她，他压着满心的热火对她看着。他相信他可以不费事地就使她对自己迷恋，他可以伪称张家的客厅是自己的。另外，从败落的家中遗下来的唯一的洋金戒指他预备送给她作见面礼。那戒指卖时虽不值钱，送人却是相当可爱。这些都是能使小家碧玉一见倾心的。小陈在脑子里给自己造了美丽的楼阁。他更加温柔地向她看去。

这温柔的目光却是小玫所能理解的。申姐姐时常那样看她。她感激小陈，她从未承受过的这种男人的温情的注视，唤起她心里的烦闷，不由得有泪涌上两眼，她急忙阖闭了两下眼皮，把那欲坠的珠泪留住。

这一切当然瞒不过小陈的眼睛，"她是怎样可爱的小东西呀！"他往她身边挪一挪，更温存地看着她。他想是不是拉过来她的一只手好？

过一会，他拉起她一只手，把那细小的手轻轻地合在自己的掌里。

小玫的眼泪迸落下来，她转过去身子。

小陈把自己特意熨平的白手帕放在她手里，慢慢把她底手送还她的膝上。

突然，小玫转过身子来说：

"先生！你真好，所以我说了，我是一个穷孩子，我愿意跟你好，可是，我现在很难，我得用一点钱。"小玫用最大的努力忍住泪，但没有用，它们依旧一颗接着一颗往下坠落。

"什么，钱？"小陈一惊，他立刻又装作若无其事，他把手插到衣袋里去，仅有的两张十元的纸币依旧好好地躺在里面。他底心安静下来，这是足够应付一个小家碧玉的，他想。

"妈妈病，大夫说不住院去还有危险，所以我想请您借一点给我，这样我就可以不麻烦申姐姐，也可以不陪她出去了。"小玫用小陈的白手帕擦着脸，诚挚地看着小陈底脸。"多少？"小陈急急地问。

"医院先要八十元。"

小陈倒吸一口凉气，他努力镇定着自己。他想起她话中还有一个什么姐姐。他问：

"什么姐？"

"申姐姐！"

"那是谁？"

"就是那个穿红衣裳的跟那位先生一同进里院去的，她是我底申姐。"

"你和她上哪儿？"

"不一定。"小玫羞怯怯地瞧小陈一下，"有时上旅馆。"

"啊！"小陈长地叹了一口气，把脑袋扔在沙发背上，一只手又去捏袋中的钱，那样使劲地捏，捏得两指火辣辣的。

这时，客厅的房门推开了，张强挽着红色的申姐，他拿着大衣，她脸上挂着魅惑的轻笑。

三十一年四月北京

阳春小曲

初刊北京《妇女杂志》
第 3 卷第 4 期 (1942 年 4 月)，52-56 页

一个门面很整齐，但里边并不十分干净的小理发馆里，掌柜的、徒弟、大师兄，蜂拥着一个没有武装的门岗在那里说着什么。理发馆坐落的地方并不坏，在有许多大宅门的一条胡同中间。唯其因为大宅门太多，这小小的理发馆的生意很清冷，宅门里的人不屑到这儿来，口外闲杂的人也难得走进胡同里来，只偶尔地有路过的客人来照顾它，路过的客人充其量也不过是刮脸修眉，很少有理发的。

掌柜为顺应潮流，也预备了一架给女人电烫头发的机器，那只电烫机高傲地占据了这屋中最明亮的一角，它的镀电的夹子在阳光照临的时候，把光反射到路上去，常常不意地刺痛了过路人的眼睛。

在门岗没来之先，来过一位年青的漂亮的也不知是少奶奶还是小姐的女人。

她穿着水红的旗袍，恰如一道彩虹自天而降，照得满室都红了。

她闲散地走进来，没穿大衣，一只白皙的手里捏了一个小小的钱包。

"她说她要洗头。"

这女客意外地降临，使得坐在门口的掌柜不自禁地觉到了惶惑。他不知怎样招待她才好。她底雍容华贵的气势对他恰如一种逼迫，他

觉得他底呼吸为空气稀有的震动所窒塞，完全忘却了怎样去转动他底舌头。

他是一个很老实，老实得只知道顺着规矩走的人。这所理发店他承继自父亲，父亲做过的事他才敢作，一切都按着从古以来的律条，他甚至连所有与理发馆有点瓜葛的大仙都供奉到。一切都小心翼翼地，听信着所有的能支配得到他的人们的言论。他迷信着"谨慎生财"的话。

这自天外飞来的主顾真是一个好兆头，从来这小屋子里还没有过这样漂亮的贵人来洗头，她底红衣预示了吉祥，掌柜请她坐在电烫机旁的一只椅子上，从柜底翻出来一只白绸的披巾。这只披巾稍稍地带着一点霉了的气味，幸而高贵的女客未注意及此。她慵懒地倚在椅子上，用一只大又厚的白药布手帕擦着鼻子，她正患着伤风。

掌柜急忙去唤大师兄，两个小徒弟一个去调弄水管，一个去擦坐凳。

大师兄是这铺子里的凤凰，因为聪明，在十五岁时候便学会了所有的掌柜用来侍候这铺子中的贵客的技艺，因此赢得了和他们的铺子相等的别的理发铺人的赞赏，掌柜也以他自骄。实在，在他出徒后的这二年中，他用他灵敏的头脑，的确做了不少掌柜想不到的漂亮活计。也因为掌柜看重他，他就像一个被宠爱的孩子一样，有点骄得超过他底身分了。

他还没起来，照例他是不会在这时候起来的，因为这时候，就是这小小理发馆中目为上等的客人也不会在午前光临的，所以他很有工夫在半朦胧中寻找丢失了的甜蜜的梦境。

今天老实的掌柜稍稍有点愠然，他觉得这位大徒弟是被他宠得太过了。他赶进他的屋中去，用了从没用过的厉害的声调喊起来大师兄，接着兴奋地告诉大师兄怎样来了一位天仙样的女客的事。

若在平日，大师兄是不能接受这吆喝的，但今天他底整个心思立刻被那位天仙样的女客牵惹了去。他想她是常来这儿刮脸的冯公馆三管事的公馆里的小姐，一定因为管事的赞扬了他底手艺，小姐特地来试试的。他刚看过的一段小报中一个小姐怎样和理发师相恋偕逃的记载，帮助了他这浪漫的想像。他疾忙穿起他的衣裳，把他生得很好看的红唇擦了几次，而且在头发上滴两滴铺中最宝贵的香水。

他正要回头问问掌柜是不是什么都预备好了的时候，他发觉掌柜在他穿衣服的时候已经出去了。外屋一阵水声，他端正了他白衣上的纽扣，很快地跨出去。

到门口，他想起他还没有漱口，又赶快回来，用了三倍平日的牙粉把口腔仔细地漱了一阵才罢。

大师兄出去，什么都早已预备好了，一个小徒弟拿着毛巾，一个拿着一瓶温暖的洗头水，在小姐的身后等待着他。

大师兄接过来洗头水，慢慢地握着了那长而黑的卷发，他止不住地有一点心跳，手稍微有一点颤。他不敢直视小姐底脸。镜中他底好看的红唇和她粉红的旗袍美丽地互映着。他想这是他好运的开始，他相信自己底能力能使洗头的小姐满意，小姐一喜欢，便可以介绍他到大的理发馆去，也穿上那白得像粉墙一样的白衣裳，在红粉的小姐群中来往。

他底心跳动着，仿佛已经嗅到了年青的女人的诱人的香气，他觉得如在春天的和风里那样的舒适又慵倦，四肢有一点微麻了的感觉。

这一瞬间，一小团白色的肥皂沫从他底指缝间落下来，停在小姐底额上。

小姐不自禁地"咦！"了一声，大师兄从春天的和风里回到理发馆中来。疾忙要去擦，百忙中找不到毛巾，小姐自己用手帕擦了，看了大师兄一眼，接着在镜中，很久地把目光停在大师兄底脸上。

大师兄无端地恨起掌柜的来，他想这是因为他买的肥皂太不好太不爱起泡的缘故，以至肥皂不能粘粘地停留在头发上，稍一不留神便流了下来。

一方，承受了小姐底注视，他又感谢那小小的堕落了的泡沫，他想回看一眼，又怕再弄出一点错来，他小心翼翼的，温柔地揉摆着那黑长的发丝，心无休止地跳动着。

掌柜坐在门口的一只小椅子上，时时从那矮小的座位上站起来，看看工作的这一边是不是缺少什么东西。那一小团肥皂沫落下来的时候，他担心那高贵的小姐会生气，待看见她怡然地用自己底手帕擦了后，他竟高兴得对小姐生出了感激的念头，他希望她能重烫，烫头发，因为她的头发看去已经很长了。如果电烫机能有她底头发来试新，以后烫头发的人一定会接踵而来的。红本来就是吉祥的颜色，而何况穿红衣裳的小姐又是有钱的人呢？这样，烫十个发，这架机器的本钱便可以赚回来了，有了这一点活动的资本做底，几天就可以再买一把大椅子的。

两个小徒弟正株守在小小的洋灰洗脸盆边，一个抹着坐凳，一个在擦肥皂盒，同时低声地谈着。

他们猜度这好看的小姐一定会给五毛钱小账，这在他们真是一个庞大的数目，也许晚上掌柜能从这五毛的小账里拿出一毛钱来给他们买两块豆腐放在晚饭的白菜汤里。

那一个曾站在小姐座后拿过洗头水的对他底同伴说，那小姐香得很，比大师兄的香水还香得多。

小姐底头上已经高高地堆了一头白色的泡沫，大师兄扶侍着，向洗脸盆走来，两个孩子很快地躲开，左边的一个，狠狠地吸了一下鼻子。

替小姐冲洗着头发的大师兄，抬起头来瞪了吸鼻子的孩子一眼，他污秽的白衣服使大师兄觉到了异乎平日的寒碜，他用眼色告诉他，叫他快快走开去。

孩子为这稀有的香气所刺激，不情愿地走开，一面不间断地吸着鼻子。

头发冲洗干净了，小姐重回到座位上，掌柜和大师兄都抱着满心的希冀走近了小姐，一个是想显显手艺以邀小姐青睐，一个是想赚一笔从未赚过的理发费。

差不多同时，他们都问着：

"您不烫烫？"

小姐微笑地摇着头。

"那么，卷一卷吧！"大师兄谨慎地说。

小姐笑了，瞧着眼前的大师兄。大师兄做出很有自信的态度，"什么样子都能卷的。"说了，咬着颤动的唇看着自己的白衣裳，脑里盘算着怎样下手。

"也不用，你就给我吹干吧！"小姐说，用手帕捂着了嘴，她底声音带着很重的鼻音。她是因为伤风才为方便而到这离家最近的小理发馆来的吗。

大师兄去拿唯一的吹风机，掌柜带着轻微的失望退到一边去。

头发一点点干了，大师兄一点一点地觉到了空虚。头发干了后她就要走了，他情愿给她洗一辈子头，永远不休息都好，只要看着她粉红的衣裳。

最后的一丝头发在吹风机下干燥了后，大师兄痴了一样地瞧着那白皙的耳朵，白色的耳边上贴着一枚小小的白色的纱布。就在他一疏神之间，那一块纱布被吹风机吹得落下来，飘飘地落在那污秽的地上。

纱布下一块干渍了的血，也为吹风机吹得掀开了，露出来里面的粉红色的尚未长好的伤痕。

大师兄猛然一惊，急忙俯身去拾取纱布，在他俯身的时候，他底脸碰在小姐抬起来的手上。

一阵电的微波从他底额上送到心里，他只觉得像要哭出来才痛快的那样达于极点的喜悦。他勉强压下去升上来的热情，慌乱地去寻找那块飞去了的纱布。

在大师兄俯身之间，一个没有武装的门岗伴随着另一位漂亮的小姐进来。警察把严峻的目光从小姐底耳上的伤痕挪到飞落的纱布上，又从纱布挪到俯着的大师兄的身上。

纱布已经被一个孩子过多尘埃的鞋底黏了去，很快地就变黑了。

那洗发的小姐回过头来，一看见门口的漂亮的小姐，便喜得一下从座位上跳起来，高高兴兴地携了那可爱的女伴雀跃而去。

临行，她和那门岗交换了一句短暂的话。

这些事情都发生在一分钟里，很快地就变更了整个屋中的空气。到大师兄抬起身子，掌柜由角落走过来的时候，门岗已经铁青着脸了。

"你是手艺人吗？"门岗扬起了浓眉，向着那尚在惊诧中的大师兄问："你瞎了，你没看见小姐耳朵上的纱布吗？贴得好好的纱布你给吹掉，进去什么毒……（这儿他稍稍停了一停，才想出来底下的字）菌，毒菌什么的，你赔得起吗？别说小姐底耳朵，小姐底一根头发都比你底命值钱。你，他妈的，你还耍的什么手艺？"门岗搂起自己的袖子，气势汹汹地逼上来。

这突然的转变使得停留在甜蜜的氛围里的大师兄还不能即刻想出来应对的词句，他单纯地希望那好看的脸孔再现，他底额上尚保有那适意的滑腻的感觉。他想只要她来，就一切都解决了，他确信她能饶恕他。在那门岗严重的逼视下，他怯怯地低下了头。

他底情态更使门岗兴奋，门岗摇动着拳头，一步一步地前进着。

掌柜迎上来，隔在争斗的两人间，平日的老实使得他在紧迫的场合中更找不出合适的话来说。

"您帮忙！您——帮忙。"

"找我！"门岗立了立眼睛，但接着他笑了，"找我倒是好法子，亏得你会想，告诉你吧，小姐刚就生气了，叫我先看着你们，回去跟老爷一说，要不来封你们的门来才怪，谁叫你们洗头把耳朵给吹进去毒菌，不过……"

"您帮忙……帮忙！"掌柜只剩了说这两句话的智慧，他瞧着门岗的脸，满脸盖上了惶急。

孩子也瞧出事情转变得太奇特了，他们并肩地走过来，看着门岗那只挥上挥下的黑色的袖子。

大师兄方才觉到了事态的严重，他心中仍未能忘情于那粉色的女郎，他想她就要来了。

真的来了，一个女人拉开理发馆的门。大师兄疾忙去扯掌柜的袖子。

但那是一个娘姨，穿着蓝色布裙的娘姨，她手中捏了两张一元的纸币。

"张先生！"娘姨说，瞧着门岗底脸。"小姐叫你就回去！"门岗忙着努嘴，使眼色，阻止着那说话的娘姨，娘姨正把两张纸币给扔在柜台上。嘴里说"这是……"瞧见门岗底样子惊异了一下，立刻醒悟地"唔"了一声，门岗百忙中竖起一个指头来。

"洗头几毛？"娘姨问。

"六角。"掌柜战战兢兢地答。"这是小姐给你们的！"

娘姨在扔下的两张纸币中拿起一张来，把那一张往前一推。"这……这……"掌柜看着门岗底脸色。

"还不拿起来！"门岗声色俱厉地，"这位王大嫂跟小姐给你们说情，觉得你们苦人不容易，又是胰子又是水的，还不谢谢呢！妈的混蛋！"

说完，跟在娘姨后边"拍"地把门摔下走了出去。屋里的人怔了一会。

掌柜首先去把那一张纸币珍重地收在钱箱里。大师兄对着那只镀电的烫发机坐着。良久，长长地呼出一口气来。

旅

初刊《五月文园》（北京《万人文库》第 13 期）1942 年 5 月
据《鱼》(马德增书店 1943 年版)
第 75-82 页文本编入

　　用最敏捷的步法，和送行的朋友们一一道别后，我匆匆地跨上南行车的车阶。还有两分钟，我便要离开这里了，离开这实际于我是寂寞的都市。

　　再用惜别的眼睛看到车下的朋友时，我看见很爱我但不能理解我的姑姑急急地跑过来。

　　"有事吗？姑。"我把身子探出去，脸俯向她问。

　　她惊慌地四外看了看，低低地，眼睛依旧看着前面的人群，用不寻常的声音说：

　　"一个手杀亲夫的荡妇在这只二等车上，和她底情人要逃到海外去，站外警察来了很多了呢。说不定要出什么事，你下来，再一趟车走吧！"

　　这时，开车的铃响了，姑急忙拖住我底手臂。

　　"不要紧的，姑，您放心，不至于有事情的。"脱开姑姑底手，我迈到车阶上去，隔窗对着姑，竭力在脸上作出使姑安心的神色。

　　车走出很远，我回到车厢中去，在我底座位坐下，拿出一本书报来看。

　　车中有所有车中的喧嚣，有几个人仿佛故意在大声谈话来扰乱别人，有的刚一上车就跟瞌睡打交涉，把头在绿绒的车垫上来回摆动。

　　我底注意力不能集中在画报上，我想着姑底话，我开始在车中的女客身上，停留我底视线。有几个年轻的女人团坐在车中的一角，当然她们不是荡妇案中的人物，她们都穿着得很朴素，质朴的脸上露着天真的笑。无疑的，她们是一群趁着假期出来旅行的女学生。另外有两位老女人，正用眼望着窗外，在她们，有兴奋的感情的时代已经过去了，剩下的寂寞暮年，正用无兴趣但珍惜的方法打发着日子，自然她们没有精神付出全部的精力为了和情人的渺茫的私逃。其中一个正在咀嚼着一只鸡腿。

　　再就是我了，我吗？我自己哂笑起来，重拾起膝上的画报来看。

　　这时候，车门开了，检票员进来，检票员后面跟随着四位黑衣的警官。

　　警官吸去了全车的注意，旅客们都把疑惧的眼光停在那黑的镶金色横条的肩膀上，有许多人在窃窃私议。我想到姑底话，目前的景色有几分证实了，我开始觉到这次旅行意义的不同寻常。我拿出我底票子，当检票员验过了票后，我受到了比别人还严重的询问。幸而警官并没觉得我有什么可疑，问后，他对我客气地道了歉，慢慢地走过去。

　　全车费了很长的时间才检查完，这时间里，大家都屏着气，用小声音互相耳语，忖度着所以来了这些位警官的原因。

　　由于我自己受到的严重的问询，我想起荡妇案，即或不是，也一定是有一桩围绕女人的故事发生了，他们把我当作凶杀案的女主角了吗？看着我底旧了的蓝布衫，我不禁轻轻地笑起来。

　　这时候，我听见一个低沉的婉媚的声音在说话，我抬起头来。果然是一位年方少艾的女人，就在我斜对面的车厢里，用一张报纸挡着脸，在和对坐的男人说话。

男人穿着适合节季的灰色的西装，黑的鞋，打着灰地红花的领带，是一位壮年，有好容貌，有好态度而且像是很有钱的样子的男人。他正在倾听她底软语，把身子斜过去，脸离得她底脸那样近，显得他们是多么亲密呀！

女人穿着花朵很大的旗衫，虽然颜色很娇艳，但并不过火，从她坐着的形式看起来，我敢断定她有一个很美丽的身段。她穿着白色的镂空的鹿皮鞋，脚趾上涂着鲜红的指甲油。

报纸遮着她整个的脸，我无从看见她底面貌，黑发仿佛很长，卷曲地垂在肩上。

一会，男人把脸拿回来，在膝上摆着的大衣底下把手伸过去握着她底手。

我能想象出他们底手是握得怎样紧，男人底脸上有一种令人羡慕的甜蜜的神色，他用那样柔情脉脉的眼睛看着她，那眼睛里燃烧的爱情显得他更英俊可爱，这真是一个使女人动心的面貌。

女人仿佛为一件事情折磨着，时时不安地转动她纤美的身体，而且总不拿掉遮在脸上的报纸。

刚才我没能注意到警官怎样询问他们，他们底热爱得恰似一对情人，那男人的脸是有可以使女人为他拼却了性命的魅力的。那么她是那个桃色三角案中的女主角吗？她的手看去是这样柔润而白皙，那样柔润白皙的手能握得着一柄杀人的刀吗？啊！我记起来了，我上车的时候，我记得有一个这样花色的身躯从我身旁踏过去，一直到警官去后，她才姗姗地回来，她是躲到厕所中脱过问询的难关吗？

　　我是这样急于望一望她底脸，但她没使我满足，她恰在这时候把脸转向了车窗，她在脸全对着外面的漫漫大地后，才拿下来那张报纸。

　　无疑她是在躲避着别人的视线，她底暧昧态度加强了我底猜想，我想她一定是那个荡妇，为了和爱人比翼双飞，在一时的感情昂奋下，杀了那愚蠢的丈夫。但她底美好的身躯和那男人的可爱的脸使我无形中觉到了对女人的同情，桃色案中要是抛开复杂的心理变化，而来断定谁是谁非是不对的。她底畏缩和忧郁的样子表现了她心中的追悔和不宁，我想象她底丈夫一定是一个过分糊涂的人。不然，他一定能聪明地让她出走，就是不然，也能巧妙地收回她不羁的感情。使别人憎恨自己到能够被杀的地步，一定是对方被逼迫得太厉害而促成这种残忍的举动的。但女人底毒辣也是不能讳言的事，能够举起一柄刀子来结束一个人的性命，这绝不是一个赋性温柔的人所能做得了的事。

　　这时，她转回脸来，因为我正在注意地守望她，在她急急地呷了一口茶而又转向窗外的一瞬间，我看见了她底脸，但，那是一个怎样姣好而又天真的面貌呀！虽然她底大眼睛里有小鼠看见猫时那样惊惶的表情，可是实在不能在那悸动的红唇边找到能够杀人的毒辣的表征。

　　忽然，我身边的一位老太太站起来，停下正咀嚼的鸡腿，也向我注意的女客身上看望，她底眼睛里有一种逼人的搜寻的光亮。那纤细的身躯仿佛已经觉到有人在看她，她站起来，预备向外走。我看到她底腹部有一点隆起，我想她至少有四个月的身孕了。

　　就要到一个小站的站台了，外边开始出现了画着铁路符号的小砖屋，砖屋后面展开了开着野花的美丽的大地，春的太阳在花朵上面照耀着，发散着春季艳阳天的诱惑力。

那可爱的男人拿起他们唯一的小皮包，随在她身后，我想他们是要在这小小的站头下去了。

车快到站的一瞬间，他们一前一后地往外走，我方庆幸他们可以安然下车的时候，车门突然被急遽地推开。我看见那个曾严肃地询问过我的警官，急急地进来，他后面立着一个装饰华贵但一脸杀气的胖女人。

那姣好的女人像看见了一个吃人的猛兽一样锐叫了一声，脸色苍白地颓倒在男人身上。

那胖女人扑上来，用全力向着那可怜的女人身上捶下了肥胖的双手，警官拦着了她，男人则紧紧地抱着了那画着花朵的腰肢，一方向着那胖女人瞪起愤恨的双眼。

胖女人一次没有打着，立即咆哮起来，在警察的拦阻里，蹦跳着，骂着不能入耳的俚语。警察用着庄严的脸色吩咐男人下车去，一面使他手臂中圈箍着的女人也向车下走。

我身旁的老太太也匆匆地收拾自己散乱的食品杂物，像是也要和她们一齐下车去。

我当然不能失去这仅有的问询机会，我帮她把那只装着熏鸡呀，腊肠呀的蒲包捆好，边问着：

"怎么回事？"

"怎么，男人不要脸，带着野丫头租小公馆，太太不答应，把事情搁下两人跑。"她大声地说，我想车上所有的人都能够听清楚她底话，车中这时正都缄默着看着这幕话剧的进展。

"那么，您——"我又替她捆好了两只罐头。

"我是太太底姐姐，一听着她们要跑的信，哼——"

车动了动，她慌忙地提了东西跳下去，我随后替她扔下去她那只熏鸡的蒲包。

她们一行人已经进了站，我无从再找到那好看的背影，我看见和我同坐的老太太正在蹒跚着赶进站里去。一会，车站的灰色的屋子便消逝了。

我坐下去，想不起来做什么好，和那位姐姐坐在一条椅上的半老的男人舒服地叹了一口长气。

"不是说有一位荡妇坐在这趟车上吗？"我问他，他看去是一位惯于旅行的人，正把头不经心地靠在车垫上。

"一上车就捉着了，这年头的女人简直没谱。"他说，立刻觉到自己底冒失，把尾音很快地收回去，用眼睛望着我。

我不晓得他把我想成一个怎样的女人，我不自知地叹了口气。

雨 夜

初刊《中国文艺》
第 6 卷第 3 期 (1942 年 5 月 5 日

初夏的傍晚，一切都安适美丽，酷人的暑热还没有来，是醉人的有花香又有鸟语的暖温的夏日。

但这夏日容易使敏感的人感到过分的孤独和寂寞，譬如看见树间交颈的双栖鸟，看见地上的并蒂花，看见邻家的小姐怎样带了甜甜的笑容去赴约会。

我们的女主角—— 一位年青的小妈妈——正在廊下，看着眼前的情景，听着仿佛变辽远了的正在脚下的海底温柔的呼唤，任海风轻抚着裸露的双臂，摇着手里一个相等于一个柔软的枕头的婴儿。

婴儿刚刚会笑，笑得一如天使—— 一时——婴儿占去了年青的妈妈全部的注意力，她看他怎样慢慢绽开了柔软的嘴，怎样在颊上做了好看的皱摺，露出淡红的牙床，无邪地连续地笑着。

妈妈底心里充满了不能说出的满足和骄傲。揽着她底小儿子，她像怀抱了整个的世界，整个的世界在她脚下逐渐变小，身侧只有她底儿子。她像一个伟大的艺术家看着她无疵的杰作，对眼前无知的人群发出了轻蔑的微笑，她直感到她底儿子可以凌越过一切人群，作未来人群的救世主，虽然他现在小得还不能直立自己的小身体。

　　那委实是一个可爱的孩子，爱娇的五官和明亮的眼睛。他是怎样转动他那爱人的明亮的眼睛啊！那样笑着，发着咕——咕的愉快的声音，仿佛觉到了妈妈底无限的爱一样，他向妈妈底脸上投去了温柔的小手。

　　妈妈承受着这种抚摸，心里泛滥着无尽的爱。她听见一声声的鸟语时，她抬起头，看见就在廊前的梅树上，一双翠鸟栖止着，互相啄磨着小小的嘴，她试验着去引起孩子底注意。

　　外边，暮色正在逐渐降落，远处的小山已经失去了最后的光彩，带着山上的树，变成了大小的不同的黑团。迎着落日的方向还余留着淡漠的金光。海上，晚霞追逐着，幻成了耀目的奇彩。

　　孩子预感到夜之来临，双颊还留着笑意地闭上了毛茸茸的眼睛，举起来的小手一点点地落下去，就在妈妈注意翠鸟的一瞬间，他睡了，带着可爱的笑。

　　妈妈依旧用同样的姿势抱着他，听着他匀整的呼吸，在慢慢暗下来的瞑色中，凝视着爱子底脸。

　　夜色袭上廊子，角落里流着黑纱似的暮霭。外边，海在轻俏地呼唤，宛如密会中的少女叫着她底爱人，那样温柔而又动人的呼唤。

　　黑暗整个占领了廊子后，妈妈抱起她底婴儿，唯恐夜海的潮风吹拂着他底小身体，紧紧地把那小身躯拥在怀里，走到孩子底小床边去，放下他，替他盖上一条温暖的绒被。

　　厨房里，这家庭里的忠心的女佣正在吸着她底旱烟管，旱烟特有的强烈的气息从门隙中钻进来。女主人知道她这是一切都收拾整齐干净了的表示，她惯常是这样，在一天工作结束后，安闲地衔起她底烟管。

一切都安静，孩子发着健康的细小的鼾声，间或女仆用着很大的响声唪出一口唾液。外边，似乎有一点风，海底呼声热烈地。但我们底女主人知道，这呼声一会便会温柔，这不过是一点小小的夜潮，到海整个偃卧在夜的怀抱里后，这热烈地呼唤便要一变为呢喃地细语。

她扭开床前的灯，刚刚八点过半，今夜有一个异乎寻常的心情，安静之外苦于寂寞，想做一点什么，温软的被失去了一向对女主人的诱惑力，她记起了海上的月，她想到月中的海。

朦胧中有音乐传过来，一个哀怨的声音在唱诉别离的寂寞。远远听去似乎歌者正在幽泣，在海的岩石边，渔家女的悲恋的情绪，很快地传染给听着歌唱的年青的妈妈。这一瞬间，她想起海滨的六月独处，想起怎样在一个濒死挣扎里产了婴儿，婴儿在她刚刚强健了的时候占去了她全部的爱和注意力。把她安静地从寂寞的冬天带到夏天来，夏天又给海带来了不同的栖息者。她没有像她是小女儿时那样一家一家地飞过去拜访她们，她把自己锁在小院子里。在女仆底体贴的侍候里，伴着她成长的婴儿，过着安静的日子。

今夜她第一次在安静之外觉到了孤寂，邻家小姐脸上初恋的光彩使她觉到了桎梏。她明白她失去了自由飞翔底能力，如今她是一个妈妈，但女孩底活泼的气质在体内流荡着，她需要抚摩和爱，她急切地盼望着一个聚会，宛如初恋时盼着一个秘密的约会那样觉得焦灼。她底丈夫正在海外，远远的海底对岸。他说是为了他底前程去求深造，在她生产后不久便一个人远远地过海而去。她答应他，而且鼓励他，约定在海边等待到他底假期。现在距离他回来的时候还远，若是按时间计算的话，那距离是一个过分庞大的数字，怎样也不能即刻缩短了拉到身前来。

把自己摔在床上，用心里的声音呼唤着一个可爱的名字，但这只有使她兴奋，她完全无法去压抑心里一种动荡的感情。她想见到一个人，一个女朋友，一个好心的老太太都好。只要她身边有一个人，有一个人能跟她闲谈一会，谈谈海上的初夏的天气都好。

这时，她听见咚！咚的鼓声，她能想象出近邻的海滨旅馆里的热烈情景，他们跳着一种野蛮人的舞，在那强烈的响声里，女孩子们被原始的求爱的方式谄媚着，追逐着。她也曾在那里停留过，她是怎样高兴地大笑过啊！她被她底丈夫强劫一样从舞厅里攫到海上去，在岩石的遮蔽里，他放下她，在她唇上压上下自己的，这样，他诉说了他底爱。

这真是一个使人无可奈何的声音，她盼望它停止，她觉到了自己底心跳，如果换一个调子，一个安静的娴雅的调子，她愿意去坐一会，藉此去找回昨日的恬甜的心情。

鼓声果然停止了，她站起来，打开衣柜的门。

在取衣的时候，她俯身去看她底婴儿。他安憩的睡着，婴儿有一个几乎不变的良好的习惯。他睡后，便不再醒，一直到第二天的早晨到妈妈喂乳的时间，他方醒，带着一夜安睡后的微笑。妈妈注视他，看了一分钟之久，在他颊上轻轻地吻了后，把手中一件粉红的长衣套在身上。

年青妈妈底身体正如盛开的花，一切都发育到了极点，各部都丰满，美丽。未嫁时如蓓蕾，那是逗人喜爱的时节，婚后却正如盛开的花，有诱人的，几乎近于逼迫的诱人的风致，这时候过去，花谢了，寂寞就来了。

在镜前，反复地看着粉色的自己的躯体，如鉴赏一件悦目的杰作，骄傲飞到心上，也正因看到了自己底美，而愈意识到寂寞。

年青的妈妈决心地拉灭了灯，携起来白色的皮夹，关照了女仆后，婀娜地走出去。

海滨的夜，潮湿的，清快的，夹着特有的海底呼唤。

踏着碎石子路，路在软底的皮鞋下狡猾地动转着，时时有一两枚小石子翻上来，打在裸露的脚趾上。

音乐的声音近了的时候，海滨旅馆巍然的身形清楚地送到眼前来，大部分的窗子都露着黯淡的光，大厅里乐声抑扬，灯不时地从紫色窗帷的隙间射出来，人们正在欢笑。

在门口，在一株玫瑰前，女人停住了，她想去摘取一朵玫瑰，簪在未加修饰的头上。她有些后悔出来得太匆忙了，她没有加细地整理她的云发，她能想象出女伴们是怎样装饰得恰如天使，她这样在她们之前出现——蛰居了六月后第一次出现，是会减低她底美丽的评价的。她从没有过让她在没整理头发的时候出现在一个集会上，当她作女儿的时候。

为了盛开的一朵，她躲避了一丛矮枝，去攀折一只头上的花。

黑暗中，玫瑰的刺刺在她底手上，虽然她想着躲开，但，这是怎样难啊！在兴奋的心情里，在黑暗的夜色中，压下去整个心内的情绪，把精神灌注在一枝花茎上数不清的刺上。

忍着痛，她得到了她想要的一朵，血从指间流下来，有两滴落在她粉红的旗衫上。她没注意它，从她底白皮夹里寻出来手帕，绑裹了伤处。

把花簪在发边，为了不使它掉落，她用两枚发针压紧了它。

她向大厅走去。

突然，鼓响起来，带着热带人的热情的歌声。

隔窗，在一阵衣裳窸窣和轻微的交谈里，她听见了鞋子开始打在地板上的声音，和着那兴奋的鼓，和着热情的歌声。

如果她进去，她能拒绝别人请求共舞吗？这是危险的尝试。她明白自己今晚是怎样容易动情，而这出音乐又正是最使人动情的调子。她不能拒绝，她正渴想着这样的跳舞。那间大厅里的独身的男人一向不容易找到舞伴，因为那既不是营业的舞场，而女客又少于男客，他们会放她过去吗？她是那样鲜艳而美丽，她的亲爱的丈夫离开她远得很。

她底纯洁的心帮助她辨别了眼前的是非，丈夫的爱使她明白这是一件怎样非礼的举动，虽然她并不是想在那集会里找到爱人，而只是想消遣初夏的温暖的夜晚。

她回过身子来，走向归路，一只手抚摩着胸。

海风吹拂着，带着夜凉，她觉得爽快了一些，她想起海。

天有一点像阴，失去了晴夜的特有的蓝色，她突然决定去看海。

到海滨，走十分钟的碎石子路，就可以达到沙滩上。

她轻快地走着，想着沙滩中的白日的余热，她预备脱下鞋子，把下身埋在沙里，半坐着看海中的月。

风有点怒了似的，不时地挟了湿的水雾过来，她觉到了一点冷。但她不想回家睡觉去。

很快地她达到了沙滩，脱去鞋子，用脚拨开上层的沙，她把双脚深深地埋在沙里，一直埋到腿上。

热的沙，柔软的沙，怎样使人感到舒适的沙呀，女人坐下去，掬起一把沙子洒在裸着的腿上。沙在腿上积了浅黄的小山峰，在山峰的两边垂下去黄色的沙幕，沙粒继续滴落着，做成了好看的黄色的沙流。

沙流使她想到沙漠，想到沙漠中的原始的爱情的追逐，想到那动人心魄的鼓声。

她向四外看了看。四周静止的，只有她，她和她脚下的海，在活动，在呼吸着夜的清凉的空气。

她站起来，洒落身上的沙尘，一如和着音乐似的划开了她底四肢，在沙上走着原始的女儿们简单的步法。

她觉到异乎寻常的兴奋，她到底用跳舞发泄出心中的丰盛的感情了，她愉快地分合她底四肢，在轻柔的沙上，有时迅速地有时轻轻地落下她裸着的双脚，海应合着她，为她奏着自然的音乐。

风呼啸得逐渐剧烈，青的月旁绘上了白晕，海上，一团黑影逐渐袭来。

但我们底跳舞者并未注意及此，她放全注意力在她底跳跃上，风吹着她底粉红的长衣，有时顽皮地掀起衣裳的底襟来露出圆的膝盖骨，海不时把凉的水珠喷在她底脸上，她底臂上。

她底黑卷发在风上飞舞，时时遮上了她底额，鬓边的玫瑰正象征了她的脸，在热情中颤动着，充溢着青春的活力。海上的黑影逐渐前进，声势也随着逐渐增大，那正如一队荷着实弹的兵马，虽然衔枚疾走，但声势却不为之稍减，使人充分地觉到了暴风雨前的恐惧。

突然，一个霹雳自天横劈而下，天立刻被撕裂了露出片片的黑绽；很快地这些黑绽连结在一起，沉沉地压到海上来。

跳舞者急剧地停止了舞步，两臂伸张着向海。黑发摇摆着，长衫飞动着，两臂承受着凉的海水。注视着这突然变怒了的脚下的怪物。她正像海中的精灵，在吆喝着水中的余党，愿意她们出来混乱这黑暗的世界。

海啸起来，仿佛她真唤出了海中的妖精，一卷青色的水飞到沙上来，在沙上重重地摔开，做了美丽的白色的花朵，向距离尚在十码外的粉色的身躯上，投送过去腥冷的夜之海风。

几年来的海边的经验，我们年轻的女主角是知道海上暴风雨的速力的，这些不过发生在两分钟间，两分钟前她仰头向天的时候，天上还有月。再过两分钟，海就许攫去了她，像在热烈的鼓声里被爱人攫去时一样的迅速而且不容抵抗。

她惊叫了一声，立刻拾起沙滩上的鞋子，用着最大的速度跑向回路。

海在她身后追逐着，恶意地恐吓地唱着，和着狂舞的风。

黑暗已经怀抱了整个的世界，滩旁的电灯也似乎摇摇欲灭，天上，第一条金蛇窜下来，带着震耳的雷声，雨就要来了。

这时她想起亲爱的丈夫和婴儿，意识到海底恐吓地高唱，她尽量将步子迈得最大，她底美丽的带有银光的长衫在开襟处被撕开了，整个露出来她底裸腿和白色的缝着好看的纱边的亵裤。

幸而她离岸还近，在粗大的雨滴打下来的时候，她已经攀到水门汀的堤岸上。

稍稍地喘息了一下。她立即向四外打量，辨别一下方向。周围黑暗的，只有海的吼声和着风啸，雨开始无忌惮地打下来，冰冷的，宛如秋末的冷雨那样冰冷的，使人感到战栗地落在身上。

又一条金蛇窜下来的时候，借着那闪亮的一瞬间，她看清了她正在海水浴场小屋的左侧，在这样暴烈的冷雨里她是绝不能跑十分钟的黑夜的路正确地摸到家门前，那么，最好就是到那小屋里去，在那小屋里避一避雨，等一会风势稍杀时再走。

她用最正确的步法，一步一步地摸索向右，免得在光滑的水门汀路上滑倒了，而坠到海的嘴里去，风恶作剧地摇撼着她，使她不得不时常站立一会，以保持全身的平衡，这样，在到达小屋的时候，她已经全身都濡湿了。

小屋里有黄的灯光，门紧闭着，她不能断定看堤的老头是不是还在，但她想她可以进去，这屋子向来是不上锁的。于是，她推开门，用冷得战栗的手。

屋子里没有人，她进去，带好了门，倚着粗陋的桌子，安心地长叹了一口气。

恐惧失去了威胁的能力后，冷反转上来，湿衣帮助了她，女人只觉到全身战栗，皮肤到处撒满了冷的颗粒，脚下，尤其奇冷无比。这时，她想起她的鞋子。鞋完全不知道是什么时候失落的，虽然到沙滩上的一段路并不远，她可以找回来，但这是怎样讨厌的风和雨呀！

风和雨正在外边的世界中扭结着，发着可怕的震耳欲聋的撕打声，海帮助它们，使整个的宇宙充满了恐怖的高唱，树被折断了，松悲哭着，海底精灵在沙滩上恣意地吼叫，恰如饥饿了的猛兽，带着使人心胆碎裂的喘息，吞噬着漫漫的沙地。

女人想起她底婴儿，他会不会为这可怕的交响乐惊醒呢？如果醒了，女仆能温存地抱他在怀里，为他驱逐小头中惊悸的意识而使他重复安睡吗？

她焦灼起来，愿意一下跑到家里，抱起柔软的婴儿，用母亲温暖的怀抱包围着他，使他一点觉不到暴风雨夜的可怖。但她不能回去，风恐吓她，雨欺凌她，而且黑暗中她会找不出归路，还有，多么讨厌的寒冷呀！

她抱紧双臂，双臂湿腻地贴着，更使人觉到湿的难挨。她想起浴室里常有粗毛巾在，把这难挨的濡湿擦干，也许会好一点的。

浴室里的小灯也亮着，浴室那面是看堤老人的小屋，小屋的门开着，屋内寂然无人，一只小小的炭炉在墙角燃烧着，煨着一只泥制的茶壶。

老人一定是在暴雨袭来之前到海旁侧的小渔村里走去看望女儿，而未能在雨前赶回来。

这真是天堂，这小屋在她看来是这样干燥而暖和，稍稍踌躇后，她跨进去，用老人的毛巾擦干了裸露的四肢。从肩上摘下来挂得紧紧的皮夹。皮夹的表面上滚着咸的海水珠，她也拂拭了它，因为皮夹的未尝失落，在寒冷和恐惧的胁迫后，她觉到了幸运。

喝一杯热茶后，冷摒退了，她开始想她是不是可以烘干她湿了的衣服。

当然雨势未减之前老人不会回来的，她脱下最外的长衫把它搭在火旁，用老人的粗毯子卷上了自己，坐在那粗木的板床上，细心地听着雨。

雨势仍旧，风也仍旧，雨从起始到现在也不过才一刻钟，这一刻钟使人觉得像游历了一次地狱，也只有地狱中才有这样凄厉的呼啸吧！

突然，一个瑰丽的照满天空的金光闪亮起来，亮得如此迅速而又刺眼，屋中的灯失去了它仅有的光辉，女人刚刚想到这是不是个灾难的时候，雷劈下来，震天动地地劈下来，仿佛劈碎了房顶，屋子摇撼了，带着嗡嗡的响声。

本能地只能把头蒙在毯子里，如果房塌了，也只好生受，逃出去也会落在海中的。

很久，雷才过去，雷过去，风声显着了，那样能够摧毁整个世界的骤烈的风啊！

灯没再亮，雨敲打着脆弱的玻璃，黑暗灌注到小屋里来，除了那小小炭火的四周，到处暗得看不见自己的手指。

这时，在那边，浴室的那一边，传出来一声缓缓的长吁。

立刻，女人被惊得跳起来，额上不自主地渗出来汗珠，这许不是鬼魅吧！她把全注意力都集中到听觉上去，等待着以后的变化。

但她底剧烈的心跳的声音扰乱了她底听觉，她像是听见有人在浴室的那一角走动，浴室的栉比的磁盆被撞得叮叮当当地响。这时，她才想起来，她进来的时候，没仔细地看看浴室的浴盆里，是不是有人或者其他的动物在，有许多吃醉了的男人常常在那浴盆里睡一个整夜的。

　　想到人，想到醉了的男人，女人觉到了甚于鬼魅以上的可怕。鬼魅的怕是单纯的，单纯的恐惧。醉了的男人的身上则包藏着所有的罪恶，所有丑恶的事件。她只切盼着看守老人，愿意他如一个奇迹似的出现。那样，一切都可以揭过去了，不管他是人是鬼。

　　突然，她想到了一件事情，她迅速地揭开毯子，跳过去，把冒着热气的旗衫抢在手里，很快地披在身上。

　　没容她系上纽扣，皮鞋打在地上的声音逐渐近了，的确是有一个人，而且的确是一个男人。

　　女人屏息地守候着，不敢动一动手指，她只盼望他没觉到她底存在就好。她从炉火旁退后去，把自己整个投在黑暗里，她是怎样盼望灯能在这一瞬间亮起来啊！

　　刚刚走到小屋门，来的男人已经看出来是一个女人，她在微红的火光里朦胧的脸，使他觉到超越灯光下的任何一个脸，那样丰满，柔润而美丽。对醉后熟睡后的他恰如一只适口的果实，他几乎想跳上去啮着那多浆汁的脸。

　　但他看见她慢慢地后退下去，退到漆黑的夜暗里。他强忍着自己心中的某种渴望，他绝对相信她不至于冒险到外面的暴风雨里去，为了躲开自己。他想他可以作得聪明一点，借着暴风雨的帮助，过一个旖旎浪漫的夜晚。

　　他站着，用恭谨的声音说：

　　"小姑娘，你爸爸呢？"他想她也许是看守老人的小女儿，因为她常常到海滨来，陪着她底爸爸度过海上的凉夜。

女人没有回答，他正派的语调添给她一点勇气，男人们也并不是没有一个规矩人的。

她微微地哼了一声，她愿意男人想她就是老人底小女儿，这样，是比她自己更容易对付一点的。

"他没在吗？"男人又问。

女人摇摇头，但记起了眼前的夜暗，晓得摇头是怎样没用的时候，不自觉地叹了口气，可是，立刻就想起跟随叹气而来的副作用，很快地截止了叹气的尾巴，以至变成了一个可怪的声音。

男人歇了一会，仿佛在揣摩女人底心境，他渴想能见到她清楚的面貌，他断定她不是老人的小女儿，但她是谁呢？

"如果他不在，请你别介意我底打扰，我到外屋去，灯一来，我就走，务必请你原谅我。"男人说，用着礼貌的声音。他真的就走出去，鞋很规矩地敲着地面，一点一点地远去。其实他并没有走了多远，他把身子隐在门旁的板壁后，在等待着电闪，在等待着电闪的光辉来判定女人的面貌。

女人安心了，她迅速地扣起依旧散着的纽扣，未干的旗衫冒着丝丝的热气，使她觉到了蒸气的窒息。她把身子贴在板壁上，想起来自己的裸足，也许能寻到一双草履吧！在老人的床铺底下。

她也在等待电闪，借着电的光闪看看床底是否有鞋；那管就是一双破了的草履都好。

电闪了，男人立刻把全部注意力放到女人底脸上，女人偏下头去找鞋。

"这是真的吗？"男人疑惑自己的眼花了，那是她，为了祈求她底眷顾自己挨过冷嘲挨过蔑笑挨过了数不清的难堪的日子。电只是一闪，他失去了再看的机会，他稍稍挪近了他底身体，准备着再仔细地看一次。

电很快地又闪了一次，而且非常明亮，男人清楚地看明白了那正是两年前在这海滩上使年青的男人们销魂的李玲，她嫁了，而且作了母亲。但她看去却更诱人，她底丰满的前胸使他底心激动，他想过去压倒她，尽量泄一泄郁积的火气。

女人也正窥着这屋里的男人，但她不能看得很清楚，他底整个的身子都在板壁后面，她只看到一支白色的裤管，她猜想他是海滨旅馆中的客人。

男人为这意外的相逢狂喜着，他甚至感激那位使他喝醉而又骗他到海滩上来的美好的女侍，那女侍正用着自己的聪明骗取这位花花公子的钱。他每年都到夏的海上来，每年都没能捕获一个女人去陪他过可咒诅的冬天。以至他一向憎恨着女人，因为憎恨而蹂躏，因蹂躏而使女人们讨厌。

今夜真是难得的机会，很快地他就想起一个既能报复她一往对自己的蔑视，而又能使得她向自己屈服的坏主意。他在头脑中构想最温柔的句子。

又一个雷劈下来，女人不自禁地轻喊了一声，雷来得这样震耳，震得神经都麻了似的。男人藉着这机会，走过去，轻轻地傍着女人，把脸藏在黑的角落里。

一道闪电过去后，他做出特别惊讶的声音。

"是你，王小姐，（这是一位年年到海上来养病的老小姐）您也是到海上来散步而未及赶回去的吧，我也是，风雨来得太快了。"说完，他在心里暗笑着，他很明白女人不愿意有人认出来自己，故意拣出来那一个相等于朽木的女人的名字冠在她身上。

女人正焦灼地记念起自己的孩子，她想他也许在醒着，她急于回去看他。她没十分留意男人的话，她想他把她看作谁都好，她并没有看出来他是谁，虽然声音听去有一点耳熟，但两年来的家居已经把她对往事的记忆弄模糊了，她想他至少不是一个流氓，并没有看出来他是谁，她没注意他底话，她正向着眼前的黑暗，投出去焦盼的注视，她是怎样希望这可怖的风雨在一瞬间停了啊！

"啊！您底鞋子呢？在沙滩中失落了么？我可以给您找一找去。"男人说，仿佛立刻就要出去的样子。

"谢谢您！可是不必去找，我也不知落在哪儿了。"女人感到男人温柔的语调中的高尚的友情，不由得这样轻轻地回答出。"那么，"男人顿了一顿，"您穿上我底鞋子吧！请您原谅我的冒昧。我今天穿了一双厚底的毛袜子，不穿鞋也不至于太冷，您一定觉得很凉了吧，是不是？"男人说着，便俯身下去脱鞋，没容女人回答，把鞋放在女人身旁，庄重地催促她穿上。

女人实在意识到脚之冷，脚在水门汀的地上，感到了像冬天被冻时一样难堪的感觉。尤其是脚下袭到身上来的冷气，时时使她不自觉地打着寒战，她底半干的旗袍使她觉得像站在冷雨里一样湿腻的感觉。目前，她实在是需要一双鞋子，隔开脚趾和那潮湿的地面。

她还在踌躇的时候，男人好意地俯下身去，要为她套上鞋子。

她疾忙自己去穿，他帮她将那双过大的鞋子在她的纤足上用鞋带绑牢，这之间，男人底手碰在她俯着的脸上，他疾忙缩开，显得他是谨慎而细心。

女人心中的恐惧已经失去了最后的根据，她心中只有感激，感激能在黑夜中遇见这样忠厚的同伴，如果他再有什么问话的时候，她一定要好好回答他，刚才，把他想得那样卑鄙，她惭愧自己胸襟的狭小。

女人底丰满的滑腻的额，更助长了男人心中抑压的兴奋，他嗅到她底香气，从她身体上蒸发出来肉底特有的诱惑的气味。他在黑暗中描绘她高耸的胸，她底细腰，甚至她裸露的小腿。他当然不能放过这万分之一的机会去，他知道她底丈夫没在家，他知道她底家中只有一个忠实的她底娘姨，他在记忆中掘出她那诱人的姿态，他记起她走路的姿势，轻笑的姿势，连她怎样和她丈夫从跳舞会中出去的姿态他都想到，他以后可以到她家去，今晚是一个最好的胁迫的口实，他知道她是怎样一个人，她一向被人宠得一如凤凰，有损于面子的事，当然她要讳避，这讳避就是占有她的好本钱，就是不然，他也可以利用这个口实占她一点便宜。

想着，他是这样地高兴，他几乎要笑。这时，他听见电线上有一点响声，他晓得电灯来了后女人认出来他是谁，他底一切便都要推翻了。

雨渐渐小了，风也像停止了呼号，海底啸叫一变为哭泣，男人想到时机不再，他慢慢地靠近了女人，女人正站在老人的粗板床边，拿着自己的皮夹。她听见雨小了，她正想她是不是可以约那位先生送她回家去。

他已经摸准了她底地位，他把自己的身子也摆好了。突然，他像一只出洞的猛虎，他扑倒她，压在她身上。用只手去堵着她底嘴。

一切都来得这样急骤，女人被惊得一时失去了意识，木板床在她身下发出吱吱的响声，她觉得男人底另一只手正撕扯她底半湿的衣裳，她底裸腿有一只靠近了火炉，感到了焦炙的难过。

她本能地说："我底腿，我底腿。"声音从男人底指缝间模糊地流出来。

男人的一只白裤管也正俯在火上，立刻，有轻烟飘出来，他也觉到了火底炎热，但他并不管，他只努力扯着那紧紧包住了女人下身的旗衫，旗衫因为半湿，变得皮革一样地滑腻而坚韧，他愈急切地想弄坏它，它愈不容易被握在手里。

裤子上的烟愈来愈厚，女人痛楚地扭动着腿，挣扎着要想掀开身上的重压，到男人觉到腿上觉得难受的时候，裤子上已经沾满了一片红红的火星。他慌忙地跨下来，看腿上的火，两臂紧箍着女人。

女人用尽了全身的精力，在他用一只手去扑灭腿上的火星的时候，她挣脱了他底手，疾忙把身子从木板床旁挪开。

这一瞬间，灯亮了，亮得这样刺眼，女人第一步就是去看他是谁。

她第一眼就认出来他是谁，她觉得从心里泛出来恶心，他底卑鄙使她只想呕吐，他站在那儿，身上挂满所有人格上的污秽与丑恶，他甚至不如一个恶魔。他正用双手去扑灭腿上的火，她立刻想到了自己的处境，她看到门，她急忙夺门逃出去。

她顺着石子路前奔，路上积满了水，水跳起来，溅在她底身上，但她忘了寒冷，她只盼能立刻奔到家里。雨还在落，风息了，冷的雨丝一条条地落在她兴奋的颊上。

他已经追了出来，拿着她底白皮夹，光着袜底。

　　过大的鞋子加上圆滑的石子，女人时时倾跌，她看见了眼前的一条柏油路时，她跑过去，顺着它跑起来，她没想她已经走上了和回家相反的路。

　　路底尽头，是那座巍巍的海滨旅馆，她进去，把身子投在一丛结了实的樱桃里。喘息了一下，开始解下绑在脚上的恶魔的皮鞋。

　　男人已经追到了，而且看见她怎样躲在樱桃丛中，他轻轻地从她背后掩过去，这正是他想把她带来的最好地方，这样，他和她底亲昵就可以使大家都看见了。

　　他蹑足过去，一下擒着了她湿漉漉的头，女人尖叫了一声，恰好屋中的音乐正停，她挣扎着脱开他底手，树枝在她底挣扎下，发着很大的响声折断了。而且树枝划破了她底臂，在她身上留下了斑斑点点的血迹。

　　男人特意用两个樱桃在自己的颊上涂了两块红色的圆痕，他牢牢地握紧了她的一只腿。

　　室内人从敞开的窗子里听到这骚动，他们拥到门廊中来，有两个人走下来，用发亮的鞋踏着柏油的甬路。

　　"别再出声，不要动，不然，你底名誉破产。"男人说，低低地带着可怖的威胁。

　　女人底心中燃烧着愤怒，什么意识都从思索中飞走了，她只想到报复，她用她怒得发蓝的眼睛去寻找，她看见树丛有一枚鹅蛋大的圆石。她拿它起来，用力地向男人击下。

　　一个苦痛的凄厉的喊声进出来，从男人的头上涌流出来红色的液体，他颓倒下去，在她底脚边。

廊上的人们踏着雨走过来，他们看见她，那和大家分别了两年的李玲，她穿着湿濡的布满了血迹的长衣，赤着一只脚，另一只脚上套着一只男人的皮鞋。头发湿湿地搭在肩上，脸青白的，发上一只揉乱了的玫瑰。

卧在血泊中的男人的身上，摆着一只白色的女人的皮夹。

三十一年五月

鸣谢

　　在搜寻梅娘佚著、佚文的过程中，得到了许多先生、同行、文史爱好者的帮助。他们是杉野要吉、大久保明男、蒋蕾、杨铸、杉野元子、羽田朝子、Norman Smith、孙屏、刘奉文、刘慧娟、陈霞、庄培蓉、张曦灏等。如本文集的书信卷所示，众多梅娘信件的持有者，提供了梅娘手书的复印件。

　　还有不少亲友为《梅娘文集》提供了梅娘不同时期的照片，入选照片、图片均由柳青编排。梅娘的好友，东北沦陷区作家、书法家李正中先生（1921-2020），生前热情为《梅娘文集》题签。终校得到了刘晓丽教授的友情助力。

　　在书稿即将付梓之际，谨在这里向所有无私指教、大力协助过的人士，表达诚挚的谢意！

梅娘全集编委会

2023 年 4 月 9 日